KB006354

AGATHA CHRISTIE EDITOR'S CHOICE

DEATH ON THE NILE

AGATHA CHRISTIE EDITOR'S CHOICE
DEATH ON THE NILE
나일 강의 죽음 애거서 크리스티 장편 소설 | 김남주 옮김
황금가지

DEATH ON THE NILE

by Agatha Christie Mallowan

정식 한국어 판 출간에 부쳐

나는 한국에서 우리 할머니의 작품을 정식으로 출간한다는 소식을 듣고 무척 기뻤다. 할머니가 1920년부터 1970년 무렵까지 오랜 세월에 걸쳐 집필한 작품들은 21세기인 지금 읽어도 신선하고 재미있다. 등장 인물들이 워낙 자연스러워서 요즘 사람들과 다를 바 없고 이들이 등장하는 상황과 장소가 전 세계 사람들의 애정과 향수를 자극하기 때문이다. 한국 독자들은 이번에 새로 나온 정식 한국어 판을 통해 그 동안 접하지 못했던 애거서 크리스티의 일부 작품들을 읽을 수 있을 것이다. 덕분에 한국에 새로운 세대의 애거서 크리스티 팬들이 탄생할지도 모르겠다는 생각을 하면 가슴이 벅차다.

애거서 크리스티는 대표적인 두 명의 주인공으로 기억되는 작가이다. 14권의 작품에 등장하는 마플 양은 영국의 작은 시골 마을에서 평온한 나날을 보내며 뜨개질과 수다로 소일하는 미혼의 할머니이지만, 놀라운 기억력과 날카로운 두뇌 회전으로 주변에서 벌어진 살인 사건을 해결한다.

그리고 마플 양과 상반되는 성격을 지닌 에르퀼 푸아로는 자신만만하고 콧수염을 포함한 자신의 외모와 벨기에라는 국적에 대한 자부심이 상당하다. 그는 이집트와 이라크를 비롯한 세계 각지에서 수수께끼를 해결하며 『오리엔트 특급 살인 *Murder On The Orient Express*』, 『나일 강의 죽음 *Death On The Nile*』, 『애크로이드 살인 사건 *The Murder Of Roger Ackroyd*』 등 애거서 크리스티의 여러 대표작에 모습을 드러낸다.

황금가지의 대담하고 참신한 표지와 전반적인 디자인 덕분에 작품의 성격이 잘 살아난 것 같아 기쁘다. 또한 한국 독자들이 할머니의 원작이 지닌 참된 묘미를 느낄 수 있도록 충실한 번역을 위해 애써 준 점도 높이 사고 싶다.

할머니의 작품이 20세기의 그 어떤 작가들보다 많이 팔리고 있는 이유는 나이와 국적에 상관없이 읽을 수 있는 재미와 감동을 갖추었기 때문이다. 모쪼록 한국 독자들도 황금가지에서 선보이는 애거서 크리스티 작품들을 즐겁게 감상하기를 바란다.

매튜 프리처드

애거서 크리스티의 손자

ACL 이사장

차례

제1부

영국

제1장

I

“리넷 리지웨이잖아!”

“그 여자야!”

스리 크라운스 주점의 주인 버나비가 이렇게 말하며 친구를 팔꿈치로 찔렀다. 두 사내는 입을 벌린 채 순박해 보이는 둥근 눈으로 앞을 응시했다.

진홍색 대형 롤스로이스 한 대가 마을 우체국 앞에 멈춰선 참이었다. 모자는 쓰지 않고 수수해 보이는(그저 겉으로만 수수해 보일 뿐임이 분명한) 원피스를 입은 여자가 서둘러 차에서 내렸다. 금발과 또렷하고 반듯하고 오만해 보이는 이목구비에 스타일이 멋진, 멜턴 언더워드 같은 곳에선 거의 볼 수 없는 여자였다.

그녀는 빠르고 당당한 걸음으로 우체국으로 들어갔다.

"바로 그 여자라고!"

버나비가 다시 말했다. 이어서 그는 경외감이 어린 낮은 목소리로 말을 이었다.

"수백만을 갖고 있는 여자야……. 저택에 수천을 쓸 거라더군. 수영장이 들어서고, 이탈리아 식 정원에 무도회장을 지을 거래. 저택의 반을 허물고 다시 지을 거라더군……."

"저 여자가 이 마을에 돈을 들여오겠군."

그의 친구가 응수했다. 마르고 초라해 보이는 사내였다. 그의 어조에는 시샘과 못마땅한 기색이 어려 있었다.

버나비가 동의했다.

"그래, 멜턴언더워드로서는 좋은 일이야. 좋은 일이고말고. 우리 모두를 번쩍 정신 들게 해 줄걸."

버나비는 그 사실에 기뻐하는 것 같았다.

"조지 경의 경우는 좀 다르겠지."

친구가 말했다.

"아, 그에게도 괜찮은 거래였지. 결코 불운이라곤 할 수 없어."

버나비가 사람 좋은 어조로 말했다.

"그 저택을 얼마 받고 팔았는데?"

"무려 6만이라고 들었어."

여윈 사내가 휘파람을 불었다.

버나비는 의기양양하게 말을 계속했다.

"그런데 사람들 말로는 저 여자가 집수리에 추가로 6만을 더 쓸 거라더군!"

"너무 심하군! 저 여잔 그 돈이 도대체 어디서 났대?"

마른 사내가 물었다.

"내가 듣기론 미국이래. 저 여자 어머니가 백만장자의 외동딸이라지. 영화 같은 얘기 아닌가?"

여자가 우체국에서 나오더니 차에 올랐다.

여자가 차를 몰고 가는 것을 눈으로 좇으며 마른 사내가 중얼거렸다.

"내가 보기엔 크게 잘못된 것 같아. 저 여자의 외모 말이야. 재산에 미모까지 있다니. 이건 좀 지나치잖아! 그렇게 돈이 많은 여자가 아름답기까지 할 권리는 없어. 그런데 저 여잔 미인이군……. 모든 걸 가졌어, 저 여잔 말이야. 공평하지 않은 것 같아……."

II

《데일리 블라그》의 동정란에서 발췌.

셰 마 탕트 식당에서 아름다운 리넷 리지웨이 양이 식사하고 있는 모습이 목격되었다. 그녀는 조애너 사우스우드 양, 윈들섬 경, 토비 브라이스 씨와 함께였다. 모두들 알고 있듯 리지웨이 양은 안나 하츠와 멜휘시 리지웨이의 딸로서, 막대한 재산을 가진 할아버지 레오폴

드 하츠의 유산을 상속받게 되어 있다. 사랑스러운 리넷 양은 최근 화제의 초점이 되고 있는데, 곧 약혼이 발표될 것이라는 소문이 돌고 있다. 윈들셤 경은 그녀에게 흠뻑 빠져 있는 것 같았다!

III

조애너 사우스우드가 말했다.

"리넷, 이 모든 게 정말이지 멋질 것 같아!"

그녀는 워드 홀 안에 있는 리넷 리지웨이의 침실에 앉아 있었다.

그녀의 눈길은 창문에서부터 정원을 넘어 숲의 푸르스름한 그림자가 드리워진 탁 트인 땅으로 옮겨 갔다.

"정말 완벽해, 그렇지 않아?"

리넷이 물었다.

그녀는 두 팔로 창턱을 짚었다. 그녀의 얼굴은 열정적이고 생기 있고 활기찼다. 그녀 옆에 있으면, 길고 영리해 보이는 얼굴에 기묘하게 휘어진 눈썹을 한 크고 늘씬한 스물일곱 살의 조애너 사우스우드는 좀 평범해 보였다.

"그런데 넌 때맞추어 정말 많은 일을 해냈구나! 건축가 같은 이들을 많이 고용했겠네?"

"세 사람."

"건축가들은 어떠니? 난 한 번도 만나 본 적이 없어."

"아주 좋아. 이따금 좀 비현실적으로 느껴지긴 하지만."

"리넷, 넌 이내 그 점을 바로잡아 놓았겠구나! 너처럼 실용적인 사람도 없으니 말이야!"

조애너는 화장대에서 진주 목걸이를 집어 들었다.

"이거 진짜 진주 같은데, 그렇지 않니, 리넷?"

"당연하지."

"너에겐 그게 당연하다는 거 알아, 얘. 하지만 대부분의 사람들에게는 그렇지 않단다. 아주 세련된 사람들, 심지어는 울워스 가문 사람들이라고 할지라도 말이야! 리넷, 이건 정말이지 믿어지지 않을 정도구나, 너무나도 절묘하게 조화를 이루고 있어. 가격이 분명히 어마어마하겠네!"

"좀 천박해 보여?"

"아니, 전혀 그렇지 않아. 순수한 아름다움 그 자체야. 얼마니?"

"5만 정도."

"정말 거금이구나! 도둑맞을까 봐 겁 안 나니?"

"아니, 항상 목에 걸고 있는걸. 어쨌든 보험에 들어 있어."

"저녁 식사 때까지 좀 하고 있게 해 줄래, 리넷? 정말 짜릿할 것 같아."

리넷이 웃음을 터뜨렸다.

"조애너 언니가 원한다면 물론 그래도 되고말고."

"리넷, 난 정말 네가 부러워. 넌 모든 걸 가졌어. 스무 살의 젊음과 자유로운 몸과 막대한 재산과 미모와 최고의 건강까지 말이야. 게다가 머리까지 좋잖니! 언제 스물한 살이 되지?"

"오는 6월이야. 런던에서 성대하게 성년 파티를 열 거야."

"그럼 그때 찰스 윈들섬과 결혼할 거니? 사교계 기자들 모두가 그 일에 열광하고 있더구나. 그리고 그 사람은 정말이지 놀랄 만큼 헌신적이더라."

리넷은 어깨를 으쓱해 보였다.

"모르겠어. 정말이지 난 아직은 누구하고도 결혼하고 싶지 않아."

"리넷, 정말 맞는 말이다! 결혼을 하고 나면 결코 지금 같을 순 없을 거야, 그렇지 않니?"

그 순간 전화벨이 울렸고, 리넷은 수화기를 들었다.

"예? 예?"

집사의 목소리가 전화선을 타고 들려왔다.

"드 벨포르 양이 통화하고 싶어 합니다. 연결할까요?"

"벨포르가요? 오, 물론이죠, 연결해 주세요."

딸각 하는 소리에 이어 열정적이고 부드럽고 약간 헐떡이는 듯한 목소리가 들려왔다.

"여보세요, 리지웨이 양인가요? 리넷!"

"재키구나! 네 소식 들은 지 정말 오랜만이다!"

"나도 알아. 너무했지. 리넷, 정말이지 보고 싶어."

"재키, 여기로 올 수 없니? 내 새로운 장난감을 네게 보여 주고 싶은데."

"내가 하고 싶은 게 바로 그거란다."

"그럼, 지금 당장 기차나 자동차를 타."

"좋아, 그럴게. 끔찍하게 낡은 2인승 자동차를 타고 갈게. 15파운드에 샀는데, 어떤 날은 아주 잘 굴러가지만 가끔 변덕을 부리기도 해. 차 마시는 시간까지 도착하지 않으면 차가 변덕을 부린 걸로 생각해. 이따 보자, 리넷."

리넷은 수화기를 내려놓았다. 그녀는 방을 가로질러 조애너에게 돌아왔다.

"오랜 친구 자클린 드 벨포르야. 파리의 수녀원에서 같이 있었어. 그 애는 지독한 불운을 겪었어. 아버지는 프랑스의 백작이었고 어머니는 남부 출신의 미국인이었지. 그 애의 아버지는 어떤 여자와 떠나 버리고, 어머니는 월 스트리트의 주가 폭락으로 전 재산을 잃었어. 재키는 돈 한 푼 없이 혼자 남았지. 그 애가 지난 2년 동안 어떻게 살아왔는지 정말 모르겠어."

조애너는 친구의 손톱용 패드로 진홍색 매니큐어가 칠해진 손톱을 윤내고 있었다. 그녀는 효과를 점검하기 위해 고개를 한쪽으로 기울이고 상체를 뒤로 젖혔다. 그녀가 느릿하게 말했다.

"좀 피곤한 일이 생기지 않을까? 내 친구들에게 불운이 닥친다면, 나는 당장 그들과 관계를 끊을 거야! 냉혹하게 들리겠지만, 그렇게 하면 이후에 닥칠 많은 문제들을 모면할 수 있거든! 그들은 언제나 네게 돈을 빌리려 들든가, 의상실 같은 걸 열어서 너로 하여금 끔찍한 옷들을 사게 만들 거야. 아니면 전등갓에 무늬를 그리거나 바틱*

* 염색이 안 되게 할 부분에 왁스를 발라 무늬를 내는 염색법을 말한다.

스카프를 만들거나 할 거라고."

"그럼 내가 재산을 모두 잃는다면, 언니는 내일이라도 나와 절교할 거야?"

"그래, 리넷. 그럴 거야. 나는 그저 솔직하게 내 생각을 말한 것뿐이야. 난 성공한 사람들이 좋아. 거의 모든 사람들이 나와 다르지 않다는 걸 너도 알게 될걸. 그저 대부분의 사람들이 그걸 인정하지 않을 뿐이지. 사람들은 그저 메리나 에밀리나 파멜라를 더는 참아 줄 수가 없다고만 말해! '고생을 겪고 나더니 너무 신랄하고 괴팍하게 변해 버렸어. 가여운 친구 같으니라고!' 하면서 말이야."

"너무 신랄하잖아, 조애너 언니!"

"난 성공하려는 것뿐이야, 다른 모든 사람들처럼."

"난 성공에 급급하지 않아!"

"그건 분명한 이유가 있기 때문이지! 잘생긴 중년의 미국인 재산관리인들이 분기마다 네게 막대한 이익금을 지불하고 있으니, 넌 치사해질 필요가 없는 거야."

"그런데 자클린에 대해선 조애너 언니의 생각이 틀렸어. 그 애는 남에게 기대는 형이 아니야. 내가 도와주려고 했지만, 그 애가 못하게 했어. 그 애는 지독하게 자존심이 강하거든."

"그 애가 무엇 때문에 그렇게 서둘러 널 만나려는 걸까? 장담하는데, 뭔가 바라는 게 있어! 두고 보면 알아."

"그 애의 목소리는 뭔가에 흥분한 것 같았어. 재키는 언제나 무섭게 흥분하곤 해. 한번은 주머니칼로 사람을 찌른 적도 있어!"

"리넷, 정말 소름끼친다!"

"어떤 남자애가 개를 괴롭히고 있었어. 재키는 그러지 말라고 했지만 아이는 말을 듣지 않았지. 재키는 아이를 붙잡아 쫓아 버리려 했지만 그 아이의 힘이 훨씬 더 셌지. 결국 재키는 주머니칼을 뽑아 들어 아이를 찔러 버렸어. 정말 끔찍한 소동이 벌어졌지!"

"정말 그랬겠네. 정말 기분 나쁜 얘기구나!"

그때 리넷의 하녀가 방 안으로 들어왔다. 그녀는 죄송하다는 말을 중얼거리며 옷장에서 드레스 하나를 꺼내 들고 방을 나갔다.

"메리에게 무슨 일이 있니? 울고 있잖아."

조애너가 물었다.

"가엾은 메리. 메리가 이집트에서 일하고 있는 어떤 남자와 결혼하고 싶어 한다고 내가 말했잖아. 그런데 메리가 그 남자에 대해 별로 아는 게 없더라고. 그래서 내가 그 사람이 정말 괜찮은 남자인지 확인해 보는 게 낫겠다 싶었어. 그런데 그 남자가 이미 아내가 있고 자식이 셋인 남자라는 게 밝혀졌어."

"넌 적을 너무 많이 만들고 있는 게 분명해, 리넷."

"적이라니?"

리넷은 놀란 것 같았다.

조애너가 고개를 끄덕이며 담배 한 개비를 꺼냈다.

"적 말이야, 이 아가씨야. 너는 지나치게 효율적이야. 그리고 바른 일을 하는 데 지나치게 유능하고."

그 말에 리넷이 웃음을 터뜨렸다.

"아니, 난 이 세상에 적이라곤 없어!"

IV

윈들셤은 삼나무 아래 앉아 있었다. 그의 시선이 우아한 균형미를 자랑하는 워드 홀에 머물렀다. 그 고아한 아름다움을 해치는 것은 아무것도 없었다. 새 건물과 부속물은 모퉁이 너머에 있었던 것이다. 가을 햇살에 젖은 아름답고 평화로운 광경이었다. 하지만 그 순간 찰스 윈들셤이 보고 있는 것은 워드 홀이 아니었다. 그보다 더욱 당당한 엘리자베스 시대풍의 대저택, 길게 펼쳐진 대정원, 그 너머 더욱 황량한 풍경을 눈앞에 떠올리고 있었다……. 그것은 자기 집안의 영지인 찰턴버리, 그리고 그 앞에 서 있는 한 여자, 밝은 금발에 열정적이고 자신 있는 얼굴을 한 여자의 얼굴이었다. 그것은 찰턴버리의 안주인인 리넷의 모습이었다!

그는 몹시 희망에 차 있었다. 그녀의 거절은 결코 결정적인 것이 아니었다. 시간을 좀 더 달라는 것뿐이었다. 그리고 그는 좀 더 기다릴 수 있었다…….

모든 것이 정말이지 놀랍도록 안성맞춤이었다. 돈 많은 여자와 결혼해야 한다는 것은 물론 권장 사항이긴 했지만, 자신의 감정을 논외로 해야 할 정도로 궁핍한 건 아니었다. 그런데 그는 리넷을 사랑했다. 그녀가 영국에서 가장 돈 많은 처녀가 아니라 실제로 무일푼이라 해도 그녀와 결혼하고 싶었을 터였다. 그저 다행스럽게도 그녀가 영국에서 가장 돈 많은 처녀였을 뿐이었다.

그의 마음은 미래를 위한 매력적인 계획들로 뛰놀았다. 록스데일의 주인이 될 수 있어, 서쪽 측랑을 복원해 볼까, 스코틀랜드 인들에게 사냥터를 세 줄 필요도 없겠지…….

찰스 윈들셤은 햇빛 아래서 몽상에 잠겼다.

V

정각 4시, 낡아 빠진 2인승 소형 자동차가 자갈 부딪치는 소리를 내며 멈춰 섰다. 한 처녀가 차에서 내렸다. 검은 더벅머리에 여윈 몸매를 한 자그마한 여자였다. 그녀는 층계를 달려 올라가서는 현관 벨을 잡아당겼다.

잠시 후 그녀는 장중한 직사각형 응접실로 안내되었고, 성직자 같은 집사가 그에 어울리는 엄숙한 어조로 그녀의 도착을 알렸다.

"드 벨포르 양이 오셨습니다."

"리넷!"

"재키!"

윈들셤은 조금 비켜서서, 그 작고 열정적인 여자가 두 팔을 벌린 채 리넷에게 달려가는 모습을 호감 어린 눈으로 지켜보았다.

"이쪽은 윈들셤 경이고, 이쪽은 드 벨포르 양이에요. 내 가장 친한 친구예요."

예쁘장한 아가씨라고 윈들셤은 생각했다. 뛰어나게 예쁘다고는 할 수 없었지만 구불거리는 검은 머리와 커다란 눈은 확실히 매력적이었다. 그는 별 의미 없는 세련된 말을 나직하게 건넨 다음 두 사람을 남겨 두고 슬그머니 자리를 떴다.

자클린은 질문을 퍼부어 댔다, 리넷이 기억하고 있는 그녀 특유의 방식으로.

"윈들셤? 윈들셤이라고? 매일같이 신문에서 네가 결혼할 거라고 말하는 바로 그 남자로구나! 정말이니, 리넷? 정말이냐고?"

리넷이 중얼거렸다.

"아마 그럴 거야."

"리넷, 정말 기뻐! 저 사람 멋지더라."

"오, 제발 그렇게 단정 짓지 마. 난 아직 마음의 결정을 내리지 못했거든."

"물론 그렇겠지! 여왕은 언제나 배우자를 신중하게 간택해야 하는 법이니까!"

"웃기지 마, 재키."

"하지만 넌 실제로 여왕이야, 리넷! 언제나 그랬지. 금발의 리넷, 리넷 여왕 폐하! 그리고 난 여왕의 심복 친구! 신뢰받는 몸종이지."

"무슨 말도 안 되는 소리를 하는 거야, 재키! 그동안 도대체 어디 있었니? 넌 종적을 감춰 버렸어. 그러고는 편지 한 장 쓰지 않았지."

"난 편지 쓰는 거 정말 싫어. 어디 있었냐고? 오, 세 부분 정도로 요약되는데 말이지, 리넷. 알다시피 일을 했지. 딱한 여자들이 해야 하는 험한 일 말이야!"

"재키, 난 네가 좀……."

"여왕의 자비를 받아들이면 좋겠다고? 그래, 솔직히 말해서 리넷, 그것 때문에 여기 왔어. 아니, 돈을 빌려 달라는 건 아니야. 아직 그 정도는 아니야! 하지만 한 가지 중대한 부탁을 하려고 왔어!"

"말해 봐."

"저 윈들셤이라는 사람과 결혼할 거라니, 너도 아마 이해할 수 있을 거야."

리넷은 한순간 혼란스러운 표정을 지었지만 금세 얼굴이 환하게 밝아졌다.

"재키, 그러니까 네 말은……."

"그래, 리넷, 나 약혼했어!"

"그러니까 그거였구나! 어쩐지 네가 유난히 생기 있어 보인다고 생각했어. 물론 넌 늘 그렇지만 지금은 평소보다 훨씬 더 그래."

"나도 그렇게 느껴."

"그 사람에 대해 모조리 말해 봐."

"그 사람 이름은 사이먼 도일이야. 키 크고 떡 벌어진 몸매에 믿을 수 없을 만큼 소박하고 천진하고, 정말이지 사랑스러워! 그런데 가난해. 가진 돈이 전혀 없어. 이른바 상류층이긴 하지만 가난해. 상속권 없는 작은 아들이지. 집안은 데븐셔 출신이야. 사이먼은 전원생활과 그에 관련된 것들을 몹시 좋아해. 그런데 지난 5년을 숨 막히는 도시의 사무실에서 보냈어. 그리고 이제 구조 조정의 여파로 일자리를 잃었지. 리넷, 사이먼이랑 결혼할 수 없다면 난 죽을 거야! 죽을 거야! 죽을 거라고……. 죽어 버릴 거야…….”
“바보같이 굴지 마, 재키.”
“난 죽을 거야, 정말이라고! 난 사이먼에게 미쳤어. 사이먼은 내게 미쳤고 말이야. 우린 서로 없이는 살 수 없어.”
“재키, 너 완전히 사람이 변했구나!”
“나도 알아. 좀 심해, 그렇지 않니? 이 연애라는 것에 한번 사로잡히더니 속수무책이 되어 버렸네.”
그녀는 잠시 말을 멈추었다. 검은 두 눈이 휘둥그레지더니 갑자기 비장한 빛을 띠었다. 그리고 가볍게 몸을 떨었다.
“때때로 겁이 날 정도야! 사이먼과 난 서로를 위해 태어났어. 난 다른 사람에게는 결코 마음을 주지 않을 거야. 그러니까 네가 우리를 도와줘야 해, 리넷. 네가 이곳을 사들였다는 말을 듣고, 내 머릿속에 한 가지 생각이 떠올랐어. 들어 봐, 네겐 토지 관리인이 한 사람 필요할 거야. 어쩌면 두 사람이 필요할지도 몰라. 네가 사이먼한테 그 일을 맡겨 주면 좋겠어.”
“이런!”
리넷이 깜짝 놀라 소스라쳤다.
자클린은 계속 말을 쏟아 놓았다.
“사이먼은 그런 종류의 일을 훤히 알고 있어. 영지에 대해 모르는 게 없다고. 그곳에서 성장했거든. 그리고 실무 경험도 있어. 오, 리넷, 나를 사랑하니까 사이먼에게 일자리를 줄 거지? 만약 사이먼이 잘하지 못하면 해고하렴. 하지만 사이먼은 잘 해낼 거야. 그러면 우리는 작은 집에서 살게 될 거고, 난 너를 자주 만날 수 있겠지. 모든 게 너무너무 멋질 거야."

자클린은 자리에서 일어섰다.

"그러겠다고 말해 줘, 리넷. 그렇게 하겠다고. 아름다운 리넷! 키 큰 금발의 리넷! 나의 특별한 리넷! 그렇게 하겠다고 말해 줘!"

"재키……."

"그렇게 해 줄 거지?"

리넷이 웃음을 터뜨렸다.

"엉뚱하기도 하지! 네 남자를 데려와서 한번 보여 줘. 그런 다음에 의논해 보자."

재키는 그녀에게 달려가 요란하게 입 맞추었다.

"사랑하는 리넷, 넌 진짜 친구야! 난 알고 있었어, 네가 날 결코 실망시키지 않을 거라는 걸. 넌 이 세상에서 가장 사랑스러운 사람이야. 그럼 안녕."

"하지만 재키, 넌 여기 있어."

"나? 아니, 난 그럴 수 없어. 런던으로 돌아가서 내일 사이먼을 데리고 올게. 그리고 우리 이 문제를 결정짓는 거야. 사이먼이 네 마음에 들 거야. 정말 사랑스러운 남자거든."

"하지만 좀 더 있다가 차라도 마시고 가지 그래?"

"아니, 난 기다릴 수 없어, 리넷. 지금 너무 흥분했거든. 돌아가서 사이먼에게 말해 줘야 해. 나도 내가 미쳤다는 거 알아, 리넷, 하지만 어쩔 수 없어. 결혼이 나를 낫게 해 주었으면 좋겠어. 결혼은 사람들을 좀 심각하게 만드는 것 같으니 말이야."

그녀는 문을 향해 몸을 돌렸다가 한순간 걸음을 멈추고 다시 달려와 마지막으로 재빨리 리넷을 포옹했다.

"사랑하는 리넷, 너 같은 사람은 다시 없을 거야."

VI

최신 유행의 작은 식당 셰 마 탕트의 주인 가스통 블롱댕은 자신의 클리앙텔(손님들)의 명성에 주눅 드는 인물이 아니었다. 부자, 미인, 저명인사, 신분 높은 이들이 그가 아는 체를 하고 특별한 관심을 가져 주기를 바랐지만, 그런 기대는 모두 수포로 돌아갔다. 블롱댕이 품위 있고 정중하게 손님에게 인사를 하고 특별석까지 인도해 시의적절한 한두 마디를 나누는 것은 아주 드문 일이었다.

오늘 밤, 블롱댕은 그런 특별 환대를 세 차례 베풀었다. 한 번은 공작 부인, 또 한 번은 저명한 상원의원 후보 그리고 마지막으로 숱 많은 검은 콧수염을 기른 어떤 키 작은 사내였다. 그런데 그 사내는 언뜻 보기에 셰 마 탕트에서 환대를 받을 만한 인물이 전혀 아니었다. 하지만 블롱댕은 그에게 깍듯하게 관심을 기울였다.

분명 그 전 30분 동안 찾아온 손님들은 자리가 없다는 말을 들어야 했다. 그런데 그 사내는 어디선가 불쑥 나타났는데 즉각 가장 좋은 자리로 안내를 받았다. 블롱댕은 더할 나위 없는 앙프레사망(정중함)으로 그를 안내했다.

"당연히 선생님께는 언제나 자리가 있지요, 무슈 푸아로! 영광스럽게도 이곳에 자주 들러 주셔서 얼마나 좋은지요."

에르퀼 푸아로는 시체 한 구와 웨이터 하나, 블롱댕 씨, 그리고 아주 사랑스러운 여자가 등장한 옛 사건 하나를 떠올리며 미소를 지었다.

"정말이지 친절하시군요, 무슈 블롱댕."

"그런데 혼자십니까, 무슈 푸아로?"

"예, 혼자랍니다."

"오, 그러면, 여기 쥘이 한 편의 시 같은 가벼운 식사를 추천해 드릴 겁니다. 진짜 한 편의 시 같은 식사지요! 여자는 매혹적이긴 하지만, 마음을 분산시켜 음식 맛에 전념할 수 없게 한다는 약점이 있지요! 멋진 식사를 즐기실 수 있을 겁니다, 무슈 푸아로. 장담하지요. 자, 그럼 포도주는……."

지배인 쥘의 도움말과 함께 주문에 관한 이야기가 오갔다.

자리를 뜨기 직전 블롱댕은 잠시 머뭇대더니 목소리를 은밀하게 낮추었다.

"심각한 사건이라도 맡으셨나요?"

무슈 푸아로가 고개를 내저었다.

"안타깝게도 지금은 쉬고 있습니다. 전성기 때 저축을 해 두어서 지금 느긋한 삶을 즐길 수 있는 것뿐입니다."

푸아로가 서글프다는 듯 말했다.

"선생님이 부럽습니다."

"아니, 아니, 그렇게 생각하는 건 현명하지 않습니다. 장담하는데 이건 생각만큼 그렇게 유쾌하지 않아요."

그는 한숨을 내쉬었다.

"생각하는 피곤에서 벗어나려면 일을 찾아내야 한다는 옛말이 그르지 않더군요."

블롱댕이 손사래를 쳤다.

"하지만 할 일은 너무 많지요! 여행도 있잖습니까!"

"그래요, 여행이 있지요. 이미 그런대로 유쾌하게 여행을 했습니다. 그리고 올 겨울에는 이집트를 방문하게 될 것 같습니다. 그곳 기후가 최고라더군요! 그곳에서라면 안개와 울적함, 줄곧 내리는 비의 단조로움에서 벗어날 수 있겠지요."

블롱댕이 속삭이듯 말했다.

"아! 이집트요."

"이제는 영국 해협만 배를 타고 건너고 나머진 기차를 타고 갈 수 있는 모양입니다."

"아, 바다. 그게 선생님과 잘 안 맞는 모양이죠?"

에르퀼 푸아로는 고개를 끄덕이고는 살짝 몸을 떨었다.

블롱댕이 공감한다는 듯 말했다.

"저도 그렇답니다. 이상하게 속이 울렁거리거든요."

"하지만 그런 증세를 보이는 건 몇 사람뿐입니다! 배가 흔들거려도 전혀 영향을 받지 않는 이들도 있지요. 그런 사람들은 그걸 즐긴답니다!"

"하느님이 불공평하실 때도 있군요."

블롱댕은 서글프게 고개를 내젓고는 그런 불경한 생각을 곱씹으며 물러났다.

이윽고 날렵한 걸음걸이와 조용한 손놀림의 웨이터들이 탁자 위에 접시를 내려놓았다. 바삭하게 구운 멜버 토스트,* 버터, 얼음통, 고급 요리에 곁들여지는 것들이 놓였다.

흑인 연주단이 기묘한 불협화음으로 이루어진 「엑스터시」를 연주하기 시작했다. 런던의 명사들이 춤을 추고 있었다.

에르퀼 푸아로는 그 모습을 바라보며 정돈된 머릿속에 그 인상을 새겼다.

대부분의 얼굴들이 얼마나 따분하고 권태로운 표정을 짓고 있는지! 하지만 저 건장한 사내들 몇몇은 즐기고 있는 것 같군……. 그런데 그 파트너들의 얼굴에는 애써 참고 있는 표정이 떠올라 있는 걸. 자주색 드레스를 입은 저 뚱뚱한 여자에게선 빛이 나는군……. 뚱뚱한 몸매를 상쇄할 만한 게 분명히 있어……. 더 멋진 몸매를 지닌 이들도 갖지 못한 어떤 풍취나 기품 같은 게 말이야.

젊은이들도 상당수 있었다. 몇몇은 공허한 표정이었고, 몇몇은 따분해했으며, 또 몇몇은 불행한 게 분명했다. 청춘을 행복한 때라고 말하는 것은 얼마나 어리석은가. 청춘이란 일생에서 가장 상처받기 쉬운 때가 아닌가!

---

* 유명한 소프라노 가수 넬리 멜버의 팬이었던 호텔 주방장이 그녀의 식이요법을 위해 처음 개발한 요리로 바삭바삭하게 구운 얇은 토스트를 말한다.

한 쌍의 남녀에게 머문 그의 눈길이 부드러워졌다. 잘 어울리는 한 쌍이었다. 키가 크고 어깨가 넓은 청년과 날씬하고 나긋나긋한 몸매의 처녀였다. 두 개의 몸이 완벽한 행복의 리듬에 따라 흔들렸다. 그 장소, 그 시간, 그리고 서로에게서 느끼는 행복이었다.

갑자기 음악이 끝났다. 박수가 쏟아진 후 다시 연주가 시작되었다. 두 번째 앙코르가 끝나자, 그들은 푸아로가 앉은 곳에서 멀지 않은 자신들의 자리로 돌아왔다. 여자는 상기된 채 소리 내어 웃고 있었다. 그녀가 동행한 남자를 향해 더 크게 웃어 보이며 자리에 앉았을 때, 푸아로는 그녀의 얼굴을 자세히 볼 수 있었다.

그녀의 눈에는 웃음 이외에 다른 무엇이 담겨 있었다. 에르퀼 푸아로는 믿을 수 없다는 듯 고개를 내저었다.

"저 아가씨는 지나치게 열렬한 사랑을 하고 있군. 그건 위험하지. 그래, 위험해."

그는 혼잣말로 중얼거렸다.

그때 '이집트'라는 단어가 그의 귀에 들려왔다.

그들의 목소리가 또렷하게 들려왔다. 처녀는 'R' 발음에 살짝 이국적인 억양이 있는 젊고 생기 있고 자부심 넘치는 목소리였고, 청년은 듣기 좋은 저음에 세련된 영어를 구사하고 있었다.

"떡 줄 사람은 생각도 안 하는데 김칫국부터 마시고 있는 게 아냐, 사이먼. 단언하는데, 리넷은 우리를 실망시키지 않을 거야!"

"내가 그 여자를 실망시킬 수도 있어."

"말도 안 되는 소리. 그건 자기한테 꼭 맞는 일이야."

"사실 그럴 것 같긴 해……. 정말 자신이 있거든. 그러니까 내 말은, 잘할 수 있다는 거야. 널 위해서 말이야!"

처녀는 순수한 행복에 차서 조그맣게 웃음을 터뜨렸다.

"석 달은 기다려야겠지. 해고당하지 않을 거라는 확신을 가지려면 말이야. 그 다음에는……."

"그 다음에는 내가 번 돈으로 널 호강시킨다는 얘기지?"

"그 다음에는 이집트로 신혼여행을 가는 거야. 빌어먹을 돈! 난 언제나 이집트에 가 보고 싶었어. 나일 강, 피라미드, 사막……."

청년이 약간 불분명한 목소리로 대답했다.

"우린 그 모든 걸 함께 보게 될 거야, 재키……. 함께 말이야. 정말 멋지지 않겠어?"

"난 잘 모르겠어. 그게 내가 느끼는 만큼 자기한테도 멋지게 느껴질까? 사이먼, 정말로 날 좋아해, 내가 자기를 사랑하는 만큼?"

여자의 목소리가 갑자기 날카로워졌다. 그녀의 두 눈이 거의 공포에 질린 것처럼 휘둥그레졌다.

청년은 즉각 또렷하게 대답했다.

"엉뚱하게 이러지 마, 재키."

하지만 여자는 같은 말을 되풀이했다.

"난 잘 모르겠어……."

그러더니 그녀는 어깨를 으쓱해 보였다.

"우리 춤추자."

에르퀼 푸아로는 혼잣말로 중얼거렸다.

"엉 키 엠 에 엉 키 스 레스 에메.(한 사람은 사랑에 빠져 있고, 또 한 사람은 상대가 자신을 그렇게 사랑하도록 방치하고 있군.) 그래, 나도 좀 궁금한걸."

VII

조애너 사우스우드가 말했다.

"그러니까 상당히 거친 사람이겠구나?"

리넷이 고개를 내저었다.

"아니, 그렇지 않을 거야. 난 자클린의 취향을 믿어."

조애너가 중얼거렸다.

"아, 하지만 사랑에 빠지면 사람들은 진실을 보지 못하는 법이니까 말이야."

리넷은 조바심을 내며 고개를 내저은 다음 화제를 바꾸었다.

"계획이 좀 있어, 피어스 씨를 만나 봐야겠어."

"계획?"

"응, 끔찍하게 비위생적인 낡은 오두막들이 몇 채 있거든. 그걸 헐고 그곳에 사는 사람들을 이주시키는 중이야."

"정말 위생적이고 공익을 위한 일이구나, 리넷!"

"그 사람들은 어쨌든 다른 곳으로 이주해야 했을 거야. 내가 새로 지은 수영장이 그 오두막들에서 내려다보이거든."

"거기 살고 있는 이들도 옮기는 데 동의했어?"

"대부분은 무척 좋아해. 한두 사람이 좀 어리석게 굴고 있어. 사실은 정말 피곤하게 만들고 있지. 그들은 자신들의 생활 조건이 얼마나 개선될지 깨닫지 못하는 것 같아!"

"그런데 넌 그 일에 관해서는 아주 고압적인 자세를 취하고 있는 것 같은걸."

"조애너 언니, 이건 그 사람들에게 정말 이익이야."

"그래, 리넷. 분명히 그렇겠지. 강요된 이익 말이구나."

리넷이 미간을 찌푸리자 조애너가 웃음을 터뜨렸다.

"이것 봐. 넌 폭군이야. 인정하렴. 원한다면 선한 폭군이라고 해줄게!"

"난 결코 폭군이 아니야."

"하지만 넌 네 방식대로 하는 걸 좋아하잖아!"

"반드시 그런 건 아니야."

"리넷 리지웨이, 네가 원하는 대로 이루지 못한 적이 있었는지 내 눈을 똑바로 쳐다보면서 말할 수 있니?"

"수도 없이 많아."

"오, 그래, 수도 없겠지. 그럴 거야. 하지만 구체적인 예는 들 수 없을걸. 단 하나도 생각해 낼 수 없을 거야, 리넷. 네가 아무리 기억해 내려 애써도 말이야! 황금 자동차를 탄 리넷 리지웨이에겐 승리뿐이라고."

리넷이 날카롭게 말했다.

"내가 이기적이라고 생각해?"

"아니, 그저 저항할 수 없는 존재일 뿐이지. 돈과 미모의 결합 효과랄까. 네 앞에선 모든 게 굴복하지. 현금으로 살 수 없는 건 미소로 사는 거야. 그 결과 리넷 리지웨이는 모든 걸 소유한 아가씨가 되는 거지."

"우스운 소리 그만둬, 조애너 언니!"

"그럼 네가 못 가진 게 있다는 거니?"

"난 그러니까…… 어쨌든 그런 말은 좀 역겹게 들려!"

"물론 역겹지, 리넷! 넌 아마도 점차 끔찍하게 지루하고 무관심해질 거야. 그러면서도 황금 자동차를 타고 승리를 즐기겠지. 내가 궁금한 건, 내가 정말로 궁금한 건 네가 달려가고 싶은 길에 통행금지 표지판이 서 있다면 어떤 일이 벌어질까 하는 거야."

"바보 같은 소리 하지 마, 조애너 언니."

마침 윈들셤 경이 다가오자, 리넷은 그에게로 몸을 돌리면서 말했다.

"조애너 언니가 내게 아주 고약한 말을 하고 있어요."

그러자 조애너는 의자에서 일어서며 애매하게 말했다.

"심술이 나서 그러는 거야, 리넷. 심술일 뿐이라고."

그러고는 실례한다는 말도 없이 그들 곁을 떠났다. 윈들셤의 눈이 반짝 빛나는 것을 보았던 것이다.

윈들셤은 잠시 가만히 있다가 단도직입적으로 물었다.

"마음을 정했나요, 리넷?"

리넷이 천천히 대답했다.

"제가 동물은 아니잖아요? 확신할 수 없다면, 아니라고 말할 수밖에……."

그가 그녀의 말허리를 잘랐다.

"그렇게 말하지 말아요. 시간을 갖고 생각해 봐요. 당신이 원하는 만큼. 하지만 난 우리가 함께 행복할 거라고 믿어요."

리넷의 어조는 미안해하는 듯했고 거의 어린아이 같았다.

"알다시피 난 지금 즐겁게 지내고 있어요. 특히 이 모든 것이 즐거워요."

그녀는 한 손을 내뻗었다.

"난 워드 홀을 나의 이상적인 별장으로 만들고 싶었고, 그 일을 멋지게 해낸 것 같아요. 그렇게 생각하지 않으세요?"

"이곳은 아름다워요. 아름답게 설계되었지. 모든 것이 완벽해요. 당신은 정말 똑똑한 사람이에요, 리넷."

그는 잠시 말을 멈추었다가 다시 이었다.

"그렇지만 당신은 찰턴버리도 좋아하지 않아요? 물론 현대화할 필요는 있죠. 하지만 당신은 그런 종류의 일에 아주 뛰어나니까. 그걸 즐기게 될 거예요."

"음, 물론이지요. 찰턴버리는 멋져요."

그녀는 애써 열의를 보이며 대답했지만, 몸 안에서 갑자기 한기가 느껴졌다. 이질적인 음이 울려와 삶에 대한 그녀의 완벽한 만족감을 뒤흔들어 놓았다. 그 순간 그녀는 그 느낌을 분석하려고 하지 않았다. 하지만 나중에 윈들섬이 방을 나간 후 자신의 마음속 깊은 곳을 더듬어 보려 애썼다.

찰턴버리, 그렇다, 그게 문제였다. 찰턴버리 이야기가 나오자 화가 치밀었다. 하지만 왜? 찰턴버리는 꽤 유명한 곳이었다. 윈들셤의 조상은 엘리자베스 시대 이후로 그곳을 소유해 왔다. 찰턴버리의 여주인이 된다는 것은 사교계에서 넘을 수 없는 지위를 뜻했다. 윈들셤은 영국에서 가장 멋진 신랑감 중의 하나였다.

그가 워드 홀을 중요하게 여기지 않는 것은 당연했다……. 이곳은 어느 면으로 보나 찰턴버리와는 비교가 되지 않았다.

아, 하지만 워드는 그녀의 것이었다! 그녀는 이곳을 보았고, 손에 넣었고, 다시 짓고 다시 장식하면서 많은 돈을 썼다. 이곳은 그녀의 소유지, 그녀의 왕국이었다.

하지만 윈들셤과 결혼한다면 어떤 의미에서 이곳의 중요성은 반감되리라. 그들은 두 곳 중 어느 곳을 택할 것인가? 워드 홀을 포기하게 될 것이 당연했다.

그녀, 리넷 리지웨이는 더 이상 존재하지 않으리라. 찰턴버리와 그곳의 주인에게 막대한 지참금을 가져온 윈들셤 백작 부인이 되리라. 여왕이 아닌 왕비가 되리라.

"이건 바보 같은 생각이야."

리넷이 혼잣말로 중얼거렸다.

하지만 이상하게도 워드 홀을 포기한다는 생각만 해도 참을 수가 없었다…….

그리고 그녀의 신경을 긁는 또 다른 문제가 있지 않은가?

그것은 이렇게 말하는 재키의 기묘하고 모호한 목소리였다.

"사이먼이랑 결혼할 수 없다면, 난 죽을 거야! 난 죽을 거야! 죽을 거라고……."

그렇게 확실하고 열렬할 수 있다니. 리넷 자신도 윈들섬에 대해 그럼 느낌일까? 결코 그렇지 않았다. 그녀는 그 누구에게도 그런 감정을 느껴 본 적이 없었다. 틀림없이 무척 멋지리라, 그런 감정을 느낀다는 건…….

열린 창문을 통해 자동차 소리가 들려왔다.

리넷은 조바심을 내며 고개를 내저었다. 재키와 그 애의 남자가 온 게 분명했다. 나가서 그들을 만나야 했다.

그녀가 현관 입구에 문을 열고 서 있는데, 자클린과 사이먼 도일이 자동차에서 내렸다.

"리넷!"

재키가 그녀에게 달려왔다.

"이쪽은 사이먼이야. 사이먼, 여기는 리넷. 이 세상에서 가장 근사한 여자야."

리넷은 보았다, 짙푸른 두 눈, 곱슬거리는 갈색 머리, 각진 턱, 사람의 마음을 끄는 소년 같은 소박한 미소를 지닌 큰 키에 어깨가 떡 벌어진 청년을…….

그녀가 손을 내밀었다. 그녀의 손을 쥔 그의 손은 힘 있고 따뜻했다……. 그녀는 그가 자신을 바라보는 방식이 마음에 들었다. 그것은 순진하고 순수한 경탄이었다.

재키는 조금 전 그에게 그녀가 근사한 여자라고 말했고, 그는 그녀가 근사하다고 여기는 것이 분명했다.

따뜻하고 달콤한 도취가 온몸의 핏줄을 타고 번져 나갔다.

"이곳 전체가 아름답지 않나요? 들어오세요, 사이먼. 그래서 나로 하여금 새로운 토지 관리인을 제대로 환영할 수 있게 해 주세요."

그런 다음 그녀는 몸을 돌려 앞장서 걸으며 생각했다.

'놀랍도록, 정말 놀랍도록 행복한걸. 재키의 남자가 마음에 들어……. 정말이지 마음에 들어…….'

그러자 갑작스러운 고통이 엄습했다.

'재키는 행운아야…….'

VIII

팀 앨러턴은 고리버들을 엮어 만든 의자에 기대 앉아 바다를 바라보며 하품을 했다. 그런 다음 어머니 쪽을 재빨리 곁눈질했다.

앨러턴 부인은 백발에 아름다운 50세 여자였다. 아들을 볼 때마다 가혹하고 엄한 말을 함으로써 강한 애정을 감추고 있다고 여기고 있었지만, 그들을 전혀 모르는 이들에게조차 그런 전략이 통하는 경우는 거의 없었고, 팀 자신도 그것을 잘 알고 있었다.

그가 입을 열었다.

"정말 마요르카가 좋으세요, 어머니?"

앨러턴 부인은 생각에 잠겼다.

"음…… 그 편이 싸잖니."

"그렇지만 춥지요."

팀이 살짝 몸을 떨며 말했다.

팀 앨러턴은 검은 머리카락에 좀 빈약한 체구를 지닌 키가 크고 마른 청년이었다. 그의 입에서는 아주 감미로운 표현이 흘러나왔고, 두 눈은 서글펐으며, 턱은 유약해 보였다. 두 손은 길고 섬세했다.

몇 해 전 폐결핵에 걸렸던 그는 실제로 육체적으로 강건했던 적이 없었다. 그는 보통 '글 쓰는 사람'으로 여겨졌지만, 문학 작품에 대한 그의 탐구가 대단치 않다는 것이 친구들 사이의 중론이었다.

"무슨 생각을 하고 있니, 팀?"

앨러턴 부인은 눈치가 빨랐다. 그녀의 반짝이는 진갈색 눈동자가 미심쩍어하는 빛을 띠었다.

팀 앨러턴은 어머니에게 씩 웃어 보였다.

"이집트 생각을 하고 있어요."

"이집트?"

앨러턴 부인이 믿을 수 없다는 듯 물었다.

"정말 따뜻할 거예요, 어머니. 따뜻한 황금빛 모래밭, 나일 강, 저는 나일 강을 거슬러 올라가고 싶어요, 어머니는 안 그러세요?"

"오, 나도 그러고 싶단다."

그녀의 어조가 건조해졌다.

"하지만 이집트는 비용이 많이 들어, 팀. 한 푼이라도 절약해야 하는 사람에게는 어울리지 않아."

팀이 웃음을 터뜨렸다. 그러고는 의자에서 일어서서 몸을 쭉 뻗었다. 갑자기 그는 생기 있고 열정적으로 보였다. 목소리는 흥분으로 떨리고 있었다.

"비용은 제가 알아서 할게요, 그래요, 어머니. 주식 시장에 약간 변화가 있었어요. 무척 만족스러운 결과를 얻었죠. 오늘 아침에 들었어요."

앨러턴 부인이 날카롭게 물었다.

"오늘 아침? 넌 오늘 아침 편지 한 장을 받았을 뿐이고, 그 편지는……."

그녀가 말을 하다 말고 입술을 깨물었다.

순간적으로 팀은 재미있어해야 할지, 짜증스러워해야 할지 결정을 내리지 못했다. 하지만 이윽고 오늘은 재미있어하는 쪽을 택하기로 한 모양이었다.

"그 편지는 조애너에게서 온 거예요. 맞아요, 어머니. 어머니는 정말 최고의 탐정이세요! 유명한 에르퀼 푸아로도 어머니 앞에서는 조심해야 할걸요."

팀이 차갑게 말을 마쳤다. 앨러턴 부인은 시무룩해 보였다.

"난 그저 필적을 보고……."

"그게 주식 중개인의 것이 아니라는 것을 아셨다고요? 맞아요. 실제로 제가 그 소식을 들은 건 어제예요. 조애너의 형편없는 필체는 금방 눈에 띄죠……. 마치 술 취한 거미처럼 봉투 위에 휘갈겨져 있으니까요."

"조애너가 뭐라고 했니? 무슨 소식이라도 있니?"

앨러턴 부인은 편안하고 자연스러운 목소리를 내려고 애썼다. 먼 친척인 조애너 사우스우드와 아들의 우정은 언제나 그녀를 짜증스럽게 했다. 그들 사이에 뭔가가 있다는 생각이 들어서가 아니었다. 그런 일은 없으리라고 그녀는 확신했다. 팀은 조애너에게 감정적으로 관심을 보인 적이 없었고, 조애너 역시 마찬가지였다. 그들이 서로에게 끌리는 것은 둘 다 세상사에 관심이 많고 친구나 아는 사람이 많이 겹치는 데에 기인하는 듯했다. 두 사람 모두 사람을 좋아했고 사람에 대해 말하기를 즐겼다. 특히 조애너는 신랄한 가정법을 즐겼다.

조애너가 모습을 나타내거나 그녀에게서 편지가 올 때마다 앨러턴 부인의 태도가 좀 딱딱해지는 것은, 팀이 조애너와 사랑에 빠질까 봐 걱정되어서가 아니었다. 그것과는 조금 다른 딱 잘라 말하기 어려운 감정이었다.

조애너와 어울릴 때면 팀이 언제나 꾸밈없이 즐거워하는 것을 보며 무의식중에 질투하는 것일 수도 있었다. 그녀와 아들은 완벽한 한 팀이었으므로, 다른 여자에게 몰두하고 관심을 가지는 아들의 모습은 언제나 그녀를 좀 소스라치게 했다. 그녀는 또한, 그런 경우 자신의 존재가 젊은 세대인 두 사람 사이에 방해가 된다고 생각했다. 대화에 열렬히 빠져 있는 그들 앞에 그녀가 모습을 나타내면 그들은 머뭇머뭇대다가 극히 의식적으로 의무를 수행하듯 그녀를 끼워 주는 것처럼 느껴지는 때도 종종 있었다. 앨러턴 부인은 분명 조애너 사우스우드를 좋아하지 않았다. 그녀는 조애너가 위선적이고 닳고 닳았으며 기본적으로 천박하다고 생각했다. 그렇게 과격하게 말하지 않기가 그녀로서는 무척 어려웠다.

그녀의 물음에 대한 대답으로 팀은 주머니에서 그 편지를 꺼내 슬쩍 훑어보았다. 꽤 긴 편지라고 앨러턴 부인이 한마디 했다.

"대단한 건 없어요. 디베니시 부부가 이혼할 거라는군요. 몬티 아저씨가 음주 운전으로 고소당했대요. 윈들셤은 캐나다에 갔다는군요. 리넷 리지웨이에게 거절당한 충격이 상당했던 모양이에요. 리넷은 그 토지 관리인과 정말 결혼할 거라는군요."

"정말 별일이구나! 그 사람 험상궂게 생겼니?"

"아니, 아니에요. 전혀 그렇지 않아요. 그는 데븐셔의 도일 가 출신이래요. 물론 돈은 없어요. 그리고 사실은 리넷의 가장 친한 친구와 약혼한 사이였대요. 좀 심하죠, 그건."

"정말 안 좋은 일인 것 같다."

앨러턴 부인이 얼굴을 붉히며 말했다.

팀은 애정에 찬 눈길을 힐끗 그녀에게 던졌다.

"알아요, 어머니. 어머니는 다른 사람의 남편을 가로채는 일 같은 걸 용서하지 못하시죠."

"우리 때는 나름대로 법도란 게 있었지. 미덕이란 것도 있었고! 요즘 젊은 사람들은 자신들이 원하는 건 뭐든지 할 수 있다고 생각하는 것 같아."

팀이 미소를 지었다.

"생각이란 걸 하지 않지요. 그냥 저질러 버리거든요. 비드(속 빈) 리넷 리지웨이!"

"음, 정말 끔찍한 일인 것 같다."

팀이 그녀에게 눈을 찡긋해 보였다.

"기분 바꾸세요, 보수적인 마나님! 저는 어머니와 생각이 같은 것 같아요. 어쨌든 아직은 누군가의 아내나 약혼녀를 가로챈 적이 없으니까요."

"네가 그런 일은 결코 저지르지 않으리라고 나는 믿는다."

앨러턴 부인은 기운차게 덧붙였다.

"나는 너를 반듯하게 키웠어."

"그러니까 그 공은 제가 아니라 어머니에게 돌아가네요."

그는 짓궂게 웃어 보이며, 편지를 접어 다시 주머니에 넣었다. 앨러턴 부인의 머릿속에 한 가지 생각이 스쳐 지나갔다.

'저 애는 대부분의 편지를 내게 보여 주지. 그런데 조애너에게서 온 편지는 읽어 줄 뿐이야.'

하지만 그녀는 그런 쓸데없는 생각을 이내 떨쳐 버리고 여느 때처럼 숙녀답게 처신하기로 마음먹었다.

"조애너는 재미있게 지내고 있다니?"

"그저 그런 모양이에요. 런던 메이페어에 식품점을 낼 생각이라는군요."

"그 애는 언제나 사정이 어렵다고 말하지. 하지만 온갖 데를 다 다니고, 옷 값도 엄청나게 쓸 거야. 게다가 언제나 멋지게 차려입고 있더구나."

앨러턴 부인이 약간 심술궂은 어조로 말했다.

"아, 그런데 옷 값을 지불하지는 않을 거예요. 그래요, 어머니. 제 말은 어머니의 에드워드 시대적 사고로 짐작하시는 그런 게 아니라는 거예요. 그저 조애너가 청구서를 지불하지 않고 내버려 둔다는 뜻이에요."

앨러턴 부인이 한숨을 내쉬었다.

"사람들이 어떻게 그럴 수 있는지 난 도저히 모르겠다."

"그건 특별한 재능 같은 거예요. 충분히 사치스러운 취향을 갖고 있고 돈에 대한 감각이 전혀 없는 사람이기만 하면, 사람들이 무한정 신용 거래를 할 수 있게 해 주거든요."

"그래, 하지만 딱한 조지 워드 경처럼 결국은 파산 법정에 서게 되겠지."

"어머니는 그 말 장수 노인네에게 약하시네요. 1879년 어떤 무도회에서 그 할아버지가 어머니를 장미꽃 봉오리 같은 아가씨라고 했기 때문이겠지만요."

앨러턴 부인이 재빨리 응수했다.

"1879년에 난 태어나지도 않았단다. 그리고 조지 경은 매너가 좋은 분이셔. 그분을 말 장수라고 부르지 말았으면 좋겠구나."

"아는 사람들로부터 그 노인네에 대해 재미있는 이야기를 들었거든요."

"너와 조애너는 남 이야기를 아무렇게나 하지. 그렇게 심술궂게 굴다간 어떤 일이 일어날지 몰라."

팀이 눈썹을 치켜 올렸다.

"어머니, 무척 언짢으신가 봐요. 그 정도로 워드 할아버지를 좋아하시는 줄은 몰랐어요."

"워드 홀을 파는 게 그분에게 얼마나 힘든 일이셨을지 넌 이해할 수 없을 거다. 그분은 그곳을 너무나도 좋아하셨지."

팀은 즉각 반론이 나오려는 것을 참았다. 어쨌든 자신이 어떻게 판단한단 말인가? 대신 그는 생각에 잠긴 채 말했다.

"그 점에선 어머니 말씀이 크게 틀린 것 같지 않아요. 리넷이 그분에게 그곳으로 와서 자신이 바꿔 놓은 모습을 봐 달라고 했는데, 상당히 퉁명스럽게 거절했다더군요."

"당연하지. 그 여잔 그분께 그런 요청은 하지 말았어야 해."

"그리고 제 생각에 그분은 그 여자에게 상당히 원한을 품고 있는 것 같아요. 그 여잘 볼 때마다 아주 나지막하게 무어라 중얼거린답니다. 그 낡아 빠진 가문의 영지를 최고가로 사 주었는데도 그 여잘 용서할 수 없나 봐요."

"넌 그걸 이해할 수 없다는 거냐?"

앨러턴 부인이 날카롭게 묻자 팀은 차분하게 대답했다.

"솔직히 말해서 그래요. 어째서 과거만 생각하는 거죠? 왜 그렇게 과거에 집착하느냐고요?"

"네가 그분들 입장이라면 어떤 생각을 할 것 같니?"

그는 어깨를 으쓱해 보였다.

"열정을 중요하게 여길 것 같아요. 참신함 말이에요. 매일매일 다가올 것에 대한 미지의 기쁨 같은 거요. 불필요한 영지를 물려받는 것보다는 스스로의 힘으로, 스스로의 두뇌와 능력으로 돈을 버는 기쁨이 중요하죠."

"그러니까 주식 투자에서 성공적인 거래를 하는 것 말이구나!"

팀이 소리 내어 웃었다.

"안 될 게 뭐겠어요?"

"그럼 주식 투자에서 손해를 보게 되는 건 어떻게 생각하니?"

"어머니, 그건 분별 없는 짓이죠. 그리고 오늘 얘기의 흐름과는 전혀 어울리지 않고요……. 그건 그렇고 이 이집트 계획에 대해서는 어떻게 생각하세요?"

"글쎄……."

팀이 그녀에게 웃어 보이며 말허리를 잘랐다.

"그럼 결정된 거예요. 우리 둘 다 항상 이집트에 가 보고 싶어 했잖아요."

"언제 갈 생각이니?"

"다음 달에요. 1월 무렵이 거길 여행하기에 가장 좋거든요. 이 호텔에 두어 주일 더 묵으면서 유쾌한 사교 생활을 즐겨요."

"팀!"

앨러턴 부인은 책망하듯 입을 열었다가 미안한 어조로 이렇게 덧붙였다.

"네가 함께 경찰서에 가 줄 거라고 리치 부인에게 내가 약속을 해

놓았단다. 부인은 스페인 어를 전혀 알아듣지 못하거든."

팀이 미간을 찌푸렸다.

"그 여자의 반지 문제로요? 그 고리 대금업자 딸의 핏빛 루비 반지 때문에요? 그 여잔 아직도 그걸 도둑맞았다고 여기고 있나요? 어머니가 원하시면 가겠지만, 그건 시간 낭비예요. 그 여잔 그저 가엾은 객실 담당 하녀만 곤란하게 만들 거예요. 그날 그 여자가 바다로 들어갈 때 반지를 끼고 있는 걸 제가 분명히 봤어요. 물 속에서 반지가 빠져 버렸는데 그 여잔 알아채지 못한 거예요."

"부인은 자신이 분명히 반지를 빼서 화장대 위에다 올려놓았다는구나."

"음, 그녀는 그러지 않았어요. 제가 두 눈으로 똑똑히 봤어요. 그 여잔 바보예요. 아주 잠깐 햇볕이 따갑게 내리쬔다는 이유만으로 물이 따뜻할 거라고 믿고 12월에 바다에 들어가는 여자라면 바보죠. 어쨌거나 뚱뚱한 여자들은 해수욕을 금지시켜야 해요. 그런 여자들이 수영복을 입으면 정말 혐오스럽거든요."

앨러턴 부인이 중얼거렸다.

"그럼 난 해수욕을 포기해야 할 것 같구나."

팀이 큰 소리로 웃었다.

"어머니요? 어머니는 웬만한 젊은 여자보다 나으신걸요."

앨러턴 부인은 한숨을 내쉬고 말했다.

"이곳에 너와 어울리는 젊은 사람들이 좀 더 많았으면 했는데."

팀 앨러턴이 단호하게 고개를 내저었다.

"그런 생각 안 해요. 어머니와 저는 외부에다 정신 팔 일 없이도 잘 지내잖아요."

"조애너가 여기 있었으면 네가 좋아했을 텐데."

"그렇지 않을 거예요."

그의 어조는 뜻밖에 단호했다.

"그 점에서 어머니는 완전히 잘못 생각하고 계세요. 조애너는 재미있지만, 제가 조애너를 정말 좋아하는 것도 아니고, 오랫동안 함께 있으면 제 신경이 날카로워져요. 조애너가 여기 없어서 다행이에요. 조애너를 다시 만나지 못한다 해도 저는 별로 낙심하지 않을 거예요."

그는 아주 나직하게 덧붙였다.

"이 세상에서 제가 정말 존경하고 흠모하고 생각하는 여자는 오직 하나고, 제 생각에 앨러턴 부인, 부인께서는 그 여자가 누구인지는 잘 알고 계실 것 같은데요."

그의 어머니는 얼굴을 붉히며 상당히 당황해하는 듯했다.

팀이 진지하게 말했다.

"이 세상에 정말 멋진 여자는 그리 많지 않아요. 어머니는 그런 사람들 중 하나고요."

IX

뉴욕 센트럴 파크가 내려다보이는 아파트에서 롭슨 부인이 감탄했다.

"이렇게 좋은 일이 있나! 넌 정말 최고로 운이 좋구나, 코닐리어."

코닐리어 롭슨은 이 말에 대답 대신 얼굴만 붉혔다. 그녀는 개를 연상시키는 갈색 눈에 체구가 크고 촌스럽게 보이는 처녀였다.

"오, 정말 멋질 거예요!"

그녀는 무척 들뜬 목소리였다.

노처녀 밴 슈일러는 가난한 친척들이 보이는 이런 당연한 반응에 흡족한 모습으로 고개를 끄덕였다.

코닐리어가 한숨을 내쉬었다.

"전 언제나 유럽 여행을 꿈꾸어 왔어요. 하지만 정말 그곳에 갈 수 있을 줄은 몰랐어요."

"물론 바워즈 양도 언제나처럼 나를 따라갈 거다. 하지만 대외적으로 같이 다니기엔 그녀에게 한계가 있는 것 같아. 한계가 있고말고. 코닐리어 네가 나를 위해서 해 줄 사소한 일들이 많을 거야."

밴 슈일러가 말했다.

"기꺼이 하겠어요, 메리 아주머니."

코닐리어가 허겁지겁 대답했다.

"그래, 그래. 그럼 결정된 거다. 나가서 바워즈 양을 좀 찾아보렴, 코닐리어. 에그노그*를 마실 시간이구나."

코닐리어가 방을 나가자 그녀의 어머니가 말했다.

* 설탕과 포도주를 탄 우유에 달걀을 섞은 음료.

"아, 메리, 정말 너무나 고마워요! 알다시피 코닐리어는 사회적으로 성공하지 못한 게 무척 고통스러운 모양이에요. 때문에 그 애는 굴욕감 같은 걸 느끼고 있어요. 내가 저 애를 데리고 여기저기 다닐 수 있는 여유가 있으면 좋으련만. 하지만 네드가 죽은 후 우리 형편이 어떤지 아실 거예요."

"저 애를 데리고 갈 수 있어서 나도 무척 기뻐요. 코닐리어는 언제나 훌륭하고 손재주도 있고 심부름도 잘하고 요즘 젊은 애들처럼 이기적이지도 않으니까요."

롭슨 부인은 의자에서 일어나 부자 친척의 주름지고 누런 기가 도는 얼굴에 입을 맞추며 말했다.

"정말 너무나 고마워요."

층계에서 그녀는 거품 있는 노란 액체가 담긴 컵을 들고 오는 키 크고 유능해 보이는 여자와 마주쳤다.

"음, 바워즈 양, 당신도 유럽에 가시나요?"

"이런, 그런데요, 롭슨 부인."

"굉장한 여행이 되겠군요!"

"아, 그렇겠죠. 아주 즐거울 것 같아요."

"그런데 전에 외국에 나간 적이 있나요?"

"오, 그럼요, 롭슨 부인. 지난 가을 밴 슈일러 여사와 파리에 갔죠. 하지만 이집트는 처음이에요."

롭슨 부인이 머뭇거렸다.

"정말이지…… 아무 문제…… 없어야 할 텐데."

그녀는 목소리를 낮추었다. 하지만 바워즈 양은 대수롭지 않다는 듯이 대답했다.

"오, 그럼요, 롭슨 부인. 그 문젠 제가 잘 알아서 할게요. 언제나 경계를 늦추지 않고 지켜보고 있답니다."

하지만 천천히 계단을 내려가는 롭슨 부인의 얼굴에는 희미하게 불안의 그림자가 드리워져 있었다.

X

앤드류 페닝턴은 시내 중심가에 있는 자신의 사무실에서 사적인 편지를 뜯어 보는 중이었다. 갑자기 그가 주먹을 불끈 쥐더니 쾅 하는 소리를 내며 책상을 내리쳤다. 얼굴은 시뻘게졌으며, 이마에는 두 개의 굵은 핏줄이 불끈 솟았다. 그가 책상 위의 벨을 누르자, 예쁜 얼굴의 속기사가 즉각 모습을 나타냈다.

"록포드 씨에게 이리로 오시라고 해 줘요!"

"알았습니다, 페닝턴 씨."

잠시 후 페닝턴의 동업자인 스턴데일 록포드가 사무실로 들어왔다. 두 사내는 외모가 비슷했다. 둘 다 키가 크고 마른 체구였고, 반백의 머리에 깨끗하게 면도한 영리해 보이는 얼굴을 하고 있었다.

"무슨 일인가, 페닝턴?"

페닝턴은 다시 읽고 있던 문제의 편지에서 시선을 들었다. 그가 입을 열었다.

"리넷이 결혼했다네……."

"뭐라고?"

"내 말 들었잖나! 리넷 리지웨이가 결혼을 했단 말일세!"

"어떻게? 언제? 왜 우리가 그 소식을 듣지 못한 거지?"

페닝턴은 책상 위에 놓인 달력을 흘긋 쳐다보았다.

"그녀가 이 편지를 썼을 때는 아직 결혼하지 않았을 테지만, 지금은 이미 결혼한 몸일 거야. 4일 아침이라고 했으니까. 바로 오늘이라네."

록포드가 의자에 털썩 주저앉았다.

"휴! 아무런 경고도 없이? 아무런 예고도 없이? 도대체 상대 남자는 누군가?"

페닝턴은 다시 한 번 편지를 쳐다보았다.

"도일. 사이먼 도일이라는군."

"그는 어떤 종류의 인물인가? 그에 대해 들은 것 있나?"

"전혀. 리넷은 많은 얘길 하고 있진 않네……."

그는 똑바르고 말끔한 글씨들로 채워진 편지를 훑어보았다.

"이 일에는 뭔가 비밀스러운 점이 있는 것 같군. 하지만 무슨 상관이람. 중요한 건 그녀가 결혼했다는 거야."

두 사내의 눈길이 마주쳤다. 록포드가 고개를 끄덕였다.

"생각을 좀 해 볼 필요가 있어."

그가 차분하게 말했다.

"이 문제를 어떻게 해야 하지?"

"내가 묻고 싶은 말일세."

두 사람은 말없이 앉아 있었다. 이윽고 록포드가 물었다.

"무슨 계획이라도 있나?"

페닝턴이 천천히 대답했다.

"노르망디 호가 오늘 떠난다네. 우리 둘 중 하나가 그걸 탈 수 있을 걸세."

"자네 미쳤군! 그게 좋은 생각인가?"

"그 영국 변호사들은……."

페닝턴이 입을 열다가 말았다.

"그들이 어쨌다는 건가? 그들과 맞붙을 작정은 아니겠지? 그렇다면 자넨 미쳤어!"

"내 말은 자네나 나 둘 중 한 사람이 영국에 가야 한다는 뜻이 아닐세."

"그럼 자네의 생각이란 게 뭔가?"

페닝턴은 책상 위에 놓인 편지를 만지작거렸다.

"리넷은 이집트로 신혼여행을 떠난다네. 그곳에서 한 달, 어쩌면 그 이상을 머물 거라는군."

"이집트……라고?"

록포드는 생각에 잠겼다. 이윽고 고개를 든 그는 상대의 시선과 마주쳤다.

"이집트, 그게 바로 자네의 생각이군!"

"그렇지. 우연히 만난 척하는 거야. 여행 중에 말이야. 리넷과 그녀의 남편은 신혼의 분위기에 젖어 있을 거고. 일이 잘될 걸세."

록포드가 의심스럽다는 듯이 말했다.

"예리하지, 리넷은 말이야……. 하지만……."

페닝턴은 부드럽게 말을 계속했다.

"내 생각엔 방법이 있을 것 같아. 그 일을 해낼 방법 말일세."

그들의 시선이 다시 만났다. 록포드가 고개를 끄덕였다.

"좋아, 이 친구야."

페닝턴이 벽시계를 쳐다보았다.

"서둘러야 하네. 둘 중 누가 가든 말일세."

록포드가 재빨리 말했다.

"자네가 가게. 자네는 언제나 리넷에게 호평을 받았잖나. '앤드류 아저씨'라고 말일세. 그것 안성맞춤이군!"

페닝턴의 얼굴이 굳어졌다. 그가 말했다.

"내가 잘해 내야 할 텐데."

그의 동업자가 말을 받았다.

"자네가 잘해 내야 하네. 상황이 다급하니까……."

XI

무슨 일인지 묻는 표정으로 문을 연 여위고 껑충한 청년을 보며 윌리엄 카마이클이 말했다.

"짐에게 이리로 오라고 해 주게."

짐 팬숍이 방으로 들어와 궁금한 표정으로 자기 삼촌을 바라보았다. 카마이클이 고개를 끄덕이며 눈을 들어 끙 소리를 냈다.

"으음, 왔구나."

"저를 찾으셨다면서요?"

"이걸 좀 보렴."

청년이 자리에 앉아 편지 다발을 자기 쪽으로 끌어왔다. 나이 든 사내는 그러는 그를 지켜보았다.

"어떠냐?"

즉각 대답이 나왔다.

"제가 보기엔 뭔가 냄새가 나는데요, 이사님."

'카마이클, 그랜트와 카마이클' 사의 이사는 다시 한 번 특유의 끙 소리를 냈다.

짐 팬숍은 이집트에서 항공 우편으로 막 도착한 그 편지를 다시 읽기 시작했다.

……이런 날 업무 편지를 쓰는 건 짜증나는 일이에요. 저희는 메나 하우스에서 일주일을 보내고 페이윰으로 원정을 갔었어요. 모레는 증기선을 타고 나일 강을 거슬러 올라가, 룩소르와 아스완 어쩌면 카르툼까지 갈 것 같아요. 오늘 아침 표가 있는지 알아보기 위해 여행사에 갔는데, 누굴 제일 먼저 봤는지 아세요? 제 미국인 재산 관리인인 앤드류 페닝턴 씨였답니다. 2년 전 그분이 영국에 왔을 때 만나셨을 거예요. 저는 그분이 이집트에 와 있는지 전혀 몰랐고, 그분 역시 제

가 이집트에 있는지 전혀 몰랐다더군요! 제가 결혼했다는 것도 몰랐고요. 결혼을 알리는 제 편지를 못 받은 모양이에요. 아저씨 역시 우리와 똑같이 나일 강을 거슬러 올라가고 있더군요. 놀라운 우연이죠? 그건 그렇고 이렇게 바쁜 때에 그 모든 걸 해 주셔서 정말 감사해요. 저는…….

청년이 그 장을 넘기려는 순간, 카마이클이 그에게서 편지를 낚아챘다.

"그뿐이다. 나머지 내용은 중요하지 않아. 자, 어떻게 생각하니?"

청년은 잠깐 생각에 잠겼다가 대답했다.

"음, 제 생각에는 이건 우연이 아니라……."

상대는 동의의 뜻으로 고개를 끄덕였다. 그러고는 고함을 치듯 물었다.

"이집트 여행 어떻겠니?"

"그 편이 좋을까요?"

"우물쭈물할 시간이 없는 것 같다."

"그런데 왜 저죠?"

"머리 좀 써라, 얘야! 머리 좀 쓰란 말이다. 리넷 리지웨이는 너를 만난 적이 없어. 페닝턴은 더더욱 그렇고. 비행기로 가면 늦기 전에 도착할 수 있을 거야."

"저…… 저는 그러고 싶지 않은데요, 이사님. 제가 뭘 해야 하죠?"

"눈을 쓰고, 귀를 쓰고, 머리를 쓰는 거야. 네게 머리란 게 있다면 말이야. 그리고 필요하다면, 행동해라."

"저…… 전 그런 건 싫은데요."

"싫을 수도 있지. 하지만 해야 한다."

"꼭 해야 하나요?"

"내 생각엔, 절대적으로 필요한 일이다."

XII

오터번 부인은 머리에 감고 있던 천연 섬유로 된 터번을 바로잡으며 성마르게 투덜거렸다.

"우리가 이집트로 가면 안 되는 이유를 난 정말 모르겠어. 이제 예루살렘이라면 신물이 나."

딸에게서 대답이 없자 그녀가 다시 말했다.

"사람이 말을 하면 최소한 대꾸는 해야지."

로잘리 오터번은 신문에 난 어떤 사람의 사진을 들여다보고 있었다. 그 아래에는 이런 설명이 붙어 있었다.

결혼 전 사교계의 유명한 미인이었던 리넷 리지웨이 양은 이제 사이먼 도일 부인이 되었다. 도일 부부는 현재 이집트에서 휴가를 즐기고 있다.

로잘리가 입을 열었다.

"이집트 쪽으로 가고 싶으세요, 어머니?"

오터번 부인이 재빨리 말을 받았다.

"그래, 난 그러고 싶다. 내 생각에 이곳 사람들은 지독히 거만한 태도로 우리를 대하는 것 같다. 내가 이곳에 있다는 것은 하나의 광고야. 그렇기 때문에 난 특별 할인을 받아야 해. 그런데 내가 이런 말을 내비치면, 사람들은 더할 나위 없이 무례해진다니까. 정말 지독히도 무례하단 말이야. 난 내 생각을 그들에게 정확히 밝혔지."

처녀가 한숨을 내쉬고는 말했다.

"어디나 마찬가지예요. 당장 떠날 수 있었으면 좋겠어요."

"그러더니 오늘 아침에는 말이다, 지배인이 와서는 무례하게도 방들이 모두 예약되었으니, 이틀 내로 우리가 쓰고 있는 방을 비워 달라는구나."

"그러니까 우린 어딘가로 가야겠네요."

"전혀 그럴 필요 없다. 나는 내 권리를 지키기 위해 싸울 준비가 되어 있어."

로잘리가 중얼거렸다.

"이집트로 가는 것도 좋을 것 같아요. 별로 차이가 없으니까요."

"생사가 갈리는 건 아닌 게 분명하지."

오터번 부인이 동의했다.

하지만 그 점에서 부인은 완전히 잘못 생각한 것이었다. 그것은 생사가 갈리는 문제였던 것이다.

제2부

이집트

제1장

"저 사람이 에르퀼 푸아로야. 탐정 말이야."

앨러턴 부인이 말했다.

그녀와 그녀의 아들은 아스완에 있는 카타렉트 호텔 밖에 놓인 진홍색으로 칠해진 버들가지 의자에 앉아 있었다. 그들은 멀어져 가는 두 사람을 지켜보고 있었다. 하얀 실크 양복을 차려입은 키 작은 남자와 키 크고 날씬한 여자였다.

팀 앨러턴은 유난히 민첩한 동작으로 자리에서 똑바로 일어나 앉았다.

"저 우스꽝스러운 키 작은 남자 말인가요?"

그가 믿을 수 없다는 듯 물었다.

"저 우스꽝스러운 자그마한 남자 말이다!"

"저 사람이 도대체 여기서 뭘 하고 있는 걸까요?"

팀의 물음에 어머니가 웃음을 터뜨렸다.

"팀, 너 몹시 흥분한 것 같구나. 남자들은 왜 그렇게 범죄에 관심이 많은지 모르겠다. 난 탐정 소설이 정말 싫고 읽어 본 적도 없다. 그런데 무슈 푸아로가 여기 온 것은 무슨 숨은 동기가 있어서가 아닐 거다. 돈을 꽤 많이 모아 둬서 삶을 즐기고 있는 모양이야."

"이곳에서 제일 아름다운 여자를 보면서 말이죠."

앨러턴 부인은 고개를 한쪽으로 살짝 기울이고는 푸아로와 그의 동반자의 멀어져 가는 뒷모습을 바라보았다.

푸아로 옆에 있는 여자는 그보다 8센티미터 정도는 더 컸다. 그녀는 너무 딱딱하지도, 너무 흐느적거리지도 않은 걸음걸이로 멋지게 걷고 있었다.

"상당히 예쁜 여자인 것 같구나."

앨러턴 부인은 이렇게 말하고는 곁눈으로 팀을 슬쩍 바라보았다. 재미있게도 팀은 덥석 미끼를 물었다.

"정말 아름답군요. 그런데 저렇게 기분이 나쁘고 부루퉁한 표정을 짓고 있다니 유감이에요."

"표정만 그럴지도 모른단다, 팀."

"불쾌하고 심술궂은 처녀인 것 같아요. 하지만 정말 예쁘네요."

이들이 말하는 문제의 인물은 푸아로 곁에서 천천히 걷고 있었다. 로잘리 오터번은 접힌 양산을 빙빙 돌리고 있었는데, 팀이 방금 말한 대로 부루퉁하고 기분 나쁜 것 같았다. 눈살을 잔뜩 찌푸린 채, 진홍색 입술을 비죽 내밀고 있었다.

그들은 호텔 정문에서 나와 왼쪽으로 꺾어져서 공원의 시원한 그늘로 들어갔다.

에르퀼 푸아로는 행복하고 기분 좋은 태도로 부드럽게 이야기를 하고 있었다. 그는 꼼꼼하게 다려진 흰색 실크 양복을 차려입고, 파나마 모자를 쓰고, 인조 호박 손잡이에 장식이 달린 파리채를 들고 있었다.

"이곳은 정말 매력적입니다. 엘레판티네*의 검은 바위들, 태양, 강 위의 작은 배들. 그래요, 살아 있다는 건 좋은 일이에요."

그는 잠시 말을 멈추었다가 다시 이었다.

"그렇게 생각하지 않습니까, 마드무아젤?"

로잘리 오터번은 짤막하게 대꾸했다.

"모두 괜찮아 보여요. 아스완은 좀 우울한 곳 같아요. 호텔은 반이 비어 있고, 사람들은 모두 백 살 정도 되는……."

순간 그녀는 말을 멈추고는 입술을 깨물었다.

에르퀼 푸아로가 눈을 깜박거렸다.

"사실이에요. 그래요, 나도 죽을 때가 가깝답니다."

"저는…… 저는 선생님을 두고 한 말이 아니었어요. 죄송해요. 무례했어요."

"전혀 그렇지 않아요. 당신이 같은 나이 또래의 젊은이들과 어울리고 싶어 하는 건 자연스러운 일이지요. 아, 그래요, 청년이 하나

---

* 이집트 아스완에 있는 섬. 코끼리와 상아가 거래된 데서 '엘레판티네(거대한, 코끼리 같은)'라는 지명이 유래되었다.

있는 것 같은데."

"줄곧 자기 어머니와 붙어 앉아 있는 남자 말인가요? 저는 그 아주머니가 좋아요. 하지만 그 청년은 고약해 보이던걸요. 너무 오만한 것 같아요!"

푸아로가 미소를 지었다.

"그러면 나는…… 나도 오만한가요?"

"오, 그렇지 않아요."

그녀는 관심이 없는 게 분명했다. 하지만 푸아로는 개의치 않는 듯했다. 그는 편안한 만족감을 드러내며 이렇게 말했을 뿐이었다.

"내 가장 친한 친구는 내가 몹시 오만하다고 늘 말한답니다."

"오, 그렇군요."

로잘리가 애매하게 대답했다.

"선생님은 오만하게 행동할 만한 뭔가가 있으시겠지요. 안타깝게도 저는 범죄 따위에 조금도 관심이 없지만요."

푸아로가 엄숙하게 말했다.

"당신에게 감추어야 할 은밀한 죄책감 같은 게 없다는 걸 알게 되어서 무척 기쁘군요."

한순간 얼굴을 가리고 있던 부루퉁한 표정의 가면이 바뀌면서 그녀는 재빨리 그에게 묻는 듯한 눈길을 던졌다. 푸아로는 그것을 눈치 채지 못한 듯 말을 계속했다.

"마담, 그러니까 당신 어머니는 오늘 점심 식사 때 안 나오셨더군요. 몸 상태가 좋지 않으신가 보지요?"

"이곳은 어머니와 맞지 않아요. 이곳을 빨리 떠났으면 좋겠어요."

로잘리가 짤막하게 대답했다.

"우리는 같은 배의 승객들 아닌가요? 와디 할파*와 제2폭포로 함께 답사를 가는 거죠?"

"예."

그들은 공원의 그늘에서 나와 강에 인접한 먼지 나는 길로 접어들었다. 그들을 지켜보고 있던 구슬 목걸이 상인 다섯, 그림 엽서 상인 둘, 스칼라베** 기념품 상인 셋, 두 명의 당나귀 소년과 무관심한 척하지만 기대를 버리지 않고 있는 가난한 아이들 한 무리가 주위로 몰려들었다.

"구슬 목걸이 볼래요, 선생님? 아주 좋습니다, 선생님. 아주 싸고요……."

"아가씨, 스칼라베 보고 가요. 봐요, 위대한 여왕입니다. 굉장한 행운을 가져와요……."

"봐요, 선생님. 진짜 청금석이죠. 아주 좋고, 아주 싸요……."

"당나귀 타는 거 좋아요, 선생님? 이놈은 아주 착한 당나귀입니다. 이 당나귀는 위스키소다랍니다, 선생님……."

"화강암 채석장에 가고 싶어요, 선생님? 이거 진짜 좋은 당나귀에요. 다른 당나귀 아주 나빠요, 선생님, 저 당나귀는 사람을 굴러 떨

---

* 수단에 있는 도시. 이집트 국경 부근의 제2폭포에서 10km 떨어진 나일강 동안에 있는, 고대 누비아 왕국의 고도(古都).

** 고대 이집트의 신성시된 풍뎅이로 만든 호신부.

어지게…….”

“그림 엽서 사세요. 아주 싸고 아주 멋져요…….”

“봐요, 아가씨…… 단돈 10피아스터*예요. 아주 싸죠. 청금석이에요. 이 상아는…….”

“이건 정말 좋은 파리채입니다, 여기 전부 호박으로…….”

“배를 타고 나가고 싶어요, 선생님? 제게 아주 좋은 배가 있거든요, 선생님…….”

“이걸 타고 호텔로 돌아갈래요, 아가씨? 이건 최상급 당나귀랍니다…….”

에르퀼 푸아로는 애매한 몸짓으로 인간 파리 떼를 쫓았다. 로잘리는 몽유병 환자처럼 그들 사이를 뚫고 지나갔다.

“귀머거리, 소경인 척하는 게 최고예요.”

그녀가 말했다.

거지 아이들이 서글프게 중얼거리며 길을 따라 달려왔다.

“박시시?** 박시시? 힙, 힙, 후레이.*** 정말 친절하시죠, 정말 멋지시죠…….”

그들의 알록달록한 누더기 옷이 그림처럼 길게 따라붙고, 아이들의 눈꺼풀 위엔 파리들이 떼를 지어 내려앉았다. 아이들은 정말이

---

* 이집트 · 시리아 · 레바논 등 중동 제국의 화폐 단위.

** 원래는 ‘팁’을 의미하는 개념이지만 관광객들에게 선행을 베푼 뒤 그 보상을 요구하거나 동냥을 할 때도 쓰이는 개념이다.

*** 응원하는 소리. 한 사람이 “힙, 힙.” 하고 선창을 하면 나머지 사람들이 “후레이!”를 외친다.

지 집요했다. 다른 상인들은 그들을 포기하고, 새로 온 사람들에게 공세를 퍼붓기 시작했다.

이윽고 푸아로와 로잘리는 아이들에게서 놓여나 죽 늘어선 상점들로 향했다. 나긋하고 설득하는 듯한 목소리가 들려왔다…….

"오늘 제 가게를 찾아 주셨군요, 선생님?"

"저 상아 색 악어 가죽이 맘에 드세요, 선생님?"

"전에 제 가게 들리신 적 없죠, 선생님? 아주 멋진 물건들을 보여 드리지요."

그들은 다섯 번째 상점에 들어갔고, 로잘리는 필름 몇 롤을 맡겼다. 이로써 이 산책의 목적이 달성되었다.

그런 다음 두 사람은 다시 밖으로 나와 강가를 향해 걸었다.

증기선 한 척이 막 정박하고 있었다. 푸아로와 로잘리는 관심을 갖고 승객들을 바라보았다.

"정말 사람이 많군요, 그렇지 않아요?"

로잘리가 물었다.

그녀가 고개를 돌렸을 때, 팀 앨러턴이 다가와 그들과 합류했다. 빠른 걸음으로 걸어온 듯 그는 약간 숨을 헐떡이고 있었다.

그들은 잠시 그곳에 서 있었다. 이윽고 팀이 입을 열었다.

"언제나처럼 끔찍하게 사람이 많군요."

그는 배에서 내리는 승객들을 가리키며 얕보듯이 말했다.

"저들은 대개 정말 끔찍해요."

로잘리가 동의했다.

세 사람 모두 어떤 곳에 먼저 도착한 사람들이 새로 도착하는 이들을 바라보며 느끼는 우월감에 젖어 있었다.

"이런!"

갑자기 흥분한 어조로 팀이 외쳤다.

"저 여자는 리넷 리지웨이가 틀림없군요."

그 말에 푸아로는 동요하지 않았지만, 로잘리는 흥미가 끌린 것이 분명했다. 그녀는 몸을 앞으로 기울이고 부루퉁한 표정을 거둔 다음 물었다.

"어디요? 저 하얀 옷 입은 여자 말인가요?"

"그래요. 저기 키 큰 남자와 함께 서 있군요. 지금 강가로 내려서는 사람들 말이에요. 저 사람이 남편인 것 같군요. 이름은 기억할 수 없지만요."

"도일이에요. 사이먼 도일. 모든 신문에 났더군요. 저 여자는 돈이 엄청나게 많다면서요?"

로잘리가 대답했다.

"영국에서 가장 돈이 많은 여자일걸요."

팀이 쾌활하게 말했다.

세 명의 구경꾼들은 그들이 강가로 다가오는 것을 말없이 지켜보았다. 푸아로는 흥미 있는 눈길로 일행의 이야기 대상을 응시했다. 그가 중얼거렸다.

"아름다운 여자군요."

"어떤 사람들은 모든 것을 다 갖고 있다니까요."

로잘리가 씁쓸한 어조로 말했다.

트랩을 오르는 리넷을 지켜보는 로잘리의 얼굴에는 기묘한 시기의 표정이 떠올라 있었다.

리넷 도일은 마치 공연 무대의 중앙으로 나서는 것처럼 완벽하게 성장한 모습이었다. 또한 그녀는 유명한 여배우의 자신감 같은 것을 지니고 있었다. 사람들의 시선을 받고, 찬탄을 듣고, 어디를 가든 무대의 주인공이 되는 데 익숙해져 있었다.

그 여자는 자신에게 쏟아지는 날카로운 눈길을 의식하는 동시에 거의 무시하고 있었다. 그런 공물은 그녀 삶의 일부였던 것이다.

그녀는 무의식적이긴 했지만, 하나의 역할을 연기하며 배에서 내렸다. 신혼여행 중인 부유하고 아름다운 상류 사회의 신부 역할이었다. 그녀는 약간 미소를 띠고 고개를 돌리고는 옆에 있는 키 큰 남자에게 가볍게 한마디 했다. 그가 대답하는 순간, 그의 목소리가 에르퀼 푸아로의 관심을 끈 것 같았다. 푸아로는 눈을 번쩍 빛내더니 미간을 찌푸렸다.

두 남녀가 푸아로의 곁을 스쳐 지나갔다. 사이먼 도일이 말하는 소리가 들려왔다.

"그럼 시간을 내 보지, 뭐, 리넷. 이곳이 당신 마음에 든다면 일이 주일은 어렵지 않게 묵을 수 있어."

열정적이고 사랑에 넘치는, 약간 비굴한 그의 얼굴이 그녀를 향하고 있었다.

푸아로는 생각에 잠긴 눈으로 그를 훑어보았다. 떡 벌어진 어깨,

햇볕에 그을린 얼굴, 질푸른 눈, 그리고 다소 어린애처럼 보이는 순진한 미소.

그들이 지나간 후 팀이 말했다.

"지독히도 운이 좋군. 비정상적인 뚱보나 평발이 아닌 상속녀를 찾아내다니!"

"저들은 무척 행복해 보이는군요."

로잘리가 질투 섞인 어조로 말했다. 그런 다음 갑자기 한마디 덧붙였는데, 소리가 너무 작아서 팀은 무슨 말인지 알아듣지 못했다.

"이건 불공평해요."

하지만 푸아로는 그 말을 알아들었다. 그는 좀 당혹스럽게 미간을 찌푸렸다가는 재빨리 그녀를 흘긋 쳐다보았다.

팀이 말했다.

"전 이제 어머니를 위해 물건 몇 가지를 사러 가야겠습니다."

팀은 모자를 살짝 들었다가 내려놓고는 걸음을 옮겼다. 푸아로와 로잘리는 길을 되짚어 호텔 쪽으로 천천히 걸음을 옮기면서 당나귀를 타라는 또 다른 제안에 손을 내저었다.

"그러니까 저건 공평하지 않은 거죠, 마드무아젤?"

푸아로가 부드럽게 물었다.

그 처녀는 화를 내며 얼굴을 붉혔다.

"무슨 말씀을 하시는 건지 모르겠군요."

"방금 당신이 나직하게 중얼거린 말을 옮긴 것뿐입니다. 오, 그래요. 당신이 그렇게 말했지요."

로잘리 오터번은 어깨를 으쓱해 보였다.

"한 사람이 갖기에는 정말이지 좀 과한 것 같아요. 돈, 멋진 몸매, 아름다운 얼굴 그리고……."

그녀가 말을 멈추자 푸아로가 말했다.

"그리고 사랑까지 말이죠? 그렇지 않은가요? 하지만 사실 모르는 일이랍니다. 그 남자가 그 여자의 돈을 노리고 결혼했을 수도 있으니까요!"

"그 남자가 그 여자를 쳐다보는 눈길을 못 보셨나요?"

"오, 그래요, 마드무아젤. 봐야 할 것은 다 봤지요. 당신이 보지 못한 그 무엇까지 말입니다."

"그게 뭔데요?"

푸아로가 천천히 말했다.

"나는 보았답니다, 마드무아젤, 어떤 여자의 눈 아래 드리워진 검은 그늘을요. 나는 보았지요, 손가락 관절이 하얘질 정도로 힘주어 양산을 쥐고 있는 손을……."

로잘리가 그를 물끄러미 응시했다.

"무슨 뜻인가요?"

"내 말은 반짝인다고 해서 다 금은 아니라는 겁니다. 내 말은, 그 숙녀가 부유하고 아름답고 사랑스럽긴 하지만 그럼에도 제대로 되지 않는 무엇인가가 있다는 겁니다. 그리고 또 다른 무엇도 알고 있지요."

"그게 뭔데요?"

푸아로가 미간을 찌푸리며 대답했다.

"어디선가 언젠가 그 목소리를 들은 적이 있답니다. 무슈 도일의 목소리 말입니다. 어디서 들었는지 생각나면 좋으련만."

하지만 로잘리는 그 말을 듣고 있지 않았다. 그녀는 돌연 걸음을 멈추고 양산 끝으로 푸석푸석한 모래 위에 낙서를 하더니 불쑥 거칠게 소리쳤다.

"전 나빠요. 정말 나쁜 여자예요. 전 속속들이 짐승이에요. 그 여자의 옷을 갈기갈기 찢어 버리고, 그 사랑스럽고 오만하고 자신 있는 얼굴을 짓밟아 버리고 싶어요. 전 질투심에 불타는 한 마리 고양이일 뿐이에요. 하지만 이게 솔직한 제 느낌이라고요. 그 여자는 너무나도 성공했고 안정되어 있고 자신감에 넘치더군요."

그녀가 갑작스레 퍼부어 대자 에르퀼 푸아로는 조금 놀란 것 같았다. 그는 그녀의 팔을 잡고 친절하게 살짝 흔들었다.

"트네(자), 그렇게 말해 버리면 훨씬 기분이 나아지지요!"

"전 그 여자를 증오해요! 첫눈에 누군가를 이렇게 증오하는 건 처음이에요."

"잘했어요!"

로잘리는 미심쩍은 눈길로 그를 바라보았다. 그런 다음 입을 일그러뜨리며 웃음을 터뜨렸다.

"비엥.(좋아요.)"

푸아로는 그렇게 말하고는 자신 역시 웃음을 터뜨렸다.

그들은 사이 좋게 호텔을 향해 다시 걸음을 옮겼다.

"전 어머니를 찾아봐야겠어요."

서늘하고 어둑한 홀에 들어서자 로잘리가 말했다.

푸아로는 나일 강이 내려다보이는 맞은편 테라스 쪽으로 갔다. 그곳에는 차를 마실 수 있도록 차려진 작은 탁자들이 놓여 있었지만, 아직 차 시간은 아니었다. 그는 잠시 서서 나일 강을 내려다보다가 정원을 가로질러 내려가기 시작했다.

몇몇 사람이 뜨거운 햇빛 아래서 테니스를 치고 있었다. 그는 걸음을 멈추고 잠시 그들을 바라보다 가파른 오솔길을 계속 내려갔다. 그가 셰 마 탕트에서 본 그 여자와 마주친 것은, 그곳 벤치에 앉아 나일 강을 내려다보고 있을 때였다. 그는 한눈에 그녀를 알아볼 수 있었다. 그녀의 얼굴, 그날 밤 보았던 그 얼굴이 그의 기억에 또렷하게 새겨져 있었던 것이다. 이제 그 얼굴은 전혀 다른 표정을 짓고 있었다. 그녀는 전보다 더 창백하고 여위어 있었고, 비참한 마음과 커다란 피로를 말해 주는 주름이 져 있었다.

그는 몸을 약간 뒤로 젖혔다. 그녀는 그를 보지 못했으므로, 그는 한동안 자신의 존재를 눈치 채이지 않은 채 그녀를 지켜볼 수 있었다. 그녀의 작은 발이 조바심을 내며 땅을 두드려 댔다. 타오르는 불꽃처럼 진한 그녀의 두 눈에는 기묘하고 고통스럽고 은밀한 승리 같은 것이 어려 있었다. 그녀는 하얀 돛을 단 배들이 오가는 나일 강을 바라보고 있었다.

그 얼굴, 그리고 그 목소리였다. 그는 둘 다를 기억해 냈다. 이 여자의 얼굴과 조금 전 들은 그 목소리, 새신랑의 목소리를.

푸아로가 거기 서서 그 여자로 하여금 자신이 관찰당하고 있다는 사실을 알아채지 못하게 하면서 그 여자를 바라보고 있을 때, 새로운 장면이 펼쳐졌다.

위쪽에서 사람들의 목소리가 들려오고 있었다. 자리에 앉아 있던 여자가 소스라쳐 일어섰다. 리넷 도일과 그녀의 남편이 오솔길을 걸어 내려오고 있었다. 리넷의 목소리는 행복하고 자신감에 넘쳤다. 피로의 기색도, 근육의 긴장도 찾아볼 수 없었다. 리넷은 행복해 보였다.

그곳에 서 있던 여자가 한두 걸음 앞으로 나섰다. 다른 두 사람이 못 박힌 듯 그 자리에 멈춰 섰다.

자클린 드 벨포르가 말했다.

"안녕, 리넷. 여기 머물고 있구나! 우리는 줄곧 우연히 만날 것 같네. 안녕, 사이먼, 잘 지내?"

리넷 도일은 작게 비명을 지르며 바위 쪽으로 물러섰다. 사이먼 도일의 잘생긴 얼굴이 분노로 갑자기 일그러졌다. 그리고 그 여윈 여자의 얼굴을 후려치려는 듯이 앞으로 나섰다.

하지만 자클린은 새처럼 재빨리 고개를 돌려 그들 외에 낯선 사람이 있다는 사실을 알렸다. 사이먼은 고개를 돌려 푸아로를 보았다. 그가 어색하게 말했다.

"안녕, 자클린. 여기서 널 보게 될 줄은 몰랐어."

그 말은 전혀 설득력이 없었다.

여자는 그들을 향해 하얀 이를 드러내면서 웃었다.

"깜짝 놀랐어?"

그런 다음 고개를 약간 숙여 보이고는 오솔길을 걸어 올라갔다.

푸아로는 반대 방향으로 조심스럽게 걸음을 옮겼다. 걸어가는 그의 귀에 리넷 도일이 이렇게 말하는 소리가 들려왔다.

"사이먼, 맙소사! 사이먼, 우린 어쩌면 좋아?"

제2장

저녁 식사가 끝났다.

카타렉트 호텔 밖 테라스에는 은은하게 불이 밝혀져 있었다. 투숙객 대부분이 그곳의 작은 탁자에 앉아 있었다.

사이먼과 리넷 도일이 모습을 나타냈다. 그들 옆에는 깨끗하게 면도한 날카로워 보이는 얼굴에 키가 크고 출중한 외모를 가진 미국인인 듯한 은발의 사내가 서 있었다.

그들이 문간에서 잠시 머뭇거리고 있을 때, 가까운 곳에 앉아 있던 팀 앨러턴이 일어서서 앞으로 나섰다. 그는 쾌활하게 리넷에게 말을 걸었다.

"당신은 기억하지 못하시겠지만, 나는 조애너 사우스우드의 친척이랍니다."

"그렇군요. 제가 이렇게 어리석다니까요! 팀 앨러턴 씨로군요. 이쪽은 제 남편이에요."

그녀의 목소리가 가늘게 떨린 건 자부심 때문일까, 수줍음 때문일까?

"그리고 이분은 제 미국 재산 관리인 페닝턴 씨예요."

"제 어머니를 소개하지요."

잠시 후 그들은 모두 함께 한 탁자에 앉았다. 리넷은 구석 자리에, 팀과 페닝턴은 그녀의 양옆에 앉아서 그녀의 관심을 두고 경쟁이라도 하듯이 그녀에게 말을 걸었다. 앨러턴 부인은 사이먼 도일과 이야기를 했다.

회전문이 돌아갔다. 두 남자 사이의 구석 자리에 꼿꼿하게 앉아 있던 아름다운 여자의 얼굴에 갑자기 긴장하는 기색이 떠올랐다. 이윽고 자그마한 사내가 문에서 나와 테라스를 가로질러 걸어가는 걸 보고서야 그녀는 굳은 표정을 풀었다.

앨러턴 부인이 말했다.

"이곳에 온 유명 인사가 당신만이 아니랍니다, 아가씨. 저 우스꽝스러운 키 작은 남자는 바로 에르퀼 푸아로랍니다."

그녀는 어색한 침묵을 메우기 위해 본능적이고 사교적인 재치에서 가볍게 말했지만, 리넷은 그 말에 충격을 받은 모양이었다.

"에르퀼 푸아로요? 물론 저도 그에 대해 들은 적이 있어요……."

그녀는 방심한 채 생각에 빠져든 것 같았다. 그녀 양쪽에 앉은 두 남자는 순간적으로 당황했다.

푸아로가 테라스의 가장자리를 향해 걸어가고 있을 때 즉각 그의 주의를 끄는 말이 들려왔다.

"앉으시지요, 무슈 푸아로. 정말로 멋진 밤이네요."

그는 그 제안을 받아들였다.

"메 위, 마담.(그렇고말고요, 부인.) 정말 아름답군요."

그는 오터번 부인을 향해 예의바르게 미소를 지어 보였다.

얇고 주름진 검은색 비단 옷에 우스꽝스러운 터번을 쓴 요란한 모습이었다! 오터번 부인은 특유의 새된 목소리로 투덜거리듯 말을 이었다.

"지금 이곳에는 유명한 사람들이 꽤 많이 와 있군요. 그렇지 않아요? 곧 신문에서 기사를 볼 수 있을 것 같네요. 사교계의 미인들이나 유명한 소설가들이……."

그녀는 가식적으로 겸손한 미소를 슬쩍 지으며 말을 멈추었다.

푸아로는 보았다기보다는 느낌으로 알 수 있었다. 맞은편에 앉은 그 부루퉁하게 얼굴을 찌푸린 아가씨가 움찔하면서 전보다 더 비죽 입을 내미는 것을.

"지금도 소설을 쓰고 계신가요, 마담?"

푸아로의 질문에 오터번 부인은 다시 특유의 가식적인 미소를 지어 보였다.

"전 지금 지독하게 게으름을 피우고 있어요. 이제는 정말 시작을 해야 하는데요. 독자들이 지독하게 조바심을 내고 있답니다. 그리고 제 출판업자는 정말 가엾지요! 편지마다 호소로 가득 차 있어요! 전보까지 치고요!"

다시금 아가씨의 표정이 어두워지는 것을 푸아로는 느낄 수 있었다.

"당신에겐 거리낌 없이 말씀드리지요, 무슈 푸아로, 저는 향토색을 찾기 위해 이곳에 왔답니다. 사막의 얼굴 위의 눈. 이게 제 새 작품의 제목이지요. 강력하고도 암시적이지 않나요? 눈, 사막 위의 눈은 열정에 불타는 첫 숨결에 녹아 버리지요."

로잘리는 뭐라고 중얼거리며 자리에서 일어나서는 어둑한 정원을 향해 걸어 내려갔다. 오터번 부인은 터번을 두른 머리를 힘주어 흔들면서 말을 계속했다.

"작품은 강렬해야 해요. 강렬한 내용이야말로 가장 중요한데, 제 작품이 바로 그렇답니다. 판매 금지 같은 건 상관없어요! 저는 진실을 말하고 있으니까요. 섹스, 아! 무슈 푸아로, 모두들 왜 그렇게 섹스를 두려워할까요? 섹스는 우주의 축인데 말이에요! 제 작품을 읽어 보신 적 있으세요?"

"이런, 마담! 이해하시겠지만 저는 소설을 별로 읽지 않는답니다. 제 직업은……."

오터번 부인이 딱딱하게 말했다.

"『무화과나무 아래서』를 한 권 드려야겠군요. 그 작품을 의미 있게 여기실 것 같아요. 그 작품은 노골적이지만 사실적이랍니다!"

"정말 친절하시군요, 마담. 기꺼이 그 책을 읽어 보겠습니다."

오터번 부인은 잠시 동안 말이 없었다. 그녀는 목에 두른 두 줄짜리 기다란 구슬 목걸이를 만지작거리더니 재빨리 이쪽저쪽을 살

폈다.

“지금…… 얼른 올라가서 가져다 드리지요.”

“오, 마담, 부디 번거롭게 그러지 마십시오. 나중에…….”

“아니, 아니에요. 전혀 번거롭지 않아요.”

그녀가 자리에서 일어섰다.

“당신께 보여 드리고 싶은 게 있어서…….”

“무슨 일이에요, 어머니?”

어느새 로잘리가 그녀 옆에 와 있었다.

“아무것도 아니다, 로잘리. 올라가서 무슈 푸아로께 책을 한 권 가져다 드릴 참이었단다.”

“『무화과나무 아래서』요? 제가 가져올게요.”

“넌 그 책이 어디 있는지 모르잖니, 로잘리. 내가 가마.”

“아뇨, 제가 가겠어요.”

처녀는 재빨리 테라스를 가로질러 건물 안으로 들어갔다.

“제 인사를 받아 주십시오, 마담. 정말 사랑스러운 따님을 두셨습니다.”

푸아로가 고개를 숙여 보이며 말했다.

“로잘리 말인가요? 예, 그래요, 저 애는 예쁘지요. 하지만 무척 까다로워요, 무슈 푸아로. 그리고 병적으로 매몰차답니다. 언제나 자신이 알고 있는 게 최고라고 생각하지요. 제 건강에 대해서도 저 자신보다 더 잘 알고 있는 줄 안답니다…….”

푸아로는 지나가는 웨이터를 손짓으로 불렀다.

"리큐어* 한 잔 하시겠습니까, 마담? 샤르트뢰즈**는 어떠세요? 크렘 데 멘테***는요?"

오터번 부인은 힘차게 고개를 내저었다.

"아니, 아니에요. 사실 전 절대 술을 마시지 않는답니다. 알아차리셨는지 몰라도 저는 물 이외엔 아무것도 마시지 않는답니다. 레모네이드라면 몰라도요. 증류수의 맛을 참을 수가 없어서요."

"그렇다면 레몬스쿼시를 주문해 드릴까요, 마담?"

그는 레몬스쿼시 한 잔과 베네딕틴**** 한 잔을 주문했다.

회전문이 돌아가더니 로잘리가 손에 책을 든 채 문에서 나와 그들에게 다가왔다.

"여기 있어요."

그녀가 말했다. 그녀의 목소리는 놀라울 정도로 무미건조했다.

"무슈 푸아로가 지금 막 레몬스쿼시를 시켜 주셨단다."

그녀의 어머니가 말했다.

"당신은요, 마드무아젤, 뭘 드시겠습니까?"

"아무것도 먹고 싶지 않아요."

로잘리는 문득 자신의 퉁명한 말투를 의식하고 이렇게 덧붙였다.

---

* 알코올에 설탕과 식물성 향료를 섞어 만든 혼성주의 하나로 보통 식후에 아주 작은 잔으로 마신다.

** 증류주에 여러 가지 약초를 첨가한 것. 프랑스의 샤르트뢰즈 수도원에서 처음 만든 것으로 리큐어의 여왕이라고도 한다.

*** 박하로 만든 단맛이 나는 독한 술.

**** 프랑스 노르망디 수도원 베네딕틴 수사에 의해 만들어진 증류주.

"고맙습니다만 아무것도 마시고 싶지 않군요."

푸아로는 오터번 부인이 건넨 책을 받아 들었다. 그 책 표지에는 밝은 색채로 그려진 한 여자가 실려 있었다. 머리를 말끔하게 커트하고 진홍색 매니큐어를 칠하고 전통적인 이브 복장으로 호랑이 가죽 위에 앉아 있는 모습이었다. 그 위에는 떡갈나무 잎사귀에 커다랗고 비현실적인 색채의 사과들이 매달린 나무가 그려져 있었다.

그런 다음 『샬롬 오터번 장편소설 무화과나무 아래서』라는 제목이 인쇄되어 있었다. 안쪽에는 발행인의 추천사가 있었는데, 현대 여성의 애정 생활에 대해 이 책이 보여 준 탁월한 용기와 사실성에 대해 열정적으로 말하고 있었다. '두려움 없이', '파격적인', '사실적인' 등등의 형용사가 눈에 띄었다.

푸아로는 고개를 숙여 보이며 나직하게 말했다.

"영광입니다, 마담."

고개를 드는 순간, 그는 그 여류작가의 딸과 눈이 마주치고는 무심결에 움찔했다. 그녀의 눈 속에 담긴 고통에 놀라고 가슴이 아팠던 것이다.

그 순간 음료가 도착했고, 그는 기분을 전환할 수 있었다.

푸아로는 예의바르게 잔을 들었다.

"아 보트르 상테, 마담, 마드무아젤.(건강을 위해, 부인, 아가씨.)"

오터번 부인은 레모네이드를 한 모금 마시고는 중얼거렸다.

"정말 시원하군. 맛있어!"

침묵이 세 사람을 감쌌다. 그들은 나일 강 속에서 번쩍이는 검은 바위들을 내려다보았다. 달빛에 비친 그 바위들에는 환상적인 그 무엇이 있었다. 그것들은 마치 물 밖으로 반쯤 몸을 드러내고 누워 있는 거대한 선사 시대의 괴물들 같았다. 갑자기 미풍이 불어 왔다가는 또 갑자기 잦아들었다. 조용한 분위기 속에는 어떤 느낌, 어떤 예감이 자리 잡고 있었다.

에르퀼 푸아로는 테라스와 그곳에 앉아 있는 이들에게로 시선을 돌렸다. 자신이 잘못 생각한 것일까, 아니면 거기에도 똑같은 예감을 품은 침묵이 자리 잡고 있는 것일까? 마치 주인공 여배우가 등장하기를 기다리고 있는 무대 같았다.

그리고 바로 그 순간 회전문이 돌아갔다. 이번에는 그 문이 유난히 장중하게 돌아가는 듯했다. 모든 이들이 이야기를 멈추고 문 쪽을 바라보았다.

검은 머리의 날씬한 처녀가 포도주 색 이브닝드레스 차림으로 들어왔다. 그녀는 잠깐 걸음을 멈추었다가는 이윽고 침착하게 테라스를 가로질러 빈 탁자에 앉았다. 그녀의 태도에는 과시한다거나 이상하다거나 하는 점이 전혀 없었지만, 왠지 무대에 등장하는 듯한 계산된 효과를 불러일으켰다.

오터번 부인이 터번을 두른 머리를 뒤로 젖히며 말했다.

"저 처녀는 자신이 대단한 인물이라도 되는 줄 아나 보군요!"

푸아로는 대답하지 않았다. 그는 지켜보고 있었다. 그 여자가 앉은 자리는 리넷 도일을 차분히 건너다볼 수 있는 곳이었다. 곧이어 리넷 도일이 앞으로 몸을 숙이고 무어라 말하고는 일어나 자리를 바꿔 앉는 것이 보였다. 이제 그녀는 반대 방향을 보고 앉아 있었다.

푸아로는 생각에 잠겨 혼자 고개를 끄덕였다.

그 여자가 테라스의 반대편으로 자리를 옮긴 것은 그로부터 약 5분 뒤였다. 편안하고 만족스러운 한 폭의 그림처럼 그녀는 담배를 피우면서 조용하게 미소를 짓고 있었다. 하지만 무심한 듯하면서도 꿰뚫는 듯한 그녀의 눈길은 줄곧 사이먼 도일의 아내를 향하고 있었다.

15분 후 리넷 도일은 갑자기 자리에서 일어나 건물 안으로 들어갔다. 그녀의 남편이 거의 즉각적으로 그녀의 뒤를 따랐다.

자클린 드 벨포르는 미소를 짓고는 의자에 앉아 몸을 돌렸다. 담배에 불을 붙인 그녀는 나일 강을 응시하며 줄곧 혼자 미소를 짓고 있었다.

제3장

"무슈 푸아로."

푸아로는 서둘러 일어섰다. 그는 다른 사람들이 모두 들어간 뒤 홀로 테라스에 앉아 있었다. 깊은 생각에 잠긴 채 매끈하고 번들거리는 검은 바위들을 응시하고 있다가, 그의 이름을 부르는 소리가 들려와 정신을 차렸던 것이다.

그것은 약간 오만한 기미는 있었지만 교양 있고 자신감에 찬 매력적인 목소리였다.

에르퀼 푸아로는 재빨리 일어서며 리넷 도일의 당당한 눈을 마주 보았다. 그녀는 하얀 공단 가운 위에 풍성한 자줏빛 벨벳 숄을 두르고 있었다. 푸아로가 상상했던 것보다 더욱 사랑스럽고 당당한 모습이었다.

"무슈 에르퀼 푸아로신가요?"

리넷이 물었다. 사실 그것은 거의 질문이 아니었다.

"말씀하시지요, 마담."

"혹시 제가 누군지 아시나요?"

"예, 마담. 성함을 들은 적이 있습니다. 부인이 누구이신지 알고말고요."

리넷은 고개를 끄덕였다. 그녀가 예상했던 바로 그 대답이었다. 그녀는 매력적이지만 독선적인 태도로 말을 이었다.

"저와 함께 카드 게임 룸으로 가 주시겠어요, 무슈 푸아로? 꼭 드리고 싶은 말씀이 있어요."

"물론입니다, 마담."

그녀가 앞장서서 건물 안으로 들어갔다. 그는 그녀의 뒤를 따랐다. 그녀는 그를 아무도 없는 카드 게임 룸으로 안내하고는 문을 닫아 달라고 손짓했다. 그런 다음 그녀는 탁자에 딸린 의자에 털썩 주저앉았고, 그는 그 맞은편에 앉았다.

그녀는 곧장 본론으로 들어갔다. 망설임 같은 것은 전혀 없었다. 막힘 없이 말이 흘러나왔다.

"말씀 많이 들었답니다, 무슈 푸아로. 그래서 당신이 무척 명석한 분이라는 걸 알고 있어요. 급하게 누군가의 도움이 필요한 일이 생겼는데, 제 생각에 당신은 그 일을 해낼 수 있는 분일 것 같아요."

푸아로는 머리를 숙여 보였다.

"정말 고맙습니다, 마담, 하지만 보시다시피 나는 휴가 중입니다. 그리고 휴가 중일 때는 사건을 맡지 않는답니다."

"그건 조정할 수 있을 거예요."

그것은 무례한 말은 아니었다. 다만 무슨 일이든 언제나 자신에 맞추어 조정할 수 있다는 젊은 여자의 차분한 확신이 담겨 있을 뿐이었다.

리넷 도일은 말을 계속했다.

"저는 지금 말이죠, 무슈 푸아로, 참을 수 없는 학대의 대상이 되고 있어요. 이런 학대는 중단되어야 해요! 저는 이 문제에 대해 경찰에 도움을 청하고 싶지만, 남편은 경찰도 할 수 있는 일이 없을 거라더군요."

"그럴 수도 있지요. 좀 더 설명해 주시겠습니까?"

푸아로가 정중하게 물었다.

"오, 예, 그렇게 하지요. 문제는 아주 단순해요."

여전히 주저하는 기색이 없었다. 머뭇거림도 없었다. 리넷 도일은 명쾌하고 사무적인 사고의 소유자였다. 그녀가 잠깐 말을 멈춘 것은 가능한 한 사실을 구체적으로 전달하기 위해서일 뿐이었다.

"제가 남편을 만나기 전에 그이는 드 벨포르 양과 약혼한 사이였어요. 그 애는 제 친구이기도 했지요. 제 남편은 그 애와의 약혼을 파기했어요. 어쨌든 그들은 어울리지 않았거든요. 이렇게 말하기는 유감스럽지만, 그 애는 그 일을 상당한 충격으로 받아들였어요. 전 그 점에 대해 정말 유감이라고 생각해요. 하지만 이런 일은 어쩔 수가 없잖아요. 그 애가 협박을 했지만, 전 거기에 그다지 주의를 기울이지 않았고, 그 애가 그 협박을 행동으로 옮긴 적은 없어요. 대신 그 애는 뜻밖의 방법을 동원했어요. 가는 곳마다 저희를 따라다니는 거예요."

푸아로는 눈썹을 치켜 올렸다.

"아, 좀 유별난, 그러니까 유별난 복수로군요."

"아주 유별나죠. 또 아주 우스꽝스럽기도 하고요! 동시에 짜증스러워요."

그녀가 입술을 깨물었다.

푸아로가 고개를 끄덕였다.

"예, 상상이 가는군요. 두 분은 지금 신혼여행 중이신 걸로 알고 있는데요?"

"예, 맨 처음 그 일은 베니스에서 일어났어요. 그 애가 거기 와 있더군요. 다니엘리 호텔에 말이에요. 전 그저 우연의 일치일 거라고 생각했어요. 좀 당혹스러웠지만 그뿐이었어요. 그런데 저희는 브린디시*에서 배에 타고 있는 그 애를 보았어요. 저희는 그 애가 팔레스타인으로 가는 줄 알았어요. 그 애가 항해를 계속할 거라고 생각했어요. 그런데 저희가 메나 하우스**에 도착하자, 그 애가 그곳에 있더군요. 저희를 기다리면서요."

푸아로가 고개를 끄덕였다.

"그리고 지금은요?"

---

* 이탈리아 남동부의 항구 도시.

** 이집트 기자에 있는 호텔.

"저희는 배로 나일 강을 거슬러 올라왔어요. 전 선상에서 그 애를 만나리라고 반쯤은 예상하고 있었지요. 그런데 그 애가 배에 없어서 저는 그런 유치한 짓을 그만둔 줄 알았어요. 하지만 이곳에 도착해 보니 여기에서 우리를 기다리고 있더군요."

푸아로는 한순간 날카롭게 그녀를 쏘아보았다. 그녀는 여전히 완벽할 정도로 침착했지만, 탁자를 쥐고 있는 손에 어찌나 힘을 주었는지 손마디가 다 하얘져 있었다.

"그리고 마담께서는 이런 상태가 계속될까 봐 두려운 거군요?"

"예."

그녀는 잠시 말을 끊었다.

"물론 이 모든 일이 어이가 없어요! 자클린은 스스로를 정말이지 우스꽝스럽게 만들고 있어요. 그 애가 자존심을, 품위를 내팽개쳤다는 게 저로서는 놀라울 뿐이에요."

푸아로가 가볍게 손짓을 했다.

"자존심이나 품위가 말입니다, 마담, 전혀 중요하지 않을 때가 있는 법이죠. 다른 것, 좀 더 강한 감정이 있을 때는 말입니다."

"예, 그럴 수도 있지요."

리넷이 조바심을 내며 말했다.

"하지만 이 모든 일로 그 애가 도대체 무슨 이익을 얻겠어요?"

"그건 꼭 이익의 문제가 아니랍니다, 마담."

그의 어조에 담긴 무엇인가가 리넷을 불쾌하게 한 모양이었다. 그녀는 얼굴을 붉히고는 재빨리 말했다.

"선생님 말씀이 옳아요. 동기가 무엇인지 토론하는 게 문제의 핵심이 아니에요. 문제의 초점은 이 일을 중지시켜야 한다는 거예요."

"그렇다면 어떤 방법으로 그 일을 중지시킬 수 있을 것 같습니까?"

"음, 당연한 일이지만, 남편과 저는 이런 짜증스러운 일을 계속 당할 수 없어요. 이런 일에는 법적인 제재가 따를 거예요."

리넷이 성마르게 말했다. 푸아로는 생각에 잠긴 채 그녀를 바라보며 물었다.

"그녀가 사람들 앞에서 분명한 말로 부인을 협박한 적이 있습니까? 모욕적인 언사를 사용한 적은요? 신체적인 위해를 가하려고 한 적은요?"

"없어요."

"그렇다면 마담, 솔직히 말해, 할 수 있는 일이 없다고 봅니다. 젊은 아가씨가 특정 장소를 여행하는 즐거움을 누리고 있는데, 그 장소가 마담과 부군께서 찾은 곳과 일치한다는 것뿐이라면 말입니다. 에 비엥(그래서) 어떻다는 건가요? 공기는 모든 이에게 허락되어 있지 않습니까! 그 아가씨에게 당신들의 사생활을 강요한다는 것은 말도 안 되잖습니까? 공공 장소에서는 항상 그런 만남이 있을 수 있잖습니까?"

"선생님 말씀은 제가 그 일에 전혀 손을 쓸 수가 없다는 건가요?"

리넷이 믿을 수 없다는 듯 물었다.

푸아로가 침착하게 대답했다.

"내가 아는 한 아무 일도 할 수 없을 겁니다. 마드무아젤 드 벨포르는 자신의 권리를 행사하고 있는 겁니다."

"하지만, 하지만 이건 미친 짓이에요! 이런 걸 참아야 하다니 견딜 수가 없어요!"

푸아로가 건조하게 말했다.

"심정은 이해합니다, 마담. 특히 마담께서는 어떤 일을 참아내야 하는 경우가 그리 많지 않았을 테니까요."

리넷이 미간을 찌푸렸다.

"그걸 막을 방법이 있을 거예요."

그녀가 나직하게 말했다. 푸아로는 어깨를 으쓱해 보였다.

"줄곧 움직일 순 있지요. 다른 어딘가로 이동하는 겁니다."

그가 제안했다.

"그럼 재클린은 또 따라올 거예요!"

"그럴 가능성이 높지요. 그럴 겁니다."

"이건 말도 안 돼요!"

"분명 그렇습니다."

"어쨌든 왜 제가, 저희가 도망을 다녀야 하는 거죠? 마치…… 마치……."

리넷이 말끝을 흐렸다.

"바로 그렇습니다, 마담. 마치……! 거기에 모든 이유가 있지요, 그렇지 않습니까?"

리넷은 고개를 들고 그를 응시했다.

"무슨 뜻으로 하시는 말씀이죠?"

푸아로가 어조를 바꾸었다. 그는 몸을 앞으로 기울였다. 그의 목소리는 내밀하고 호소력이 있었다. 그는 아주 부드럽게 말했다.

"그런데 왜 그렇게 신경을 쓰시는 거죠, 마담?"

"왜라뇨? 그건 미친 짓이잖아요! 극도로 신경에 거슬린다고요! 제가 이미 그 이유를 말씀드렸잖아요!"

푸아로는 고개를 내저었다.

"전부 말씀하신 건 아닙니다."

"무슨 말씀이세요?"

리넷이 다시 물었다.

푸아로는 몸을 뒤로 젖히고 팔짱을 끼고는 초연하고 냉정한 태도로 말했다.

"에쿠테(내 말 좀 들어 보세요), 마담. 당신께 짧은 이야기를 들려드리지요. 한두 달 전 어느 날, 나는 런던에 있는 어느 식당에서 저녁 식사를 하고 있었습니다. 내 옆 탁자에는 두 사람, 한 남자와 한 여자가 앉아 있더군요. 그들은 무척 행복하고 열렬히 사랑하고 있는 것 같았습니다. 그들은 확신을 갖고 장래에 대해 이야기하더군요. 내가 일부러 들으려고 했던 것은 아니었습니다. 그들은 누가 자신들의 이야기를 듣건 말건 별로 개의치 않았답니다. 남자는 내게 등을 돌리고 있었지만, 여자 쪽의 얼굴은 볼 수 있었습니다. 뭔가에 몹시 몰두한 얼굴이었지요. 그녀는 사랑에 빠져 있었습니다. 몸과 마음과 영혼으로 말입니다. 그리고 그녀는 가볍고 흔하게 사랑을 하는 그런 형이 아니었어요. 그녀에게 사랑이란 바로 삶이자 죽음임이 분명했지요. 그들 두 사람은 결혼을 약속한 사이였습니다. 내가 들은 바에 따르면 말입니다. 그리고 그들은 신혼을 어디에서 보낼까에 대해 이야기하고 있었습니다. 그들은 이집트로 가기로 계획을 세우더군요."

그는 잠시 말을 멈추었다. 리넷이 날카롭게 물었다.

"그래서요?"

푸아로가 말을 계속했다.

"그게 한두 달 전입니다만, 그 아가씨의 얼굴이 잊히지 않았습니다. 그 얼굴을 다시 본다면 알아볼 수 있을 것 같았지요. 그리고 청년의 목소리도 기억하고 있습니다. 그리고 당신이 짐작하시는 것처럼, 마담, 나는 그 얼굴을 다시 보았고, 그 목소리를 다시 들었지요. 이곳 이집트에서요. 그 남자는 신혼여행 중이더군요, 그렇습니다. 하지만 다른 여자와 보내는 신혼이었습니다."

리넷이 날카롭게 말했다.

"그게 어떻다는 거죠? 제가 이미 몇 가지 사실을 말씀드렸잖아요."

"사실들은 말씀하셨지요."

"그런데요?"

푸아로가 천천히 대답했다.

"그 식당에서 그 아가씨는 어떤 친구에 대해 언급하더군요. 그녀는 그 친구가 자신을 실망시키지 않으리라 확신하고 있었습니다. 내 생각에, 그 친구는 당신이었던 것 같습니다, 마담."

리넷이 얼굴을 붉혔다.

"그래요. 우리가 친구였다고 말씀드렸는데요."

"그리고 그녀는 부인을 믿었지요?"

"예."

그녀는 잠시 주저하면서 초조한 듯 입술을 깨물었다. 그런 다음 푸아로가 입을 열려고 하지 않자 갑자기 큰 소리로 말했다.

"물론 이 모든 것이 무척 불행한 일이에요. 하지만 일어날 수 있는 일이잖아요, 무슈 푸아로."

"아! 예, 일어날 수 있는 일이지요, 마담."

그는 말을 멈추었다.

"부인은 성공회 신자인 것 같습니다만?"

"그래요."

리넷은 약간 당황한 것 같았다.

"그렇다면 교회에서 성경 구절이 낭독되는 걸 들으셨을 겁니다. 많은 양 떼와 소 떼를 가진 부자와 소중한 양 한 마리만을 가진 가난한 사람, 그리고 다윗 왕에 관한 구절을 들으셨겠군요. 부자가 가난한 사람의 양 한 마리를 어떻게 빼앗아 갔는지 말입니다. 그런 일도 일어날 수 있답니다, 마담."

리넷이 자리에서 일어섰다. 그녀의 두 눈이 분노로 이글거리고 있었다.

"선생님께서 무슨 이야기를 하시려는지 분명히 알겠군요, 무슈 푸아로! 무슈께서는 속된 말로 제가 친구의 남자를 훔쳤다고 생각하시죠? 그 문제를 감상적으로, 다시 말해서 선생님 세대의 사람들이 사물을 바라보는 방식으로 파악한다면, 그게 사실일 수도 있어요. 하지만 진실은 다르답니다. 재키가 사이먼을 열정적으로 사랑했다는 것은 저도 부인하지 않지만, 사이먼이 그렇게 재키에게 헌신적이지 않았을 수도 있다는 것은 고려하시지 않는 것 같군요. 그이는 재키를 무척 좋아했지만, 저를 만나기 이전부터 자신이 실수했다고 느끼고 있었던 것 같아요. 분명히 아셔야 해요, 무슈 푸아로. 사이먼은 자신이 사랑하는 사람이 재키가 아니라 저라는 것을 깨달았어요. 그는 어떻게 해야 했을까요? 영웅적으로 고상하게 처신해 사랑하지 않는 여자와 결혼해야 했을까요? 그랬다면 아마도 세 사람의 삶을 망쳤을 거예요. 왜냐하면 그런 상황에서 그이는 재키를 행복하게 해 줄 수 없었을 테니까요. 저와 만났을 때 만약 사이먼이 이미 재키와 결혼한 상태였다면, 그 애에게 충실해야 한다는 생각에 저도 동의했을 거예요. 마음속으로는 달리 생각한다 해도 말이에요. 하지만 한 사람이 불행하다면 상대방 역시 고통스러워지는 법이에요. 게다가 약혼은 진짜 결합이 아니고요. 실수가 있었다면, 더 늦기 전에 사태를 직시하는 편이 낫죠. 그 일이 재키에게 무척 힘들었으리라는 것은 인정하고, 또 그 점에 대해 정말이지 미안하게 생각하지만, 그게 현실이에요. 불가피한 일이었다고요."

"글쎄요."

그녀는 그를 응시했다.

"무슨 뜻이죠?"

"아주 분별 있고 논리적이군요. 부인이 말하는 모든 것이 말입니다! 하지만 한 가지 설명되지 않는 게 있군요."

"그게 뭐죠?"

"부인 자신의 태도입니다, 마담. 자, 그녀가 두 분을 쫓아오는 걸 부인은 두 가지로 받아들일 수 있지요. 괴로움을 느낄 수도 있습니다, 그렇지요. 아니면 연민을 느낄 수도 있습니다. 마담의 친구가 상식이나 예의를 송두리째 던져 버릴 정도로 깊이 상처를 받았다는 사실에 말입니다. 하지만 마담의 반응은 전혀 다릅니다. 그렇습니다, 마담께서는 단지 이 학대를 참을 수 없어 할 뿐입니다. 왜일까요? 이유는 단 한 가지, 죄책감을 느끼고 있기 때문입니다."

리넷은 튕겨지듯 자리에서 일어났다.

"어떻게 감히 그런 말을 하시죠? 정말이지, 무슈 푸아로, 이건 너무 심하군요."

"하지만 나는 감히 말합니다, 마담! 난 아주 솔직하게 말하는 겁니다. 마담께서 스스로를 속이려 애쓴다 해도, 고의로 친구의 남자를 빼앗은 것은 사실입니다. 마담께서는 첫눈에 그에게 강하게 매혹되었을 겁니다. 하지만 망설였을 때, 선택해야 한다는 사실을 깨달았을 때가 있었겠지요. 감정을 억제하느냐 아니면 밀고 나가느냐 하는 주도권은 마담께 있었을 겁니다. 무슈 도일이 아니라 말입니다. 당신은 미인입니다, 마담. 부유하고 영리하고 지적입니다. 그리고 매력이 있지요. 부인은 그 매력을 사용할 수도 있었고, 자제할 수도 있었습니다. 부인은 모든 것을 다 갖고 있었습니다, 마담. 삶이 줄 수 있는 모든 것을 말입니다. 반면 마담 친구의 삶은 한 사람에게 달려 있었습니다. 마담께서는 그 사실을 알고 주저하긴 했지만 삼가지 않았지요. 손을 뻗어서는, 성경에 나오는 부자처럼 가난한 사람의 단 한 마리 양을 빼앗아간 겁니다."

침묵이 흘렀다. 리넷은 애써 자신을 통제하며 차가운 어조로 말했다.

"이 모든 게 핵심에서 한참 비껴갔군요!"

"아뇨, 핵심을 비껴간 것이 아닙니다. 나는 마드무아젤 드 벨포르의 뜻밖의 출현이 왜 그렇게 부인의 신경을 곤두서게 하는 것인지 이유를 설명하고 있는 겁니다. 그녀가 그런 행동을 하는 것이 여자답지 못하고 품위 없을지는 몰라도 그녀로서는 당연하다고 부인 마음속에서는 믿고 있기 때문입니다."

"그렇지 않아요!"

푸아로는 어깨를 으쓱해 보였다.

"마담께선 스스로에게 솔직해지는 걸 거부하시는군요."

"천만에요."

푸아로가 부드럽게 말했다.

"단언하건대, 마담, 부인은 행복하게 살아 왔고, 다른 사람들에게 관대하고 친절하게 대해 왔을 겁니다."

"그렇게 하려고 애써 왔어요."

리넷이 대답했다. 그녀의 얼굴에서 끓어오르던 분노가 잦아들었다. 그녀는 거의 쓸쓸하게 느껴질 정도로 간결하게 대답했다.

"바로 그렇기 때문에 자신이 누군가를 고의적으로 상처입혔다는 사실에 그렇게 신경이 곤두서고, 바로 그렇기 때문에 그 사실을 그렇게 인정하고 싶지 않은 겁니다. 내가 무례했다면 용서하십시오. 하지만 사건에서 가장 중요한 건 사람의 심리랍니다."

리넷이 천천히 말했다.

"물론 저는 선생님 말을 인정할 수도 받아들일 수도 없어요. 하지만 설사 선생님 말이 사실이라 해도, 이제 뭘 할 수 있을까요? 과거를 어떻게 할 순 없어요. 주어진 사태를 있는 그대로 받아들여야 하잖아요."

푸아로가 고개를 끄덕였다.

"마담께서는 명석한 두뇌를 가졌군요. 그렇습니다, 과거로 돌아갈 수는 없지요. 사태를 있는 그대로 받아들여야 하죠. 그런데 때로는 말입니다, 마담. 자신의 지난 행실이 가져온 결과를 감수하는 것 외에는 아무것도 할 수 없는 때가 있답니다."

리넷은 못 미더워하며 물었다.

"당신 말씀은 제가 아무것도 할 수 없다는 건가요, 아무것도요?"

"용기를 가져야 합니다, 마담. 내가 보기엔 그런 것 같습니다."

리넷이 천천히 말했다.

"무슈께서 재키에게, 그러니까 벨포르 양에게 이야기를 해 주실 수 없을까요? 이성적으로 행동하라고요."

"예, 그렇게 할 수 있지요. 마담께서 원한다면 그렇게 하겠습니다. 하지만 대단한 결과를 기대하지는 마십시오. 마드무아젤 드 벨포르는 한 가지 생각에 집착하고 있어서 그 무엇도 그녀로 하여금 그 생각을 떨치게 할 수 없을 겁니다."

"하지만 저희가 그녀에게서 벗어나기 위해 뭔가 할 수 있는 일이 있지 않을까요?"

"물론 영국으로 돌아가 집 안에 계실 수 있지요."

"그렇게 한다 해도 자클린이 같은 동네에 정착할 수 있으니까, 집 밖으로 나갈 때마다 그 애를 보아야 할 거예요."

"그렇습니다."

"게다가……."

리넷은 천천히 말을 이었다.

"사이먼은 도망가는 데 동의하지 않을 것 같아요."

"이 문제에 대해 부군의 태도는 어떤가요?"

"몹시 화를 내고 있어요. 그저 화를 낼 뿐이에요."

푸아로는 생각에 잠긴 채 고개를 끄덕였다.

리넷이 호소하는 어조로 말했다.

"그 애에게 말해 주실 거죠?"

"예, 그렇게 하지요. 하지만 아무런 성과도 거둘 수 없을 것 같습니다."

리넷이 격하게 소리쳤다.

"재키는 보통 사람과 달라요! 그 애가 무슨 일을 저지를지 아무도 모른다고요!"

"그녀가 했던 협박을 두고 하는 말씀이시군요. 어떤 협박이었는지 말씀해 주시겠습니까?"

리넷이 어깨를 으쓱해 보였다.

"그 애는, 그러니까, 저희 둘 다 죽여 버리겠다고 협박했어요. 재키는 때때로 라틴계 사람처럼 다혈질이에요."

"압니다."

푸아로의 어조는 심각했다.

리넷이 호소하듯 그에게 몸을 돌렸다.

"저를 위해 일해 주실 거죠?"

"아니요, 마담."

그의 어조는 확고했다.

"나는 당신의 부탁을 받아들이지 않겠습니다. 사람으로서 할 수 있는 바를 하지요. 바로 그렇습니다. 이곳의 상황은 곤란과 위험으로 가득 차 있습니다. 할 수 있는 한 상황을 정리할 것입니다. 하지만 성공할지에 대해서는 그다지 자신이 없군요."

리넷 도일이 다시 천천히 말했다.

"하지만 저를 위해 일해 주실 거죠?"

"아니요, 마담."

제4장

에르퀼 푸아로는 나일 강이 바로 내려다보이는 바위 위에 앉아 있는 자클린 드 벨포르를 찾아냈다. 그는 그녀가 잠자러 들어가지 않았으리라고, 호텔 정원 근처 어딘가에서 그녀를 만날 수 있으리라고 확신하고 찾아다니던 참이었다.

그녀는 손바닥에 턱을 괴고 앉아 있었고, 그가 다가가는 소리에도 고개를 돌려 돌아보지 않았다.

"마드무아젤 드 벨포르시죠? 잠깐 이야기 좀 할 수 있을까요?"

푸아로가 물었다.

자클린이 살짝 고개를 돌렸다. 희미한 미소가 그녀의 입가에 떠올라 있었다.

"물론이죠. 무슈 에르퀼 푸아로시죠? 제가 한번 맞혀 볼까요? 도일 부인을 대신해 오신 거죠? 선생님이 이 일에 성공하시면 엄청난 보수를 주겠다고 했을 거예요."

푸아로는 그녀 옆 벤치에 걸터앉았다.

"마드무아젤의 추측은 일부만 맞는군요."

그가 미소를 지으며 대답했다.

"막 마담 도일과 헤어진 참입니다만, 그녀에게서 어떤 보수도 받고 있지 않으니 정확히 말해 그녀를 위해 일하고 있다곤 할 수 없지요."

"오!"

자클린은 그를 주의 깊게 살펴보다가 불쑥 물었다.

"그럼 왜 오셨나요?"

에르퀼 푸아로는 대답 대신 질문을 던졌다.

"전에 나를 본 적이 있으신가요, 마드무아젤?"

그녀는 고개를 내저었다.

"아뇨, 없는 것 같은데요."

"하지만 나는 당신을 본 적이 있습니다. 셰 마 탕트에서 당신 옆자리에 앉았지요. 그곳에서 당신은 무슈 사이먼 도일과 함께 있었습니다."

기묘한 가면 같은 표정이 처녀의 얼굴을 덮었다. 그녀가 말했다.

"그날 밤이 생각나네요……."

"그 후 많은 일들이 일어났지요."

"선생님 말씀처럼 많은 일들이 일어났어요."

그녀의 어투는 절망과 비통함으로 딱딱하게 굳어 있었다.

"마드무아젤, 친구로서 하는 말입니다. 시체를 묻어 버리세요!"

그녀는 소스라치게 놀란 것 같았다.

"무슨 말씀이세요?"

"과거에서 손을 떼시란 겁니다! 미래로 몸을 돌리세요! 지난 일은 지나갔어요. 고통스러워도 돌이킬 수 없답니다."

"그 말은 제 친구 리넷에게 꼭 어울리는 말 같네요."

푸아로가 아니라는 몸짓을 했다.

"지금 이 순간 나는 그녀를 생각하고 있지 않습니다. 바로 당신을 생각하고 있답니다. 당신은 고통을 당했지요. 그래요, 그런데 지금 당신이 하고 있는 일은 그 고통을 연장시킬 뿐입니다."

그녀가 고개를 내저었다.

"선생님 말씀은 틀렸어요. 즐길 때도 있답니다."

"마드무아젤, 그게 가장 나쁜 겁니다."

그녀가 재빨리 눈을 들었다.

"선생님은 바보가 아니시군요."

그녀가 천천히 덧붙였다.

"선생님이 절 생각해서 하시는 말씀이라는 건 알아요."

"집으로 돌아가세요, 마드무아젤. 당신은 젊어요. 똑똑하고요. 세상이 당신 앞에 펼쳐져 있답니다."

자클린은 천천히 고개를 저었다.

"선생님은 이해 못해요. 아니, 이해하려 들지 않으시겠죠. 사이먼이 저의 세계랍니다."

푸아로가 부드럽게 말했다.

"사랑이 전부는 아니랍니다, 마드무아젤. 그렇게 생각하는 건 젊은 시절뿐이지요."

하지만 처녀는 여전히 고개를 내저었다.

"선생님은 이해 못하세요."

그녀가 재빨리 푸아로를 쏘아보았다.

"물론 어떻게 된 건지 모든 이야기를 알고 계시겠죠? 리넷에게서 들으셨겠죠? 그리고 당신은 그날 밤 그 식당에 계셨다니까…… 사이먼과 저는 서로 사랑했어요."

"마드무아젤께서 그를 사랑했다는 건 압니다."

그녀는 그의 말의 억양을 재빨리 알아챘다. 그녀는 힘주어 조금 전의 말을 되풀이했다.

"저희는 서로 사랑했어요. 그리고 저는 리넷을 좋아했어요……. 그 애를 믿었어요. 그 애는 저의 가장 친한 친구였으니까요. 평생 동안 리넷은 원하는 것은 뭐든 다 가질 수 있었어요. 무엇이든 거절당해 본 적이 없어요. 사이먼을 보았을 때 그 애는 그 사람을 원했어요. 그래서 사이먼을 가진 거예요."

"그럼 그는 자기 자신을 방치했다는 건가요, 팔려 가도록?"

자클린은 천천히 검은 머리를 흔들었다.

"아뇨, 전혀 그런 게 아니에요. 그랬다면 제가 지금 여기 있지 않을 거예요……. 선생님은 사이먼이 사랑할 가치가 없는 사람인 것처럼 말씀하시는군요……. 만약 사이먼이 돈 때문에 리넷과 결혼했다면, 그럴 거예요. 하지만 사이먼은 돈 때문에 그 애와 결혼한 게 아니에요. 거기에는 좀 더 복잡한 게 있어요. 마력 같은 것이 있답니다, 무슈 푸아로. 그리고 돈은 그것을 도와주죠. 리넷에게는 어떤 분위기가 있어요. 그 애는 한 왕국의 여왕이에요. 젊은 왕녀죠. 손끝에서 발끝까지 호화로워요. 그건 무대 장치와도 같아요. 리넷의 발 아래에는 온 세상이 있고, 영국에서 가장 돈 많고 유서 깊은 귀족이 그 애와 결혼하고 싶어 하고 있는데, 리넷은 별 볼일 없는 사이먼 도일에게 굴복했어요……. 그 점이 사이먼을 흥분시켰을 것 같지 않으세요?"

그녀가 갑자기 손짓을 했다.

"저기 달을 보세요. 아주 평화롭게 빛나는 것 같죠? 저 달은 지금 무척 현실적이죠. 하지만 해가 떠오르면, 저 달은 전혀 눈에 띄지 않는답니다. 이와 비슷하죠. 저는 달이었어요……. 해가 떠오르자, 사이먼의 눈에는 더 이상 제가 보이지 않았지요……. 눈이 부셨겠죠. 사이먼은 해, 그러니까 리넷밖에 볼 수 없었던 거예요."

그녀는 말을 멈췄다가 이내 다시 이었다.

"그러니까 바로 그거랍니다. 마력 말이에요. 그 애는 사이먼을 흥분시켰어요. 또 리넷의 완벽한 자신감도 한몫했어요. 명령하는 습관 말이에요. 그 애는 자신감에 넘치는 나머지 다른 사람들에게도 확신을 가지도록 만들죠. 사이먼이 나약했을 수는 있어요. 무척 단순한 사람이거든요. 만약 리넷이 다가와 사이먼을 낚아채 자신의 황금 전차에 태우지 않았다면, 그 사람은 저를, 저만을 사랑했을 거예요.

그리고 저는 알아요. 너무나도 잘 알아요. 그 애가 그렇게 만들지 않았다면, 사이먼은 결코 그 애와 사랑에 빠지지 않았을 거예요."

"그게 당신의 생각이군요. 그렇군요."

"전 그걸 알아요. 사이먼은 저를 사랑했어요. 그리고 영원히 저를 사랑할 거예요."

"지금도 말입니까?"

그녀의 입에서 바로 대답이 나오려는 듯했다가 이내 잦아들었다. 푸아로를 쳐다보는 그녀의 얼굴이 새빨갛게 물들어 있었다. 그녀는 시선을 돌리고 고개를 숙이고는 나지막한 목소리로 말했다.

"예, 저도 알아요. 사이먼은 지금 저를 증오해요. 그래요, 저를 증오하지요……. 사이먼은 조심하는 게 좋을 거예요!"

그녀는 재빠른 동작으로 옆에 놓여 있던 작은 실크 백을 집어 든 다음 한 손을 펴 보였다. 손바닥에는 진주 장식 손잡이가 달린 작은 권총이 놓여 있었다. 우아한 장난감 같은 권총이었다.

"정말 작고 멋지지 않아요? 너무 작아서 가짜 같지만 이건 진짜예요! 이 총알들 중 하나가 한 남자나 한 여자를 죽일 거예요. 그리고 전 총을 잘 쏘죠."

그녀는 꿈꾸듯 회상에 잠기며 미소를 지었다.

"어렸을 때 어머니와 함께 사우스캐롤라이나의 집에 갔을 때 할아버지가 총 쏘는 법을 가르쳐 주셨지요. 할아버지는 권총 결투에 대해 믿음을 갖고 있는 옛날 분이셨어요. 특히 명예가 관련되었을 때는 말이에요. 아버지 역시 젊은 시절 몇 차례 결투를 하셨지요. 훌륭한 검객이셨어요. 한번은 사람을 죽인 적도 있어요. 한 여자를 두고 벌어진 일이었죠. 이제 아셨겠지만, 무슈 푸아로."

그녀는 말을 끊고 그를 똑바로 쳐다보았다.

"제게는 뜨거운 피가 흐르고 있어요! 그 일이 처음 일어났을 때 전 이걸 샀어요. 그 두 사람 중의 하나를 죽일 생각이었지요. 문제는 누굴 죽일지 결정할 수가 없었다는 거예요. 그들 두 사람 모두로는 불충분해요. 리넷을 겁에 질리게 하는 쪽을 선택한다고 해 보죠. 그 애는 육체적으로 용기 있는 여자에요. 물리적인 타격을 견뎌 낼 수 있어요. 그래서 저는 생각했지요. 기다리자고요! 그 생각은 점점 더 제 마음에 들었어요. 어쨌든 죽이는 건 언제나 할 수 있으니까요. 기다리면서 그에 대해 생각해 보는 것이 더 재미있을 것 같았어요. 그러자 이런 아이디어가 머릿속에 떠오르더군요. 그들을 따라다니자! 그들이 낯선 곳에 도착해 함께 행복을 느낄 때마다, 그들은 저를 봐야 하는 거예요! 그리고 이 방법은 효과가 있었어요! 리넷은 몹시 괴로워했지요. 다른 어떤 방법으로도 그런 효과를 거둘 수 없었을 거예요! 그 방법은 그 애에게 적중했어요. 바로 그때부터 저는 기쁨을 느꼈어요……. 게다가 그 애는 저를 어찌 할 수가 없었죠! 저는 항상 극히 유쾌하고 예의바르게 행동했답니다! 그들이 꼬투리를 잡을 수 없게요! 그게 모든 걸 망쳐 놓고 있어요. 그들의 모든 것을 말이에요."

그녀의 명료하고 낭랑한 웃음소리가 울려 퍼졌다.

푸아로가 그녀의 팔을 잡았다.

"가만. 가만히 계세요. 내 말 좀 들으세요."

자클린이 그를 바라보았다.

"왜 그러시죠?"

그녀의 미소는 분명 도전적이었다.

"마드무아젤, 간절히 부탁하는데, 당신이 지금 하고 있는 일을 그만두세요."

"선생님 말씀은 제 친구 리넷을 그냥 내버려 두라는 뜻인가요?"

"그보다 더 심오한 얘깁니다. 당신의 가슴을 악마에게 열어 주지 마십시오."

그녀의 입이 벌어졌다. 두 눈에 어리둥절한 표정이 어렸다.

푸아로가 진지하게 말을 이었다.

"왜냐하면 마드무아젤께서 그렇게 하면 악마가 찾아올 것이기 때문입니다……. 그래요, 악마가 찾아올 게 분명해요……. 그것이 당신 안으로 들어와 자리를 잡을 겁니다. 그리고 시간이 좀 흐르면 그것을 쫓아내기가 불가능해질 겁니다."

자클린은 그를 응시했다. 그녀의 눈빛이 흔들리는가 싶더니 불안정하게 깜박였다.

"저는…… 잘 모르겠어요……."

하지만 그녀는 곧 도전적으로 외쳤다.

"선생님은 저를 그만두게 할 수 없어요."

"그래요. 나는 당신을 그만두게 할 수 없습니다."

그는 서글픈 듯 말했다.

"심지어 제가…… 그 애를 죽일 작정이라 해도, 선생님은 저를 그만두게 할 수 없을 거예요."

"그렇습니다. 마드무아젤께서 그 대가를 치를 각오를 하고 있다면 말입니다."

자클린 드 벨포르는 웃음을 터뜨렸다.

"오, 저는 죽음이 두렵지 않아요! 요컨대 제가 뭘 바라고 살겠어요? 선생님께선 자신에게 상처를 준 사람을 죽이는 게 잘못된 일이라고 여기시나 본데, 그 사람이 선생님께서 이 세상에서 갖고 있던 모든 것을 빼앗아 갔다 해도 그렇게 생각하시겠어요?"

푸아로가 확고한 어조로 대답했다.

"예, 마드무아젤. 나는 그것이 용서받지 못할 죄라고 생각합니다. 사람을 죽이는 것 말입니다."

자클린이 또다시 소리 내어 웃었다.

"그렇다면 현재의 제 복수 계획은 인정해 주셔야 해요. 왜냐하면 아시다시피 이 방법이 효과를 거두는 한, 저는 이 권총을 사용하지 않을 테니까요. 하지만 저도 두려워요. 그래요, 때때로 두려워요. 이 모든 게 붉게 물들어 버리죠. 저는 리넷에게 상처를 입히고 싶어요. 그 애의 몸에 칼을 꽂고 싶고, 제 귀여운 작은 권총을 그녀의 머리에 갖다 댄 다음 지그시 방아쇠를 당기고 싶어요. 앗!"

느닷없는 외침에 푸아로가 소스라쳤다.

"무슨 일입니까, 마드무아젤?"

자클린은 고개를 돌리고 어둠 속을 응시했다.

"누군가 저기 서 있었어요. 지금은 가 버렸지만요."

에르퀼 푸아로는 날카로운 눈길로 주위를 둘러보았다.

그곳에는 아무도 없었다.

"우리 외에는 아무도 없는 것 같습니다, 마드무아젤."

그가 일어섰다.

"어쨌든 나는 하려던 말을 모두 했습니다. 안녕히 주무세요."

자클린 역시 자리에서 일어섰다. 그리고 거의 애원하듯이 말했다.

"이해해 주실 수 있지요. 제가 선생님 말대로 할 수 없다는 걸 말이에요."

푸아로가 고개를 저었다.

"아뇨, 마드무아젤께선 그렇게 할 수 있습니다! 사람에겐 때가 있는 법입니다! 마드무아젤의 친구 리넷도 자제할 수 있는 때가 있었지요……. 그런데 그녀는 그 순간을 흘려보냈습니다. 그렇게 하고 나면, 그 일에 말려들어 다시는 기회가 오지 않지요."

"다시는 기회가 오지 않는다고요……."

자클린 드 벨포르가 중얼거렸다.

잠시 생각에 잠긴 채 서 있던 그녀는 도전적으로 고개를 치켜들었다.

"안녕히 주무세요, 무슈 푸아로."

푸아로는 서글프게 고개를 저으며 그녀를 따라 건물 쪽으로 난 오솔길을 올랐다.

제5장

다음 날 아침, 에르퀼 푸아로가 호텔을 나서서 마을 쪽으로 걸어가려는데, 사이먼 도일이 다가왔다.

"안녕하십니까, 무슈 푸아로."

"안녕하세요, 무슈 도일."

"마을로 가시나요? 함께 걸어도 괜찮으시겠습니까?"

"괜찮다마다요. 그렇게 해 주시면 무척 기쁘겠습니다."

두 사내는 나란히 걷기 시작해 호텔 정문을 나와 정원의 시원한 그늘로 접어들었다. 이윽고 사이먼은 물고 있던 파이프를 빼고 말했다.

"제가 알기론, 무슈 푸아로, 어젯밤 제 아내가 선생님과 이야기를 나눈 모양인데요?"

"그렇습니다."

사이먼 도일은 미간을 살짝 찌푸렸다. 그는 늘 행동이 앞서는 탓에 생각을 말로 바꾸고 스스로를 명료하게 표현하는 데 어려움을 겪는 유형이었다.

"한 가지는 다행스럽습니다. 저희가 이 문제에 대해 할 수 있는 일이 없다는 걸 아내에게 일깨워 주셨더군요."

"법적으로 제재할 방법이 없는 게 분명합니다."

푸아로가 동의했다.

"바로 그렇습니다. 그런데 리넷은 그 사실을 이해하지 못했던 것 같습니다."

사이먼은 희미하게 웃었다.

"리넷은 모든 문제는 경찰에 넘기면 자동적으로 해결된다고 믿으며 자란 모양입니다."

"그런 경우라면 좋겠지요."

잠시 침묵이 흘렀다. 그러다 갑자기 사이먼이 입을 열었다. 말을 하는 동안 그의 얼굴이 새빨개졌다.

"아내가, 아내가 이렇게 피해를 당하다니 이건 정말 참을 수 없습니다! 리넷은 아무 짓도 하지 않았어요! 누군가 저를 나쁜 놈이라고 하고 싶다면 얼마든지 그래도 좋습니다! 저는 그럴 만한 일을 했으니까요. 하지만 이 모든 일 때문에 리넷이 괴로워하게 하진 않겠습니다. 제 아내는 이 일과 아무 관계가 없으니까요."

푸아로는 심각하게 고개를 숙여 보였지만 아무 대답도 하지 않았다.

"선생님은, 그러니까, 선생님은 재키, 그러니까 드 벨포르 양과 이야기해 보셨나요?"

"예, 그녀와 이야기를 나누었습니다."

"그녀에게 이성을 찾게 해 주셨습니까?"

"유감스럽게도 그러지 못했습니다."

사이먼이 짜증이 나는 듯 울화를 터뜨렸다.

"그 여자는 자신이 스스로를 얼마나 바보로 만들고 있는지 모른답니까? 품위 있는 여자라면 그런 행동을 하지 않는다는 걸 깨닫지 못한답니까? 자부심이나 자존심도 없답니까?"

푸아로는 어깨를 으쓱해 보였다.

"그녀에게는 상처받았다는 느낌만이 있는 것 아닐까요?"

"그렇겠지요. 하지만 제기랄, 이런, 품위 있는 여자라면 그렇게 행동하진 않습니다! 저는 비난을 감수할 각오가 되어 있어요. 제가 그녀에게 몹시 지독하게 대했으니까요. 그녀가 제게서 완전히 등을 돌리고 다시는 저를 보고 싶어 하지 않는다면 충분히 이해할 수 있어요. 하지만 이렇게 저를 따라다니는 건, 이건 상스러운 짓입니다! 스스로를 놀림감으로 만드는 거라고요! 이런 일을 해서 도대체 뭘 얻으려는 걸까요?"

"아마도 복수겠지요!"

"바보 같기는! 그녀가 멜로드라마 같은 걸 시도했다면 차라리 이해가 갔을 겁니다. 제게 마구잡이로 총을 쏜다든가 했다면요."

"당신은 그 일이 그녀에게 더 어울린다고 보십니까, 예?"

"솔직히 말해 그렇습니다. 재클린은 다혈질이에요. 또 통제할 수 없는 기질의 소유자이죠. 그녀가 극도로 분노했다면 어떤 일을 저질러도 놀라지 않을 겁니다. 하지만 이렇게 엿보는 건……."

푸아로는 고개를 내저었다.

"이건 훨씬 교묘하죠. 그래요! 이건 지능적이에요!"

도일이 그를 응시했다.

"선생님은 이해하시지 못하는군요. 이 일이 리넷의 신경을 곤두서게 만들고 있답니다."

"그럼 당신은요?"

사이먼은 순간적으로 흠칫 놀라며 그를 바라보았다.

"저요? 저는 그 작은 악마의 목을 비틀어 버리고 싶습니다."

"그렇다면 옛 감정은 전혀 남지 않았단 말입니까?"

"아아, 무슈 푸아로, 어떻게 설명해야 할까요? 그건 해가 떠오르고 난 다음 달의 처지와 같습니다. 그것이 있는지 없는지 더 이상 알 수 없게 되지요. 일단 리넷을 만나고 나자 재키의 존재는 없어져 버렸습니다."

"티엥, 세 드롤 싸!(이런, 참 재미있군!)"

푸아로가 중얼거렸다.

"뭐라고 하셨나요?"

"두 사람이 같은 말을 하는 게 흥미롭군요. 그뿐입니다."

사이먼이 다시 얼굴을 붉히며 말했다.

"재키는 제가 단지 돈 때문에 리넷과 결혼했다고 선생님에게 말했겠죠? 하지만 그건 거짓말입니다! 저는 어떤 여자하고도 돈 때문에 결혼하진 않습니다! 자신이 제게 쏟은 것 같은 그런 사랑을 남자가 불편해한다는 걸 재키는 모르고 있습니다."

"그런가요?"

푸아로가 날카로운 눈길로 쳐다보자 사이먼은 머뭇거렸다.

"이건, 이건 비열한 말 같지만, 재키는 지나칠 정도로 저를 좋아했습니다!"

"엉 키 엠 에 엥 키 스 레스 에메.(한 사람은 사랑을 하고 또 한 사람은 자신을 사랑하도록 방기하고.)"

푸아로가 중얼거렸다.

"예? 뭐라고 하셨죠? 남자란 자기가 여자를 사랑하는 것보다 여자가 자신을 더 사랑하는 것을 원하지 않는다는 걸 아실 겁니다."

말을 계속함에 따라 사이먼의 목소리는 점점 열기를 띠었다.

"남자는 몸과 마음을 소유당한 것 같은 느낌을 싫어하죠. 빌어먹을 그 집착하는 태도 말입니다! 이 남자는 내 거야, 그는 내게 속해 있어. 전 그런 걸 참을 수 없었습니다. 남자라면 누구라도 그랬을 겁니다! 남자는 도망치고 싶어 합니다. 자유로워지고 싶은 거죠. 남자는 자신을 소유하려 드는 여자를 원하지 않으니까요."

그는 버럭 고함을 치고는 약간 떨리는 손가락으로 담배에 불을 붙였다.

"그러니까 당신이 마드무아젤 자클린에게 느낀 게 그런 감정이란 말씀입니까?"

"예?"

사이먼은 잠시 그를 응시하다가 시인했다.

"어, 예, 그러니까, 그렇습니다, 사실 그런 느낌이었습니다. 물론 재키는 그 사실을 깨닫지 못했을 겁니다. 그건 대놓고 말할 만한 성질의 이야기가 아니지요. 하지만 내내 불편했습니다. 그 즈음 리넷을 만났고, 저는 리넷에게 완전히 압도되어 버렸답니다! 그렇게 사랑스러운 여자는 처음이었습니다. 그건 놀라웠습니다. 모든 이들이 리넷의 발밑에 머리를 조아리고 있었습니다. 그런데 아내는 저 같은 바보를 선택했지요."

그의 목소리에는 소년 같은 경외감과 흥분이 담겨 있었다.

"알겠습니다."

푸아로가 말했다. 그는 생각에 잠긴 채 고개를 끄덕였다.

"그렇군요, 알겠습니다."

"그런데 재키는 도대체 왜 그것을 남자들처럼 받아들이지 못하는 걸까요?"

사이먼이 분개한 목소리로 물었다.

푸아로는 윗입술을 아주 조금 움직여 희미한 미소를 지었다.

"글쎄요, 아시다시피, 무슈 도일, 우선 그녀는 남자가 아니니까요."

"아니, 아닙니다. 제 말은 그저 그렇다는 겁니다. 어쨌든 이런 일이 벌어지면 감당을 해야죠. 모든 잘못이 제게 있다는 건 인정합니다. 하지만 사정이 그렇단 말입니다! 더 이상 사랑하지 않는 여자와 결혼한다는 건 미친 짓입니다. 그리고 재키가 정말 어떤 여자인지,

어디까지 갈 수 있는지 알게 된 지금, 그녀에게서 벗어난 것이 차라리 다행스럽게 느껴집니다."

"그녀가 어디까지 갈 수 있는지……."

푸아로는 생각에 잠긴 채 상대의 말을 되풀이했다.

"혹시 알고 계십니까, 무슈 도일? 그게 어떤 건지 말입니다."

사이먼은 소스라치게 놀라며 그를 바라보았다.

"아뇨, 전혀 모르겠는데요. 무슨 뜻이죠?"

"당신은 그녀가 권총을 가지고 다닌다는 것을 알고 계실 겁니다."

사이먼은 미간을 찌푸렸다가는 고개를 내저었다.

"하지만 그것을 사용할 거라고는 생각하지 않습니다, 이제는요. 그러려고 했다면 훨씬 전에 쏘았을 겁니다. 그 시기는 지나간 것 같습니다. 이제 재키는 원한을 품고 있을 뿐입니다. 저희 둘 모두를 대상으로 그걸 풀려고 하는 거죠."

푸아로가 어깨를 으쓱해 보였다.

"그럴 수도 있지요."

그가 믿기지 않는다는 듯이 대답했다.

"제가 걱정하는 것은 리넷입니다."

사이먼이 꼭 필요하지도 않은 말을 했다.

"저도 잘 알고 있습니다."

"재키가 멜로드라마의 한 장면처럼 총을 쏘는 것은 조금도 두렵지 않지만, 이렇게 저희를 엿보고 쫓아다니는 일은 리넷의 아픈 데를 정곡으로 찌르는 겁니다. 제가 세운 계획을 말씀드릴 테니, 개선

할 점을 알려 주십시오. 저는 저희가 이곳에 열흘간 머물 거라고 사람들에게 말해 놓았습니다. 증기선 카르나크 호는 내일 셸랄에서 출발하여 와디 할파로 떠납니다. 저는 가명으로 그 배의 좌석을 예약할 생각입니다. 내일 저희는 필라에로 원정을 갑니다. 리넷의 하녀가 짐을 맡을 겁니다. 저희는 셸랄에서 카르나크 호를 탈 겁니다. 저희가 호텔에 돌아오지 않았다는 사실을 재키가 알아차렸을 때는 이미 늦었을 겁니다. 저희는 이미 배를 타고 가고 있는 중일 테니까요. 그녀는 저희가 자신을 따돌리고 카이로로 돌아갔으리라 생각할 겁니다. 실제로 전 짐꾼에게 그렇게 말하라고 돈까지 집어 줄 생각입니다. 저희 이름이 나와 있지 않으니까 여행사에 물어도 소용없을 겁니다. 이 계획에 대해 어떻게 생각하십니까?"

"잘 짜여졌군요, 그렇습니다. 그런데 당신들이 돌아올 때까지 그녀가 여기서 기다리고 있으면 어쩌지요?"

"저희는 돌아오지 않을 겁니다. 저희는 카르툼까지 가서는 비행기로 케냐로 갈지도 모릅니다. 재키가 지구 전체를 따라 저희를 따라올 수는 없을 테지요."

"그럴 겁니다. 경제적인 이유 때문에라도 그렇게 하려야 할 수 없을 때가 오겠지요. 그녀에겐 돈이 별로 없는 것 같은데요."

사이먼은 감탄의 눈빛으로 그를 바라보았다.

"명석하시군요. 그 점은 생각지 못했는데요. 재키는 무척 가난하답니다."

"그런데 그녀가 어떻게 이렇게 멀리까지 당신들을 따라올 수 있었을까요?"

사이먼은 의심스러워하며 말했다.

"재키의 수입은 물론 아주 적습니다. 1년에 200달러 이하일 겁니다. 제 생각에는, 그래요, 제 생각에는 지금 하는 일을 위해 원금에 손을 댔을 겁니다."

"그렇다면 그녀가 자산을 모두 탕진하고 완전히 빈털터리가 되는 때가 오겠네요?"

"그렇겠지요……."

사이먼은 불편한 듯 우물쭈물했다. 그 생각이 그를 불편하게 만든 것 같았다. 푸아로는 그를 주의 깊게 지켜보았다.

"아뇨, 안 됩니다, 이건 별로 좋은 생각이 아니군요……."

푸아로의 말에 사이먼이 약간 화난 듯이 말했다.

"음, 어쩔 수 없는 일입니다!"

그런 다음 그가 덧붙여 말했다.

"조금 전 말씀드린 제 계획에 대해 어떻게 생각하십니까?"

"효과가 있을 수도 있습니다, 그렇습니다. 하지만 그건 말할 것도 없이 도피입니다."

사이먼이 얼굴을 붉혔다.

"선생님 말은 저희가 도망친다는 건가요? 예, 사실입니다……. 하지만 리넷은……."

푸아로는 그를 지켜보다가 고개를 까딱했다.

"당신이 말한 대로 그것이 가장 좋은 방법일 수도 있지요. 하지만 잊지 마십시오, 마드무아젤 드 벨포르는 영리한 여자입니다."

사이먼은 울적하게 대답했다.

"언젠가는 대면해서 싸워야 하겠지요. 재키의 태도는 합리적이지 않아요."

"합리적이라니. 몽 디외!(맙소사!)"

푸아로가 외쳤다.

"여자들이라고 합리적으로 행동하지 못할 이유가 없지요."

사이먼이 둔하게 말했다.

푸아로가 건조하게 응수했다.

"여자들이 합리적으로 행동하는 경우는 상당히 흔하답니다. 그게 더 당혹스럽죠!"

그러고는 이렇게 덧붙였다.

"나 역시 카르나크 호를 탈 겁니다. 내 여정 중의 일부거든요."

"이런!"

사이먼은 망설이다가 약간 당황해하면서 말을 골랐다.

"그건, 그건 그러니까 어쨌든 저희 때문은 아니겠죠? 제 말은 꼭 그렇게 생각해서가 아니라……."

푸아로가 재빨리 그의 생각을 바로잡았다.

"전혀 그렇지 않습니다. 런던을 출발하기 전부터 계획된 것이지요. 나는 늘 미리 계획을 세운답니다."

"마음 내키는 대로 그저 이곳저곳 옮겨 다니시지 않고요? 그러는 편이 정말 더 즐겁지 않나요?"

"그럴지도 모르지요. 하지만 인생에서 성공하려면 세부적인 것까지 미리 계획해 두어야 하는 법입니다."

사이먼은 소리 내어 웃으며 말했다.

"노련한 살인자들도 그런 식으로 행동할 것 같군요."

"그렇지요. 내가 기억하는 한 가장 치밀한 범죄이자 가장 해결하기 어려웠던 범죄가 순간의 충동에 의해 저질러진 것이라는 사실을 인정하지 않을 수 없군요."

사이먼이 소년처럼 말했다.

"카르나크 호의 선상에서 선생님이 맡았던 사건들에 대해 저희에게 이야기해 주셔야 합니다."

"아니, 아니요. 그건 좀 전문적인 이야기라서요."

"그렇겠죠, 하지만 선생님의 전문적인 이야기는 스릴이 있는 것 같은데요. 앨러턴 부인은 그렇게 생각하더군요. 부인은 선생님에게 반대 심문을 해 보고 싶어 한답니다."

"앨러턴 부인이요? 그 헌신적인 아들을 둔, 매력적인 반백의 부인 말입니까?"

"예. 그 부인 역시 카르나크 호를 탈 겁니다."

"앨러턴 부인이 당신의 계획을 알고 있나요……?"

"물론 모릅니다."

사이먼이 힘주어 말했다.

"아무도 모릅니다. 아무도 믿지 않는 것이 낫다는 게 제 원칙이랍니다."

"놀라운 원칙이군요. 사실은 나도 늘 같은 원칙을 적용하고 있지요. 그럼 두 분과 같이 다니는, 키 크고 백발이 성성한 남자는……."

"페닝턴 씨요?"

"예, 그 사람도 함께 가나요?"

사이먼이 딱딱한 어조로 대답했다.

"평범한 신혼여행이 아니라고 생각하셨겠군요? 사실 페닝턴은 리넷의 미국인 재산 관리인입니다. 저희와는 카이로에서 우연히 만났답니다."

"아, 브레망!(아, 과연!) 한 가지 여쭤 봐도 되겠습니까? 부인의 나이가 어떻게 됩니까?"

이 질문에 사이먼은 기분이 좋아진 것 같았다.

"실제로 리넷은 아직 스물한 살이 되지 않았답니다. 하지만 저와 결혼하기 전에 누군가에게 물어볼 필요는 없었죠. 결혼 소식이 페닝턴 씨에게는 몹시 놀라운 일이었던 것 같더군요. 저희의 결혼을 알리는 리넷의 편지가 도착하기 이틀 전 카르마닉 호를 타고 뉴욕을 떠났기 때문에 이 일을 전혀 몰랐다더라고요."

"카르마닉 호라……."

푸아로가 중얼거렸다.

"카이로에 있는 교회에서 저희와 마주쳤을 때 그 사람은 깜짝 놀라더군요."

"물론 우연이었겠지요!"

"예, 그리고 알고 보니 페닝턴 씨는 이 나일 강 항해를 하고 있었습니다. 그래서 자연스럽게 함께 다니게 되었답니다. 예의를 지키려면 달리 어쩔 수가 없었거든요. 게다가 그건 어떤 면에서는 오히려 다행입니다."

그는 또다시 당혹스러운 같았다.

"보시다시피 리넷은 극도로 신경이 날카로워져 있어요. 재키가 어디서든 불쑥 모습을 나타낼 수 있으니까요. 저희 둘만 있을 때는 그 문제를 줄곧 생각하게 되지요. 그런 점에서는 앤드류 페닝턴 씨가 도움이 됩니다. 그 사람이 있으면 다른 문제에 대해서 이야기하게 되니까요."

"당신 부인이 페닝턴 씨에게 사실을 털어놓지 않았나요?"

"그렇습니다."

사이먼이 공격적으로 턱을 내밀었다.

"이 일은 다른 사람과는 관계없습니다. 게다가 나일 강 여행을 시작하면서 저희는 그 문제는 다 끝났다고 생각했으니까요."

푸아로가 고개를 저었다.

"이 일은 아직 끝나지 않았습니다. 그래요, 끝나려면 아직 좀 있어야겠네요. 분명히 그럴 겁니다."

"단언하는데, 무슈 푸아로, 선생님은 그다지 낙관적인 사람이 아니시군요."

푸아로는 약간 짜증을 느끼며 그를 바라보았다. 그는 속으로 생각했다.

'이 영국 청년은 카드 게임 말고는 진지하게 생각하는 게 없군!

이 친구는 아직 어린애야.'

리넷 도일과 자클린 드 벨포르, 그들 두 사람은 이 문제를 충분히 진지하게 받아들였다. 하지만 사이먼의 태도에서는 사내로서의 조급함과 짜증 이외에 아무것도 찾을 수 없었다. 푸아로가 말했다.

"이 문제와 상관없는 질문을 해도 괜찮겠습니까? 신혼여행을 이 집트로 온다는 것은 당신 아이디어였습니까?"

사이먼은 얼굴을 붉혔다.

"아니요, 물론 아닙니다. 사실 저는 다른 곳으로 가고 싶었지만, 리넷이 절대적으로 이곳을 주장했지요. 그래서, 그러니까……."

그가 말꼬리를 흐렸다.

"그랬군요."

푸아로가 심각하게 말했다.

그는 그 사실을, 리넷 도일은 무엇이든 마음을 먹으면 반드시 해내고야 만다는 사실을 되새겼다. 그리고 혼자 생각했다.

'이제 이 사건에 대해 세 가지 별개의 의견을 들은 셈이군. 리넷 도일의 의견, 자클린 드 벨포르의 견해, 사이먼 도일의 생각까지. 이 중에서 무엇이 가장 진실에 가까울까?'

제6장

다음 날 아침 8시경 사이먼 도일과 리넷 도일은 필라에로 원정을 떠났다. 자클린 드 벨포르는 호텔 발코니에 앉아서 그림 같은 배를 타고 떠나는 그들의 모습을 바라보았다. 그러나 그녀는 자동차가 떠나는 것을 보지 못했다. 점잔빼는 표정의 하녀와 짐을 실은 자동차가 호텔 정문을 빠져나갔다. 차는 오른쪽으로 방향을 틀어 셸랄 쪽으로 달렸다.

에르퀼 푸아로는 점심 시간까지 남은 두 시간을 호텔 바로 맞은편에 있는 엘레판티네 섬에서 보내기로 했다.

그는 부잔교(浮棧橋)로 내려갔다. 두 사내가 호텔 보트에 막 오르고 있었으므로, 푸아로도 그들과 합류했다. 그들은 서로 모르는 사이임이 분명했다. 둘 중 젊은 쪽은 어제 기차로 도착한 사람이었다. 그는 큰 키에 검은색 머리카락, 여윈 얼굴에 반항적인 턱을 지닌 젊은이였다. 그는 몹시 지저분한 회색 플란넬 바지에, 날씨에 전혀 어울리지 않는 목까지 올라오는 폴로 점퍼를 입고 있었다. 또 한 사람은 약간 땅딸막한 중년의 사내로, 푸아로를 보자마자 문법이 살짝 어긋나는 독톡한 영어로 이야기를 시작했다. 청년은 대화에 끼어들기는커녕, 그들 두 사람을 매섭게 노려보다가 의도적으로 그들에게 등을 돌리고는, 손으로는 돛을 조종하면서 발가락으로는 키를 움직이는 누비아 족 뱃사람의 능란한 솜씨를 바라보며 감탄사를 연발했다.

수면은 몹시 잔잔했다. 배는 매끄럽게 빛나는 거대한 검은 바위들 사이를 미끄러지듯 지나갔다. 부드러운 미풍이 그들의 얼굴에 불어오고 있었다. 엘레판티네 섬은 아주 가까웠다. 배에서 내린 푸아로와 그의 요란한 동행은 곧장 박물관으로 갔다. 사내가 목례를 하면서 명함을 건넸다. 거기에는 이렇게 씌어 있었다.

시뇨르 기도 리체티, 고고학자.

예의에서 벗어나지 않기 위해 푸아로도 목례로 답하고 자신의 명함을 꺼냈다. 이런 절차를 마친 다음 두 사람은 함께 박물관 안으로 들어갔고, 그 이탈리아 사내는 전문적인 설명을 쏟아 놓았다. 이제 그들은 프랑스 어로 대화를 나누었다.

플란넬 바지를 입은 청년은 무관심한 태도로 박물관을 돌아다니면서 이따금 하품을 하더니 얼마 후 건물 밖으로 나갔다.

이윽고 푸아로와 리체티도 그의 뒤를 따랐다. 이탈리아 사내는 폐허를 살펴보는 데 열정적이었다. 하지만 푸아로는 강가의 바위 위에서 초록색 줄무늬의 양산을 발견하고는 그쪽으로 다가갔다.

앨러턴 부인이 옆에는 스케치북, 무릎 위에는 책을 올려놓고 커다란 바위에 앉아 있었다.

푸아로가 정중하게 모자를 벗고 인사하자 앨러턴 부인은 얼른 말을 걸었다.

"안녕하세요, 이 끔찍한 아이들을 쫓아 버린다는 건 불가능할 것 같네요."

작고 검은 얼굴의 아이들 무리가 그녀를 둘러싸고 있었다. 그들은 웃음 띤 얼굴로 두 손을 펼치면서 기대에 차서 "박시시 주세요."라고 중얼거리고 있었다.

"정말 지치게 하는군요. 저 애들은 두 시간째 나를 지켜보고 있어요. 조금씩 더 가까이 다가오면서요. 그러다가 내가 '저리 가!' 하고 소리치며 양산을 휘두르면 순식간에 흩어지죠. 그러고는 다시 돌아와서는 또 쳐다보는 거예요. 저 애들의 눈은 역겹고 코도 그래요. 난 정말이지 아이들을 좋아하지 않는 것 같아요. 잘 씻고 예의바른 아이라면 몰라도."

그녀는 유감이라는 듯 소리 내어 웃었다.

푸아로는 기사도 정신을 발휘해 그녀를 위해 아이들을 쫓아 버리려 했지만 소용없었다. 그들은 흩어졌다가도 금세 다시 나타나 더 가까이 다가왔다.

"이곳에서 평화롭게 지낼 수만 있다면 훨씬 좋을 거예요. 하지만 어디를 가든 혼자가 될 수가 없군요. 누군가 돈을 달라거나 당나귀를 타라거나 목걸이를 사라거나 심지어는 원주민 부락에 가거나 오리 사냥을 하라며 줄곧 귀찮게 하네요."

"사실 정말 안타깝습니다."

푸아로가 동의했다.

그는 바위에 손수건을 조심스럽게 깔고는 그 위에 앉았다.

"오늘 아침에는 아드님이 함께 계시지 않네요?"

"예, 팀은 이곳을 떠나기 전에 편지를 몇 통 부치러 갔답니다. 우리는 제2폭포로 원정을 갈 거예요."

"저도 그렇습니다."

"정말 기쁘네요. 당신을 만나서 얼마나 짜릿한지 말하고 싶어요. 우리가 마요르카에 있을 때 그곳에 리치 부인이라는 사람이 있었는데, 당신에 대해 너무나도 멋진 이야기를 들려주더군요. 그때 그녀는 수영을 하다가 루비 반지를 잃어버렸는데, 당신이 그곳에 계셨다면 그것을 찾을 수 있었을 거라며 안타까워했어요."

"아, 파르블뢰(이런). 하지만 전 다이빙 잘하는 물개가 아닌데요!"

두 사람 다 웃음을 터뜨렸다.

앨러턴 부인이 말을 계속했다.

"그런데 오늘 아침 내 방 창문에서 보니까 사이먼 도일과 차도를 걸어 내려가시더군요. 그 사람에 대해 어떻게 생각하시는지 말해 주실래요? 우리는 모두 그 사람 때문에 흥분해 있답니다."

"아, 정말입니까?"

"예, 그와 리넷 리지웨이의 결혼은 정말 놀라운 일이었거든요. 그녀가 윈들셤 경과 결혼할 줄 알았는데, 들어 본 적이 없는 그 남자와 전격 결혼했으니까요!"

"그 여자를 잘 아시나요, 마담?"

"아뇨, 하지만 친척인 조애너 사우스우드가 리넷 양과 친한 친구랍니다."

"아, 예, 신문에서 그 이름을 본 적이 있습니다."

그는 한순간 침묵했다가 다시 말을 이었다.

"그 젊은 숙녀는 뉴스에 자주 언급되더군요, 마드무아젤 조애너 사우스우드 말입니다."

"오, 그 애는 자신을 광고하는 법을 잘 알고 있답니다."

앨러턴 부인이 딱딱거리는 어조로 말했다.

"그녀를 좋아하시지 않는군요, 마담?"

"내 말이 심술궂었네요."

앨러턴 부인은 말을 뱉어 놓고 금세 후회하는 기색이었다.

"전 구식이라서요. 그 애를 그다지 좋아하지 않아요. 하지만 팀과 그 애는 아주 친한 사이랍니다."

"알겠습니다."

상대는 재빨리 그를 쏘아보고는 화제를 바꾸었다.

"이곳에는 젊은이들이 정말 드물군요! 밤색 머리를 한 그 예쁜 처녀와, 터번을 쓰고 다니는 그 처녀의 어머니가 이곳에서 거의 유일하게 젊은 사람들이더군요. 당신이 그 처녀와 많은 이야기를 하시는 걸 보았지요. 그 처녀 아이는 제 관심을 끌던걸요."

"왜 그런가요, 마담?"

"그 아이가 안됐다 싶어서요. 젊고 예민할 때는 무척 고통스러울 수 있지요. 그 처녀는 고통을 당하고 있는 것 같더군요."

"예, 그녀는 행복하지 못하답니다, 가엾은 아가씨."

"팀과 나는 그녀를 부루퉁한 처녀라고 부른답니다. 한두 번 말을 붙이려고 해 보았지만 매번 냉정하게 대하더군요. 하지만 그 처녀 역시 이 나일 강 여행을 하는 모양이니까, 우리 모두 어느 정도 친해질 수 있을 거라고 기대하고 있답니다, 그렇지 않아요?"

"아마 그럴 겁니다, 마담."

"난 정이 많은 성격이랍니다. 사람들에게 몹시 관심이 많죠. 사람은 저마다 다르니까요."

그녀는 잠깐 말을 쉬었다가 다시 이었다.

"팀의 말로는 그 검은 머리 처녀, 드 벨포르라는 이름의 처녀가 바로 사이먼 도일과 약혼했던 여자라는군요. 그들에겐 상당히 어색한 일일 거예요. 이렇게 마주치는 거."

"어색하겠죠. 그럴 겁니다."

푸아로가 동의했다.

앨러턴 부인이 재빨리 그를 쳐다보았다.

"좀 어리석게 들릴지도 모르지만, 그 여자를 보고 전 깜짝 놀랄 뻔했답니다. 지나치게 격정적인 것 같더군요."

푸아로가 천천히 고개를 끄덕였다.

"크게 틀리지 않으셨습니다, 마담. 지나치게 강한 감정은 사람을 놀라게 하지요."

"당신 역시 사람들에게 관심이 많으신가요, 무슈 푸아로? 아니면 당신의 관심은 잠재적인 범인에게 한한 건가요?"

"마담, 그 범주를 벗어나는 사람은 그리 많지 않답니다."

그 말에 앨러턴 부인은 조금 놀라는 것 같았다.

"진지하게 하시는 말씀인가요?"

"특별한 동기를 갖게 되면 그렇다는 겁니다."

푸아로가 덧붙였다.

"동기는 각각 다르겠죠?"

"물론입니다."

앨러턴 부인은 망설였다. 그녀의 입술에 희미한 미소가 떠올랐다.

"나도 그럴까요?"

"어머니들은 말입니다, 마담, 자식들이 위험에 처하면 특히 잔인해진답니다."

그녀가 진지하게 말했다.

"사실인 것 같아요. 그래요, 당신 말이 꼭 맞아요."

그녀는 잠시 침묵했다가 미소를 지으며 말을 이었다.

"우리 호텔에 있는 사람들 각자에게 맞는 범죄 동기를 생각해 보았어요. 참 재미있어요. 예를 들어 사이먼 도일은 어떨까요?"

푸아로가 미소를 지으며 말했다.

"아주 단순한 범죄일 겁니다. 목표물에 곧장 돌진하는 식이겠죠. 교묘한 구석 같은 것은 찾아볼 수 없을 겁니다."

"그렇다면 아주 쉽게 발각되겠네요."

"그렇지요. 그렇게 천재적이라고는 할 수 없을 겁니다."

"그러면 리넷은요?"

"「이상한 나라의 앨리스」에 나오는 여왕 같을 겁니다. '그녀의 목을 베라.' 하고 명령하는 식이죠."

"물론이에요. 군주의 신성한 권력을 가진 것처럼요! 갖고 싶은 물건이 있으면 슬쩍 건드리기만 해도 자기 것이 되는 거죠. 그렇다면 그 위험해 보이는 처녀, 자클린 드 벨포르는 살인을 저지를 수 있을까요?"

푸아로는 잠시 머뭇거리더니 의심스럽다는 듯이 말했다.

"예, 그럴 수 있을 겁니다."

"하지만 확신하실 수는 없지요?"

"그렇습니다. 그녀는 저를 혼란스럽게 합니다, 그 작은 아가씨 말입니다."

"페닝턴 씨는 살인 같은 건 할 수 없을 것 같아요, 그렇게 생각하지 않으세요? 너무나도 맥 빠지고 우울해 보여요. 혈관에 과연 붉은 피가 흐르고 있을까 하는 생각이 들 정도예요."

"하지만 자기 보호 본능이 강할 수도 있습니다."

"그래요, 그럴 것 같아요. 그리고 터번을 두른 그 딱한 오터번 부인은요?"

"언제나 허영이란 게 있지요."

"살인의 동기로서 말인가요?"

앨러턴 부인이 믿기지 않는다는 듯이 물었다.

"살인의 동기는 때때로 아주 사소하답니다, 마담."

"가장 흔한 동기는 뭐죠, 무슈 푸아로?"

"가장 빈번한 건 돈이죠. 다시 말해서 다양한 효과로 얻어지는 이익입니다. 그 다음에는 복수심이 있습니다. 그리고 사랑, 공포, 순수한 증오, 공공의 이익……."

"무슈 푸아로!"

"오, 그렇답니다, 마담. 저는 이런 경우를 알고 있습니다. A라는 사람이 있는데, 그는 C를 위해 B에 의해 살해당했습니다. 정치적인 살인은 종종 이런 식으로 이루어집니다. 어떤 사람이 인류 문명에 해가 된다고 여겨지고, 그 이유 때문에 제거됩니다. 그런 사람들은 생사의 문제가 선하신 하느님 소관이라는 사실을 잊고 있지요."

그가 심각하게 말했다.

앨러턴 부인이 차분하게 대답했다.

"그렇게 말씀하시니 정말 기뻐요. 그런데 하느님은 자신의 도구를 고르신답니다."

"그런 생각은 위험합니다, 마담."

그녀가 좀 더 가벼워진 어투로 말했다.

"이런 대화를 하고 나서 말이죠, 무슈 푸아로, 과연 누가 살아남을지 의문이네요!"

그녀가 자리에서 일어섰다.

"그만 돌아가야겠어요. 점심 식사를 마치자마자 출발해야 하니까요."

그들이 부잔교에 이렀을 때, 폴로 점퍼 차림의 청년이 배 안에 자리를 잡고 있었다. 이탈리아 사내는 이미 와서 기다리고 있었다. 누비아 족 뱃사람이 돛을 펼쳐 배를 출발시키자, 푸아로는 그 낯선 청년에게 예의바르게 말을 걸었다.

"이 나라 이집트에는 정말 볼 만한 멋진 것들이 많지요, 그렇지 않습니까?"

청년은 좀 독한 냄새가 나는 담배를 피우고 있었다. 그는 입에서 담배를 빼고는 놀라울 정도로 세련된 억양으로 간략하고 단호하게 대답했다.

"그런 것들이 제 속을 뒤집어 놓는답니다."

앨러턴 부인이 코안경을 쓰고는 유쾌한 관심을 보이며 그를 관찰했다.

"정말요? 왜 그런가요?"

푸아로가 물었다.

"피라미드를 예를 들어 봅시다. 그 쓸모없는 거대한 석조물은 오만한 전제 군주의 이기심을 만족시키기 위해 지어졌지요. 그것을 짓기 위해 고생하고 혹사당한 많은 사람들을 생각해 보세요. 그들이 겪었을 고통과 아픔을 생각하면 속이 뒤집힌답니다."

앨러턴 부인이 쾌활한 어조로 말했다.

"당신은 피라미드나 파르테논 신전이나 아름다운 무덤이나 사원보다는, 사람이 하루 세 끼를 먹고 자기 침대에서 죽는 데에서 실질적인 만족을 느끼시는군요."

청년은 그녀를 향해 인상을 써 보였다.

"인간이 돌보다 중요하다는 겁니다."

"하지만 인간은 돌만큼 오래가지 못하죠."

에르퀼 푸아로가 말했다.

"나는 그 어떤 예술 작품보다 노동자들을 잘 먹이는 게 중요하다고 봅니다. 중요한 것은 미래지요. 과거가 아니라 말입니다."

청년의 말이 너무 심하다고 여긴 듯 리체티는 알아듣기 어려운 장광설을 늘어놓았다. 그러자 청년은 자본주의 제도에 대한 자신의 소신을 모두에게 정확하게 말하는 것으로 응수했다. 그의 어투는 극도로 신랄했다.

그 장광설이 끝났을 때 배는 호텔 선착장에 이르러 있었다.

앨러턴 부인이 유쾌하게 중얼거렸다.

"자, 그럼."

이렇게 말하며 그녀는 배에서 내렸다. 청년은 그녀의 뒷모습에 못마땅한 눈길을 던졌다.

호텔 홀에서 푸아로는 자클린 드 벨포르를 만났다. 그녀는 승마복 차림이었다. 그녀는 그에게 비꼬듯이 살짝 목례를 보냈다.

"저는 당나귀를 타러 가요. 원주민 부락이 추천할 만한가요, 무슈 푸아로?"

"그게 당신의 오늘 소풍지군요, 마드무아젤? 에 비엥(음, 그러니까) 그림처럼 아름답더군요. 하지만 민속품에 너무 많은 돈을 쓰지는 마세요."

"유럽에서 배로 실어 온 것들 말인가요? 그럼요, 전 그렇게 쉽게 속아 넘어가는 사람이 아니랍니다."

그녀는 살짝 고개를 숙여 보이고는 눈부신 햇살 속으로 걸어 나갔다.

푸아로는 짐을 꾸렸다. 그의 물건들은 언제나 꼼꼼하게 정리되어 있었으므로, 짐 싸는 일은 간단했다. 그런 다음 그는 식당에 가서 이른 점심 식사를 했다.

점심 식사 후, 호텔 버스는 제2폭포로 갈 사람들을 역까지 태워 주었다. 그들은 그곳에서 카이로발 셸랄행 급행 열차를 타게 되어 있었다. 소요 시간은 10분이었다.

앨러턴 부인, 푸아로, 지저분한 플란넬 바지를 입은 청년과 이탈리아 사내가 버스에 탔다. 오터번 부인과 딸은 댐과 필라에로 원정을 떠났다가 셸랄로 와서 증기선을 타게 되어 있었다.

카이로와 룩소르발 열차는 약 20분가량 연착했다. 이윽고 열차가 도착하자, 언제나처럼 분주하고 소란스러운 정경이 펼쳐졌다. 열차에서 슈트케이스를 들고 나오는 원주민 짐꾼들이 짐을 싣기 위해 들어가는 다른 짐꾼들과 부딪쳤다.

이윽고 푸아로는 숨을 좀 헐떡거리면서 기차 칸에 자리를 잡았다. 앨러턴 가족의 짐과 한 번도 본 적 없는 낯선 짐이 놓여 있었고,

팀과 그의 어머니는 나머지 짐을 가지고 다른 곳에 앉아 있었다.

푸아로의 칸에는, 주름이 자글자글한 얼굴에 빳빳한 흰색 깃, 여러 개의 멋진 다이아몬드 장신구를 걸친 나이 든 부인이 앉아 있었다. 그녀는 대부분의 사람들을 차가운 눈길로 응시하곤 했다.

그녀는 푸아로를 오만한 눈길로 쏘아본 다음, 미국 잡지의 페이지를 넘기는 일로 돌아갔다. 맞은편에는 몸집이 크고 촌스러운 모습을 한 서른 살이 못 되어 보이는 젊은 여자가 앉아 있었다. 강아지 눈처럼 보이는 서글서글한 갈색 눈과 부스스한 머리에 상대방의 호감을 몹시 사고 싶어 하는 듯한 태도를 하고 있었다. 문제의 늙은 여자는 이따금 잡지에서 고개를 들고는 그 여자에게 딱딱거리며 "코닐리어, 무릎 덮개 좀 챙겨라.", "도착하면 내 화장 가방을 잘 지켜라. 절대로 다른 사람이 만지게 하면 안 된다.", "종이 자르는 칼 잊지 마라." 하고 지시를 내리곤 했다.

열차의 주행 시간은 짧았다. 10분도 안 되어 그들은 S. S. 카르나크 호가 기다리고 있는 부두에 내렸다. 오터번 모녀는 이미 배에 타고 있었다.

카르나크 호는 제1폭포 증기선들인 파피루스 호나 로터스 호보다는 작은 증기선이었다. 그 배들은 아스완 댐의 바위들 사이를 지나가기에는 너무 컸다. 승객들은 배에 올라 선실로 안내되었다. 만선이 아니었으므로, 대부분의 승객들이 산책 갑판에 있는 1등 선실을 배당받았다. 갑판의 앞부분 전체에는 벽이 온통 유리로 된 전망실이 있었고, 승객들은 그곳에 앉아서 눈앞에 펼쳐지는 강을 바라볼 수 있었다. 아래쪽 갑판에는 흡연실과 작은 응접실이 있었고, 그 밑의 갑판에는 식당이 있었다.

자신의 선실에 짐이 도착하는 것을 확인한 다음 푸아로는 배가 출발하는 모습을 보기 위해 다시 갑판으로 나왔다. 그리고 한쪽에 기대 서 있는 로잘리 오터번에게 다가갔다.

"드디어 이제 누비아로 가는 거군요. 기분 좋지요, 마드무아젤?"

그녀가 깊이 숨을 들이마셨다.

"예, 마침내 세상사로부터 벗어나는 것 같은 느낌이에요."

그녀가 손짓을 했다. 눈앞에 펼쳐진 물과 식물이라고는 찾아볼 수 없는 물가의 바위들은 야성적인 냄새를 물씬 풍겼다. 댐의 건설로 인해 버려지고 폐허가 된 집들의 잔해가 여기저기 눈에 띄었다. 그 모든 풍경이 불길한 매력이라도 띤 것처럼 우울해 보였다.

"사람들로부터 벗어나는 것 같아요."

로잘리 오터번이 말했다.

"이 배에 탄 사람들은 제외하고 말이죠, 마드무아젤?"

그녀는 어깨를 으쓱해 보이더니 이렇게 말했다.

"이 나라에는 저로 하여금 사악한 느낌을 갖도록 만드는 무엇인가가 있어요. 그게 사람의 가슴속에서 들끓고 있는 모든 것들을 표면으로 끌어내지요. 모든 것들이 너무나도 불공평해요. 너무 부당하다고요."

"글쎄요. 외면적인 것으로만 판단할 수는 없지요."

로잘리가 나직하게 중얼거렸다.

"다른 사람들의 어머니를 좀 보세요. 그리고 제 어머니가 어떤지도 보시고요. 샬롬 오터번은 섹스만을 신성시하고, 자신을 그 예언자로 여기죠."

이렇게 말해 놓고 그녀는 멈칫했다.

"이렇게 말해서는 안 되지만요."

푸아로가 두 손을 내저었다.

"왜 안 되겠어요? 내게 하는 말인데요. 나는 온갖 이야기를 다 들어 본 사람이랍니다. 만일 아가씨 말대로 마음이 들끓고 있다면, 잼처럼 말이에요, 에 비엥(그렇다면) 그 거품을 표면에 떠오르게 하세요. 그러면 숟가락으로 떠낼 수 있으니까요. 이렇게 말입니다."

그는 뭔가를 떠내 나일 강으로 던져 버리는 흉내를 냈다.

"자, 사라져 버렸잖아요."

"당신은 정말 놀라운 분이군요!"

로잘리가 말했다. 부루퉁했던 입매가 웃음을 짓느라 풀어졌다. 그러나 다음 순간 그녀는 갑자기 몸을 굳히며 외쳤다.

"이런, 저기 도일 부인과 그녀의 남편이네요! 저들도 이 여행을 할 줄은 정말 몰랐네요."

리넷이 자신의 선실로부터 갑판 쪽으로 몸을 반쯤 내밀고 있었다. 사이먼은 그녀 뒤에 있었다. 그녀의 표정, 너무나도 눈부시고 자신감에 넘치는 표정에 푸아로는 소스라칠 뻔했다. 그녀는 행복으로 젖어 몹시 오만해 보였다. 사이먼 도일 역시 전혀 다른 존재가 되어 있었다. 입이 귀에 걸리도록 씩 웃고 있는 모습이 행복한 학생처럼 보였다.

"정말 멋지군."

사이먼이 난간에 몸을 기대며 말했다.

"난 몹시 이 여행을 하고 싶었어, 당신은 안 그래, 여보? 이건 관광이라는 느낌이 훨씬 덜하군. 마치 우리가 이집트의 심장부로 들어가고 있는 것 같아."

그의 아내가 재빨리 대답했다.

"맞아. 정말이지 훨씬 야성적이야."

리넷이 살그머니 사이먼의 팔짱을 끼었다. 그는 팔에 힘을 주어 그녀의 손을 옆구리에 지그시 밀착시켰다.

"이제 배가 떠나는군, 리넷."

그가 중얼거렸다.

증기선이 부둣가를 떠나고 있었다. 제2폭포까지 갔다가 돌아오는 일주일간의 여정이 시작된 것이다.

그때 뒤에서 경쾌하고 낭랑한 웃음소리가 울려 퍼졌다. 리넷이 주위를 둘러보니 그곳에는 자클린 드 벨포르가 서 있었다. 자클린은 기분이 무척 좋아 보였다.

"안녕, 리넷! 여기서 너를 만나게 될 줄은 몰랐어. 아스완에서 열흘 더 묵을 거라고 말했던 것 같은데. 정말 놀랍구나."

"넌, 넌……."

리넷이 말을 더듬었다. 그녀는 해쓱해진 채 예의를 차려 애써 웃음을 지어 보였다.

"나 역시 널 보게 될 줄 몰랐어."

"그래?"

자클린은 몸을 돌려 배의 저쪽으로 걸음을 옮겼다. 남편의 팔을 쥔 리넷의 손에 힘이 들어갔다.

"사이먼, 사이먼……."

도일의 흐뭇한 즐거움은 송두리째 날아가 버렸다. 그는 격노한 듯했다. 자제하려는 노력에도 불구하고 그의 두 주먹이 저절로 불끈 쥐어졌다.

그들 두 사람은 걸음을 옮겨 놓았다. 고개를 돌리지 않은 푸아로의 귀에 그들의 대화 내용이 토막토막 들려왔다.

"……돌아가……. 불가능해……. 우리는 할 수……."

이어 절망적이지만 단호한 도일의 목소리가 조금 크게 들려왔다.

"영원히 도망쳐 다닐 수는 없어, 리넷. 이제 그만 정면 대결을 해야 해……."

해가 기울고 있었다. 푸아로는 유리벽으로 된 전망실에 서서 똑바로 앞을 바라보고 있는 중이었다. 카르나크 호는 좁은 골짜기를 지나가고 있었다. 깊고 세차게 흐르는 강물 속에서 흉포한 모습의 바위들이 나타났다. 어느덧 배는 누비아에 와 있었다.

인기척이 들리더니 리넷 도일이 그의 옆에 서 있었다. 그녀의 손가락들이 저절로 뒤틀렸다가 풀어졌다. 그녀는 그가 지금까지 한 번도 본 적이 없는 표정을 짓고 있었다. 흡사 당황한 어린아이처럼 보였다.

"무슈 푸아로, 저는 두려워요. 모든 게 다 두려워요. 전에는 이런 감정을 느낀 적이 없어요. 이 모든 황폐한 바위들, 소름끼치는 광포함과 생경함 말이에요. 우리는 어디로 가고 있는 거죠? 무슨 일이 벌어질까요? 두려워요. 모든 사람들이 저를 증오해요. 이런 느낌은 정말 처음이에요. 저는 언제나 사람들을 친절하게 대했어요. 사람들을 위해 많은 일을 했어요. 그런데 그들은 저를 증오해요. 많은 이들이 저를 증오해요. 사이먼을 제외하면, 저는 적들에게 둘러싸여 있어요……. 이건 정말 무시무시한 느낌이에요. 저를 미워하는 사람들이 있다는 건……."

"무슨 말입니까, 마담?"

그녀가 고개를 내저었다.

"신경에 걸리네요……. 그저 그런 느낌이 들어요. 제 주위의 모든 것이 안전하지 않다는 느낌이요."

그녀는 불안한 눈길로 어깨 너머를 돌아보고는 불쑥 말했다.

"이 모든 것이 어떻게 될까요? 저희는 여기 갇혔어요. 덫에 걸렸다고요! 탈출구는 없어요. 그저 앞으로 나아가야 해요. 전, 전 여기가 어디인지 모르겠어요."

그녀는 자리에 주저앉았다. 푸아로는 심각하게 그녀를 내려다보았다. 그의 시선에는 연민의 빛이 섞여 있었다.

"저희가 이 배에 탄다는 사실을 그녀가 어떻게 알았을까요? 어떻게 알 수 있었을까요?"

푸아로가 고개를 저으며 대답했다.

"알다시피 그녀는 영리하답니다."

"영원히 그녀에게서 벗어날 수 없을 것 같은 느낌이 들어요."

"당신은 한 가지 방법을 취할 수 있었습니다. 실제로 당신이 그런 생각을 하지 않은 게 놀랍군요. 요컨대 당신에게는 말이죠, 마담, 돈은 대단한 게 아니지요. 어째서 나일 강의 여객용 범선을 전세 내지 않으셨나요?"

리넷이 속절없이 고개를 내저었다.

"이 일에 대해 모두 알고 있었다면 그랬을 거예요. 하지만 저흰 몰랐어요. 그땐 말이죠. 그리고 어려운 점은……."

그녀는 갑자기 조바심을 내며 눈을 번쩍였다.

"오! 선생님께서는 제 어려움을 반도 알지 못하실 거예요. 저는 사이먼에게 신경을 쓰지 않을 수 없답니다……. 그이는, 그이는 아주 예민해요, 돈에 대해 말이에요. 제가 돈이 너무나도 많다는 사실에 말이에요! 남편은 저와 스페인의 작은 마을로 가서 살고 싶어 해요. 저희 신혼여행에 드는 모든 경비를 자신이 부담하고 싶어 했어요. 그게 중요하다는 듯이 말이에요! 남자들은 정말 어리석어요! 그이도 안락하게 사는 데 익숙해져야 해요. 범선을 전세 낸다는 말만 꺼내도 그는 펄쩍 뛸 거예요. 불필요한 낭비라는 거죠. 차차 그를 교육시켜야 해요."

그녀는 너무 격의 없이 어려움을 털어놓은 자기 자신에게 화가 났는지 입술을 깨물며 푸아로를 올려다보았다. 그리고 자리에서 일어섰다.

"옷을 갈아입어야겠어요. 죄송해요, 무슈 푸아로. 제가 바보 같은 얘기를 너무 많이 한 것 같군요."

제7장

검은색 레이스로 된 단순한 이브닝 가운을 입은 앨러턴 부인은 차분하고 기품 있는 모습으로 갑판 두 개를 지나 식당으로 내려왔다. 문간에서 아들이 그녀의 팔을 잡았다.

"죄송해요, 어머니. 제가 좀 늦은 것 같네요."

"어디에 앉아야 좋을지 모르겠구나."

식당에는 작은 식탁들이 띄엄띄엄 놓여 있었다. 앨러턴 부인은 잠시 그 자리에 서서, 한 무리의 사람들을 자리에 앉히느라 분주한 안내인이 올 때까지 기다렸다.

"그건 그렇고. 내가 그 자그마한 에르퀼 푸아로 씨에게 같은 식탁에서 식사하자고 했단다."

"어머니도 참, 왜 그러셨어요!"

팀은 움찔 놀란 듯 짜증스러운 어조로 말했다.

그의 어머니는 놀라서 그를 응시했다. 평소 팀은 이런 일에 너그러웠던 것이다.

"팀, 마음에 안 드니?"

"예, 마음에 안 들어요. 그는 진짜 천박한 땅딸보예요!"

"오, 아니란다, 팀! 내 생각은 달라."

"어쨌든 우리가 무엇 때문에 외부인과 어울려야 하죠? 이렇게 작은 배에 갇혀 있는 동안에는, 그런 일은 언제나 귀찮은 법이에요. 그는 아침이고 점심이고 밤이고 항상 우리와 함께 있으려고 들 거예요."

앨러턴 부인은 풀이 죽어 보였다.

"미안하다, 팀. 나는 정말 네가 즐거워할 줄 알았단다. 어쨌든 푸아로 씨는 다양한 경험을 했을 거야. 그리고 넌 추리 소설을 무척 좋아하잖니."

팀이 끙 소리를 냈다.

"어머니가 그런 재치 있는 아이디어를 내지 않으셨으면 좋았을 텐데요. 지금 그만둘 수는 없겠죠?"

"이런, 팀, 그럴 수 있을지 모르겠다."

그 순간 안내인이 다가와 그들을 식탁으로 안내했다. 그를 따라가면서 앨러턴 부인의 얼굴에는 약간 당황한 표정이 떠올랐다. 팀은 보통 성격이 무난했고 상냥했다. 이런 격한 반응은 그에게 전혀 어울리지 않았다. 보통 영국인들이 외국인에게 갖고 있는 혐오나 불신을 그 역시 갖고 있다고 할 수는 없었다. 팀은 세계주의자가 아닌가! 오, 이런, 그녀는 한숨을 내쉬었다. 도대체 남자들은 이해할 수가 없단 말이야! 가장 가깝고 친한 사람이 뜻밖의 반응이나 감정을 보이거든.

그들이 자리에 앉았을 때 에르퀼 푸아로가 재빠르고 조용하게 식당으로 들어왔다. 그는 세 번째 의자 등받이에 손을 얹었다.

“정말 괜찮으시겠습니까, 마담, 제가 당신의 친절한 제의를 받아들여도?”

“물론이지요. 앉으세요, 무슈 푸아로.”

“정말 친절하시군요.”

그가 자리에 앉으면서 재빨리 팀을 쳐다보는 것, 팀이 부루퉁한 표정을 성공적으로 감추지 못한 것을 그녀는 불편하게 의식했다.

앨러턴 부인은 유쾌한 분위기를 만들기 위해 애썼다. 수프를 먹으면서 그녀는 자기 접시 옆에 놓여 있던 승객 명단을 집어 들었다.

“우리, 다른 사람들의 이름을 맞혀 봐요. 난 언제나 그게 꽤 재미있더라고요.”

그녀가 쾌활하게 제안한 다음 명단을 읽기 시작했다.

“앨러턴 부인과 팀 앨러턴. 이건 너무 쉽군요! 드 벨포르 양. 그녀는 오터번 모녀와 같은 탁자에 앉았군요. 그녀와 로잘리가 서로를 어떻게 여길지 궁금하네요. 다음은 누구지? 베스너 박사군요. 베스너 박사? 베스너 박사가 누군지 아세요?”

그녀는 네 남자가 함께 앉아 있는 식탁 쪽을 흘긋 쳐다보았다.

“내 생각엔 머리를 바짝 깎고 콧수염이 있는 저 뚱뚱한 남자가 그 사람 같아요. 아마 독일인일 거예요. 아주 기분 좋게 수프를 먹고 있네요."

후루룩거리는 소리가 그들 귀에까지 들려왔다.

앨러턴 부인이 말을 이었다.

"바워즈 양? 바워즈 양이 누군지 짐작할 수 있으세요? 여자가 서너 명 있네요. 아니, 이 여잔 일단 제쳐 두죠. 도일 부부. 그래요, 물론 이 여행의 주인공이죠. 도일 부인은 무척 아름답네요. 그녀가 입고 있는 원피스는 정말이지 사랑스럽군요."

팀은 의자에 앉은 채 돌아보았다. 리넷과 그녀의 남편, 그리고 앤드류 페닝턴이 구석의 탁자에 앉아 있었다. 리넷은 하얀 원피스에 진주 목걸이를 하고 있었다.

"제가 보기엔 놀랄 정도로 단순해 보이는데요. 기다란 자루 중간에 끈을 맨 것 같아요."

"그렇단다, 팀. 80기니짜리 옷에 대한 남자의 멋진 평가로구나."

"여자들은 왜 옷에 그렇게 많은 돈을 쓰는지 알 수가 없어요. 제가 보기에는 말도 안 되는 일이에요."

앨러턴 부인은 승객들에 대한 연구를 계속했다.

"팬숍 씨는 저 식탁의 네 사람 중 하나가 틀림없어요. 한마디도 한 적이 없는 아주 과묵한 청년일 거예요. 꽤 잘생기고 신중하면서도 똑똑해 보이는 사람 말이에요."

푸아로가 동의했다.

"그는 똑똑하더군요. 그렇습니다. 말은 별로 없고 아주 주의 깊게 듣고 지켜본답니다. 그래요, 그는 자기의 두 눈을 잘 이용하지요. 이런 곳을 즐겨 여행할 타입은 결코 아닌데요. 저 사람이 여기에서 무엇을 하고 있는지 모르겠어요."

앨러턴 부인은 명단의 다음 이름을 읽었다.

"퍼거슨 씨. 내 생각에 퍼거슨은 아까 만난 반자본주의자 친구일 거예요. 오터번 부인과 오터번 양. 우리 모두 그들을 알지요. 페닝턴 씨? 일명 앤드류 아저씨라네요. 잘생긴 남자예요, 내 생각에는……."

"이런, 어머니."

"내 생각에는 잘생기긴 확실히 잘생겼지만, 좀 냉담한 느낌을 주는 사람 같아요. 좀 냉혹한 형 말이에요. 신문에 나오는, 월 스트리트를 주무르거나 그 안에서 일하는 종류의 사람 아닐까요? 틀림없이 대단한 부자일 거예요. 다음은 무슈 에르퀼 푸아로, 이분의 재능이야말로 정말이지 낭비되고 있지요. 무슈 푸아로를 위해 범죄를 준비할 수 없을까, 팀?"

하지만 그녀의 선의의 농담은 또다시 아들을 짜증스럽게 한 것 같았다. 팀이 얼굴을 찌푸리자 앨러턴 부인은 서둘러 말을 이었다.

"리체티 씨. 아까 만난 이탈리아 인 고고학자지요. 그 다음은 롭슨 양, 마지막으로 밴 슈일러 양. 그녀가 누군지 알아맞히는 건 쉬워요. 자신을 이 배의 여왕으로 여기면서 극히 배타적으로 처신하고 엄격하기 짝이 없는 자신의 기준에 미치지 못하는 사람들과는 이야기조차 하려 들지 않는 아주 못생긴 미국 할머니지요! 정말 좀 이상하지 않아요? 그녀와 함께 있는 두 여자가 바워즈 양과 롭슨 양인

게 분명해요. 아마 코안경을 낀 마른 여자가 비서이고, 흑인 노예처럼 취급당하면서도 즐거워하는 좀 딱한 처녀는 가난한 친척일 거예요. 내 생각엔 롭슨이 비서이고 바워즈가 가난한 친척 같아요."

"틀렸어요, 어머니."

팀이 씩 웃으며 말했다. 갑자기 기분이 좋아진 것 같았다.

"네가 어떻게 아니?"

"저녁 식사 시간 전에 라운지에 있는데, 그 늙은 여자가 옆에 있던 여자에게 '바워즈 양은 어디 있지? 당장 데려오너라, 코닐리어.'라고 하더군요. 그러자 코닐리어는 마치 충실한 개처럼 종종걸음으로 달려가던걸요."

"밴 슈일러 양과 얘기 좀 나눠 봐야겠다."

앨러턴 부인이 생각에 잠긴 어조로 말하자 팀은 다시 씩 웃었다.

"그 여잔 어머니를 무시할 텐데요, 어머니."

"천만에. 난 어떻게든 그녀 옆에 앉아서 나직하지만 폐부를 찌르는 세련된 어조로 귀족 친척과 친구들에 대해 말할 참이다. 네 육촌인 글래스고 공작을 아무렇지도 않은 어조로 언급하면 효과가 있을 거야."

"정말 고약한 생각을 하셨네요, 어머니!"

저녁 식사 후 인간 본성에 관심을 가진 사람이 흥미롭게 여길 만한 사건이 일어났다.

문제의 사회주의자 청년(추측대로 퍼거슨 씨로 밝혀진)은 갑판의 전망실에 사람이 많다고 투덜거리며 흡연실로 들어갔다.

때맞추어 밴 슈일러는 그곳에서 가장 안정감 있고 바람이 들어오지 않는 자리에 놓인 탁자로 돌진해서는, 그 자리에 앉아 있던 오터번 부인에게 말했다.

"죄송하지만, 내 뜨개질감을 여기 놓아둔 것 같은데요!"

그녀의 노려보는 눈길에 '터번'이 일어나 자리를 양보했다. 밴 슈일러와 그녀의 일행이 자리를 잡았다. 오터번 부인은 근처에 앉아서 여러 가지 주제로 말을 걸어 보았지만, 정중하지만 싸늘한 반응에 이내 포기한 모양이었다. 이윽고 밴 슈일러는 엄숙한 고독 속에 앉아 있게 되었다. 도일 부부는 앨러턴 모자와 함께 앉았고, 베스너 박사는 마치 원래부터 일행인 것처럼 이번에도 과묵한 팬숍과 함께였다. 자클린 드 벨포르는 책을 들고 혼자 앉아 있었다. 로잘리 오터번은 안절부절못하고 있었다. 앨러턴 부인이 그녀에게 한두 번 말을 걸어, 그녀를 그들의 대화에 끌어들이려 했지만, 그 처녀는 무뚝뚝한 반응을 보였을 뿐이었다.

에르퀼 푸아로는 오터번 부인이 작가로서의 사명에 대해 이야기하는 것을 들으며 저녁 시간을 보냈다.

그날 밤, 선실로 돌아가는 길에 그는 자클린 드 벨포르와 마주쳤다. 그녀는 난간에 기대어 서 있었는데, 고개를 돌렸을 때 그는 그녀의 얼굴에 떠오른 지독히도 비참한 표정에 충격을 받았다. 거기에는 이제 무심함도, 사악한 도전도, 어둡게 타오르던 승리감도 없었다.

"안녕하세요, 마드무아젤."

"안녕하세요, 무슈 푸아로."

그녀가 주저하다가 말을 이었다.

"이곳에서 저를 보고 당신도 놀라셨나요?"

"놀랐다기보다는 유감스러웠지요. 진심으로 몹시 유감스러운 일입니다……."

그가 심각하게 대답했다.

"유감스럽다는 건 저를 두고 하시는 말씀인가요?"

"바로 그렇습니다. 당신은 이미 선택을 했습니다, 마드무아젤, 험난한 여정을 말입니다. 이 배에 탄 우리가 여행을 시작한 것처럼, 당신도 여정을 시작한 겁니다. 위험한 바위 사이를 빠르게 흘러가는 강물을 따라 아무도 모르는 재앙의 파도를 향해서 말입니다."

"왜 이런 말씀을 하시는 거죠?"

"그게 진실이기 때문이죠……. 당신은 스스로를 안전하게 묶는 끈을 끊어 버렸습니다. 이제 당신이 돌아가고 싶어 한다 해도 그럴 수 있을지 의문입니다."

그녀는 아주 천천히 말했다.

"사실이에요……."

그런 다음 그녀는 고개를 뒤로 젖혔다.

"아, 그러니까 인간은 자신의 별이 인도하는 대로 따라가야 하는 법이죠."

"조심하세요, 마드무아젤. 그건 가짜 별일지도 모르니까요……."

그녀는 웃음을 터뜨리더니 이곳 당나귀꾼 소년의 앵무새 같은 외침을 흉내냈다.

"저건 아주 나쁜 별이죠, 선생님! 저 별은 아래로 떨어져 내린답니다……."

막 잠이 들려는 순간, 푸아로는 사람들이 중얼거리는 소리에 잠을 깼다. 그가 들은 것은 사이먼 도일의 목소리였다. 그는 배가 셸랄을 떠날 때 했던 말을 되풀이하고 있었다.

"이제 우리는 일을 해결해야 해……."

푸아로는 속으로 생각했다.

'그래, 이제 우리는 일을 해결해야 해…….'

그는 우울했다.

제8장

배는 다음 날 아침 일찍 에즈세부아*에 도착했다.

창 넓은 모자를 쓴 코닐리어 롭슨이 빛나는 얼굴로 가장 먼저 배에서 내렸다. 코닐리어는 사람들에게 매정하게 대하지 못했다. 그녀는 상냥한 기질의 소유자였고, 같이 있는 사람들을 좋아했다.

흰색 양복과 분홍색 셔츠, 커다란 검은색 나비 넥타이에 하얀 토피를 쓴 에르퀼 무슈 푸아로를 보고 거만한 밴 슈일러라면 응당 질겁을 했겠지만, 그녀는 별다른 반응을 보이지 않았다. 함께 스핑크스 대로를 걸어 올라가는 동안, 푸아로가 의례적으로 말을 걸자 그녀는 스스럼없이 대답했다.

"다른 일행들은 신전을 구경하기 위해 배에서 내리지 않았나요?"

* 아스완 남쪽의 누비아 북부. 람세스 2세 신전으로 향하는 길의 안쪽에 나란히 세워진 스핑크스들로 인해 '사자의 계곡'을 의미하는 '와디 에즈세부아'로 알려져 있다.

"음, 알다시피, 메리 아주머니, 그러니까 밴 슈일러 양은 아침에 일찍 일어나는 형이 아니에요. 아주머니는 자신의 건강에 몹시, 몹시 주의를 기울이세요. 그리고 간호사인 바워즈 양이 자신을 위해 여러 가지 일들을 해 주기를 원하셨어요. 또 아주머니 말씀에 따르면 이곳은 최고의 신전이 아니라더군요. 하지만 친절하시게도 제가 나가는 건 허락해 주셨답니다."

"아주 너그러운 처사로군요."

푸아로가 건조하게 말했다.

순진한 코닐리어는 조금도 의심을 품지 않고 푸아로의 말에 동의했다.

"오, 아주머니는 정말로 친절하세요. 이 여행에 저를 데리고 오신 것만 봐도 그렇지요. 전 운이 좋은 것 같아요. 아주머니가 엄마에게 저를 데려가겠다고 했을 때 믿어지지 않았답니다."

"아가씨는 이 여행이 즐거운가 보군요, 그렇죠?"

"오, 멋진 여행이었어요! 이탈리아를 보았답니다. 베니스와 파도바, 피사를 말이에요. 그리고 카이로에 갔어요. 아쉽게도 카이로에서는 메리 아주머니가 몸이 별로 좋지 않아서 많이 돌아다닐 수가 없었지만요. 그리고 와디 할파까지 이 멋진 왕복 여행을 하고 있잖아요!"

푸아로가 미소를 지으며 말했다.

"행복한 천성을 가졌군요, 마드무아젤."

그는 그녀에게서 시선을 돌려 말없이 찌푸린 얼굴로 혼자 앞장서서 걸어가고 있는 로잘리를 생각에 잠겨 바라보았다.

"저 아가씬 정말 예쁘죠, 그렇지 않아요?"

그의 시선을 좇으며 코닐리어가 말했다.

"그런데 경멸하는 표정 같은 게 있긴 하더라고요. 저 아가씨는 무척 영국적이에요. 그래도 도일 부인만큼 사랑스럽지는 않지만요. 제 생각에 도일 부인은 일찍이 제가 본 여자들 중에서 가장 사랑스럽고 우아한 것 같아요! 그리고 그녀의 남편은 그녀가 밟고 지나간 땅에 경배라도 할 것 같지 않아요? 제 생각에 저 반백의 부인은 기품 있는 모습을 지닌 것 같은데, 선생님은 그렇게 생각지 않으세요? 저 부인은 어떤 공작과 친척이신 것 같아요. 어젯밤 우리 바로 옆에서 공작에 대해서 이야기하고 계시더라고요. 하지만 실제로 저 부인이 작위를 가지고 있는 것은 아니죠?"

그녀는 줄곧 재잘거렸다. 이윽고 담당 통역자가 일행에게 멈추라고 외치고는 설명을 시작했다.

"이 신전은 이집트의 신 아문과, 매의 머리를 상징으로 삼은 태양신 라 하라크티에게 바쳐진 것으로……."

설명이 나지막하고 단조롭게 이어졌다. 베스너 박사는 여행 안내서 『베데커』를 손에 들고 독일어로 무어라 중얼거리고 있었다. 그는 안내서를 읽는 편이 더 좋은 모양이었다.

팀 앨러턴은 무리에 합류하지 않았다. 앨러턴 부인은 과묵한 팬숍과 말을 트기 위해 애쓰고 있었다. 앤드류 페닝턴은 한쪽 팔을 리넷 도일의 팔에 낀 채 안내인이 읊어 대는 수치에 지대한 관심을 가진 듯 주의 깊게 귀를 기울이고 있었다.

"높이가 약 20미터라니, 저게 말인가? 내 눈에는 훨씬 작아 보이는데. 이 라메스는 대단한 인물이군. 실존하는 이집트 인이라."

"거상이었대요, 앤드류 아저씨."

앤드류 페닝턴은 흐뭇한 눈길로 리넷을 바라보았다.

"오늘 아침에는 좋아 보이는구나, 리넷. 최근 난 네가 좀 걱정이었단다. 좀 수척해 보여서 말이다."

함께 이야기를 나누며 무리는 배로 돌아왔다. 카르나크 호는 다시 나일 강 위를 미끄러져 나아갔다. 한결 경치다운 경치가 펼쳐졌다. 야자나무들과 경작지가 보였다.

경치가 바뀌면서 승객들에게 드리워졌던 은밀한 중압감도 같이 날아간 것 같았다. 팀 앨러턴은 우울한 감정을 떨쳐 버렸다. 로잘리는 한결 덜 부루퉁해 보였고, 리넷도 마음이 가벼워진 것 같았다.

페닝턴이 그녀에게 말했다.

"신혼여행 중인 신부에게 사업 이야기를 하는 것이 분별없긴 하지만, 한두 가지 할 일이 있는데……."

리넷은 즉각 사무적이 되었다.

"아, 물론 괜찮아요, 앤드류 아저씨. 제 결혼으로 인해 달라지는 점이 물론 있겠지요."

"바로 그거란다. 틈나는 대로 몇 가지 서류에 서명을 해 주면 좋겠다."

"지금 하면 어때요?"

앤드류 페닝턴은 주위를 둘러보았다. 전망실 그 구석에는 아무도 없었다. 대부분의 사람들이 전망실과 선실 사이의 갑판에 나가 있었다. 전망실에는 퍼거슨과 에르퀼 푸아로 그리고 밴 슈일러뿐이었다. 퍼거슨은 한가운데에 놓인 작은 탁자에서 지저분한 플란넬 바지를 입은 두 다리를 앞으로 뻗고 맥주를 마시면서 이따금 혼자 휘파람을 불고 있었고, 푸아로는 앞 유리창 가까이에 앉아 눈앞에 펼쳐지는 장엄한 경치에 몰두해 있었으며, 밴 슈일러는 구석에 앉아서 이집트에 관한 책을 읽고 있었다.

"그거 좋군."

앤드류 페닝턴이 대답했다. 그는 전망실을 나갔다.

리넷과 사이먼은 서로에게 미소를 지었다. 천천히 번지다가 잠시 후 얼굴 전체에 가득 차는 그런 미소였다.

"괜찮아, 리넷?"

"응, 아주 좋아. 재미있게도 더 이상 조바심이 나지 않네."

사이먼은 깊은 확신에 찬 어조로 말했다.

"당신은 정말 놀라워."

페닝턴이 돌아왔다. 그는 글자가 빽빽한 서류 뭉치를 들고 왔다.

리넷이 소리쳤다.

"맙소사! 이 모든 것에 서명을 해야 하나요?"

앤드류 페닝턴이 미안해했다.

"힘든 일이라는 건 안다만, 네 일을 제대로 처리해 두고 싶구나. 우선 5번가에 있는 부동산 임대 건이 있고……. 그 다음에는 서부

지역 토지 개발권이 있고……."

그는 그렇게 말하며 서류를 뒤적이며 추려냈다. 사이먼이 하품을 했다.

갑판으로 통하는 문이 열리고 팬숍이 들어왔다. 그는 전망실을 둘러본 다음 천천히 걸어, 연푸른 강물과 주위를 둘러싸고 있는 노란 모래를 내다보고 있는 푸아로 옆에 가서 섰다.

"넌 여기에 서명만 하면 된단다."

페닝턴은 종이 한 장을 리넷 앞에 펼치고는 빈 칸을 가리켰다.

리넷은 서류를 들고 훑어보았다. 그런 다음 다시 첫 페이지로 돌아가서, 페닝턴이 그녀 옆에 놓아둔 만년필을 집어 들어 '리넷 도일'이라고 서명했다.

페닝턴은 그 서류를 치우고 또 다른 서류를 펼쳤다.

팬숍이 그들 쪽으로 다가갔다. 그리고 막 지나치는 제방 위의 무엇인가에 관심이 끌린 것처럼 옆 창문 밖을 내다보았다.

"그건 양도 증서일 뿐이니까 읽어 볼 필요 없어."

페닝턴이 말했다. 하지만 리넷은 그 서류를 간단하게 훑어보았다. 페닝턴은 세 번째 서류를 펼쳐 놓았다. 리넷은 이번에도 주의 깊게 서류를 정독했다.

"이건 모두 아주 간단한 것들이란다. 이권에 관한 것이 아니야. 그저 법률적으로 필요한 것들이지."

사이먼이 다시 하품을 했다.

"여보, 리넷, 전체 내용을 읽어 보려는 건 아니겠지, 그렇지? 그렇게 되면 점심 시간을 넘겨야 할걸."

"난 언제나 모든 서류들을 다 읽어. 아버지가 그렇게 하라고 가르치셨거든. 우리 아버지 말씀이 잘못 표기된 것이 있을 수 있다고 하셨어."

페닝턴이 약간 귀에 거슬리는 소리로 웃음을 터뜨렸다.

"넌 대단한 여자 사업가구나, 리넷."

사이먼이 웃으며 말했다.

"아내는 저보다 훨씬 꼼꼼하답니다. 저는 평생 법적인 서류를 읽어 본 적이 없어요. 사람들이 가리키는 점선 위의 공간에 서명을 할 뿐이죠. 그래도 그게 그거더군요."

"그건 정말이지 위험한 태도야."

리넷이 인정할 수 없다는 듯 말했다.

사이먼이 쾌활하게 말했다.

"난 사업적인 머리가 없는걸. 전혀 없어. 누군가 서명하라고 하면 서명하지. 그게 가장 간단한 방법이야."

앤드류 페닝턴은 생각에 잠긴 채 그를 쳐다보다가 윗입술만 조금 움직이며 건조하게 말했다.

"때때로 그건 좀 위험할 텐데요, 도일?"

"천만에요. 저는 이 세상 전체가 사람을 골탕 먹인다고 생각진 않습니다. 사람을 믿는 편이죠. 그러면 그 보답을 받지요. 이제까지 거의 실망한 적이 없답니다."

그때 갑자기 과묵한 팬숍이 몸을 돌리더니 리넷에게 이렇게 말하는 바람에 모두들 깜짝 놀랐다.

"참견하고 싶지는 않습니다만, 제가 당신의 사업가적 역량에 얼마나 감탄하는지 말씀드리고 싶네요. 제 직업상, 그러니까 저는 변호사인데요, 숙녀들이 딱하게도 사무적이지 못한 걸 줄곧 보아 왔지요. 그런데 당신이 서류를 끝까지 읽어 보고 나서야 서명한다는 건 정말 감탄스럽군요. 정말 놀랍습니다."

그는 고개를 조금 숙여 보였다. 그리고 얼굴이 붉어진 채 고개를 돌려 또다시 나일 강의 강둑을 응시했다.

리넷이 좀 애매하게 말했다.

"예, 고맙습니다……."

그녀는 웃음이 터져 나오는 것을 참느라 입술을 깨물었다. 청년의 태도는 괴상하게 보일 정도로 정중했던 것이다.

앤드류 페닝턴은 몹시 짜증스러운 모양이었다.

사이먼 도일은 이 상황을 짜증스러워해야 할지, 재미있어해야 할지 갈피를 못 잡는 것 같았다.

팬솝은 귀 뒤까지 발갛게 상기되어 있었다.

"다음 서류를 주세요."

리넷이 페닝턴에게 미소를 지어 보이며 말했다.

하지만 페닝턴은 조바심이 났는지 뻣뻣하게 말했다.

"나중에 틈을 봐서 하는 게 좋을 것 같구나. 도일이 말한 대로 이 모든 서류를 다 읽으려면, 점심 시간까지 여기 있어야 할 테니 말이야. 그렇게 되면 경치를 즐길 수 없겠지. 어쨌든 급한 건 저 두 가지 서류였어. 사무는 나중에 다시 보기로 하자고."

"여기는 너무 덥군요. 밖으로 나가요."

리넷이 말했다.

세 사람은 회전문을 통해 밖으로 나갔다. 에르퀼 푸아로가 고개를 돌렸다. 생각에 잠긴 그의 시선이 팬숍의 등에 머물렀다. 그런 다음 그 시선은 고개를 잔뜩 뒤로 젖힌 채 여전히 나직하게 혼자 휘파람을 불고 있는 퍼거슨의 게으른 얼굴로 옮겨 갔다.

마지막으로 푸아로는 구석에 앉아 있는 밴 슈일러의 고지식한 얼굴을 건너다보았다. 밴 슈일러는 퍼거슨을 응시하고 있었다.

좌현 쪽 회전문이 열리더니 코닐리어 롭슨이 종종걸음으로 들어왔다.

나이 든 여자가 딱딱거리는 말투로 말했다.

"오래 걸렸구나. 어디에 있었던 거냐?"

"정말 죄송해요, 메리 아주머니. 아주머니께서 말씀하신 곳에 털실이 없었어요. 모두 다른 상자에 들어 있어서……."

"친애하는 코닐리어, 뭔가 찾는 데 넌 정말 구제불능이구나! 잘하려는 마음을 갖고 있다는 건 안다만, 코닐리어, 좀 더 영리하고 기민해지기 위해 애써야 해. 조금만 더 집중하면 될 텐데."

"정말 죄송해요. 메리 아주머니. 제가 너무 어리석어서 어쩌지요."

"노력한다면 누구도 그렇게 멍청할 수 없어, 코닐리어. 너를 이 여행에 데리고 왔으니, 그 보답으로 내게 약간의 관심을 가져 주기를 기대하고 있단다."

코닐리어의 얼굴이 붉어졌다.

"정말 죄송해요, 메리 아주머니."

"그런데 바워즈 양은 어디 있지? 약 먹을 시간이 10분 지났다. 당장 가서 그녀를 찾아봐라. 의사 말이 시간이 가장 중요하다고……."

그때 바워즈가 조그만 약 컵을 들고 들어왔다.

"약이에요, 밴 슈일러 여사."

나이 든 숙녀가 딱딱거렸다.

"그 약은 11시에 먹었어야 해. 내가 몹시 싫어하는 게 있다면, 그건 바로 시간을 못 맞추는 거야."

"그렇겠죠."

바워즈가 그렇게 대답하고 손목시계를 흘긋 보았다.

"지금이 정확히 11시 30초인걸요."

"내 시계로는 10분이야."

"제 시계가 맞는 걸 아시잖아요. 이 시계는 정말 정확하답니다. 늦거나 빠른 법이 없어요."

바워즈는 전혀 동요하지 않았다.

밴 슈일러는 약 컵에 든 약을 삼켰다.

"분명히 더 나빠진 것 같아."

그녀가 딱딱거리며 말했다.

"그런 말을 들으니 유감이네요, 밴 슈일러 여사."

하지만 바워즈의 어조에는 유감의 기색이 없었다. 그녀는 완전히 무관심하게 말했다. 기계적으로 응당 해야 할 대답을 하고 있는 것이 분명했다.

"여기는 너무 덥군."

밴 슈일러가 딱딱거렸다.

"갑판에서 내가 앉을 자리를 하나 찾아봐, 바워즈 양. 코닐리어, 내 뜨개질감을 가져오너라. 함부로 다루거나 떨어뜨려서는 안 돼. 그런 다음 털실을 좀 감아 주면 좋겠다."

두 사람이 밖으로 나갔다.

퍼거슨이 한숨을 내쉬며 두 다리를 흔들고는 누구에게라고 할 것 없이 말했다.

"제기랄, 저 여자의 목을 비틀어 버리고 싶군."

푸아로가 관심을 보이며 물었다.

"저 여자는 당신이 혐오하는 타입이죠, 그렇죠?"

"혐오라고요? 그렇게 말해야겠군요. 저 여자가 누구에게, 무엇에게 도움이 된 적이 있었겠습니까? 저 여자는 일은커녕 손가락 하나 까딱한 적도 없어요. 그저 다른 사람들 덕에 호강을 하고 있는 거죠. 저 여자는 기생충이에요. 지독히도 불쾌한 기생충. 이 배에는 이 세상에 없어도 좋을 인간들이 많군요."

"정말입니까?"

"예. 조금 전 여기서 주식 양도 서류에 서명하면서 거드름을 피우던 여자만 봐도 그래요. 수백 수천의 가엾은 노동자들이 그 여자의 실크 스타킹과 불필요한 사치를 위해 쥐꼬리만 한 급료를 받으며 뼈가 빠지게 일하고 있습니다. 누군가의 말에 따르면, 그 여자가 영국에서 가장 부유한 여자 중 하나라더군요. 평생 일이라고는 해 본 적이 없겠죠."

"그녀가 영국에서 가장 부유한 여자라고 누가 그러던가요?"

퍼거슨이 그에게 호전적인 눈길을 던졌다.

"당신을 더불어 이야기할 만한 상대로 여기지 않는 사람이었죠! 자신의 손으로 일해서 먹고 살며 그것을 부끄럽게 여기지 않는 사람 말입니다! 당신처럼 화려한 차림에 멋만 부리는 식충이가 아니라요!"

그의 눈길이 못마땅하다는 듯 푸아로의 나비넥타이와 분홍빛 셔츠에 머물렀다.

"나 역시 내 머리로 일을 하고, 그 사실이 부끄럽지 않습니다."

푸아로가 그 시선을 받으며 말했다.

퍼거슨은 코웃음을 쳤다.

"쏴 죽여야 해, 그런 자들은!"

그가 단언했다.

"친애하는 청년, 폭력에 대해 정말 대단한 열정을 갖고 있군요!"

"폭력 없이 좋은 일이 이루어진다고 할 수 있습니까? 뭔가를 건설하기 위해서는 먼저 무너뜨려야 합니다."

"그쪽이 훨씬 쉽고 요란하고 볼 만하겠지요."

"당신은 먹고 살기 위해서 무슨 일을 하죠? 단언하건대, 아무 일도 하고 있지 않겠지요. 자신을 중산층이라고 부르면서 말입니다."

"난 중산층이 아닙니다. 난 상류층 사람이지요."

에르퀼 푸아로가 약간 오만하게 말했다.
"직업이 뭡니까?"
"난 탐정입니다."
에르퀼 푸아로는 마치 "나는 왕이오."라고 말하듯이 자신 있게 대답했다.
"맙소사!"
청년은 꽤 큰 충격을 받은 것 같았다.
"그 여자가 우둔한 탐정을 고용했다는 건가요? 그 정도로 자신의 몸에 신경을 쓰신다?"
"난 무슈 도일이나 마담 도일과는 아무 상관도 없어요. 나는 지금 휴가 중입니다."
푸아로가 뻿뻿하게 말했다.
"휴가를 즐기는 중이시다?"
"그런 당신은? 당신 역시 휴가 중 아닙니까?"
"휴가라니!"
퍼거슨은 코웃음을 치고는 은밀하게 덧붙였다.
"노동 조건을 연구하는 중입니다."
"정말 재미있군."
이렇게 중얼거린 다음 푸아로는 가볍게 걸음을 옮겨 갑판으로 나왔다.
밴 슈일러가 가장 좋은 구석 자리를 차지하고 있었다. 코닐리어는 그녀 앞에서 회색 털실 타래를 들고 두 팔을 펼친 채 무릎을 꿇고 앉아 있었다. 바워즈는 몸을 곧게 세우고 앉아《새터데이 이브닝 포스트》를 읽고 있었다.

푸아로는 가벼운 걸음으로 우현 쪽 갑판으로 다가갔다. 막 선미를 돌아가는 순간, 그는 어떤 여자와 부딪힐 뻔했다. 깜짝 놀란 여자는 어둡고 개성적인 라틴계의 얼굴을 그에게 돌렸다. 그녀는 검은 제복을 말끔하게 차려 입은 키 크고 건장한 사내와 이야기를 하던 중이었다. 남자는 겉모습으로 미루어 기관사인 듯했다.

두 사람의 얼굴에는 기묘한 표정이 떠올라 있었다. 죄의식과 경계심이었다.

푸아로는 그들이 무슨 이야기를 하고 있었을지 궁금했다.

그는 선미를 돌아 좌현을 따라 걸음을 계속했다. 그때 선실 문이 하나 열리더니 오터번 부인이 나와서는 하마터면 그의 품으로 쓰러질 뻔했다. 그녀는 심홍색 새틴 실내 가운 차림이었다.

그녀가 사과했다.

"정말 죄송해요. 친애하는 푸아로 씨, 정말이지 죄송해요. 알다시피 배가 요동을 쳐서요. 배가 흔들려서 제대로 걸을 수가 없다니까요. 이 배가 안정되게 나아가기만 했다면……."

그녀가 그의 팔을 움켜잡았다.

"이런 나동그라짐을 전 참을 수가 없어요……. 바다에서는 정말이지 행복했던 적이 없답니다……. 그리고 여기에서는 몇 시간이고 혼자 남아 있지요. 내 딸애에겐 연민이란 게 없어요. 자신을 위해서 안 해 본 일이 없는 가엾은 늙은 어미를 전혀 이해해 주지 않는답니다…….”

오터번 부인은 훌쩍이기 시작했다.

“그 애를 위해 난 노예처럼 일했어요. 뼈 빠지게, 정말 뼈 빠지게 일했지요. 헌신적인 사랑, 그게 내가 해 온 일이에요. 헌신적인 사랑으로 모든 것을 희생했지요. 모든 것을 말이에요. 그런데 아무도 몰라요! 이제 모두에게 말할 거예요, 그 애가 얼마나 나를 무시하는지. 그 애가 얼마나 가혹하게 나를 이 여행에 끌고 왔는지. 지겹기 짝이 없는 이 여행에 말이에요……. 이제 가서 사람들에게 말할 거예요…….”

오터번 부인이 앞으로 몸을 내밀었다. 푸아로가 가볍게 그 동작을 막았다.

“따님을 이리로 보내 드리지요, 마담. 선실로 다시 들어가세요. 그게 가장 좋은 방법…….”

“아니에요. 난 모두에게 말하고 싶어요. 이 배에 있는 모든 사람들에게…….”

“그건 너무 위험합니다, 마담. 파도가 너무 거칠어요. 파도에 휩쓸리게 될지도 모릅니다.”

오터번 부인은 믿을 수 없다는 듯 그를 쳐다보았다.

“진지하게 말씀하시는군요. 정말 그럴까요?”

“그렇습니다.”

그의 말은 금세 효력을 발휘했다. 오터번 부인은 손을 내젓고 비틀거리며 자신의 선실로 돌아갔다.

푸아로는 한두 차례 코를 씰룩거렸다. 이윽고 그는 고개를 끄덕이고는, 앨러턴 부인과 팀 사이에 앉아 있는 로잘리 오터번에게 다가갔다.

"어머니가 찾으십니다, 마드무아젤."

행복하게 웃음을 터뜨리던 그녀의 얼굴에 어두운 구름이 드리워졌다. 그녀는 경계의 눈빛으로 재빨리 그를 쏘아보고는 서둘러 갑판을 따라 걷기 시작했다.

"저 애의 속을 알 수가 없구나. 너무 변화가 심해. 어느 날은 다정하다가, 또 어느 날은 상당히 거칠어진다니까."

앨러턴 부인이 말했다.

"굉장히 버릇없고 고약한 성격이에요."

팀의 말에 앨러턴 부인이 고개를 내저었다.

"아니, 난 그렇게 생각하지 않는다. 내 생각에 저 애는 불행한 것 같아."

팀은 어깨를 으쓱해 보였다.

"오, 글쎄요. 우리 모두 각자의 문제를 갖고 있다고 보는데요."

그의 목소리는 딱딱하고 퉁명스러웠다.

그때 식사 시간이 되었음을 알리는 방송이 나왔다.

"점심 식사 시간이구나. 난 무척 배가 고프단다."

앨러턴 부인이 기뻐하며 외쳤다.

그날 저녁, 푸아로는 앨러턴 부인이 밴 슈일러와 대화를 나누며 앉아 있는 것을 보았다. 그가 지나가자, 앨러턴 부인은 그에게 한쪽 눈을 찡긋해 보였다. 그녀는 이렇게 말하고 있었다.

"칼프라이스 성에서 물론 그 공작은……."

코닐리어는 대기 상태에서 놓여나 갑판에 나와 있었다. 그녀는 안내서에서 추려낸 이집트 학에 대해 다소 장황한 강의를 늘어놓고 있는 베스너 박사의 말에 넋을 잃은 채 귀를 기울이고 있었다.

팀 앨러턴이 난간에 몸을 기대며 말했다.

"어쨌든 타락한 세상이야……."

로잘리 오터번이 맞장구를 쳤다.

"이건 불공평해요. 몇몇 사람이 모든 걸 다 갖고 있다고요."

푸아로는 한숨을 내쉬었다. 그는 자신이 더 이상 젊지 않은 걸 다행으로 여겼다.

제9장

월요일 아침, 카르나크 호의 갑판 위에서는 즐거움과 찬탄의 다양한 표현들이 들려왔다. 배는 강둑에 정박해 있었고, 몇백 미터 떨어진 곳에서 바위 표면에 새겨진 거대한 신전을 아침 해가 비추고 있었다. 절벽을 쪼아 만든 거대한 네 개의 상들이 영원히 나일 강을 굽어보며 떠오르는 태양을 마주 보고 있었다.

코닐리어 롭슨이 두서없이 말했다.

"오, 무슈 푸아로, 정말 멋지다고 생각하지 않으세요? 제 말은, 저게 너무나도 크고 평화롭다고요. 저걸 보고 있으니 사람이 너무나 작게 느껴져요. 마치 벌레처럼 말이에요. 그리고 모든 것들이 정말이지 하찮게 생각되네요, 그렇지 않아요?"

근처에 서 있던 팬숍이 중얼거렸다.

"무척, 음, 인상적이네요."

"굉장하죠, 그렇지 않아요?"

사이먼 도일이 다가오며 물었다. 그는 푸아로에게 은밀하게 말을 계속했다.

"그러니까 제 말은, 알다시피 전 신전이니 관광이니 하는 것을 좋아하지 않는데 이곳은 멋지다는 겁니다. 저 늙은 파라오들은 멋진 친구들임이 분명하군요."

다른 사람들이 멀어져 가자 사이먼이 목소리를 낮추었다.

"이 여행을 하게 되어서 얼마나 기쁜지 모릅니다. 이게, 그러니까 이 여행이 사태를 말끔하게 정리해 주었습니다. 어떻게 그렇게 되었는지는 모르지만 실제로 그렇답니다. 리넷이 안정을 되찾았습니다. 아내 말에 따르면 마침내 사태를 직시하게 되었기 때문이라는군요."

"충분히 그럴 수 있습니다."

"아내의 말이 이 배에서 재키를 보았을 때는 끔찍했는데, 갑자기 그것이 중요하게 느껴지지 않게 되었다더군요. 저희 두 사람은 그녀를 피하지 말자는 데 동의했습니다. 저희는 재키가 나타나면 만나고, 이런 우스꽝스러운 곡예가 저희를 전혀 불안하게 하지 않는다는 걸 보여 줄 겁니다. 이건 몹시 질 나쁜 방법이에요. 그뿐이죠. 재키는 자신이 저희를 몹시 초조하게 만들었다고 여기겠지만 이제 저희는 더 이상 조바심을 내지 않습니다. 진작 재키에게 이런 모습을 보여 주었어야 했습니다."

"그렇군요."

푸아로가 생각에 잠긴 채 대답했다.

"그러니까 정말 멋지지 않습니까?"

"오, 예, 그렇군요."

리넷이 갑판을 따라 다가왔다. 그녀는 연한 살구 색의 리넨 옷을 입고 미소를 짓고 있었다. 그녀는 푸아로에게 특별한 관심을 보이지 않은 채 인사했다. 그저 차갑게 고개를 숙였다가는 남편을 데리고 가 버렸다.

푸아로는 비판적인 태도 때문에 자신이 그녀에게 인기가 없다고 생각하며 순간적으로 흐뭇해했다. 리넷은 자신의 상태나 행동에 대해 무조건 찬사를 받는 데 익숙해 있었다. 그런데 에르퀼 푸아로가 그런 그녀의 신념에 정면으로 도전한 셈이었다.

앨러턴 부인이 푸아로에게 다가와 나직하게 말했다.

"저 여자 정말 달라졌네요! 아스완에서는 몹시 근심스럽고 불행하게 보였지요. 오늘은 너무 행복해 보여서 죽을 때가 된 게 아닌가 의아할 정도군요."

푸아로가 자신의 생각을 말하기도 전에 일행을 부르는 소리가 들려왔다. 공식 통역이 자리를 잡자 일행은 아부심벨*을 방문하기 위해 배에서 내렸다.

푸아로는 앤드류 페닝턴과 나란히 걷게 되었다.

"이집트 여행은 이번이 처음이시죠, 그렇지 않은가요?"

---

* 누비아 지방에 람세스 2세가 천연 사암층을 뚫어 건립한 신전. 대신전의 입구에 람세스 2세의 상이 4개 있다.

"이런, 아닙니다, 1923년에 여기, 그러니까 카이로에 왔었지요. 다만 나일 강을 거슬러 올라가는 이런 여행은 처음입니다."

"카르마닉 호를 타고 오셨다더군요. 마담 도일의 말에 따르면요."

페닝턴은 그를 향해 날카로운 눈길을 던졌다.

"이런, 예, 그렇습니다."

"혹시 배 위에서 내 친구들 몇몇과 부딪치지 않으셨나 하고요. 러싱턴 스미스 형제들인데요."

"그런 이름을 가진 사람은 생각나지 않는데요. 배가 만선이었고, 날씨가 나빴답니다. 대개의 승객들이 갑판에 나오지 않았고, 어쨌든 항해가 너무 짧아 누가 배에 탔는지 알 수가 없었죠."

"예, 정말 그랬겠네요. 도일 부인과 그녀의 남편을 만나셔서 정말 유쾌하게 놀라셨겠네요. 그들이 결혼했다는 것을 전혀 모르고 계셨다고요?"

"예, 도일 부인이 내게 편지를 보냈지만, 그 편지는 전송되어 카이로에서의 뜻밖의 만남이 있은 지 며칠 후에야 받았답니다."

"마담 도일과는 아주 오래전부터 알고 지내셨다더군요?"

"이런, 그렇다고 할 수 있습니다, 무슈 푸아로. 리넷 리지웨이가 요만한 귀여운 꼬마였을 때부터 알아 왔으니까요."

그는 손짓을 해 보였다.

"그녀의 아버지와 나는 평생 친구였지요. 아주 탁월한 사내, 멜휘시 리지웨이 말입니다. 크게 성공한 사람이었지요."

"그의 딸이 상당한 유산을 받게 되었다더군요……. 아, 파르동(죄송합니다). 제가 맥락에 어긋나는 말을 했네요."

앤드류 페닝턴은 조금 재미있어 하는 것 같았다.

"오, 그건 꽤 널리 퍼진 이야기지요. 그렇습니다, 리넷은 돈이 많은 여자랍니다."

"하지만 최근의 폭락 사태가 어떤 주식에든 영향을 끼쳤을 것 같은데, 그녀의 주식은 괜찮습니까?"

페닝턴은 잠시 뜸을 들였다가 입을 열었다.

"물론 어느 정도는 그렇습니다. 요즈음 상황이 매우 어렵거든요."

푸아로가 중얼거렸다.

"하지만 마담 도일은 뛰어난 사업가적 두뇌를 갖고 있는 것 같더군요."

"그렇습니다. 예, 그렇답니다. 리넷은 영리하고 실제적인 여자랍니다."

그들은 걸음을 멈추어야 했다. 안내원이 람세스 대왕이 세운 신전에 대해 설명하기 시작했다. 입구 양쪽에는 자연 그대로의 바위를 깎아서 만든 거대한 람세스 상들이 두 개씩 서서 이리저리 흩어져 걷고 있는 관광객 무리를 내려다보고 있었다.

리체티는 통역의 말을 무시하고 입구 양쪽에 있는 거대한 상들의 기부(基部)에 새겨져 있는 흑인 시리아 인 노예들의 부조를 살펴보느라 바빴다.

신전으로 들어서자, 어둡고 조용한 느낌이 그들을 엄습했다. 안내원은 안쪽 벽에 새겨진 아직도 생생한 색감의 부조를 가리켰지만,

일행은 몇 개의 그룹으로 흩어지기 시작했다.

베스너 박사는 안내서의 내용을 독일어로 소리 내어 읽은 다음 잠깐씩 낭독을 멈추고 곁에서 공손히 걷고 있는 코닐리어를 위해 그 내용을 통역했다. 하지만 그 강의는 오래 계속되지 못했다. 냉정한 바워즈의 팔에 의지해 들어온 밴 슈일러가 "코닐리어, 이리 와라."라고 지시를 내렸던 것이다. 베스너 박사는 두툼한 안경 너머로 코닐리어의 뒷모습을 바라보며 눈을 빛내다가 푸아로에게 말했다.

"아주 훌륭한 아가씨입니다. 저 아가씨는 요즘 젊은 여자들처럼 그렇게 허약해 보이지 않는군요. 아니, 멋진 몸매를 갖고 있어요. 또 아주 영리하게 잘 알아듣는답니다. 그녀에게 설명해 주는 것이 즐겁군요."

들볶이거나 가르침을 받는 것이 코닐리어의 운명인 것 같다는 생각이 푸아로의 머릿속을 스치고 지나갔다. 어쨌든 그녀는 언제나 듣는 쪽이지 말하는 쪽은 아니었다.

밴 슈일러가 코닐리어를 소환함으로써 그녀에게서 잠시 풀려난 바워즈는 신전의 중앙에 서서 냉정하고 무관심한 눈길로 주위를 둘러보았다. 과거의 경이에 대한 그녀의 반응은 간단했다.

"안내원 말이 이 신들이나 여신들 중 하나의 이름이 무트*라고 하던데요. 정말 믿겨지시나요?"

그들이 서 있는 어둡고 후미진 그곳은 기묘한 품위를 지닌 네 개

* 무트(Mut)는 고대 이집트의 모(母)신이지만, 영어 단어 'mut'에는 '잡종견'이라는 뜻이 있다.

의 상이 영원히 자리잡고 있는 안쪽 성소였다.

리넷과 그녀의 남편이 그들 앞에 서 있었다. 리넷은 남편의 팔을 끼고 얼굴을 들어 올리고 있었다. 과거에 전혀 영향 받지 않은, 새로운 문명의 전형인 지적이고 호기심 많은 얼굴이었다.

사이먼이 불쑥 말했다.

"여기서 나가자. 나는 이 네 친구가 마음에 들지 않아. 특히 저 높다란 모자를 쓰고 있는 친구가 말이야."

"그건 아몬인 것 같아. 그리고 저건 람세스고. 왜 저들이 마음에 안 들어? 내 생각에는 무척 인상적인데."

"너무 지독하게 인상적인 볼거리라서 말이지. 저들에게는 뭔가 으스스한 게 있어. 햇빛 아래로 나가자."

리넷은 웃음을 터뜨렸지만 그의 말을 따랐다.

그들은 신전에서 나와 노랗게 반짝이는 따뜻한 모래를 밟으며 햇빛 속으로 나왔다. 리넷이 웃기 시작했다. 그들의 발치에 섬뜩하게도 마치 몸을 톱으로 잘라내어 버린 것 같은, 누비아 소년의 머리 여섯 개가 늘어서 있었던 것이다. 그 얼굴들은 눈을 굴리고, 고개를 리듬에 맞춰 이쪽저쪽으로 흔들고, 입으로는 새로운 주문을 중얼거리고 있었다.

"힙, 힙, 후레! 힙, 힙, 후레! 엄청 좋고 엄청 멋져요. 대단히 감사합니다."

"저렇게 엉뚱할 수가! 어떻게 저렇게 했을까? 정말 쟤네들 깊이 파묻혀 있는 거야?"

사이먼이 동전 몇 닢을 던졌다.

"엄청 좋고 엄청 멋지고 엄청 비싸군."

그가 그들의 말투를 흉내 내며 말했다.

쇼를 관장하는 두 소년이 재빨리 동전을 집어 들었다.

리넷과 사이먼은 걸음을 계속했다. 두 사람은 배에는 돌아가고 싶지 않았고, 관광을 하기에는 지쳐 있었다. 그들은 절벽에 등을 기대고, 따뜻한 햇볕에 몸을 내맡겼다.

리넷은 생각했다.

'태양은 얼마나 멋진지 몰라. 얼마나 따뜻한지. 얼마나 안전한지……. 행복해진다는 건 얼마나 멋진 일이야……. 내게는, 내게는 얼마나 멋진 일인지……. 내게는…… 나 리넷에게는…….'

그녀의 두 눈은 감겨 있었다. 그녀는 휘날리는 모래처럼 생각 한가운데를 표류하며 비몽사몽 상태에 빠져들었다.

사이먼은 두 눈은 뜨고 있었다. 그의 눈에도 만족감이 어려 있었다. 첫날밤 그렇게 동요를 보이다니 얼마나 어리석었던가……. 걱정할 것이 전혀 없었다……. 모든 것이 괜찮았다……. 어쨌든 재키는 믿을 만한 사람이니까…….

그 순간 외침이 들려왔다. 사람들이 팔을 내저으며 그에게 달려오며 고함을 질러 대고 있었다.

사이먼은 한순간 멍하니 앞을 응시했다. 다음 순간 그는 튕겨지듯 일어나 리넷을 자기 쪽으로 끌어당겼다.

정말 눈 깜박하는 순간이었다. 커다란 바위가 절벽에서 굴러 내려와 그들을 지나쳐 떨어졌다. 리넷이 그 자리에 그대로 서 있었다면 산산조각이 나고 말았을 터였다.

그들은 하얗게 질린 얼굴로 서로를 껴안았다. 에르퀼 푸아로와 팀 앨러턴이 그들에게 달려왔다.

“마 푸아.(맙소사.) 마담, 큰일 날 뻔했습니다.”

네 사람 모두 반사적으로 절벽 위를 올려다보았다. 아무것도 보이지 않았다. 하지만 꼭대기까지 길이 나 있었다. 그들이 배에서 내렸을 때 원주민 몇 명이 그 길로 따라 올라가던 것을 푸아로는 떠올렸다.

그는 사이먼과 리넷을 쳐다보았다. 리넷은 아직 정신을 차리지 못한 듯했다. 사이먼은 분노로 제대로 말을 하지 못했다.

“빌어먹을 계집 같으니라고!”

그가 소리쳤다.

그는 팀 앨러턴을 힐끗 쳐다보고는 자신을 억제했다.

팀이 말했다.

“휴, 정말 아슬아슬했어요! 어떤 바보가 그 바위를 굴러 떨어뜨린 걸까요. 아니면 그냥 저절로 떨어져 나온 걸까요?”

리넷의 얼굴은 몹시 창백했다. 그녀가 힘들여 입을 열었다.

“제 생각에는 어떤 바보가 그렇게 한 것 같아요.”

“당신은 달걀 껍데기처럼 산산조각이 났을지도 모릅니다. 당신에게는 적이 없을 텐데요, 리넷?”

리넷은 침을 두 차례 삼키고는 그 가벼운 야유에 대답하기가 몹시 어렵다는 것을 깨달았다.

"배로 돌아가십시오, 마담. 강장제를 좀 드셔야겠습니다."

푸아로가 재빨리 말했다.

그들은 말없이 걸었다. 사이먼은 여전히 분노에 가득 차 있었다. 팀은 명랑하게 이야기를 하며 방금 겪었던 위험으로부터 리넷의 관심을 돌리려 애썼다. 푸아로는 심각한 얼굴을 하고 있었다.

그들이 막 트랩에 이르렀을 때, 사이먼은 얼어붙은 듯 그 자리에 멈춰 섰다. 경악하는 표정이 그의 얼굴에 퍼져 나갔다.

자클린 드 벨포르가 막 배에서 내리고 있었던 것이다. 오늘 아침, 면으로 된 푸른 줄무늬 옷을 입은 그녀는 소녀처럼 보였다.

사이먼이 나직하게 중얼거렸다.

"맙소사! 그렇다면 그건 사고였군."

그의 얼굴에서 분노가 사라졌다. 안도의 표정이 너무나도 뚜렷하게 나타났으므로, 자클린은 뭔가 나쁜 일이 있었다는 것을 알아차렸다.

"안녕하세요? 제가 조금 늦은 것 같군요."

그녀는 그들에게 말하고 고개를 숙여 보이고는 육지에 올라 신전이 있는 쪽으로 걸어갔다.

사이먼이 푸아로의 팔을 움켜잡았다. 다른 두 사람은 걸음을 계속했다.

"세상에, 얼마나 마음이 놓이는지. 전, 전 아까 생각하기를……."

푸아로가 고개를 끄덕였다.

"그래요, 그래요, 당신이 무슨 생각을 했는지 알아요."

하지만 그는 여전히 심각한 표정으로 무엇인가 골똘히 생각하고 있었다. 그는 고개를 돌려 배에서 오는 나머지 일행을 주의 깊게 살펴보았다.

밴 슈일러가 바워즈의 팔에 기대어 천천히 돌아오고 있었다.

조금 더 떨어진 곳에서 앨러턴 부인이 누비아 소년들의 줄지어 선 머리들을 보고 웃음을 터뜨리며 서 있었다. 오터번 부인도 그녀와 함께였다.

다른 사람들은 보이지 않았다.

푸아로는 고개를 저으며 사이먼의 뒤를 따라 천천히 배에 올랐다.

제10장

"제게 좀 설명해 주시겠습니까, 마담, 페이(fey)라는 단어가 무슨 뜻인가요?"

앨러턴 부인은 조금 놀란 듯했다. 그녀와 푸아로는 제2폭포가 내려다보이는 바위로 천천히 올라가고 있었다. 다른 사람들은 대부분 낙타를 타러 갔지만, 푸아로는 낙타의 움직임이 배의 움직임과 좀 비슷하다고 생각했고, 앨러턴 부인은 인간적인 품위를 구실로 가지 않았다.

그들은 전날 밤 와디 할파에 도착했다. 오늘 아침 2대의 론치*는 일행 모두를 제2폭포로 데려다주었다. 리체티만은 고집을 부려 셈나라는 외딴 곳으로 혼자 원정을 떠났다. 그의 설명에 따르면 그곳

* 대형 선박에 달린 작은 보트.

은 바로 아메넴헤트 3세 시대 누비아의 관문이었던 극히 흥미로운 장소였다. 그곳 기둥에는 흑인이 이집트에 들어오려면 세금을 냈다는 사실이 기록되어 있었다. 독특한 개성으로 똘똘 뭉친 그를 만류하기 위한 온갖 시도가 있었지만 소용없었다. 리체티는 단호했다. 그는 다음과 같은 온갖 반대를 뿌리쳤다. 첫째, 그 원정은 할 만한 가치가 없다. 둘째, 그곳에서는 차를 구하기가 불가능하므로 그 원정은 이루어질 수 없을 것이다. 셋째, 그 어떤 차로도 그 원정을 할 수 없을 것이다. 넷째, 차를 구하는 비용이 엄청나게 비쌀 것이다. 그는 첫째에 대해서는 코웃음을 쳤고, 둘째에 대해서는 의혹을 표시했고, 셋째에 대해서는 직접 차를 구하겠다고 했으며, 넷째에 대해서는 능숙한 아랍 어로 값을 깎겠다고 말했다. 그리고 마침내 원정을 떠났다. 그의 출발은 은밀하고 눈에 띄지 않게 이루어졌다. 다른 승객들까지 정해진 관광 코스에서 이탈할 생각을 할까 봐 걱정스러웠던 것이다.

"페이요?"

앨러턴 부인이 고개를 갸우뚱하면서 대답했다.

"글쎄요, 그건 스코틀랜드 어로, 재난이 닥치기 직전의 고양된 행복감 같은 걸 의미한답니다. 사실이라기엔 너무 좋은 어떤 거죠."

그녀는 그에 대해 자세히 설명했고, 푸아로는 주의 깊게 들었다.

"고맙습니다, 마담. 이제 알겠습니다. 부인이 어제 그런 말씀을 하신 건 정말 이상하군요. 그 직후 마담 도일이 아슬아슬하게 죽음을 모면했으니 말입니다."

앨러턴 부인이 살짝 몸을 떨었다.

"정말 아슬아슬했어요. 그 검둥이 꼬마 녀석들이 장난으로 돌을 굴러 떨어뜨린 걸까요? 그건 세계 어디서나 아이들이 할 수 있는 일이죠. 실제로 정말 해를 끼치려는 의도 없이 말이에요."

푸아로는 어깨를 으쓱해 보였다.

"그럴 수도 있지요, 마담."

그는 화제를 바꾸어, 앞으로 방문하게 될 때를 대비해 마요르카* 에 대해 몇 가지 실제적인 질문을 했다.

앨러턴 부인은 이 자그마한 사내가 점점 좋아지고 있었다. 그것은 부분적으로는 반발심에서 비롯된 것일 수도 있었다. 그녀가 느끼기에, 팀은 줄곧 그녀가 에르퀼 푸아로에게 덜 친절하게 대했으면 하고 바랐고, 그를 '최악의 졸부 타입'으로 단정했다. 하지만 그녀는 그렇게 여기지 않았다. 자기 아들의 편견을 불러일으킨 것은 그의 좀 이국적이고 색다른 옷차림이고, 그녀 자신은 그가 똑똑하고 개성적인 파트너라고 생각했다.

또한 그는 무척 친절했다. 그녀는 조애너 사우스우드를 좋아하지 않는다는 사실을 그에게 털어놓고 있는 자신을 문득 발견했다. 그 문제에 대해 이야기하고 나자 그녀는 편안해지는 것을 느꼈다. 그래서 안 될 이유가 어디 있단 말인가? 푸아로는 조애너와 모르는 사이였다. 아마도 앞으로 만날 일도 없을 터였다. 그런데 줄곧 마음을

* 지중해 서부의 섬.

불편하게 하는 시샘 어린 생각의 짐을 내려놓아서 안 될 이유가 어디 있단 말인가?

바로 그 순간 팀과 로잘리 오터번은 앨러턴 부인에 대한 이야기를 하고 있었다. 팀은 반쯤 농담 삼아 자신의 불운을 매도했다. 정말로 문제가 될 만큼 나빠진 적은 없지만 자신이 택한 삶을 끌어가기에는 허약한 몸, 부족한 돈, 적성에 맞는 직업을 갖지 못한 것 등에 대해서 말했다.

"극도로 미온적이고 무기력한 삶이랍니다."

그가 불만스러운 어조로 말을 마쳤다.

로잘리가 불쑥 말했다.

"하지만 당신은 많은 사람들이 부러워할 것을 갖고 있어요."

"그게 뭡니까?"

"당신 어머니요."

팀은 한편으로는 놀랐지만 또 한편으로는 기분이 좋았다.

"어머니요? 예, 물론 우리 어머니는 아주 독특하시죠. 당신이 그렇게 여긴다니 기분 좋은걸요."

"제 생각에 당신 어머님은 정말 놀라운 분이세요. 너무나도 사랑스럽고 기품 있고 차분하세요. 그 어떤 것도 그분을 뒤흔들지 못할 것 같아요. 그리고 여러 가지 것들에 대해 언제나 재미있어할 자세가 되어 있으시죠……."

로잘리는 열정적으로 말하느라 조금 더듬거렸다.

팀은 그 처녀에 대해서 따뜻한 마음이 솟구치는 것을 느꼈다. 그는 그런 찬사를 되돌려 주고 싶었지만, 안타깝게도 오터번 부인은 그의 생각에 세상에서 가장 귀찮은 존재였다. 같은 대답을 해 줄 수 없어서 그는 당황했다.

밴 슈일러는 론치에 남아 있었다. 오르막을 오르거나 낙타를 타거나 직접 걸어가는 모험을 할 수 없었던 것이다. 그녀는 서둘러 말했다.

"나와 함께 남아 있자고 해서 미안하군, 바워즈 양. 당신을 보내고 코닐리어를 남게 할 생각이었는데, 젊은 처녀애들은 무척 이기적이지. 그 애는 내게 한마디도 없이 달려가 버리더군. 또 나는 그 애가 퍼거슨이라는 몹시 불쾌한 망나니 청년과 이야기하는 것을 보았어. 코닐리어는 나를 몹시 실망시켰어. 그 애에겐 사교적인 감각이 전혀 없다니까."

바워즈가 특유의 사무적인 태도로 대답했다.

"정말 괜찮아요, 밴 슈일러 여사. 저기까지 걸어 올라가자면 무척 더울 테고 낙타 위에 얹힌 저 안장도 마음에 들지 않아요. 벼룩이 있을 것 같거든요."

그녀는 안경을 고쳐 쓰고는 눈길을 돌려 언덕을 내려가는 일행을 쳐다보며 말했다.

"롭슨 양은 이제 그 청년과 함께 있지 않네요. 베스너 박사와 함께 걷고 있어요."

밴 슈일러는 끙 소리를 냈다.

베스너 박사가 체코슬로바키아에 커다란 병원을 갖고 있고 유럽에서 일류 내과의로 유명하다는 사실을 알게 된 뒤로 그녀는 그에 대해 관대해진 것 같았다. 어쩌면 이 여행이 끝나기 전에 그녀가 그의 전문적인 봉사를 필요로 할 수도 있었으니 말이었다.

일행이 카르나크 호로 돌아왔을 때 리넷이 놀라서 외쳤다.

"전보가 왔네!"

그녀는 게시판에서 전보를 떼어내 봉투를 찢었다.

"이런, 무슨 말인지 알 수가 없는걸. 감자, 근대 뿌리라니, 이게 무슨 뜻이래, 사이먼?"

사이먼이 그녀의 어깨 너머로 전보를 들여다보려고 다가서는 순간, 화가 난 목소리가 들려왔다.

"실례합니다만 그 전보는 내게 온 겁니다."

리체티는 전보를 거칠게 낚아채면서 격노한 눈길로 그녀를 노려보았다.

리넷은 한순간 깜짝 놀라 눈앞을 응시하다가는 이윽고 봉투를 뒤집어 보았다.

"오, 사이먼, 어쩜 이렇게 바보 같을 수가! 리체티였어, 리지웨이가 아니라 말이야. 어쨌든 이제 내 성은 리지웨이가 아니지, 참사과를 해야겠어."

그녀는 그 자그마한 고고학자의 뒤를 좇아 선미까지 갔다.

"정말 죄송해요, 시뇨르 리체티. 알다시피 결혼 전의 제 성이 리지웨이였는데, 제가 결혼한 지 얼마 되지 않아서……."

그녀는 말을 멈추었다.

젊은 신부의 실수를 웃어 넘겨 달라고 부탁하며 미소 짓는 그녀의 얼굴에는 보조개가 패여 있었다.

하지만 리체티는 기분이 나쁜 것이 분명했다. 가장 기분이 좋지 않을 때의 빅토리아 여왕도 그보다 더 험상궂지는 않을 터였다.

"이름은 주의 깊게 읽어야 합니다. 이런 문제에서 경솔한 건 변명의 여지가 없습니다."

리넷은 입술을 깨물었다. 얼굴이 화끈 달아올랐다. 그녀는 자신의 사과가 이런 식으로 받아들여지는 데 익숙지 않았다. 그녀는 몸을 돌려 사이먼에게 가서 화난 어조로 말했다.

"이탈리아 사람들은 정말 참아 줄 수가 없어!"

"신경 쓰지 마, 리넷. 당신이 좋아하는 그 커다란 상아 색 악어를 보러 가자고."

도일 부부는 함께 강가로 내려갔다.

그들이 선착장을 걸어 올라가는 것을 지켜보던 푸아로의 귀에, 급하게 숨을 들이마시는 소리가 들렸다. 고개를 돌려 보니 자클린 드 벨포르가 곁에 서 있었다. 그녀의 두 손은 난간을 움켜쥐고 있었다. 그녀가 그를 향해 얼굴을 돌렸을 때 그 얼굴에 떠오른 표정에 푸아로는 깜짝 놀랐다. 그것은 더 이상 즐겁거나 악의적인 그런 성격의 것이 아니었다. 그녀의 내부는 타오르는 불꽃에 점령당한 것 같았다.

"저들은 더 이상 저에게 신경을 쓰지 않아요."

그 말은 나직하고 빨랐다.

"저들은 제가 닿을 수 없는 곳에 있어요. 전 저들에게 닿을 수가 없어요……. 저들은 제가 여기에 있든 말든 상관하지 않아요……. 저는, 저는 더 이상 그들에게 상처를 줄 수가 없어요……."

난간을 잡은 그녀의 두 손이 떨렸다.

"마드무아젤……."

그녀가 그의 말을 가로막았다.

"오, 이젠 너무 늦었어요. 경고를 하기에는 너무 늦었다고요……. 선생님 말씀이 옳았어요. 전 여기 오지 말았어야 했어요. 이 여행 말이에요. 이걸 뭐라고 했죠? 영혼의 여행이라고 했나요? 전 돌아갈 수 없어요. 계속 앞으로 나아가야 해요. 그리고 저는 나아가고 있어요. 저들은 함께 행복해질 수 없어요. 저들은 그럴 수 없어요. 제가 곧 그를 죽일 거니까요……."

재클린은 갑자기 돌아서서 가 버렸다. 그녀의 뒷모습을 물끄러미 바라보던 푸아로는 누군가가 자신의 어깨에 손을 얹는 것을 느꼈다.

"여자 친구가 좀 화가 난 모양이로군, 무슈 푸아로."

푸아로는 고개를 돌렸다. 옛 친구를 발견한 그는 깜짝 놀라 앞을 응시했다.

"레이스 대령."

키가 크고 햇볕에 그을린 얼굴의 사내가 미소를 지었다.

"좀 놀랐지, 그렇지 않나?"

에르퀼 푸아로가 레이스 대령과 만난 것은 1년 전 런던에서였다. 그들은 기묘한 만찬 파티의 초대객이었다……. 그 만찬 파티는 집

주인인 이상한 남자의 죽음으로 끝났다.*

푸아로는 레이스가 예고 없이 나타났다 사라지는 사람이라는 것을 알고 있었다. 문제가 있는 대영제국의 식민지에 그는 모습을 나타내곤 했다.

"이곳 와디 할파에 와 있었군."

푸아로가 생각에 잠긴 채 말했다.

"난 이 배를 타고 여기 왔다네."

"그 말은?"

"푸아로 자네와 함께 셸랄까지 여행할 거라는 뜻이라네."

에르퀼 푸아로는 눈썹을 치켜 올렸다.

"정말 흥미롭군. 우리 뭐 좀 마시지 않겠나?"

이제 사람들이 빠져나가서 한산해진 전망실로 그들은 들어갔다. 푸아로는 대령을 위해서 위스키 한 잔을, 자신을 위해서는 설탕을 잔뜩 넣은 오렌지에이드 더블을 주문했다.

"그러니까 우리와 함께 돌아간다는 거군. 밤낮을 쉬지 않고 달리는 관용 증기선을 타면 더 빨리 갈 수 있지 않나?"

음료를 홀짝이며 푸아로가 물었다.

레이스 대령이 감탄스럽다는 듯 얼굴을 살짝 찡그렸다가 유쾌하게 말했다.

"언제나처럼 정곡을 찌르는군, 무슈 푸아로."

---

* 두 사람은 「테이블 위의 카드」에서 처음 만났다.

"그렇다면 승객들 때문인가?"

"승객들 중 하나라네."

"그게 누군지 궁금한데?"

에르퀼 푸아로가 핵심을 물었다.

"불행히도 나도 누군지 모른다네."

레이스가 약 올라 하며 말하자 푸아로도 흥미가 동한 듯했다.

"자네에게 숨길 필요는 없겠지. 이곳에 많은 문제가 있었다네. 이런저런 문제 말일세. 우리가 쫓고 있는 건 표면에 나서서 폭도를 이끄는 자들이 아닐세. 아주 영리하게 화약에 불을 붙이는 자들이라네. 그들은 모두 세 명이라네. 한 명은 죽었고, 한 명은 감옥에 있고, 난 세 번째 사내를 찾고 있네. 자기 이름으로만 대여섯 건의 살인을 저지른 냉혈한일세. 그자는 역사상 그 누구보다도 영리한 프로 선동가라네……. 그자가 이 배에 타고 있지. 우리 손에 들어온 어떤 편지의 내용으로 난 그 사실을 알았네. 해독된 내용은 이렇다네. 'X가 2월 7일부터 13일까지 카르나크 호 여행을 하게 될 것.' X가 어떤 이름으로 배에 탈지는 나와 있지 않다네."

"그의 인상착의 중에 아는 게 있나?"

"아니. 미국인과 아일랜드 인과 프랑스 인의 피가 섞였다더군. 혼혈인이지. 그 사실은 우리에게 그다지 도움이 되지 않는다네. 뭐 좋은 생각이라도 있나?"

"한 가지 생각이 있는데, 썩 괜찮은 거라네."

깊은 생각에 잠긴 채 푸아로가 말했다.

서로를 너무나 잘 알고 있었으므로 레이스는 더 이상 그를 밀어붙이지 않았다. 그는 에르퀼 푸아로가 확신이 없는 한 말하지 않는다는 것을 알고 있었다.

푸아로는 코를 문지르고는 울적하게 말했다.

"이 배에는 나를 몹시 불안하게 하는 무엇인가가 있어."

레이스가 묻는 듯한 눈길로 그를 바라보았다.

"생각해 보게. A라는 사람이 B라는 사람에게 커다란 잘못을 저질렀네. B는 복수를 하겠다고 협박하고 있네."

"A와 B 둘 다 이 배에 타고 있나?"

푸아로가 고개를 끄덕였다.

"바로 그렇다네."

"그리고 B는, 내 생각에 여자겠군?"

"정확해."

레이스가 담배에 불을 붙였다.

"그렇다면 나라면 걱정하지 않겠네. 어떤 일을 하겠다고 떠들고 다니는 사람은 대개 그 일을 실행에 옮기지 않는 법이라네."

"그리고 그 사람이 여자인 경우에는 특히 그렇다는 거겠지! 그래, 사실이네."

하지만 그의 표정은 여전히 어두웠다.

"그 밖에 다른 일이 있나?"

레이스가 물었다.

"그렇다네, 뭔가가 있다네. 어제 A가 간발의 차로 죽음을 면했네.

사고라고 해도 지장이 없는 그런 죽음 말일세."

"B의 소행인가?"

"아니, 그게 바로 문제라네. B는 그 일과는 아무 관계도 없는 것 같아."

"그럼 그건 우연이겠군."

"나도 그렇게 생각한다네. 그런데 그게 사고라는 게 마음에 걸린다네."

"B가 그 일에 전혀 개입되지 않은 게 확실한가?"

"분명 그렇다네."

"오, 그럼, 우연의 일치일 수도 있겠군. 그런데 A는 어떤 사람인가? 특별히 불쾌한 사람인가?"

"정반대야. A는 매력적이고 부자인 데다 아름답기까지 한 젊은 숙녀라네."

레이스가 씩 웃었다.

"한 편의 소설 같군."

"퓌테트르.(그럴지도 모르지.) 하지만 단언하는데, 내 기분이 영 좋지 않다네, 친구. 만약 내가 맞다면, 게다가 내 생각은 언제나 들어맞고는 하니……."

푸아로의 이 전형적인 발언에 레이스는 콧수염을 움직이며 미소를 지었다.

"어쨌든 내가 맞다면 이건 정말 심각한 불안 요소가 아닐 수 없어. 그런데 이제 자네가 또 다른 골치 아픈 문제를 들고 왔네. 자네 말은 카르나크 호에 사람을 죽인 자가 타고 있다는 거잖나."

"그자는 매력적인 젊은 숙녀를 죽이지는 않는다네."

푸아로는 불만족스러운 듯 고개를 저었다.

"난 걱정이 되네, 친구. 걱정스럽다네……. 오늘 나는 그 숙녀, 곧 마담 도일에게 이 배로 돌아가지 말고 남편과 함께 카르툼으로 가라고 충고했네. 하지만 그들은 내 말을 듣지 않았네. 나는 우리가 재앙을 만나지 않은 채 셸랄에 도착하게 해 달라고 빌고 있네."

"너무 비관적으로 보고 있는 것 아닌가?"

푸아로가 고개를 저었다.

"난 걱정이 돼. 그래, 나, 에르퀼 푸아로는 걱정스럽다네……."

제11장

코닐리어 롭슨은 아부심벨 신전 안에 서 있었다. 덥고 조용한 저녁이었다. 승객들이 두 번째로 신전을 방문할 수 있게 하기 위해 카르나크 호는 다시 한 번 육지에 상륙했다. 이번에는 신전에 조명이 밝혀져 있었다. 그 차이가 상당했으므로, 코닐리어는 옆에 서 있는 퍼거슨에게 경탄에 찬 어조로 말했다.

"이런, 지금은 훨씬 잘 보이는군요! 왕에 의해 목이 잘린 저 적들의 모습이 다 보여요. 또렷하게 두드러져 보이네요. 저 예쁜 성 같은 것은 전에는 보지 못했던 거예요. 베스너 박사님이 계셨으면 좋을 텐데, 저게 무엇인지 설명해 주셨을 테니까요."

"당신이 어떻게 그 늙은 바보를 참아 줄 수 있는지 나로서는 충격입니다."

퍼거슨이 침울하게 말했다.

"이런, 베스너 박사님은 제가 만나 본 사람 중에서 가장 친절하신 분인걸요."

"거드름 피우는 따분한 늙은이지요."

"그런 식으로 말씀하셔선 안 될 것 같은데요."

청년이 갑자기 그녀의 팔을 움켜잡았다. 그들은 신전에서 나와 달빛 아래로 걸어 나왔다.

"어째서 당신은 그 뚱뚱한 늙은이의 따분함, 그리고 악의 서린 늙은 노파의 타박과 괴롭힘을 참고 있는 거죠?"

"어머, 퍼거슨 씨!"

"당신에게는 아무 생각도 없습니까? 당신도 그녀와 똑같이 존중받아야 할 존재라는 걸 모르겠어요?"

"저는 그렇지 않은걸요!"

코닐리어는 진심으로 그렇게 믿는다는 듯한 말투였다.

"그렇게 부자는 아니지. 당신 말은 그런 뜻이겠죠."

"아뇨, 그렇지 않아요. 메리 아주머니는 정말 대단히 교양이 있어요. 그리고……."

"교양이 있다고!"

청년은 코닐리어의 팔을 잡았을 때처럼 갑자기 놓아 버렸다.

"그 말은 정말 역겹군요."

코닐리어는 깜짝 놀라 그를 바라보았다.

"메리 아주머니는 당신이 나하고 이야기하는 것을 싫어하지요, 그렇지 않습니까?"

청년이 물었다.

코닐리어는 얼굴을 붉히면서 당황한 것 같았다.

"왜 그럴 것 같습니까? 그건 그녀 생각에 내 사회적인 신분이 자신과 다르기 때문입니다! 하! 그 사실에 당신은 화가 나지 않는단 말입니까?"

코닐리어가 더듬거리며 말했다.

"그렇게 화내지 않았으면 좋겠어요."

"당신은 미국인인데도 모르겠습니까? 모든 사람은 자유롭고 평등하게 태어났습니다."

"그렇지 않아요."

코닐리어는 확신을 가지고 차분하게 대답했다.

"착한 코닐리어, 이건 당신네 헌법에 나와 있단 말입니다!"

"메리 아주머니 말씀에 따르면, 정치인들은 신사가 아니래요. 그리고 사람은 평등하지 않아요. 그건 말도 안 돼요. 난 내가 못생긴 편이라는 걸 알고 있고, 그 사실 때문에 때때로 굴욕감을 느끼곤 하지만 이젠 극복했어요. 도일 부인처럼 우아하고 아름답게 태어났더라면 좋았겠지만, 난 그렇지 못해요. 속상해해 봤자 소용없는 일이겠지요."

"도일 부인이라고요!"

퍼거슨은 깊은 경멸을 담아 외쳤다.

"그 여자야말로 본보기로 총살을 당해 마땅한 여자입니다!"

코닐리어는 근심 어린 눈길로 그를 바라보았다.

“속이 불편하신 것 같아요. 메리 아주머니가 드신 적이 있는 특별한 펩신이 제게 있어요. 한번 드셔 보실래요?”

“당신이란 여자는 어쩔 수가 없군!”

그는 몸을 돌려 걸어갔고, 코닐리어는 배를 향해 걸었다. 그녀가 통로를 지나가고 있을 때, 그가 다시 그녀를 붙잡았다.

“당신은 이 배에서 가장 멋진 사람입니다. 그걸 잊지 말았으면 좋겠군요.”

퍼거슨의 말에 코닐리어는 기쁨으로 얼굴을 붉히고 전망실로 들어갔다. 밴 슈일러는 베스너 박사와 이야기를 나누고 있었다. 그가 치료했던 훌륭한 신분의 환자들에 대한 유쾌한 대화였다.

코닐리어가 죄라도 지은 것처럼 말했다.

“제가 너무 오래 나가 있었던 게 아니었으면 좋겠네요, 메리 아주머니.”

늙은 여자가 손목시계를 들여다보고는 딱딱거리며 말했다.

“제시간에 오지 않았구나, 코닐리어. 그리고 내 벨벳 목도리는 어떻게 한 거냐?”

코닐리어는 주위를 둘러보았다.

“선실에 있는지 보고 올까요, 메리 아주머니?”

“거기 있을 리가 없어! 저녁 식사 후에 여기에 있었고, 장소를 옮기지 않았어. 그건 저 의자 위에 있었다고.”

코닐리어가 여기저기 찾아보았다.

“아무 데도 없는데요, 메리 아주머니.”

"그럴 리가! 찾아봐!"

그건 개에게 하는 듯한 명령이었고, 코닐리어는 개처럼 그 말에 순종했다. 옆 탁자에 앉아 있던 과묵한 팬숍이 일어나 그녀를 도와주었다. 하지만 목도리는 어디에도 없었다.

그날은 유난히 덥고 후텁지근했으므로, 대부분의 사람들은 신전 관광에서 돌아온 후 일찌감치 각자의 선실로 들어가 버렸다. 도일 부부는 구석 탁자에 앉아서 페닝턴과 레이스와 브리지 게임을 하고 있었다. 그 밖에 전망실에 있는 사람은 에르퀼 푸아로뿐으로, 그는 문가의 작은 탁자에 앉아 하품을 하고 있었다.

코닐리어와 바워즈를 거느리고 여왕처럼 침실로 향하던 밴 슈일러가 그의 의자 옆에서 걸음을 멈추었다. 그는 하품이 나오려는 걸 간신히 참고 예의바르게 자리에서 일어섰다.

밴 슈일러가 말했다.

"당신이 누구신지 조금 전에야 알았답니다, 무슈 푸아로. 오랜 친구인 루퍼스 밴 알딘에게서 당신 이야기를 들었지요. 언제 한번 당신이 해결한 사건 이야기를 들려주셔야 해요."

푸아로는 졸음 때문에 두 눈을 조금 껌뻑거리면서 과장된 태도로 인사를 했다. 밴 슈일러는 친절하지만 생색내는 듯한 태도로 고개를 까딱해 보이고는 다시 걸음을 옮겼다.

푸아로는 다시 한 번 하품을 했다. 졸음 때문에 머리가 묵직하고 정신이 없었으며, 두 눈을 제대로 뜰 수가 없었다. 그는 게임에 빠져 있는 이들을 건너다본 다음, 책에 몰두해 있는 팬숍 청년을 바라보았다. 전망실에는 그들 외에는 아무도 없었다.

회전문을 통해 갑판으로 나오던 그는 서둘러 갑판을 따라 걸어오던 자클린 드 벨포르와 하마터면 부딪칠 뻔했다.

"파르동(죄송합니다), 마드무아젤."

"졸리신 것 같네요, 무슈 푸아로."

그는 솔직히 인정했다.

"메 위.(그렇고말고요.) 졸려서 정신이 없답니다. 눈도 못 뜨겠어요. 아주 답답하고 숨 막힐 듯한 날씨에요."

"그래요."

그녀는 그 말을 곰곰이 생각하는 것 같았다.

"뭔가 일어날 것 같은 날씨군요. 탁! 우지끈! 도저히 이렇게는 계속할 수가……."

그녀의 목소리는 나직하고 열정이 실려 있었다. 그녀는 푸아로가 아니라 모래사장을 바라보고 있었고, 두 손은 힘차게 맞쥐어져 있었다…….

갑자기 긴장이 풀어졌다. 그녀가 말했다.

"안녕히 주무세요, 무슈 푸아로."

"잘 자요, 마드무아젤."

그녀의 두 눈이 짧은 순간 그의 눈과 마주쳤다. 다음 날 그것을 기억해 낸 그는 그 눈길에 호소의 빛이 서려 있었다고 생각했다. 그 후 그는 그 눈길을 다시 떠올리지 않을 수 없었다…….

그런 다음 그는 자신의 선실로, 그녀는 전망실로 걸어갔다.

밴 슈일러의 여러 가지 요구와 변덕을 만족시킨 코닐리어는 바느질감을 들고 전망실로 돌아왔다. 그녀는 전혀 졸리지 않았다. 오히려 머리가 맑았고 조금 흥분된 기분이었다.

네 사람은 여전히 브리지 게임을 하고 있었다. 다른 의자에는 팬숍이 말없이 책을 읽고 있었다. 코닐리어는 자리에 앉아 바느질을 시작했다.

갑자기 문이 열리고 자클린 드 벨포르가 들어왔다. 그녀는 고개를 뒤로 젖힌 채 문간에 잠시 서 있다가 벨을 누르고는 코닐리어 쪽으로 천천히 걸어와 자리에 앉았다.

"강가에 갔었나요?"

그녀가 물었다.

"예, 달빛 속에서 바라보는 강가는 정말 환상적이더군요."

자클린이 고개를 끄덕였다.

"그래요, 아름다운 밤이에요……. 정말 밀월의 밤이군요."

그녀의 두 눈이 브리지 게임 탁자로 향했고, 한순간 리넷 도일에게 머물렀다.

벨 소리를 듣고 웨이터가 들어왔다. 자클린은 진을 더블로 주문했다. 그녀가 주문을 할 때, 사이먼 도일이 재빨리 그녀를 쳐다보았다. 그의 미간에 불안한 듯 가는 주름이 잡혔다.

그의 아내가 말했다.

"사이먼, 당신 차례예요."

자클린은 혼자 콧노래를 흥얼거렸다. 마실 것이 나오자 그녀는 잔을 들어 올리며 말했다.

"자, 범죄를 위하여."

그녀는 잔을 다 비우고는 또 한 잔을 주문했다.

브리지를 하고 있던 사이먼이 다시 한 번 그녀를 건너다보았다. 사이먼 도일은 방심한 듯 '콜'을 외쳤고, 그와 한편인 페닝턴이 그를 나무랐다.

자클린이 다시 콧노래를 부르기 시작했다. 처음에 아주 나지막했던 콧노래는 점차 커져 갔다.

"그는 그녀의 남자였는데, 그녀를 배신했다네……."

사이먼이 페닝턴에게 말했다.

"미안합니다. 페닝턴 씨가 낸 것과 같은 걸 내지 않다니, 제가 정말 바보 같군요. 결승전을 해야겠네요."

리넷이 자리에서 일어섰다.

"전 졸려서 자러 가야겠어요."

"나도 들어갈 시간이군요."

레이스가 말했다.

"그러네요."

페닝턴이 동의했다.

"당신도 갈 거지, 사이먼?"

도일이 느릿하게 대답했다.

"지금은 말고. 우선 한잔해야 할 것 같아."

리넷은 고개를 끄덕이고는 밖으로 나갔다……. 레이스가 그녀의 뒤를 따랐다……. 페닝턴은 자신의 음료를 다 마신 다음 그들 뒤를 따랐다. 코닐리어도 바느질감을 정리하기 시작했다.

자클린이 말했다.

"자러 가지 마세요, 롭슨 양. 제발 가지 마세요. 밤새도록 술을 마시고 싶어요. 날 두고 가지 마세요."

코닐리어는 다시 자리에 앉았다.

"우리 여자들끼리 단결해야 해요."

자클린은 이렇게 말한 다음 고개를 뒤로 젖히고 웃음을 터뜨렸다. 즐거움이 전혀 느껴지지 않는 섬뜩한 웃음이었다.

두 번째 술이 나왔다.

"뭘 좀 드세요."

자클린이 코닐리어에게 말했다.

"고맙습니다만 됐어요."

코닐리어가 대답했다.

자클린은 의자에 기대 앉아 소리 내어 콧노래를 부르기 시작했다.

"그는 그녀의 남자였는데, 그녀를 배신했다네……."

팬솝은 『내부에서 본 유럽』의 책장을 넘겼다.

사이먼 도일은 잡지를 집어 들었다.

"이젠 정말 자러 가야 할 것 같아요. 시간이 너무 늦었어요."

코닐리어가 말했다.

"당신은 아직 자러 가면 안 돼요. 내가 허락하지 않겠어요. 당신 이야기를 들려주세요."

자클린이 단호하게 말했다.

코닐리어가 머뭇거리면서 말했다.

"글쎄, 잘 모르겠어요. 별로 이야기할 만한 게 없어요. 난 그저 집 안에서만 지냈을 뿐 별로 돌아다닌 곳이 없어요. 이건 나의 첫 유럽 여행이에요. 그래서 이 여행의 순간순간이 즐겁답니다."

자클린이 웃음을 터뜨렸다.

"당신은 행복한 사람이군요, 그렇죠? 맙소사, 나도 당신 같았으면 좋겠네요."

"오! 당신이요? 내 생각에는 분명……."

코닐리어는 당혹스러웠다. 드 벨포르 양은 술을 너무 많이 마신 게 분명했다. 하지만 코닐리어가 이상하게 느끼는 것은 그 점이 아니었다. 금주법 실시 기간 동안 그녀는 취한 사람들을 자주 보았다. 다른 무엇인가가 있었다. 자클린 드 벨포르는 그녀에게 말하고 그녀를 쳐다보고 있었지만, 왠지 다른 사람에게 이야기를 하고 있는 것 같았다…….

하지만 전망실에는 팬숍과 도일 두 사람뿐이었다. 팬숍은 책에 흠뻑 빠져 있는 듯했고, 도일은 좀 이상해 보였다. 그의 얼굴에는 기묘한 경계심이 떠올라 있었다…….

자클린이 다시 말했다.

"당신 이야기를 해 봐요."

언제나 남의 말에 복종하는 코닐리어는 그 말대로 하려고 애썼다. 그녀는 좀 지나치다 싶을 정도로 자신의 일상 생활을 사소한 부분까지 이야기했다. 그녀는 남에게 말하는 입장이 되는 것에 전혀 익숙지 않았다. 그녀의 역할은 줄곧 듣는 쪽이었다. 그런데도 드 벨포르 양은 알고 싶어 하는 것 같았다. 코닐리어가 말을 멈추자, 상대는 재빨리 그녀를 재촉했다.

"계속해요. 좀 더 말해 주세요."

코닐리어는 말을 이었다.

"물론 어머니는 무척 예민하세요. 어떤 날에는 곡류 외에는 아무것도 입에 대지 않으시거든요……."

이윽고 코닐리어는 자신의 이야기가 너무나도 재미없는데도, 상대방이 짐짓 재미있는 체하고 있음을 불행히도 의식하기 시작했다. 드 벨포르 양은 자신의 이야기에 정말로 흥미를 갖고 있는 것일까, 아니면 다른 것에 귀를 기울이고 있는 것일까, 아니면 또 다른 무엇인가가 있는 것일까? 자클린은 코닐리어를 쳐다보고 있었다, 그랬다. 하지만 그 방에 다른 누군가가 있는 것은 아닐까?

"그리고 물론 우리는 유익한 미술 강좌를 듣는데요, 지난 겨울에 저는……."

'몇 시쯤 되었을까? 분명히 아주 늦은 시간일 거야. 나는 이야기를 하고 또 하고 있네. 뭔가 결정적인 일이 일어나 자리에서 일어날 수 있다면 좋을 텐데…….'

그 바람에 대답이라도 하듯 즉각 일이 벌어졌다. 순간 그 일은 너무나도 자연스럽게 느껴졌다. 자클린이 고개를 돌려 사이먼 도일에게 말을 걸었던 것이다.

"벨을 눌러 줘, 사이먼. 난 한 잔 더 마셔야겠어."

사이먼 도일은 읽고 있던 잡지에서 고개를 들고 차분하게 대답했다.

"승무원들은 자러 갔어. 자정이 넘었다고."

"난 한 잔 더 마셔야겠어."

"넌 이미 너무 많이 마셨어, 재키."

그녀가 그에게 몸을 돌렸다.

"그게 당신이랑 무슨 상관이야?"

그는 어깨를 으쓱해 보였다.

"물론 상관은 없지."

그녀는 한순간 그를 응시하더니 말했다.

"무슨 일이야, 사이먼? 겁이라도 나?"

사이먼은 대답하지 않았다. 그는 좀 힘겨운 듯 다시 잡지를 집어 들었다.

코닐리어가 중얼거렸다.

"오, 이런, 이렇게 늦었다니, 이제 난 정말……."

그녀는 바느질감을 주워 담다가 골무를 떨어뜨렸다…….

자클린이 말했다.

"제발 자러 가지 마세요. 이곳에 여자가 있으면 좋겠어요. 내 입장을 지지해 줄 사람이 필요해요."

그녀는 다시 웃기 시작했다.

"저기 있는 사이먼이 무엇을 두려워하고 있는지 아세요? 저 남자는 내가 당신에게 내가 살아 온 이야기를 할까 봐 두려워하고 있는 거예요."

"아, 에……."

코닐리어가 조금 빠르게 말했다.

자클린이 명료하게 말했다.

"아시는지 몰라도 저 사람과 나는 약혼한 사이였답니다."

"오, 정말이세요?"

코닐리어는 모순되는 감정들을 느꼈다. 속속들이 당황했지만 동시에 짜릿한 쾌감을 느꼈다. 반면에 사이먼 도일의 표정은 암담해 보였다.

"그래요. 아주 서글픈 이야기죠."

자클린이 말했다. 그녀의 부드러운 목소리는 나지막했고 조롱조였다.

"저 사람은 나에게 못할 짓을 했어요. 안 그래, 사이먼?"

사이먼 도일이 거칠게 대답했다.

"가서 자, 재키. 너 취했어."

"사이먼, 거북하다면 자기가 이 방을 나가는 게 낫겠어."

사이먼 도일은 그녀를 바라보았다. 잡지를 쥐고 있는 손이 떨리고 있었지만 그는 무뚝뚝하게 말했다.

"난 여기 있을 거야."

코닐리어가 세 번째로 중얼거렸다.

"나는 정말, 이제 너무 늦었어요……."

"가면 안 돼요."

자클린이 말했다. 그녀는 손을 뻗어 코닐리어를 의자에서 일어나지 못하게 했다.

"당신은 여기 앉아서 내 이야기를 들어야 해요."

"재키, 넌 스스로를 바보로 만들고 있어! 제발 가서 자도록 해."

사이먼이 날카롭게 소리쳤다.

그러자 자클린이 갑자기 의자에서 벌떡 일어났다. 그러고는 씩씩거리는 소리와 함께 재빠르게 말을 쏟아 냈다.

"당신은 소동을 두려워하고 있어, 그렇지? 그건 당신이 너무나도 영국적인 탓이겠지. 너무 절제되어 있다고! 내가 볼썽사납지 않게 행동하기를 바라지, 안 그래? 하지만 난 볼썽사납든 그렇지 않든 상관하지 않아! 당신은 어서 이곳을 나가는 게 좋을 거야. 왜냐하면 이제부터 나는 요란하게 떠들어 댈 테니까."

짐 팬숍은 조심스럽게 책을 덮고 하품을 하고 시계를 쳐다본 다음 자리에서 일어나 밖으로 나갔다. 그 행동은 몹시 영국적이었지만 설득력이 전혀 없었다.

자클린은 의자에 앉은 채 몸을 돌려 사이먼을 쏘아보았다.

"당신은 정말 바보야. 내게 그런 짓을 해 놓고 떨쳐 버릴 수 있을 줄 알았어?"

그녀가 탁한 목소리로 말했다.

사이먼 도일은 무슨 말인가 하려고 입을 벌렸지만, 이내 다시 다물었다. 그는 자신이 말로 그녀를 더 자극하지 않는다면, 그녀의 격한 감정이 제풀에 꺾일 거라고 믿는 듯 말없이 앉아 있었다.

자클린의 목소리는 잔뜩 쉬어서 잘 들리지 않았다. 어떤 종류든 간에 노골적인 감정의 토로에 전혀 익숙지 않은 코닐리어는 이에 매혹되었다.

"언젠가 내가 말했지, 당신이 다른 여자에게 가는 것을 보느니 당신을 죽이겠다고……. 그 말이 거짓이라고 생각했어? 그렇다면 틀렸어. 난 지금 그저 기다리고 있는 것뿐이야! 당신은 내 남자야! 내 말 알아들어? 당신은 내 거라고……."

여전히 사이먼은 입을 열지 않았다. 자클린은 한순간 무릎 위를 손으로 더듬더니 몸을 앞으로 기울였다.

"당신을 죽이겠다는 말, 그건 진심이었어……."

그녀의 한 손이 올라갔다. 그 손에는 번쩍이는 무엇인가가 쥐어져 있었다.

"난 당신을 개처럼 쏘아 버릴 거야. 더러운 개처럼……."

드디어 사이먼이 행동에 착수했다. 그는 튕겨지듯 자리에서 일어났지만, 순간 자클린이 방아쇠를 당겼다.

사이먼은 반쯤 몸을 뒤틀면서 의자 위로 쓰러졌다……. 코닐리어가 비명을 지르며 문 쪽으로 달려갔다. 짐 팬숍이 마침 난간에 기대어 서 있었다. 그녀가 그를 불렀다.

"팬숍 씨…… 팬숍 씨……."

팬숍이 달려왔다. 그녀는 자제를 잃고 그를 움켜잡았다.

"드 벨포르 양이 도일 씨를 쏘았어요. 오! 드 벨포르 양이 도일 씨를 쏘았어요……."

사이먼 도일은 의자 위에 반쯤 쓰러진 그대로 널브러졌다……. 자클린은 최면에라도 걸린 것처럼 그 자리에 서서 격하게 떨고 있었다. 깜짝 놀라 휘둥그레진 두 눈으로 사이먼의 바지에 천천히 배어 나오는 선홍색 얼룩을 응시하고 있었다. 그는 무릎 바로 밑의 상처에 손수건을 대고 있었다…….

자클린이 더듬거리며 말했다.

"이러려던 게 아니었는데……. 오, 아니, 정말 이러려고 한 게……."

부들부들 떨고 있는 자클린의 손에서 권총이 떨어져 소리를 내며 굴렀다. 권총은 그녀의 발에 차여 긴 의자 밑으로 굴러 들어갔다.

사이먼이 기운 없는 목소리로 중얼거렸다.

"팬숍, 제발, 누군가 오고 있어요……. 그러니까 이건…… 다 괜찮다고 말해요. ……사고였다고, 뭐 그런 거였다고요. 이 일로 소란을 피우고 싶지 않습니다."

팬숍은 재빨리 알아듣고 고개를 끄덕였다. 그가 문을 열자 누비아 족 소년이 깜짝 놀란 얼굴로 나타났다. 그가 말했다.

"괜찮아. 괜찮아! 그냥 장난이야!"

검은 얼굴에 미심쩍고 혼돈스러워하는 표정에 이어 이윽고 안심하는 빛이 떠올랐다. 그가 씩 하고 웃자 이가 드러났다. 소년은 고개를 끄덕이고는 가 버렸다.

팬숍이 사이먼에게 돌아왔다.

"괜찮아요. 다른 사람은 아무도 못 들었을 겁니다. 코르크 따는 것 같은 소리가 났을 뿐이에요. 자, 다음 할 일은…….”

그는 소스라쳤다. 자클린이 갑자기 발작적으로 울음을 터뜨렸던 것이다.

“오, 하느님! 차라리 내가 죽었더라면 좋을 텐데……. 난 죽어 버릴 거예요. 죽는 게 나아요……. 오, 내가 무슨 짓을 한 건지. 내가 무슨 짓을 했죠?”

코닐리어가 서둘러 그녀에게 다가갔다.

“쉬, 자클린, 쉬.”

이마가 땀으로 젖은 채 사이먼은 고통으로 얼굴을 일그러뜨리며 다급하게 말했다.

“재키를 데리고 나가요. 제발, 여기서 데리고 나가요! 그녀의 방으로 데리고 가세요, 팬숍. 이것 보세요, 롭슨 양, 같이 다니는 간호사를 데려오세요.”

사이먼은 두 사람에게 번갈아 가며 호소하는 듯한 눈길을 던지고는 말했다.

“재키를 혼자 두지 마세요! 간호사에게 말해 재키를 안전하게 돌봐 주게 하세요. 그런 다음 베스너 영감님을 깨워 이리 데려오세요. 제발 제 아내에게는 이 소식을 알리지 마세요.”

짐 팬숍은 알아들었다는 듯이 고개를 끄덕였다. 그 과묵한 젊은이는 위급 상황에서도 침착하고 유능했다.

그와 코닐리어는 울면서 몸부림치는 여자를 양쪽에서 부축하고 전망실을 나와서는 갑판을 따라 자클린의 방을 향해 걸었다. 그녀를 데리고 가는 것은 쉽지 않았다. 그녀가 그들에게서 벗어나려고 몸부림을 쳤던 것이다. 그녀는 더욱 격하게 흐느꼈다.

"물에 뛰어들 거예요……. 물에 빠져 죽고 말겠어요……. 나는 살아 있을 가치가 없어요……. 오, 사이먼, 사이먼!"

팬숍이 코닐리어에게 말했다.

"가서 바워즈 양을 데려오는 게 낫겠습니다. 아가씨가 바워즈 양을 데려올 동안 난 여기 있겠습니다."

코닐리어는 고개를 끄덕이고 서둘러 달려갔다.

그녀가 나가자마자 자클린은 팬숍을 움켜잡았다.

"다리에 피가 흐르고 있었어요. 부러진 거예요……. 피를 너무 많이 흘려서 죽을지도 몰라요. 그에게 가 봐야 해요……. 오, 사이먼, 사이먼, 어떻게 내가 이런 일을?"

그녀의 목소리가 높아졌다. 팬숍이 절박하게 말했다.

"진정하세요. 진정하시라고요. 괜찮을 겁니다."

그녀는 다시 발버둥치기 시작했다.

"놔 주세요! 물에 뛰어들게 내버려 두세요……. 죽게 해 주세요!"

팬숍은 그녀의 어깨를 잡아 억지로 침대에 눕혔다.

"당신은 여기 있어야 해요. 소란 피우지 마세요. 기운을 내요. 단언하는데 다 괜찮을 거예요."

미친 듯 괴로워하던 여자는 다행히 차차 자제력을 되찾았다. 이윽고 커튼이 젖혀지면서 유능한 바워즈가 실내복 같은 것을 말끔하게 걸친 모습으로 코닐리어와 함께 들어섰다. 팬숍으로서는 그녀가 나타난 게 고맙기 짝이 없었다.

"아니, 이게 무슨 일이죠?"

바워즈는 불쑥 묻고는 놀라거나 경계하는 기색 없이 곧장 일에 착수했다.

팬숍은 고마운 마음으로 극도로 긴장해 있는 여자를 유능한 바워즈에게 맡기고는 서둘러 베스너 박사의 선실로 달려갔다. 그는 노크를 하자마자 대답을 기다리지도 않고 안으로 들어갔다.

"베스너 박사님?"

요란한 코 고는 소리가 그치더니 박사가 깜짝 놀란 목소리로 물었다.

"아니? 무슨 일입니까?"

팬숍이 전등 스위치를 켰다. 박사가 커다란 올빼미 같은 모습으로 눈을 깜빡이며 그를 바라보았다.

"도일 씨 일입니다. 그가 총에 맞았습니다. 드 벨포르 양이 쏘았답니다. 그는 지금 전망실에 있어요. 가 주실 수 있습니까?"

뚱뚱한 의사의 반응은 재빨랐다. 그는 한두 가지 짤막하게 질문을 하더니 실내용 슬리퍼를 신고 실내복을 입은 다음 필요한 도구가 든 작은 상자를 집어 들고는 팬숍과 함께 라운지로 달려갔다.

사이먼은 자기 옆의 창문을 열어 놓고 있었다. 그는 고개를 창에 기댄 채 바깥 공기를 마시고 있었다. 얼굴은 유령처럼 창백했다.

베스너 박사가 그에게 다가갔다.

"허? 이럴 수가? 여기서 무슨 일이 있었던 겁니까?"

피가 흠뻑 밴 손수건 한 장이 카펫 위에 떨어져 있었고, 카펫에도 짙은 얼룩이 나 있었다.

의사의 설명에는 독일인다운 투덜거림과 감탄사가 군데군데 곁들여졌다.

"허 참, 상태가 좋질 않아요……. 뼈가 부러졌습니다. 그리고 피를 너무 많이 흘렸어요……. 팬솝, 당신과 함께 이 사람을 내 선실로 옮겨야겠습니다. 그러니까 이렇게 말입니다. 이 사람은 걸을 수 없어요. 우리가 이 사람을 부축합시다."

그들이 사이먼을 들어 올리려 할 때 코닐리어가 문간에 모습을 나타냈다. 그녀를 본 의사는 만족스러워하며 끙 소리를 내질렀다.

"아, 아가씨로군요? 구트.(좋소.) 도와줄 사람이 필요하니 함께 갑시다. 여기 이 친구보다 당신이 더 큰 도움이 될 겁니다. 이 사람은 벌써 좀 창백해졌군요."

팬솝은 핼쑥한 얼굴로 미소를 지어 보였다. 그가 물었다.

"가서 바워즈 양을 데려올까요?"

베스너 박사는 가늠하는 눈길로 코닐리어를 건너다보았다.

"당신은 잘할 수 있을 것 같군요, 아가씨. 기절한다든가 어리석게 행동한다거나 하지는 않겠죠, 그렇죠?"

그가 단호하게 말했다.

"선생님이 시키시는 건 뭐든 할 수 있어요."

코닐리어가 열과 성을 다해 대답했다.

베스너는 만족한 듯 고개를 끄덕였다.

그들은 갑판을 따라 걸음을 옮겼다.

이어 10분 동안 외과적 처치가 이루어졌다. 팬숍은 그 광경을 도저히 편안하게 보고 있을 수가 없었다. 그는 코닐리어처럼 의연하지 못한 자신이 남 몰래 부끄러웠다.

"이제 내가 할 수 있는 모든 조치를 다했습니다."

마침내 베스너 박사가 말했다.

"당신은 정말 영웅적으로 견뎌 주었어요, 친구."

그는 흐뭇하게 사이먼의 어깨를 두드린 다음 소매를 걷어 올리고는 피하 주사기를 꺼냈다.

"그럼 이제 환자는 자는 게 좋겠습니다. 당신 부인은 어떻게 하고 있습니까?"

사이먼이 기운 없이 대답했다.

"아내는 내일 아침까지 알 필요 없습니다……."

그가 말을 이었다.

"전, 여러분은 재키를 비난해선 안 됩니다. 모든 것이 제 잘못입니다. 전 그 여자에게 못할 짓을 했지요……. 가엾은 여자, 그녀는 자신이 무슨 짓을 하는지 몰랐을 겁니다."

베스너는 알겠다는 듯 고개를 끄덕였다.

"알겠습니다, 알겠어요. 이해합니다……."

"제 잘못입니다……."

사이먼이 말했다. 그의 두 눈이 코닐리어를 향했다.

"누군가 반드시 그녀 곁에 있어야 해요. 어쩌면 자해를 할지도 몰라요…….”

베스너가 주사를 놓는 사이에 코닐리어가 차분하고 침착하게 대답했다.

“다 괜찮을 거예요, 도일 씨. 바워즈 양이 그녀를 밤새 지키고 있을 거예요…….”

감사의 표정이 사이먼의 얼굴에 떠올랐다. 그는 몸을 축 늘어뜨리며 두 눈을 감는가 싶더니 번쩍 떴다.

“팬숍?”

“예, 도일.”

“그 권총…… 거기 그대로 두어서는 안 됩니다……. 굴러다니게 해서는 안 된다고요. 아침에 승무원들이 그걸 발견하면…….”

팬숍이 고개를 끄덕였다.

“알겠습니다. 지금 내가 가서 치우지요.”

그는 선실을 나와서 갑판을 따라 걸었다. 바워즈가 자클린의 선실 문간에 나타나 말했다.

“그녀는 이제 괜찮을 겁니다. 모르핀 주사를 놓았거든요.”

“하지만 계속 옆에 계실 거죠?”

“오, 그럼요. 모르핀 주사에 흥분 반응을 보이는 사람들도 있거든요. 제가 밤새 옆에 있을 거예요.”

팬숍은 전망실을 향해 걸었다.

약 3분 뒤 누군가가 베스너의 선실 문을 두드렸다.

“베스너 박사님?”

"예?"

살찐 몸집의 베스너가 모습을 나타냈다.

팬숍은 그를 갑판 쪽으로 이끌었다.

"저기요, 그 권총이 보이질 않아서요……."

"그게 무슨 말이오?"

"그 권총 말입니다. 드 벨포르 양의 손에서 떨어졌거든요. 그녀가 그걸 발로 차는 바람에 긴 의자 아래로 들어갔답니다. 그런데 지금은 거기 없어요."

그들은 서로를 응시했다.

"하지만 누가 그걸 가져갔단 말입니까?"

팬숍은 어깨를 으쓱해 보였다.

베스너가 말했다.

"그것 참 이상하군요. 하지만 우리가 할 수 있는 일은 없는 것 같습니다만."

막연한 당혹감과 불안감을 느끼며 두 사람은 헤어졌다.

제12장

에르퀼 푸아로가 면도를 마치고 얼굴에 묻은 비눗기를 닦고 있는데 다급한 노크 소리가 들리더니, 레이스가 허둥지둥 들어왔다. 그는 방으로 들어와 문을 닫았다.

"자네의 육감이 그대로 들어맞았네. 일이 터졌네."

푸아로는 몸을 일으키며 날카롭게 물었다.

"무슨 일이 일어났나?"

"리넷 도일이 죽었네. 지난밤 머리에 총을 맞았다네."

푸아로는 잠시 침묵했다. 두 가지 장면이 눈앞에 생생하게 떠올랐다. 아스완의 어느 공원에서 단호하고 헐떡이는 목소리로 "제 귀여운 작은 권총을 그 애의 머리에 갖다 댄 다음 지그시 방아쇠를 당기고 싶어요."라고 말하던 젊은 여자의 모습, 그리고 또 하나는 바로 어젯밤 똑같은 목소리로 "계속 이렇게 살 수는 없어요. 무슨 일인가 터질 것 같은 날이에요."라고 말하면서 순간적으로 호소하는 듯한 기묘한 눈빛을 보였던 여자의 모습이었다. 어째서 그 호소를 받아들여 주지 않았을까? 얼른 잠자리에 들고 싶은 마음에 눈도 귀도 머리도 정지해 있었던 것이다…….

레이스가 말했다.

"나는 공적인 자리에 있네. 사람들이 나를 부르러 와서 이 사건을 맡기더군. 이 배는 30분 내에 출발하게 되어 있었지만, 내가 지시를 내릴 때까지 출발이 연기될 걸세. 범인이 뭍에 상륙했을 가능성도 있으니 말이야."

푸아로는 고개를 내저었다. 레이스도 동감의 몸짓을 했다.

"나도 같은 생각일세. 그 가능성은 배제해도 괜찮을 것 같군. 자, 그럼 이 일은 자네에게 달렸네. 이건 자네의 무대일세."

푸아로는 날랜 동작으로 옷을 차려입고는 대답했다.

"자네 말대로 하겠네."

두 사람은 갑판 쪽으로 걸어 나갔다.

레이스가 말했다.

"지금쯤 베스너가 와 있을 거야. 그를 불러오라고 내가 승무원을 보냈다네."

배에는 욕실이 딸린 특실이 네 개 있었다. 그중에서 항구 쪽 선실 둘에는 베스너 박사와 앤드류 페닝턴이 묵고 있었고, 우현 쪽 첫 선실은 밴 슈일러가, 그 다음 선실은 리넷 도일이 쓰고 있었다. 사이먼 도일의 옷방은 그 옆 선실이었다.

리넷 도일의 선실 문 밖에는 창백한 얼굴의 승무원이 서 있었다. 그가 문을 열어 주자 두 사람은 안으로 들어갔다. 베스너 박사는 침대 위로 몸을 굽히고 있었다. 두 사람이 들어오자 그는 그들을 올려다보며 끙 소리를 냈다.

"이 사건에 대해 어떻게 생각하십니까, 박사님?"

레이스가 물었다.

베스너는 생각에 잠긴 채 수염이 텁수룩한 턱을 어루만졌다.

"아! 이 여자는 총에 맞았습니다. 아주 가까운 거리에서 맞은 겁니다. 보세요, 여기, 귀 바로 위를 맞았어요. 바로 여기가 총알이 관통한 자리입니다. 아주 작은 총알이군요. 22구경인 것 같습니다. 권총을 이 여자의 머리에 대고 발사했습니다. 보세요, 여기 검은 자국은 피부가 타서 생긴 겁니다."

메스껍게 물결치는 기억을 더듬던 푸아로는 아스완에서 들은 여자의 말을 다시 한 번 떠올렸다.

베스너가 말을 이었다.

"이 여자는 자고 있었습니다. 저항한 흔적이 없거든요. 살인범은 어둠 속에서 살짝 다가와서 저기 누워 있는 여자를 쏜 겁니다."

"아! 농!(아! 아닙니다!)"

푸아로가 소리쳤다. 그는 내심 격분했다. 자클린 드 벨포르가 손에 권총을 쥔 채 어두운 선실로 숨어 들어오다니. 아니, 그건 그림에 어울리지 않았다.

베스너는 두꺼운 안경알 너머로 그를 물끄러미 응시했다.

"하지만 분명히 그런 일이 일어난 겁니다."

"예, 그렇겠죠. 생각하신 의미로 드린 말씀이 아닙니다. 박사님 말씀이 틀렸다는 게 아니었어요."

베스너는 만족한 듯 음 소리를 냈다.

푸아로가 다가가 그의 옆에 섰다. 리넷 도일은 옆으로 누워 있었다. 그녀의 자세는 자연스럽고 평화로워 보였다. 하지만 귀 위에 작은 구멍이 하나 나 있었고 그 주위에 피가 말라붙어 있었다.

푸아로는 서글픈 듯 고개를 내저었다.

이윽고 정면에 있는 하얀 벽에 눈길이 머문 그는 거칠게 숨을 들이마셨다. 깨끗한 하얀 벽에 적갈색으로 J라는 글자가 커다랗게 비뚤비뚤 씌어 있었던 것이다.

푸아로는 그것을 응시한 다음 죽은 여자 위로 몸을 숙여 아주 조심스럽게 그녀의 오른손을 들어올렸다. 손가락 하나에 적갈색 얼룩이 묻어 있었다.

"농 덩 농 덩 농!(빌어먹을!)"

에르퀼 푸아로가 갑자기 소리쳤다.

"예? 왜 그러십니까?"

베스너가 그를 쳐다보았다.

"아! 이것 말입니다."

레이스가 말했다.

"음, 저런! 어떻게 생각하나, 푸아로?"

푸아로는 발끝으로 서서 조금 몸을 흔들었다.

"이걸 어떻게 생각하느냐고 내게 물었지. 에 비엥(그러니까) 이건 아주 간단하다네, 그렇지 않나? 마담 도일은 죽어 가고 있어. 그녀는 살인자가 누구인지 알려 주고 싶네. 그래서 손가락에 자신의 피를 묻혀서는 살인자 이름의 이니셜을 쓴 거지. 오, 그렇다네. 이건 지나치게 단순하다네."

"아, 하지만……."

베스너 박사가 말을 시작했지만, 레이스의 단호한 몸짓이 그의 말을 막았다.

"그러니까 저걸 보자 자네 머릿속에는 그런 생각이 곧장 떠올랐다는 건가?"

그가 천천히 물었다.

푸아로는 그에게 몸을 돌리며 고개를 끄덕였다.

"그렇지, 그렇다네. 내가 말한 대로 이건 놀라울 정도로 간단하다네! 아주 흔한 거지, 그렇지 않나? 범죄 소설 같은 데 자주 등장하지! 이제는 정말 비외 죄(낡은 수법)일세! 누군가에게 살인 혐의를 돌리는 낡은 방법이라네!"

레이스는 깊이 숨을 들이마셨다.

"알겠네. 처음에 난 자네가……."

그는 말을 멈추었다.

푸아로는 희미한 미소를 지으며 말했다.

"내가 멜로드라마의 상투성을 믿고 있는 줄 알았나? 그런데 잠깐만요, 베스너 박사님, 조금 전 하시려던 말씀이……."

S. S. 카르나크 호

산책 갑판

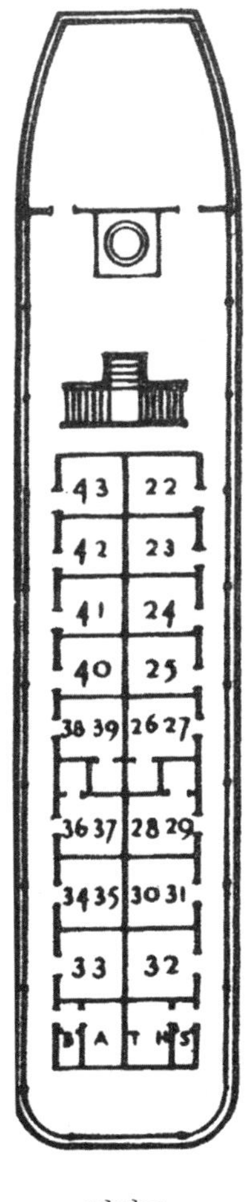

평면도

43	22 제임스 팬숍
42	23 팀 앨러턴
41 코닐리어 롭슨	24 앨러턴 부인
40 자클린 드 벨포르	25 사이먼 도일
38 39 앤드류 페닝턴	26 27 리넷 도일
36 37 베스너 박사	28 29 밴 슈일러
34 35 오터번 모녀	30 31 에르퀼 푸아로
33 바워즈 양	32 레이스 대령

선실

베스너가 말을 쏟아 놓았다.

"내가 무슨 말을 하려고 했냐고요? 파! 내 말은 그건 말도 안 된다는 겁니다. 그건 이치에 맞지 않는다고요! 이 가엾은 숙녀는 즉사했습니다. 그런데 손가락에 자신의 피를 찍어서(보다시피 피도 거의 흐르지 않았습니다.) 벽에다 J라는 글자를 썼다니요. 하, 그건 말도 안 되는 소립니다. 그야말로 멜로드라마에서나 나올 법한 터무니없는 얘기지요!"

"세 렁팡티야주.(유치한 짓이지요.)"

푸아로가 동의했다.

"그렇다면 이건 어떤 목적으로 쓰인 거군요."

레이스가 말했다.

"그렇지. 당연히 그렇다네."

푸아로가 동의했고, 그의 표정이 심각해졌다.

"J란 무엇을 의미하는 걸까?"

레이스가 물었다.

푸아로가 즉각 대답했다.

"J는 자클린 드 벨포르를 말하는 걸세. 그 젊은 아가씨는 불과 며칠 전 내게 이렇게 단언했다네……."

푸아로는 잠시 말을 멈추었다가 생각에 잠긴 어조로 말을 이었다.

"제 귀여운 작은 권총을 그 애의 머리에 갖다 댄 다음 지그시 방아쇠를 당기고 싶어요……."

"고트 임 힘멜!(하느님 맙소사!)"

베스너 박사가 외쳤다.

순간적으로 침묵이 흘렀다. 이윽고 레이스가 숨을 깊이 들이마시고는 말했다.

"그런데 여기 바로 그런 일이 일어난 거군?"

베스너가 고개를 끄덕였다.

"그렇습니다, 그래요. 이건 총알이 아주 작은 권총입니다. 아마 22구경 정도일 겁니다. 물론 총알을 꺼내 보기 전에는 확언할 수 없습니다만."

레이스가 이내 알아듣고 고개를 끄덕이고는 물었다.

"사망 시간은 언제쯤 될까요?"

베스너가 다시 턱을 어루만졌다. 손가락이 수염에 스치는 소리가 났다.

"정확하게 말씀드릴 수는 없습니다. 지금이 8시군요. 어젯밤의 기온을 고려한다면 죽은 지 6시간에서 8시간 정도 된 것 같습니다."

"그러면 자정부터 새벽 2시 사이군요."

"그렇습니다."

잠시 침묵이 흘렀다. 레이스가 주위를 둘러보았다.

"그녀의 남편은요? 바로 옆방에서 자고 있겠군요."

"사실 지금은 내 선실에서 자고 있습니다."

베스너 박사가 대답했다.

그 말에 두 사람 모두 몹시 놀란 표정이었다.

베스너가 몇 차례 고개를 끄덕였다.

"아, 그러니까 내가 그 이야기를 하지 않았군요. 도일 씨는 어젯밤 전망실에서 총에 맞았습니다."

"총에 맞다니요? 누구에게요?"

"그 아가씨, 자클린 드 벨포르에게요."

레이스가 날카롭게 물었다.

"많이 다쳤습니까?"

"예, 뼈가 부러졌더군요. 당시 할 수 있는 조치는 모두 했습니다만, 알다시피 가능한 한 빨리 엑스선 검사를 받고 적절한 조치를 받아야 합니다. 지금 이 배 위에서는 그렇게 하는 게 불가능하지요."

푸아로가 중얼거렸다.

"자클린 드 벨포르."

그의 눈길은 다시 벽에 씌어 있는 J라는 글자에 머물렀다.

레이스가 불쑥 말했다.

"지금 여기서 더 이상 할 일이 없다면 아래로 내려가지. 지배인의 배려로 흡연실을 우리가 이용할 수 있어. 이제 어젯밤 일어난 일의 자세한 내막을 알아내야 하네."

그들은 선실에서 나왔다. 레이스는 문을 잠근 다음 열쇠를 주머니에 넣었다.

"나중에 돌아오면 된다네. 먼저 할 일은 모든 사실을 명확하게 하는 걸세."

그들이 하갑판으로 내려가자, 흡연실 문간에서 카르나크 호의 지배인이 불안한 표정으로 기다리고 있었다.

그 가엾은 사내는 이 모든 일에 몹시 동요하고 근심스러워하면서 모든 것을 레이스 대령에게 일임하고 싶어 했다.

"이 일을 대령님께 맡기는 게 가장 좋을 것 같습니다. 그 문제에 대해 대령님 지시에 따르라는 지시를 받았습니다. 이 사건을 맡아 주신다면, 뭐든 대령님 말씀대로 하겠습니다."

"좋습니다! 우선 조사를 하는 동안 무슈 푸아로와 나 이외에는 아무도 이 방에 들어오지 못하게 해 주십시오."

"물론입니다, 대령님."

"지금으로서는 그뿐입니다. 가서 일 보십시오. 필요하면 연락하겠습니다."

약간 마음을 놓은 표정으로 지배인이 방을 나갔다.

레이스가 말했다.

"앉으십시오, 베스너 박사님, 그리고 어젯밤 일어난 일을 빠짐없이 말해 주십시오."

그들은 의사의 요란한 음성에 말없이 귀를 기울였다.

"충분히 알 만한 상황이군요."

의사가 말을 마치자 레이스가 말했다.

"그 처녀가 흥분해서 한두 잔 술의 도움으로 결국 22구경 권총으로 그 남자를 쏘았다는 거군요. 그런 다음 리넷 도일의 선실로 달려가 그녀 역시 쏘았고요."

하지만 베스너 박사는 고개를 내저었다.

"아니, 아닙니다. 그건 불가능합니다. 우선 그녀가 벽에 자신의 이니셜을 쓸 리는 없을 겁니다. 그건 어이없는 일 아닙니까, 니히트 바르(안 그렇습니까)?"

"아닙니다. 자기 말대로 맹목적인 질투에 미쳐 있었다면, 충분히 가능한 일입니다. 그 범죄가 자신의 짓이라는 걸 알리기 위해서 그랬겠지요."

푸아로가 고개를 저었다.

"아니, 아닐세. 그녀가 그 정도로 노골적일 것 같지는 않네."

"그렇다면 가능한 설명은 한 가지뿐입니다. 누군가가 그녀에게 혐의를 뒤집어씌우기 위해 일부러 써 놓은 거군요."

베스너가 고개를 끄덕였다.

"그렇습니다, 그리고 범인은 운이 나빴던 셈이죠. 왜냐하면 알다시피 그 젊은 프로일라인*이 살인을 한 것 같지는 않으니까요. 내 생각에 그 일은 불가능했습니다."

"어째서 그렇죠?"

베스너는 자클린의 발작적인 반응과 바워즈가 그녀를 돌보게 된 상황을 설명했다.

"그래서 내 생각에는 분명 바워즈 양이 밤새 그녀 곁에 붙어 있었을 겁니다."

레이스가 대답했다.

"그렇다면 문제가 무척 간단해지는군요."

---

* 영어의 Miss에 해당하는 독일어.

"이 범죄를 발견한 사람은 누군가?"

푸아로가 물었다.

"도일 부인의 하녀 루이즈 버젯일세. 그녀는 평소처럼 자기 마님을 깨우러 갔다가 도일 부인이 죽어 있는 것을 발견하고 뛰쳐나와 거의 기절한 상태로 승무원의 품 안에 쓰러졌다네. 그 승무원은 지배인에게 갔고, 지배인이 내게 왔더군. 나는 베스너 박사를 불러오게 한 다음, 자네에게 간 걸세."

푸아로가 고개를 끄덕였다.

레이스가 말했다.

"도일 씨가 이 소식을 알아야 합니다. 그가 아직 자고 있다고 하셨나요?"

베스너가 고개를 끄덕였다.

"그렇습니다, 그는 내 선실에서 계속 자고 있을 겁니다. 어젯밤 내가 강력한 수면제를 주사했습니다."

레이스는 푸아로에게 몸을 돌렸다.

"그럼, 이제 박사님을 더 이상 붙잡아 둘 필요가 없을 것 같네, 그렇지 않나? 박사님, 고맙습니다."

베스너가 일어섰다.

"난 아침 식사를 해야겠습니다, 그래요. 그런 다음 내 선실로 돌아가 도일 씨가 깨어날 때가 되었는지 보겠습니다."

"고맙습니다."

베스너가 나갔다. 푸아로와 레이스는 서로를 마주 보았다.

"자, 이 일을 어떻게 생각하나, 푸아로? 자네 사건일세. 난 자네의 지시를 따르겠네. 내가 해야 할 일을 말해 주게."

푸아로가 고개를 숙여 보였다.

"에 비엥(그렇다면) 우리는 심리를 열어야 한다네. 우선 어젯밤 사건의 내용을 명확히 해야 할 것 같군. 다시 말해서 무슨 일이 일어났는지 실제로 목격한 팬숍과 롭슨 양의 이야기를 들어야겠네. 권총이 사라졌다는 건 무척 의미심장하군."

레이스는 벨을 울려 승무원에게 전갈을 전달했다.

푸아로는 한숨을 내쉬고는 고개를 내저었다.

"이건 좋지 않은 사건일세, 좋지 않아."

"무슨 아이디어라도 있나?"

레이스가 호기심을 보이며 물었다.

"내 아이디어들이 서로 충돌하고 있네. 알다시피 그 처녀는 리넷 도일을 증오했고 그녀를 죽이고 싶어 했네."

"자네는 그녀가 이런 짓을 할 수 있다고 생각하나?"

"그럴 수 있다고 보네. 그럴 걸세."

푸아로는 회의적인 어조로 대답했다.

"하지만 이런 식으로는 아니잖나? 바로 그것이 자네를 근심스럽게 만들고 있는 것 아닌가? 어두운 선실로 몰래 들어가 잠자는 여자를 쏘지는 않았을 거라고 말일세. 그건 너무나도 잔인한 짓이라서 자네로서는 사실로 받아들일 수 없는 것 아닌가?"

"어떤 점에서는 그렇다네."

"자네는 그 처녀, 자클린 드 벨포르가 미리 계획된 잔인한 살인을 저지를 수 없다고 보나?"

푸아로가 천천히 대답했다.

"알다시피 확신할 수는 없네. 그녀는 영리해. 그렇다네. 하지만 실제로 그녀가 그런 행동을 할 수 있을지는 잘 모르겠네……."

레이스가 고개를 끄덕였다.

"그렇지, 알겠네. 그리고 베스너의 말에 따르자면, 실제로 그 일은 불가능했네."

"그 말이 사실이라면, 문제가 상당히 분명해지겠군. 그게 사실이기를 바라세나."

푸아로는 잠시 말을 멈추었다가 이렇게 덧붙였다.

"그게 사실이라면 좋겠네. 왜냐하면 난 그 어린 처녀가 많이 가엾다네."

문이 열리고, 팬숍과 코닐리어가 들어왔다. 베스너가 그 뒤를 따랐다.

코닐리어가 헐떡거리며 말했다.

"정말 무서운 일 아닌가요? 가엾은, 가엾은 도일 부인! 그렇게 아름다웠는데. 그녀를 죽이다니 정말 악마인 모양이에요! 그리고 가엾은 도일 씨. 사실을 알면 그 사람은 반쯤 미쳐 버릴 거예요! 그러니까 그는 어젯밤에도 자기 아내가 자신의 사고 소식을 알게 될까 봐 몹시 걱정을 하더군요."

"우리가 당신에게 듣고 싶은 게 바로 그 겁니다, 롭슨 양. 어젯밤 무슨 일이 일어났는지 정확하게 알고 싶습니다."

레이스가 말했다.

코닐리어는 약간 혼돈스러워했지만, 푸아로가 한두 가지 질문으로 그런 상황을 도와주었다.

"아, 예, 알겠습니다. 브리지 게임이 끝나자 마담 도일은 자신의 선실로 갔다는 거군요. 정말로 자신의 선실로 갔을까요?"

푸아로의 질문에 레이스가 말했다.

"그렇다네. 실제로 내가 그녀를 보았거든. 난 문간에서 그녀에게 잘 자라는 인사를 했다네."

"그러면 시간은요?"

"이런, 정확히는 모르겠어요."

코닐리어가 대답했다.

"11시 20분이었네."

레이스가 대답했다.

"비엥.(좋습니다.) 그럼 11시 20분에 마담 도일은 분명히 살아 있었군요. 그때 전망실에는 누가 있었습니까?"

팬솝이 대답했다.

"도일 씨가 있었습니다. 그리고 드 벨포르 양과 저, 롭슨 양이 있었지요."

코닐리어가 동의했다.

"맞아요. 페닝턴 씨는 한잔 마신 다음 자러 가셨거요."

"시간이 얼마나 지난 뒤였나요?"

"어, 약 삼사 분 뒤였을 거예요."

"그렇다면 11시 30분이 못 된 시각이었겠군요?"

"어, 네."

"그럼 전망실에는 당신과 드 벨포르 양, 무슈 도일, 무슈 팬숍이 있었던 셈이군요. 당신들은 뭘 하고 있었나요?"

"팬숍 씨는 책을 읽고 있었고, 저는 수를 놓고 있었고, 드 벨포르 양은, 그녀는……."

팬숍이 거들었다.

"그녀는 꽤 많은 양의 술을 마시고 있었습니다."

코닐리어가 맞장구쳤다.

"그랬어요. 드 벨포르 양은 대부분 제게 이야기를 하고 있었고, 저에게 집 안 생활에 대한 것들을 물어보았어요. 말은 저를 보고 했지만 줄곧 도일 씨를 의식하고 있었던 것 같아요. 그는 그녀에게 몹시 화가 난 듯 아무 말도 하지 않았어요. 줄곧 침묵을 지키면 그녀가 누그러질 거라고 생각한 모양이에요."

"하지만 그녀는 그러지 않았군요?"

코닐리어는 고개를 끄덕였다.

"전 한두 번 자러 가려고 시도했지만, 그녀가 못 가게 했어요, 그래서 전 점점 더 불편해졌어요. 이윽고 팬숍 씨가 자리에서 일어나 밖으로 나가더군요……."

"조금 당황스러웠거든요. 방해되지 않도록 나가야겠다고 생각했습니다. 드 벨포르 양이 한바탕 소동을 벌일 게 분명했으니까요."

코닐리어가 팬숍의 말을 받아 이었다.

"그녀는 권총을 빼 들었어요. 그러자 도일 씨가 튕겨지듯 일어나서는 그녀에게서 권총을 빼앗으려 했지만, 권총은 발사되고 말았고, 그는 다리에 총을 맞았어요. 그러자 그녀는 흐느끼며 울부짖기 시작했어요. 그래서 저는 겁에 질려 달려 나가 팬숍 씨를 찾아서는 그와 함께 다시 전망실로 돌아왔어요. 도일 씨가 소동을 일으키지 말라고 하더군요. 총소리를 듣고 누비아 족 소년이 달려왔지만, 팬숍 씨가 다 괜찮다고 말했어요. 그런 다음 우리는 자클린을 그녀의 방에 데려다 주었고, 팬숍 씨가 그녀 곁에 있는 동안 저는 바워즈 양을 부르러 갔어요."

코닐리어는 숨차하며 말을 멈추었다.

"그게 몇 시쯤인가요?"

레이스가 물었다.

"어, 전 잘 모르겠어요."

팬숍이 재빨리 대신 대답했다.

"12시 20분경이었을 겁니다. 제가 그 모든 일을 마치고 제 방에 들어갔을 때 12시 30분이었으니까요."

"이제 한두 가지 사항을 분명히 해 둡시다. 마담 도일이 전망실을 나간 뒤 당신들 넷 중 누군가 밖에 나갔다 온 사람이 있습니까?"

"아뇨."

"마드무아젤 드 벨포르가 한순간도 전망실을 떠나지 않은 게 분명한가요?"

팬숍이 재빨리 대답했다.

"그렇습니다. 도일 씨도, 드 벨포르 양도, 롭슨 양도, 저도 전망실을 나가지 않았습니다."

"좋습니다. 그렇다면 마드무아젤 드 벨포르는 마담 도일을 쏠 수 없었겠군요. 12시 20분 이전까지는 말입니다. 이제 마드무아젤 롭슨, 당신은 바워즈 양을 부르러 갔습니다. 그동안 드 벨포르 양은 선실에 혼자 있었나요?"

"아니에요, 팬숍 씨가 그녀와 함께 있었어요."

"좋습니다! 이제까지의 진술로 미루어, 마드무아젤 드 벨포르는 완벽한 알리바이를 갖고 있습니다. 다음 면담자인 마드무아젤 바워즈를 부르기 전에 한두 가지 사항에 대해서 당신의 의견을 듣고 싶습니다. 당신은 무슈 도일이 마드무아젤 드 벨포르를 혼자 내버려 두어서는 안 된다고 무척 걱정했다고 말했지요. 당신 생각에는 그녀가 더 무모한 행동을 할까 봐 그가 걱정한 것 같습니까?"

"제 생각은 그렇습니다."

팬숍이 대답했다.

"그가 결정적으로 두려워한 건 그녀가 마담 도일을 해치지 않을까 하는 거였겠지요?"

팬숍이 고개를 저었다.

"아니요. 제 생각엔 그런 생각은 전혀 하지 않았던 것 같습니다. 그가 두려워한 건 그녀가, 그러니까 자해를 하지 않을까 하는 거였습니다."

"자살 말입니까?"

"예, 알다시피 그녀는 자신이 저지른 행동에 크게 충격을 받고 흐느꼈습니다. 자책에 빠져 있었죠. 죽는 편이 낫다고 줄곧 중얼거렸답니다."

코닐리어가 수줍게 끼어들었다.

"제 생각에 그는 그녀에게 좀 화가 나 있었던 것 같아요. 하지만 아주 신사답게 말하더군요. 모든 게 자기 잘못이라고요. 자신이 그녀에게 몹쓸 짓을 했다고요. 그는 정말이지 무척 훌륭했어요."

에르퀼 푸아로는 생각에 잠긴 채 고개를 끄덕였다.

"이제 권총에 대해 묻겠습니다. 권총은 어떻게 된 겁니까?"

"그녀가 그걸 바닥에 떨어뜨렸어요."

코닐리어가 대답했다.

"그 다음에는요?"

팬숍은 자신이 그것을 찾으러 돌아갔지만 그 자리에 없었다고 설명했다.

"아하! 이제 슬슬 문제의 핵심으로 들어갈 수 있겠군요. 부탁이니, 분명하게 알려 주십시오. 무슨 일이 일어났는지 정확하게 설명해 주십시오."

"드 벨포르 양이 총을 쏜 후 권총을 떨어뜨렸습니다. 그런 다음 발로 걷어차더군요."

팬숍의 말에 코닐리어가 덧붙여 설명했다.

"그녀는 그걸 끔찍하게 느끼는 것 같았어요. 저는 그녀의 심정을 이해할 수 있어요."

"그래서 권총이 소파 밑으로 굴러 들어갔군요? 자, 집중해 주십시오. 마드무아젤 드 벨포르가 전망실을 나가기 전 그 권총을 줍지 않았나요?"

팬숍과 코닐리어 둘 다 아니라고 대답했다.

"프레시제망.(분명히 말해 봅시다.) 이해하시겠지만 난 정확하게 알고 싶습니다. 그러면 이제 정리해 봅시다. 마드무아젤 드 벨포르가 전망실에서 나갈 때, 그 권총은 소파 밑에 있었고, 그 후 마드무아젤 드 벨포르는 혼자 있었던 적이 없습니다. 무슈 팬숍, 마드무아젤 롭슨, 마드무아젤 바워즈가 그녀와 함께 있었지요. 그녀는 전망실을 나간 후 권총을 가지러 돌아올 기회가 없었습니다. 그렇다면, 팬숍 씨, 당신이 그 권총을 찾으러 돌아간 때가 언제였나요?"

"12시 30분이 되기 직전이었을 겁니다."

"그러면 당신과 베스너 박사님이 무슈 도일을 선실로 옮긴 때와 당신이 권총을 찾으러 전망실로 돌아갔을 때까지는 얼마간의 시간차가 있었나요?"

"아마 5분, 어쩌면 좀 더 걸렸을지도 모르겠습니다."

"그렇다면 그 5분 사이에 누군가가 소파 밑으로 들어가 보이지 않는 권총을 집어간 겁니다. 마드무아젤 드 벨포르가 아니라면 누구일까요? 권총을 가져간 사람이 마담 도일의 살해범일 가능성이 높습니다. 또한 그 사람은 직전에 일어난 사건을 우연히 들었거나 목격했을 겁니다."

"왜 그런 결론을 내리셨는지 모르겠군요."

팬숍이 반박했다.

"왜냐하면 당신 말에 따르면 그 권총은 소파 밑으로 굴러들어가 보이지 않았기 때문입니다. 그러므로 우연히 그것을 발견한다는 건 거의 가능성이 없는 일입니다. 그것이 그곳에 있다는 사실을 아는 누군가가 권총을 가져간 겁니다. 그러므로 그 누군가는 그 장면을 목격했겠지요."

팬숍은 고개를 저었다.

"총격이 일어나기 직전 저는 갑판에 나와 있었는데 아무도 보지 못했습니다."

"아, 하지만 당신은 우현 쪽 문으로 나갔지요."

"예, 제 선실이 있는 쪽으로요."

"그렇다면 항구 쪽 문에서 누군가가 유리창 너머로 들여다보고 있었다 해도, 당신은 눈치 채지 못하지 않았겠습니까?"

"그렇군요."

팬숍이 시인했다.

"그 누비아 족 승무원 외에 총소리를 들은 사람은 없습니까?"

"제가 아는 한 없습니다. 이곳 창문들은 모두 닫혀 있었습니다. 어제 오후 밴 슈일러 여사가 외풍이 들어온다고 했거든요. 회전문들도 닫혀 있었지요. 총소리는 분명하게 들리지 않았을 겁니다. 그저 콜라병 마개를 따는 소리 같았겠지요."

레이스가 말했다.

“내가 아는 한 아무도 또 다른 총소리, 그러니까 도일 부인을 쏜 문제의 총소리를 듣지 못한 것 같네.”

“그 점은 조사해 보면 알게 되겠지. 지금은 마드무아젤 드 벨포르의 문제를 다뤄 보세. 마드무아젤 바워즈와 이야기를 나눠 봐야겠군. 하지만 방을 나가기 전에 말입니다.”

푸아로는 팬숍과 코닐리어를 잡는 시늉을 했다.

“자신에 대한 정보를 좀 주시지요. 그러면 나중에 다시 오실 필요가 없을 테니까요. 먼저 하시지요, 무슈, 성명을 말해 주십시오.”

“제임스 리치데일 팬숍입니다.”

“주소는요?”

“노샘프턴셔, 마켓 도닝튼, 글래스모어 하우스 입니다.”

“직업은요?”

“변호사입니다.”

“이 나라를 방문한 이유는요?”

그는 잠시 말이 없었다. 침착한 팬숍이 처음으로 흠칫 놀라는 것 같았다. 이윽고 그가 우물거리며 대답했다.

“어, 놀러 왔습니다.”

“아하! 휴가를 내셨군요, 그렇지요, 예?”

“어, 그렇습니다.”

“아주 좋습니다, 무슈 팬숍. 조금 전 우리가 이야기했던 사건 이후 어젯밤 무엇을 했는지 간단히 말해 주시겠습니까?”

“곧장 잠자리에 들었습니다.”

"그 시각이……?"

"12시 30분이 막 지났을 겁니다."

"당신 선실은 우현 쪽에 있는 22호실이죠. 전망실에서 가장 가까운 방 아닌가요?"

"그렇습니다."

"한 가지만 더 묻겠습니다. 선실로 돌아간 후 어떤 소리를 듣지 못했나요?"

팬숍은 생각에 잠겼다.

"이내 잠이 들었습니다. 막 잠이 들려는 순간, 첨벙하는 물소리가 들렸던 것 같습니다. 그 외엔 전혀 없습니다."

"첨벙하는 물소리를 들었다고요? 가까운 데서 들리는 소리였습니까?"

팬숍은 고개를 내저었다.

"정말이지 분명히 말할 수가 없습니다. 그때 전 반쯤 잠이 든 상태였거든요."

"그러면 그게 몇 시쯤이었을까요?"

"1시경이었던 것 같습니다. 분명치는 않습니다."

"고맙습니다, 무슈 팬숍. 이제 끝났습니다."

푸아로는 코닐리어에게 시선을 돌렸다.

"그럼 이제 마드무아젤 롭슨? 성명은요?"

"코닐리어 루스예요. 주소는 미국 코네티컷 주 벨필드 레드 하우스고요."

"이집트엔 어떻게 오시게 되었나요?"

"메리 아주머니, 그러니까 밴 슈일러 여사가 저를 여행에 데리고 오셨어요."

"이 여행 이전에 마담 도일을 만나 본 적이 있습니까?"

"아뇨, 전혀 없어요."

"어젯밤엔 뭘 했나요?"

"도일 씨의 다리를 치료하는 베스너 박사님을 도운 다음 곧장 잠자리에 들었어요."

"당신 선실은……?"

"항구 쪽 41호실이에요. 드 벨포르 양의 옆방이지요."

"무슨 소리를 못 들었습니까?"

코닐리어는 고개를 저었다.

"아무 소리도 못 들었어요."

"첨벙하는 물소리도 못 들었습니까?"

"예, 하지만 제 선실은 제방 쪽이기 때문에 소리가 났더라도 듣지 못했을 거예요."

푸아로가 고개를 끄덕였다.

"고맙습니다, 마드무아젤 롭슨. 이제 마드무아젤 바워즈에게 이리로 와 달라고 해 주시겠습니까?"

팬숍과 코닐리어가 방을 나갔다.

"이제 충분히 명확해진 것 같군. 세 명의 증인 모두가 거짓말을 하고 있는 게 아니라면, 자클린 드 벨포르는 그 권총을 손에 넣을 수 없었네. 누군가 다른 사람이 그걸 손에 넣은 거야. 누군가 그 장면을 엿들었네. 그리고 그 누군가는 정말 바보스럽게도 벽에다 커다랗게 J라고 써 놓은 거라네."

그때 문을 두드리는 소리가 나고 바워즈가 들어왔다. 그 간호사는 여느 때처럼 침착하고 유능한 태도로 자리에 앉았다. 푸아로의 질문에 그녀는 이름과 주소, 그리고 직업을 밝히고는 이렇게 덧붙였다.

"최근 2년여 동안 밴 슈일러 여사를 돌보고 있어요."

"마드무아젤 밴 슈일러의 건강이 심각하게 나쁜가요?"

"이런, 아뇨, 그렇진 않답니다. 여사는 이제 늙었고, 자신의 건강에 신경이 곤두서 있어서, 간호사가 주위에 대기해 있는 걸 좋아하지요. 많은 관심을 받는 것을 좋아하고, 그것을 위해 기꺼이 돈을 치를 채비가 되어 있답니다."

푸아로가 알겠다는 듯 고개를 끄덕이고는 말했다.

"어젯밤 마드무아젤 롭슨이 당신을 부르러 갔다더군요?"

"이런, 예, 그렇습니다."

"무슨 일이 일어났는지 정확히 말해 주시겠습니까?"

"음, 롭슨 양이 무슨 일이 일어났는지 간단하게 설명해 주었고, 저는 그녀와 함께 갔어요. 드 벨포르 양은 몹시 흥분된 상태, 히스테리 상태더군요."

"그녀가 마담 도일에 대한 협박 같은 걸 하던가요?"

"아뇨, 그런 말은 전혀 하지 않았어요. 그녀는 지독한 자기 비난

상태에 빠져 있더군요. 술을 아주 많이 마신 것 같았고, 그 숙취로 괴로워하고 있었어요. 그녀를 혼자 있게 해서는 안 되겠다고 생각했지요. 그래서 모르핀 주사를 한 대 놓고 옆에 앉아 있었어요."

"이제, 마드무아젤 바워즈, 대답해 주십시오. 마드무아젤 드 벨포르가 그녀의 선실에서 나간 적이 있었나요?"

"아뇨, 그녀는 나가지 않았어요."

"그럼 당신은요?"

"저는 오늘 새벽까지 그녀 곁에 있었습니다."

"분명하겠죠."

"분명합니다."

"감사합니다, 마드무아젤 바워즈."

간호사가 방을 나갔다. 두 사내는 서로의 얼굴을 마주 보았다.

자클린 드 벨포르의 혐의는 완전히 풀렸다. 그렇다면 누가 리넷 도일을 쏘았단 말인가?

제13장

레이스가 말했다.

"누군가가 그 권총을 집어갔네. 자클린 드 벨포르는 아닐세. 누군가가 자클린에게 혐의가 가도록 한 거겠지. 하지만 그 누군가는 간호사가 자클린에게 모르핀 주사를 놓고 그녀 곁에 밤새도록 앉아 있었다는 건 알지 못했네. 한 가지 더 말하지. 그 누군가는 이미 절벽에서 바위를 굴러 떨어뜨려 리넷 도일을 죽이려고 시도한 적이 있네. 그 사람은 자클린 드 벨포르가 아니었네. 그렇다면 그 사람은 누구일까?"

푸아로가 말했다.

"그런 일이 불가능했던 사람이 누군지 말하는 것이 더 간단하겠는걸. 무슈 도일, 앨러턴 부인, 팀 앨러턴, 마드무아젤 밴 슈일러, 마드무아젤 바워즈는 그 사건과 아무 관계가 없네. 당시 그들은 모두 내가 볼 수 있는 곳에 있었거든."

"음, 그렇다면 남는 사람의 범위가 상당히 넓은걸. 동기에 대해선 어떤가?"

"그 점에 대해 무슈 도일이 우리를 도와줄 수 있었으면 좋겠군. 몇 건의 사고가 있었으니까……."

문이 열리고 자클린 드 벨포르가 들어왔다. 그녀는 무척 창백했고 약간 비틀거리며 걷고 있었다.

"전 그러지 않았어요."

그녀의 목소리는 겁에 질린 어린 아이 같았다.

"전 하지 않았어요. 오, 제발 제 말을 믿어 주세요. 모두들 제가 그 짓을 저질렀다고 생각할 거예요. 하지만 전 그러지 않았어요. 그러지 않았다고요. 그건, 그건 끔찍한 일이에요. 그런 일이 일어나는 걸 원한 게 아니에요. 어젯밤 전 하마터면 사이먼을 죽일 뻔했지요. 정신이 나갔던 것 같아요. 하지만 다른 건 하지 않았어요……."

그녀는 의자에 주저앉아 울음을 터뜨렸다.

푸아로가 그녀의 어깨를 토닥여 주었다.

"자, 자. 우린 당신이 마담 도일을 죽이지 않았다는 사실을 알아요. 그 사실은 입증되었습니다. 그래요, 입증되었어요. 그건 당신이 한 짓이 아니에요."

자클린은 젖은 손수건을 구겨 쥔 채 갑자기 몸을 바로 세웠다.

"그렇다면 누가 그런 걸까요?"

"바로 그게 우리가 묻고 싶은 겁니다. 당신이 우리를 좀 도와줄 수 없겠습니까, 아가씨?"

자클린이 고개를 내저었다.

"모르겠어요. 상상조차 할 수 없어요. 그래요, 전 정말 전혀 알 수가 없어요."

그녀는 얼굴을 잔뜩 찌푸렸다가는 이윽고 말했다.

"그래요. 리넷이 죽기를 바란 사람이 있을 것 같진 않아요."

자클린은 약간 멈칫했다가 말을 이었다.

"저를 제외하고는 말이에요."

"잠깐 실례하겠습니다. 한 가지 떠오른 일이 있어서요."

레이스가 이렇게 말하고는 서둘러 방을 나갔다.

자클린 드 벨포르는 신경질적으로 손가락을 비틀면서 고개를 내려뜨린 채 앉아 있다가 갑자기 말했다.

"죽음은 무서워요. 무시무시해요! 전, 전 생각하기도 싫어요."

푸아로가 말했다.

"그래요. 그런 생각은 유쾌하지 않죠. 더군다나 누군가가 자신의 계획이 성공적으로 달성된 것을 즐기고 있는 지금 같은 때는 말입니다."

"그만, 그만 하세요! 그런 식으로 말씀하시니까 무시무시해요."

푸아로가 어깨를 으쓱해 보였다.

"사실입니다."

자클린이 나지막한 목소리로 말했다.

"전, 전 그 애가 죽기를 바랐어요. 그런데 정말 그 애가 죽었어요.

더 지독한 건…… 그 애가…… 바로 제가 말한 방식으로 죽었다는 거예요."

"그래요, 마드무아젤. 그녀는 머리에 총을 맞았습니다."

그녀가 소리쳤다.

"그렇다면 그날 밤 카타렉트 호텔에서 제 느낌이 맞았군요. 누군가가 제 이야기를 엿듣고 있었던 거예요!"

푸아로가 고개를 끄덕였다.

"아! 나도 당신이 그 일을 기억하고 있는지 궁금했답니다. 그래요, 이 모든 게 우연이라기엔 너무 지나치지요. 마담 도일은 당신이 묘사한 그대로 살해당했으니 말입니다."

자클린이 부르르 몸을 떨었다.

"그날 밤 그 남자는 누구였을까요?"

푸아로는 잠깐 뜸을 들였다가 좀 달라진 어조로 물었다.

"당신은 그가 남자였을 거라고 생각합니까, 마드무아젤?"

자클린이 놀라서 그를 바라보았다.

"예, 물론이죠. 적어도……."

"말씀하세요, 마드무아젤."

그녀는 기억을 되살리려는 듯 두 눈을 반쯤 감으며 미간을 찌푸렸다가는 천천히 말했다.

"그때 저는 그 사람이 남자라고 생각했어요……."

"하지만 지금은 그렇게 확신할 수 없죠?"

자클린이 천천히 대답했다.

“맞는 말씀이에요, 확신하지 못하겠어요. 전 그때 남자일 거라고 생각했어요. 하지만 사실은 그저 하나의 형체, 하나의 그림자가 어른거렸을 뿐이에요…….”

그녀는 잠시 말을 멈추었다. 푸아로가 아무 말도 하지 않자 이렇게 물었다.

“선생님은 그 사람이 여자였을 거라고 생각하세요? 하지만 이 배에 탄 여자들 중 리넷을 죽이고 싶어 할 사람을 없을 텐데요?”

푸아로는 그저 고개를 저을 뿐이었다.

문이 열리고 베스너가 모습을 나타냈다.

“오셔서 도일 씨와 이야기를 나누시겠습니까, 무슈 푸아로? 그가 당신을 만나고 싶어 합니다.”

순간 자클린이 튕겨지듯 자리에서 일어서더니 베스너의 팔에 매달렸다.

“사이먼은 어떤가요? 괜찮은가요?”

“당연히 괜찮지 못하죠. 뼈가 부러졌습니다.”

베스너가 퉁명스럽게 대답했다.

“하지만 죽는 건 아니죠?”

자클린이 소리쳤다.

“이런, 누가 죽는다고 했나요? 도시로 데려가 엑스선 촬영을 하고 적절한 치료를 할 겁니다.”

“오!”

처녀의 두 손이 부르르 떨리며 힘이 들어갔다. 그녀는 의자에 다시 주저앉았다.

푸아로가 의사와 함께 갑판으로 나가자, 레이스가 다가왔다. 그들은 갑판을 따라 베스너의 선실로 갔다.

사이먼 도일은 다리에 임시 부목을 댄 채 베개와 쿠션을 받치고 누워 있었다. 그의 얼굴은 유령처럼 창백했고 충격으로 인한 격심한 고통이 드러나 있었다. 하지만 무엇보다도 거기에는 어린아이가 무엇엔가 질린 듯한 얼떨떨한 표정이 떠올라 있었다.

그가 나직하게 말했다.

"어서 오십시오. 박사님께 들었습니다. 리넷 일을 제게 말해 주시더군요……. 믿어지지 않습니다. 그게 사실이라는 게 도저히 믿어지지 않아요."

"압니다. 지독한 충격일 겁니다."

레이스가 말했다.

사이먼이 더듬거리며 말했다.

"아시다시피 재키가 한 게 아닙니다. 저는 재키가 그러지 않았다고 확신합니다! 상황이 재키에게 불리해 보이겠지만, 단언하는데 재키가 그런 게 아닙니다. 재키는 어젯밤 조금 취했고 크게 흥분했지요. 그래서 절 공격한 겁니다. 하지만 재키는 살인을 하지는 않았어요……. 그런 잔인한 살인을 하지는 않았다고요……."

푸아로가 부드럽게 말했다.

"자신을 괴롭히지 마십시오, 무슈 도일. 당신 부인을 쏜 사람은 마드무아젤 드 벨포르가 아닙니다."

사이먼이 믿어지지 않는 듯 그를 바라보았다.

"정말입니까?"

"마드무아젤 드 벨포르 외에……."

푸아로는 말을 계속했다.

"그런 일을 할 만한 사람이 있습니까?"

사이먼이 고개를 내저었다. 당혹해하는 표정이 더욱 뚜렷해졌다.

"말도 안 됩니다. 있을 수 없어요. 재키 외에 아내가 죽기를 바랄 사람은 아무도 없을 겁니다."

"잘 생각해 보십시오, 무슈 도일. 부인에게 적이 없었습니까? 부인에게 원한을 품고 있는 사람이 없을까요?"

사이먼은 이번에도 속수무책이라는 듯 손짓을 하며 고개를 내저었다.

"정말이지 있을 법하지 않은 얘깁니다. 물론 윈들섬이 있습니다. 저와 결혼하는 바람에 리넷은 그를 배신한 셈이 되었죠. 하지만 윈들섬처럼 예의바른 멍청이가 살인을 저지른다고는 생각할 수 없습니다. 그리고 어쨌든 그는 먼 곳에 있지요. 조지 워드 경이라는 노인도 마찬가지입니다. 그는 리넷이 그 저택을 사들인 것에 대해 원한을 갖고 있었습니다. 리넷이 그 저택을 함부로 다룬다고 마땅치 않게 여겼어요. 하지만 그 사람은 멀리 떨어진 런던에 있으므로, 어쨌든 어떤 식으로든 살인과 연관짓는다는 것은 말도 안 될 겁니다."

"제 말 좀 들어 보십시오, 무슈 도일."

푸아로가 아주 간곡하게 말했다.

"우리가 카르나크 호에 탄 첫날, 저는 부인과 짧은 대화를 나눈 다음 특별한 느낌을 받았습니다. 부인은 무척 신경이 곤두서 있었습니다. 마음이 무척 산란하신 것 같더군요. 그리고 이 점이 중요한데요, 부인이 말하길, 모든 이들이 자신을 증오하고 있는 것 같다더군요. 부인은 자신의 안전에 대해 불안을 느끼고 있었습니다. 마치 적들로 둘러싸인 것처럼 말입니다."

"재키가 배에 탄 것을 보고 아내는 상당히 신경이 날카로워져 있었습니다. 저도 그랬고요."

"그건 사실입니다만, 꼭 그래서만은 아니었던 것 같습니다. 자신이 적에 둘러싸여 있다고 한 부인의 말은 분명 과장이겠지만, 어쨌든 한 사람 이상을 지칭하고 있었습니다."

"선생님 말씀이 옳을지도 모릅니다."

사이먼이 인정했다.

"그 이유를 설명할 수 있을 것 같습니다. 탑승객 명단 중에서 아내의 신경을 곤두서게 한 이름이 있었답니다."

"탑승객 명단 중의 이름이라니? 누구 이름 말입니까?"

"음, 아내는 제게 그 이름을 말하지는 않았습니다. 사실 저는 그다지 주의를 기울여 듣지 않았지요. 저는 자클린 일에 정신을 빼앗기고 있었거든요. 제 기억에 따르면, 리넷은 사업상 사람들을 파산하게 만드는 일에 대해 이야기했고, 자신의 가문에 적의를 갖고 있는 사람을 만나는 건 불쾌한 일이라고 했던 것 같습니다. 저는 그 집안의 역사에 대해 전혀 아는 바 없지만, 듣기로는 장모님께서는 백만장자의 딸이셨다더군요. 또한 장인어른께서는 보통 부자에 지나지 않았지만, 결혼 후 이익을 남기기 위해 파렴치한 행동도 불사하셨다더군요. 그 일로 큰 화를 입은 사람들이 있었겠지요. 아시다시피 아무리 부자라도 망하는 건 하루아침이니까요. 그런데 제가 듣기로는 장인어른과 맞서다가 큰 손해를 본 사람의 자식이 이 배에 타고 있는 것 같았습니다. 리넷이 이렇게 말하던 것이 기억나는군요. '상대를 알지도 못하면서 증오하다니 무서운 일이야.'"

푸아로가 생각에 잠긴 채 말했다.

"그랬군요. 그 말을 들으니 부인이 내게 왜 그런 말을 했는지 이해가 가는군요. 부인은 평생 처음으로 자신의 유산이 짐이라는 것, 그것의 약점을 깨달았던 겁니다. 그런데 무슈 도일, 부인이 분명히 그 사람의 이름을 말하지 않았나요?"

사이먼은 애석하다는 듯이 고개를 끄덕였다.

"저는 사실 그 말에 별로 주의를 기울이지 않았습니다. 그저 이렇게만 대답했지요. '아, 요즘 누가 아버지 대에 일어난 일에 신경을 쓰겠어, 그런 사람은 없어. 그러기에는 삶의 속도가 너무 빠르잖아.' 그런 종류의 말이었지요."

베스너가 건조하게 말했다.

"이런, 짐작할 수 있을 것 같습니다. 이 배에는 원한에 찬 젊은이가 하나 있습니다."

"퍼거슨 말입니까?"

푸아로가 물었다.

"그래요. 그가 한두 번 도일 부인에 대한 험담을 하더군요. 내가 직접 들었습니다."

"사실을 알아내기 위해 우리가 취할 수 있는 조치에는 어떤 게 있습니까?"

사이먼이 물었다.

"레이스 대령과 나는 모든 승객들과 면담을 할 예정입니다. 사람들의 이야기를 들어 보지도 않고 추측하는 건 현명하지 못합니다. 그리고 도일 부인의 하녀가 있지요. 제일 먼저 그녀를 만나 봐야 합니다. 여기서 하면 좋겠군요. 무슈 도일이 함께 있는 게 도움이 될 테니까요."

사이먼이 말했다.

"예, 좋은 생각입니다."

"그녀가 도일 부인의 시중을 든 지 오래되었나요?"

"2개월밖에 안 되었습니다."

푸아로가 외쳤다.

"겨우 2개월이라니!"

"이런, 당신은 설마……."

"마담에게 값진 보석 같은 게 있었나요?"

"진주 목걸이가 있습니다. 아내는 그것이 사오 만 파운드쯤 나간다고 했습니다."

그는 부르르 몸을 떨었다.

"맙소사, 그럼 그 빌어먹을 진주 때문에……."

"도둑질도 동기가 될 수 있습니다. 그럴 것 같지는 않지만요…….
음, 곧 알게 되겠지요. 하녀를 부릅시다."

루이즈 버젯은 푸아로가 어느 날 눈여겨 본 적이 있는 활력 있고 가무잡잡한 라틴계 여자였다.

지금 그녀는 전혀 활력에 찬 모습이 아니었다. 소리 내어 울고 있었고 겁에 질린 것 같았다. 하지만 얼굴에 날카로운 교활함 같은 것이 드러나 있어 왠지 호감이 가지 않았다.

"당신이 루이즈 버젯인가요?"

"예, 무슈."

"마담 도일이 살아 있는 모습을 마지막으로 본 게 언제였나요?"

"어젯밤이었어요, 무슈. 마님의 선실에서 기다리고 있다가 옷 갈아입으시는 걸 도왔어요."

"그때가 몇 시였나요?"

"11시가 조금 지나서였어요, 무슈. 정확한 시간은 모르겠고, 저는 마담께서 옷을 갈아입는 걸 돕고 잠자리에 드시게 한 다음에 방을 나왔어요."

"그 일에 모두 얼마나 걸렸나요?"

"10분이요, 무슈. 마담께서는 피곤하신 것 같았어요. 방에서 나갈 때 불을 꺼 달라고 제게 말씀하셨지요."

"그 방에서 나온 다음 당신은 무엇을 했나요?"

"제 선실로 돌아갔어요, 무슈, 하갑판에 있는 방으로요."

"그럼 우리에게 도움이 될 만한 것을 보거나 들은 건 없나요?"

"제가 어떻게요, 무슈?"

"마드무아젤, 그건 우리가 당신에게 물어야 할 질문이라오."

에르퀼 푸아로가 대답했다.

그녀는 곁눈으로 그를 슬쩍 쳐다보았다.

"하지만 무슈, 저는 근처에 있지 않았어요……. 제가 어떻게 뭔가 보거나 들을 수 있었겠어요? 전 하갑판에 있었어요. 제 방은 배의 다른 쪽에 있어요. 무슨 소리를 듣기란 불가능하죠. 물론 제가 잠이 오지 않아서 층계를 올라갔었다면, 그 살인범, 그 괴물이 마담의 방으로 들어가거나 나오는 것을 볼 수 있었을지도 모르지만 실제로는……."

그녀는 사이먼에게 호소하듯 두 손을 내밀었다.

"무슈, 부탁입니다. 나리는 어떻게 된 건지 아시잖아요? 제가 무슨 말을 할 수 있겠어요?"

사이먼이 엄하게 말했다.

"이런, 루이즈, 어리석게 굴지 마. 네가 무엇인가 보거나 들었다고 생각하는 사람은 아무도 없어 넌 괜찮을 거야. 내가 돌봐줄 테니까. 아무도 너를 비난하거나 하지 않아."

"무슈는 정말 좋은 분이세요."

루이즈는 이렇게 중얼거리고는 공손하게 눈을 내리깔았다.

"그렇다면 당신은 아무것도 보지도 듣지도 못했단 말입니까?"

레이스가 초조하게 물었다.

"바로 그렇답니다, 무슈."

"도일 부인에게 원한을 품은 사람이 없다고 생각하나요?"

듣고 있던 이들이 놀랄 정도로 루이즈는 세차게 고개를 저었다.

"오, 아니에요. 그건 알아요. 그 질문에는 대답할 수 있어요. 그래요, 제대로 대답할 수 있다고요."

푸아로가 물었다.

"그건 마드무아젤 드 벨포르를 두고 하는 말인가요?"

"그분도 물론 그래요. 하지만 꼭 그분을 두고 하는 말은 아니에요. 이 배에는 마담을 좋아하지 않는 사람이 또 있어요. 그 사람은 마담이 자신에게 상처를 준 것 때문에 몹시 화가 나 있어요."

"맙소사! 그게 전부 무슨 소리지?"

사이먼이 소리쳤다.

루이즈는 그녀 특유의 기운찬 태도로 열정적으로 고개를 끄덕이며 말을 이었다.

"그래요, 맞아요, 그렇다고요, 바로 그렇다니까요! 이건 마담의 이전 하녀와 관계된 일이에요. 제 전임자 말이에요. 이 배의 기관사 중의 하나가 그녀와 결혼하고 싶어 했어요. 그리고 제 전임자, 그 여자 이름은 메리인데요, 메리도 그럴 생각이었는데 마담 도일이 조사해 본 결과, 플릿우드라는 그 사내에겐 이미 아내, 이곳의 원주민 아내가 있었어요. 그 여자는 자기 부족에게 돌아갔지만, 어쨌든 여전히 그와 결혼한 상태였어요. 마담이 이 모든 걸 메리에게 이야기하자, 그녀는 몹시 슬퍼하면서 더 이상 플릿우드를 만나려 들지 않았어요. 그래서 그 플릿우드라는 사내는 격노했고, 마담 도일이 바로 마드무아젤 리넷 리지웨이였다는 사실을 알고는 그녀를 죽이고 싶다고 하더군요. 마님이 끼어들어 자신의 인생을 망쳤다면서요."

루이즈는 의기양양한 태도로 말을 멈추었다.

"흥미로운 얘기군요."

레이스가 말했다.

푸아로가 사이먼을 돌아보았다.

"이 일에 대해 아시는 바 있습니까?"

사이먼은 특유의 진심이 느껴지는 어조로 대답했다.

"전혀 없습니다. 그 남자가 이 배에 타고 있다는 사실을 리넷이 과연 알고 있었을지 의문입니다. 아내는 아마 그 사건에 대해서는 까맣게 잊어버렸을 겁니다."

그런 다음 그는 하녀에게 날카로운 시선을 돌렸다.

"이 일에 대해 네가 마님에게 뭔가 이야기를 했니?"

"아뇨, 무슈. 물론 하지 않았어요."

푸아로가 물었다.

"마님의 진주 목걸이에 대해 알고 있는 게 없나요?"

루이즈의 두 눈이 휘둥그레졌다.

"진주 목걸이요? 어젯밤 마님이 걸고 계셨는데요."

"도일 부인이 잠자리에 들 때 당신은 그 목걸이를 보았나요?"

"예, 무슈."

"도일 부인이 그걸 어디다 놓아두던가요?"

"언제나처럼 협탁에 두셨어요."

"당신이 마지막으로 보았을 때 그 목걸이는 거기 있었나요?"

"예, 선생님."

"오늘 아침에도 거기서 보았나요?"

여자의 얼굴에 깜짝 놀란 듯한 표정이 떠올랐다.

"몽 디외!(맙소사!) 전 그쪽을 쳐다보지도 않았어요. 침대 쪽으로 가서, 그러니까 마담을 보고는 비명을 지르면서 문 밖으로 뛰쳐나간 다음 기절했어요."

에르퀼 푸아로가 고개를 끄덕였다.

"당신은 그쪽을 쳐다보지 않았군요. 하지만 나는 보았답니다. 오늘 아침 침대 옆 탁자 위에는 진주 목걸이가 없었습니다."

제14장

에르퀼 푸아로의 관찰은 틀리지 않았다. 리넷 도일의 침대 곁 탁자 위에는 진주 목걸이가 없었다.

루이즈 버젯에게 리넷의 소지품 중에 진주 목걸이가 있는지 찾아보게 했다. 그녀의 말에 따르면, 모든 것이 제자리에 있는데 진주 목걸이만 사라지고 없다는 것이었다.

그들이 선실을 나오자, 승무원 하나가 그들을 기다리고 있다가 흡연실에 아침 식사가 준비되어 있다고 알려 주었다.

갑판을 따라 걷던 푸아로는 잠깐 걸음을 멈추고 난간 너머를 바라보았다. 그가 말했다.

"아하! 자네에게 무슨 생각이 있는 모양이군, 친구."

"사실 그렇다네. 팬숍이 첨벙하는 물소리를 들었다고 했을 때, 나 역시 어젯밤 어느 땐가 첨벙하는 소리에 잠이 깼다는 생각이 떠올랐네. 살인을 저지른 후 범인이 그 권총을 강에 던져 버렸을 가능성이 충분하지 않은가."

레이스 대령의 말에 푸아로가 느릿느릿 말했다.

"음, 정말 그럴 수 있을 거라고 생각하나, 친구?"

레이스가 어깨를 으쓱해 보였다.

"그저 하나의 가정일 뿐이네. 어쨌든 그 권총이 선실에 없으니 말일세. 난 제일 먼저 그걸 찾아보았다네."

"어쨌든 그걸 강에 던져 버렸을 것 같지는 않네."

"그렇다면 어디에 있을까?"

푸아로가 생각에 잠긴 채 대답했다.

"마담 도일의 선실에 없다면 논리적으로 그게 있을 수 있는 장소는 오직 한 곳뿐일세."

"거기가 어딘가?"

"마드무아젤 드 벨포르의 선실 안이라네."

레이스 대령이 생각에 잠긴 채 말했다.

"그렇군, 이해가 가네……."

그가 갑자기 걸음을 멈추었다.

"그녀는 지금 자기 방에 없지. 지금 가서 둘러볼까?"

푸아로가 고개를 저었다.

"아닐세, 친구. 그건 조급한 생각이야. 아직 거기에 갖다놓지 않았을 수도 있다네."

"지금 당장 배 전체를 수색하는 게 어떨까?"

"그렇게 하면 우리의 속내를 드러낼 수밖에 없질 않겠나. 우리는 아주 조심스럽게 일해야 해. 지금 우리의 입장은 아주 미묘하다네. 식사부터 하면서 상황을 의논하기로 하세."

레이스가 동의했다. 그들은 흡연실로 들어갔다.

레이스는 자신의 잔에 커피를 따르면서 말했다.

"음, 우리에겐 두 가지 실마리가 있네. 진주 목걸이가 사라졌다는 것, 그리고 플릿우드라는 사내. 진주 목걸이는 도난당한 것 같네. 하지만 자네가 내 말에 동의할지 모르겠군……."

푸아로가 재빨리 말했다.

"하필 이런 때를 택했다는 게 이상하지 않나?"

"바로 그렇다네. 바로 그런 순간에 진주 목걸이를 훔친다는 건 모든 이들의 주목을 받는 일이지. 그런데 도둑은 자신의 전리품을 어떻게 처리했을까?"

"강가로 가서 두고 왔겠지."

"제방에는 늘 경비원이 있어."

"그렇다면 그럴 수 없겠군. 혹시 그 도둑질에 대한 관심을 돌리기 위해 살인을 저지른 건 아닐까? 아니, 그건 이치에 맞지 않아. 정말이지 그럴 법하지 않아. 하지만 도둑이 목걸이를 훔치고 있는데 마담 도일이 깨어나 그 장면을 목격했다면?"

"그래서 그녀를 쏘았단 말인가? 하지만 그녀는 자고 있는 동안 총에 맞았다고 했잖아."

"그렇다면 그 역시 말이 되지 않는군……. 그 진주 목걸이에 대해

선 내게 사소한 생각이 하나 있어. 하지만 아직은 말할 수 없네. 만약 내 생각이 옳다면, 그 목걸이는 사라지지 않았을 걸세. 그런데 자네는 그 하녀를 어떻게 생각하나?"

레이스가 천천히 말했다.

"내 생각에 그녀는 자신이 알고 있는 걸 우리에게 다 말하지 않은 것 같아."

"아, 자네 역시 그런 느낌을 받았군."

"정직한 여자는 분명 아닐 거야."

레이스가 말했다.

에르퀼 푸아로는 고개를 끄덕였다.

"맞아, 그 여자는 믿을 수가 없네."

"자네 생각엔 그녀가 살인 사건과 관계가 있는 것 같나?"

"아니, 그렇다고 할 순 없네."

"그 목걸이의 도난에 대해서도 그럴까?"

"그 편은 가능성이 있지. 그녀는 마담 도일 밑에서 일한 지 얼마 되지 않네. 어쩌면 보석 절도를 전문으로 하는 갱단의 일원일 수도 있어. 그런 경우 탁월한 추천서를 가진 하녀가 등장하는 경우가 종종 있으니까. 불행히도 우리는 그런 정보를 알 수 있는 위치에 있지 않군. 하지만 이 설명은 그다지 만족스럽지 않아……. 그 진주 목걸이는, 이런, 사크레(빌어먹을), 내 사소한 생각이 옳아야 하는데. 하지만 그렇게 어리석은 짓을 할 사람은 없어……."

그가 갑자기 말을 끊었다.

"플릿우드라는 사내에 대해서는 어떻게 생각하나?"

레이스 대령이 물었다.

"그를 만나 질문을 해 봐야겠어. 그러면 해결책이 나올 수도 있지. 만약 루이즈 버젯의 이야기가 사실이라면, 그는 복수라는 결정적인 동기를 가지고 있으니까. 그가 자클린과 무슈 도일 사이의 소동을 엿듣고, 그들이 전망실을 떠났을 때 안으로 들어가 권총을 집었을 수도 있네. 그래, 그건 충분히 가능한 일이야. 그리고 피로 J라는 글자를 써 놓은 것, 그것 역시 단순하고 다소 거친 그의 성정과 어울린다네."

"그가 정말 우리가 찾고 있는 사람일까?"

"그럴 수도 있다네. 다만……."

푸아로는 코를 문지르고는 미간을 살짝 찌푸리며 말했다.

"알다시피, 난 나 자신의 약점을 잘 알고 있네. 나는 어려운 사건을 좋아하지. 자네가 제시한 이 해결책은 너무 단순하고 쉬워. 정말 그런 일이 일어났다고 느껴지지 않는다네. 하지만 이건 나의 선입견에 지나지 않을지도 모르지."

"자, 이쯤에서 그를 만나 보는 게 좋을 것 같군."

벨을 눌러 지시를 내린 다음 레이스가 물었다.

"그 밖에 다른 가능성도 있을까?"

"많지, 친구. 예를 들어 미국인 재산 관리인도 있어."

"페닝턴 말인가?"

"그렇다네, 페닝턴. 며칠 전 여기서 흥미로운 일이 있었지."

그는 레이스에게 문제의 해프닝을 이야기해 주었다.

"그건 의미심장한 일이라네. 마담은 서명하기 전에 서류들을 모두 읽어 보고 싶어 했어. 그러자 그는 다른 날 하자고 하더군. 그런데 그때 사이먼 도일이 아주 중요한 말을 했다네."

"무슨 이야기 말인가?"

"그는 이렇게 말했어. '저는 평생 법적인 서류를 읽어 본 적이 없어요. 사람들이 가리키는 점선 위의 공간에 서명을 할 뿐이죠.' 자네는 이 말이 무슨 뜻인지 알 걸세. 페닝턴도 그 뜻을 알아차렸을 거야. 나는 그의 눈을 보고 그 사실을 알 수 있었어. 그는 머릿속에 새로운 생각이 떠오르기라도 한 것처럼 도일을 바라보더군. 생각해 보게, 친구, 자네가 어떤 돈 많은 사내의 딸 대신 재산을 관리하는 사람이라고 하세. 그 돈을 횡령할 수 있네. 모든 추리 소설에서 그런 일이 등장하곤 하지. 자네도 신문에서 그런 경우를 읽었을 거야. 있을 수 있는 일이라네, 친구. 있을 수 있는 일이지."

"아니라고는 하지 않겠네."

"아마도 그동안은 광범위한 횡령 행위를 벌충할 시간이 있었을 걸세. 피후견인이 아직 성년이 되지 않았으니 말이야. 그런데 그녀가 결혼을 했어! 통제권이 언제라도 그의 손에서 그녀의 손으로 넘어갈 수 있네! 대재난이 아닌가! 하지만 아직 기회가 있네. 그녀는 신혼여행 중이네. 그러니 사업에는 신경을 쓰지 않을 걸세. 다른 서류들 사이에 끼워진 평범한 서류를 읽어 보지도 않은 채 서명하겠지……. 하지만 리넷 도일은 그런 여자가 아니었어. 신혼여행 중이든 아니든 그녀는 사업가였지. 그런데 그 순간 그녀 남편의 한마디 말이 필사적으로 재난에서 벗어날 길을 찾던 그 사내에게 새로운 아이디어를 주었네. 리넷 도일이 죽는다면, 그녀의 재산은 모두 남편에게 넘어가게 될 걸세. 그렇게 되면 일을 처리하기가 훨씬 쉬워지는 거지. 앤드류 페닝턴처럼 노련한 사내에게 사이먼은 어린아이에 지나지 않을 테니 말이야. 몽 세르 콜로넬(친애하는 대령), 단언하는데 나는 앤드류 페닝턴의 머릿속에 그런 생각이 지나가는 것을 보았다네. '만일 내가 다뤄야 하는 사람이 도일이라면…….' 하고 그는 생각했던 거야."

"감히 말하지만 충분히 있을 수 있는 일이군. 하지만 자네에겐 아무런 증거가 없네."

레이스가 건조한 어조로 말했다.

"유감스럽게도 그렇지."

"그리고 퍼거슨이라는 청년이 있지. 그는 상당히 신랄하게 말하는 스타일이더군. 꼭 말로 판단하는 건 아닐세. 하지만 그의 아버지가 리지웨이 노인 때문에 파산한 바로 그 사람일 수도 있네. 이건 좀 억지지만 그럴 수도 있다네. 사람들은 때로 지나간 원한을 가슴에 품고 있는 법이거든."

레이스는 잠깐 말을 멈추었다가 다시 이었다.

"그리고 내가 찾고 있는 친구가 있네."

"그렇지, 자네 말대로 그자가 있지."

"그자는 킬러일세. 우리는 그 사실을 알고 있네. 하지만 그가 리넷 도일에게 원한이 있을 것 같진 않아. 그들은 활동 무대가 전혀 다르니까."

푸아로가 천천히 말했다.

"우연히 그녀가 그의 정체에 대한 증거를 손에 넣었다면?"

"그럴 수도 있지만, 그다지 있을 법하지 않군."

그때 문 두드리는 소리가 들려왔다.

"아, 문제의 중혼 미수범이 오셨군."

플릿우드는 몸집이 크고 사납게 생긴 사내였다. 방에 들어선 그는 의심스러운 눈길로 그들을 번갈아 쳐다보았다. 푸아로는 그가 바로 얼마 전 루이즈 버젯과 이야기하던 남자임을 알아보았다.

플릿우드가 의심스럽다는 투로 물었다.

"저를 보자고 하셨다면서요?"

"그렇습니다. 당신도 어젯밤 이 배에서 살인이 일어났다는 사실을 알고 있을 줄 아는데요?"

레이스의 말에 플릿우드는 고개를 끄덕였다.

"그리고 당신이 죽은 여인에게 원한을 품을 이유가 있다고 들었습니다만."

플릿우드의 눈에 경계의 빛이 떠올랐다.

"누가 그러던가요?"

"당신은 도일 부인이 당신과 어떤 젊은 아가씨 사이에 개입했다는 사실을 알고 있었지요."

"누가 그런 말을 했는지 알겠습니다. 그 거짓말쟁이 프랑스 인 왈

패겠지요. 그 여자는 속속들이 거짓말쟁이랍니다."

"하지만 이 이야기는 사실이더군요."

"그건 더러운 거짓말입니다!"

"아직 무슨 이야기인지도 모르면서 그렇게 말하는 겁니까."

그 공격은 효과가 있었다. 사내는 얼굴을 붉히며 침을 삼켰다.

"당신은 메리라는 아가씨와 결혼할 생각이었는데, 당신이 유부남이라는 사실을 알고 그녀가 결혼을 취소한 게 사실 아닙니까?"

"그게 그 여자와 무슨 상관입니까?"

"당신 말은 그게 도일 부인과 무슨 상관이냐는 뜻입니까? 음, 중혼은 중혼이군요."

"그런 게 아닙니다. 난 이 지방 출신의 여자와 결혼했습니다. 하지만 잘되지 않았습니다. 그녀가 고향으로 돌아가 버렸으니까요. 그리고 6년 동안 그 여자를 만나지 못했습니다."

"하지만 당신이 그녀와 결혼한 건 사실이지요."

사내는 아무 말도 하지 않았다.

레이스가 말을 계속했다.

"그런데 도일 부인, 즉 리넷 리지웨이 양이 그 모든 사실을 알아냈지요?"

"그래요. 그 여자가 그랬습니다. 빌어먹을 여자 같으니라고! 부탁도 받지 않은 일에 주제넘게 나선 겁니다. 나는 메리를 정당하게 대우했어요. 그녀를 위해서라면 뭐든 했을 겁니다. 그리고 만약 그 참견하기 좋아하는 그 여자만 없었다면, 메리는 그 일을 결코 알지 못했을 겁니다. 그렇습니다, 분명히 말하는데 난 그 여자에게 원한을 품었습니다. 자신이 한 남자의 일생을 망쳐 놓았다는 건 전혀 의식하지 않은 채, 진주와 다이아몬드로 치장을 하고 이 배에서 좌중을 압도하는 꼴을 보고 있자니 속이 뒤틀렸어요! 내가 원한을 가진 것은 맞지만, 그렇다고 나를 더러운 살인자로 몬다면, 그 여자를 총으로 쏘았다고 혐의를 뒤집어씌운다면, 음, 그건 정말 터무니없는 얘깁니다! 난 그 여자에게 손 하나 대지 않았습니다. 하느님께 맹세할 수 있어요."

그가 말을 멈추었다. 얼굴에서 땀이 흘러내리고 있었다.

"어젯밤 12시에서 2시 사이에 당신은 어디에 있었습니까?"

"나는 선실에서 자고 있었습니다. 내 동료가 그 사실을 확인해 줄 겁니다."

"우리가 알아보지요."

레이스가 말했다. 그리고 간단한 고갯짓으로 그를 물러가게 했다.

"알아보면 알겠지."

"에 비엥?(그래서?)"

플릿우드가 나가고 문이 닫히자 푸아로가 물었다.

레이스는 어깨를 으쓱해 보였다.

"저 친구는 아주 솔직하게 말하고 있어. 물론 신경이 날카로워져 있지만, 그렇게 심한 건 아니고. 알리바이를 조사해 봐야 할 것 같군. 결정적인 알리바이는 아닐 테지만 말일세. 그의 동료는 아마도 자고 있었을 테니까, 이 친구가 하려고만 했다면 살그머니 빠져나갈 수 있었을 걸세. 문제는 그를 본 사람이 있는가에 달려 있네."

"그렇지, 그 점을 조사해 봐야겠군."

"다음에 할 일은 범행이 이루어진 시간에 단서가 될 만한 소리를 들은 사람이 있는가 알아보는 걸세. 베스너는 살인이 12시에서 2시 사이에 일어났다고 했네. 승객들 중 누군가 총소리를 들었을 수 있네. 무슨 소리인지 알지 못했다 해도 말일세. 나는 그런 종류의 소리는 전혀 듣지 못했네. 자네는 어떤가?"

푸아로는 고개를 저었다.

"난 완전히 곯아떨어졌다네. 아무 소리도 못 들었지. 정말 아무 소리도 듣지 못했네. 약이라도 먹은 것처럼 코를 골며 잤다네."

"유감이군. 그러면 우현 쪽 선실에 있던 사람들에게 기대를 걸어 봐야겠군. 팬숍에게는 이미 물어보았지. 다음은 앨러턴 모자일세. 승무원에게 그들을 데려오라고 하세."

앨러턴 부인이 성큼성큼 걸어 들어왔다. 연회색 줄무늬 실크 원피스를 입은 그녀의 얼굴은 몹시 슬퍼 보였다.

"정말 끔찍해요."

푸아로가 내준 의자에 앉으며 그녀가 말했다.

"난 믿어지지 않아요. 모든 걸 다 지니고 있던 그 아름다운 여자가 죽다니요. 정말이지 도저히 믿어지지 않아요."

"어떤 느낌이실지 잘 압니다, 마담."

푸아로가 공감한다는 듯 말했다.

앨러턴 부인이 순진하게 말했다.

"이 배에 선생님이 계셔서 다행이에요. 선생님은 누가 그런 짓을 했는지 밝혀내실 수 있어요. 그 가엾은 처녀가 범인이 아니라서 얼마나 기쁜지 모르겠어요."

"마드무아젤 드 벨포르를 말씀하시는 건가요? 그녀가 그런 짓을 한 게 아니라고 누가 그러던가요?"

"코닐리어 롭슨이요."

앨러턴 부인이 살짝 미소를 지으며 대답했다.

"그 아가씨에겐 이 모든 것이 그저 짜릿하게만 느껴지는 모양이에요. 지금까지 그 아가씨 인생에서 유일하게 자극적인 일일 테니까요. 앞으로도 그럴 거고요. 하지만 그 아가씨는 착해서 이 일을 즐거워하고 있다는 것을 몹시 부끄럽게 여기고 있어요. 자신이 끔찍하게 여겨지는 거죠."

앨러턴 부인은 푸아로를 바라본 다음 이렇게 덧붙였다.

"그런데 내가 수다를 떨어서는 안 되겠군요. 제게 질문을 하고 싶으신 것 같은데."

"언제 잠자리에 드셨나요, 마담?"

"10시 30분 직후였어요."

"바로 잠이 드셨나요?"

"예, 졸렸거든요."

"자는 동안 혹시 무슨 소리를 듣지 못하셨나요? 어떤 소리든 말입니다."

앨러턴 부인은 눈살을 찌푸렸다.

"맞아요, 첨벙하는 소리와 누군가 달려가는 소리를 들은 것 같아요. 아니면 반대쪽에서 달려오는 소리였나? 전 좀 몽롱한 상태였어요. 누군가 바다에 떨어졌구나 하고 막연히 생각했을 뿐이에요. 꿈을 꾸는 것처럼요. 잠이 깨어 귀를 기울였지만 아무 소리도 들리지 않더군요."

"그때가 몇 시였는지 아십니까?"

"아뇨, 모르겠어요. 하지만 잠자리에 들고 나서 그다지 오래되지 않은 때였던 것 같아요. 내 생각으로는 한 시간도 안 지났던 것 같아요."

"이런, 마담, 너무 부정확한데요."

"그래요, 나도 알아요. 하지만 짐작해 보려 해도 소용이 없네요. 정말이지 전혀 감을 잡을 수 없으니까요."

"우리에게 들려주실 이야기는 그것뿐입니까, 마담?"

"유감스럽지만 그런 것 같아요."

"전에 혹시 마담 도일을 만나신 적이 있습니까?"

"없어요. 내 아들 팀은 그 여자를 만난 적이 있지만요. 이야기는 많이 들었어요. 친척인 조애너 사우스우드를 통해서요. 하지만 아스완에서 보기 전까지는 그녀와 직접 이야기를 나눠 본 적은 없어요."

"다른 질문을 드리고 싶은데요, 마담. 허락해 주신다면요."

앨러턴 부인은 희미하게 미소를 지으며 중얼거렸다.

"설령 무례한 질문이라 할지라도 대답해 드리지요."

"제 질문은 이런 겁니다. 혹시 부인이나 부인 가족이 마담 도일의 아버지인 멜휘시 리지웨이의 공작으로 경제적인 손실을 입은 적이 있으신지요?”

앨러턴 부인은 크게 놀란 듯했다.

“오, 그런 일 없어요! 우리 집안의 재산은 점점 줄어든다는 것만 빼고는 문제가 생긴 적이 없답니다……. 알다시피 전에 비해 모든 게 이자가 줄어들었지요. 우리의 가난에 극적인 비극 같은 것은 전혀 없어요. 내 남편이 재산을 많이 남긴 건 아니지만, 내게는 그이가 남겨 준 게 아직 남아 있어요. 비록 전만큼 수익이 많이 나지는 않지만요.”

“고맙습니다, 마담. 아드님에게 이리로 오라고 전해 주셨으면 합니다.”

어머니가 다가오는 것을 보고 팀이 가볍게 말했다.

“시련은 끝나셨나요? 이제 제 차례군요! 어떤 걸 물어보던가요?”

“어젯밤 내가 무슨 소리를 들었느냐는 것뿐이었단다. 그런데 불행히도 나는 아무 소리도 못 들었단다. 왜 내가 아무 소리도 못 들었는지 알 수가 없구나. 리넷의 선실은 내 방에서 겨우 한 방 건너에 있는데 말이다. 총소리를 들었어야 하는데. 가 보렴, 팀. 널 기다리고 있단다.”

팀 앨러턴에게도 푸아로는 같은 질문을 했다.

팀이 대답했다.

“저는 10시 30분쯤 일찍 잠자리에 들었습니다. 책을 조금 보았지요. 11시가 지나자마자 불을 껐습니다.”

"그 후에 무슨 소리를 못 들으셨나요?"

"밤 인사를 하는 남자의 목소리를 들은 것 같습니다. 그다지 멀지 않은 곳에서요."

"그건 내가 마담 도일에게 인사한 거였소."

레이스가 말했다.

"그랬군요. 그런 다음 저는 곧 잠이 들었습니다. 그런데 나중에 요란한 소리 같은 것이 들려오더군요. 누군가가 팬숍 씨를 부르더군요."

"마드무아젤 롭슨이 전망실에서 달려 나갔을 때군요."

"예, 그런 것 같습니다. 그러더니 여러 사람의 목소리들이 들려왔습니다. 그런 다음 누군가 갑판을 따라 달려가더군요. 이어 첨벙하는 물소리가 들렸습니다. 그러고는 베스너 노인이 '조심해요.', '너무 서둘지 마요.'라고 외치는 소리가 들려오더군요."

"첨벙하는 물소리를 들었습니까?"

"음, 그런 소리 같았습니다."

"그것이 총소리는 아니었다고 확신합니까?"

"아뇨, 그럴 수도 있겠군요……. 병마개를 따는 것 같은 소리였으니까요. 총소리였는지도 모릅니다. 병마개 따는 소리를 잔에 뭔가를 따르고 있는 것과 연관시켜 물소리라고 상상했을 수도 있지요……. 몽롱한 의식 속에서 파티가 열리고 있다는 생각, 사람들이 어서 모두 자러 가서 조용해졌으면 하는 생각을 했습니다."

"그 후 또 다른 소리를 들으신 게 있나요?"

팀은 잠시 생각했다.

"옆방의 팬숍이 왔다 갔다 하는 소리를 들었을 뿐입니다. 저 사람은 도대체 잠을 안 자는군 하고 생각했지요."

"그 후에는요?"

팀은 어깨를 으쓱해 보였다.

"그 후로는 캄캄한데요."

"더 이상 아무 소리도 못 들으셨습니까?"

"아무 소리도 못 들었습니다."

"고맙습니다, 무슈 앨러턴."

팀이 일어나 방을 나갔다.

제15장

레이스는 생각에 잠긴 채 카르나크 호의 선실 배치도를 들여다보았다.

"팬숍, 앨러턴 청년, 앨러턴 부인. 그리고 빈 방, 그러니까 사이먼 도일의 방이군. 자, 도일 부인의 옆방이 누구 방이지? 그 나이 든 미국 여자 방이군. 만일 무슨 소리를 들은 사람이 있다면 바로 그 여자겠군. 그녀가 자리에서 일어났다면 만나 보는 게 좋겠네."

밴 슈일러가 방으로 들어왔다. 오늘 아침 그녀는 평소보다 더 늙고 안색이 누레 보였다. 그녀의 작고 검은 눈에는 악의에 찬 불쾌감이 떠올라 있었다.

레이스가 일어나 인사했다.

"번거롭게 해서 무척 죄송합니다, 밴 슈일러 여사. 이렇게 오시다니 정말 친절하시군요. 앉으시지요."

밴 슈일러가 날카롭게 말했다.

"이런 일에 개입되는 게 싫어요. 이런 일이 몹시 불쾌합니다. 어떤 식으로든 불쾌한 일에는 연루되고 싶지 않아요."

"당연히 그러실 테죠. 안 그래도 푸아로 씨에게 여사의 진술을 빨리 들으면 들을수록 더 좋을 거라고 말하던 참이었습니다. 그러면 여사께서 더 이상 번거로운 일을 겪지 않아도 되니까요."

밴 슈일러는 호감에 가까운 표정으로 푸아로를 쳐다보았다.

"두 분이 모두 내 느낌을 이해해 주시니 기쁘군요. 나는 이런 종류의 일에는 익숙지 않답니다."

푸아로가 달래듯이 말했다.

"그렇고말고요, 마드무아젤. 바로 그런 이유에서 가능한 한 빨리 당신을 불쾌감에서 벗어나게 해 드리고 싶답니다. 어젯밤 몇 시에 주무셨나요?"

"10시가 내가 보통 잠자는 시각인데 어젯밤에는 조금 늦었어요. 코닐리어 롭슨이 경솔하게도 날 기다리게 했거든요."

"트레 비엥(그랬군요), 마드무아젤. 그런데 잠자리에 드신 다음 무슨 소리를 들으셨나요?"

"나는 깊은 잠을 자지 못한답니다."

"아 메르베유!(근사하군요!) 우리로서는 다행입니다."

"그 겉만 번지레한 젊은 여자, 그러니까 도일 부인의 하녀가 '본 뉘(안녕히 주무세요), 마님.'이라고 쓸데없이 큰 소리로 말하는 바람에 잠에서 깼답니다."

"그 다음에는요?"

"다시 잠이 들었어요. 그러고는 누군가 내 방에 들어온 줄 알고 잠에서 깼는데, 알고 보니 내 방이 아니라 옆방에 누군가 들어온 거였어요."

"마담 도일의 선실에 말입니까?"

"예, 그런 다음 누군가 갑판에 나와 있는 소리에 이어서 첨벙하는 물소리가 들리더군요."

"그때가 몇 시였는지 모르시겠습니까?"

"정확하게 시간을 말할 수 있어요. 1시 10분이었지요."

"분명합니까?"

"예, 침대 곁에 있는 작은 시계를 보았답니다."

"총소리는 듣지 못하셨습니까?"

"예, 그런 소리는 전혀 못 들었어요."

"하지만 잠에서 깨신 게 총소리 때문일 수도 있지 않을까요?"

밴 슈일러는 두꺼비 같은 머리를 한쪽으로 기울이고 그 질문을 되새겼다.

"그럴 수도 있겠네요."

그녀가 마지 못해 시인했다.

"당신이 들으셨다는 첨벙하는 소리가 무엇이 물에 빠지는 소리였는지는 모르시겠지요?"

"천만에요. 난 정확하게 알고 있어요."

레이스가 깜짝 놀라 벌떡 일어섰다.

"알고 계시다고요?"

"그렇고말고요. 사람들이 주위를 기웃거리는 것 같은 소리가 거슬려서 나는 자리에서 일어나 문간으로 갔어요. 내다보니 오터번 양이 한쪽으로 몸을 기울이고는 물 속에 무엇인가를 막 떨어뜨린 참이었어요."

"오터번 양이요?"

레이스가 정말 놀란 듯한 어조로 반문했다.

"예."

"분명히 오터번 양이었나요?"

"내 눈으로 분명히 그녀의 얼굴을 봤어요."

"그녀는 당신을 보지 못했고요?"

"그랬을 거예요."

푸아로가 몸을 앞으로 내밀었다.

"그런데 그녀의 표정이 어떻던가요, 마드무아젤?"

"감정적으로 굉장히 흥분해 있는 것 같더군요."

레이스와 푸아로는 재빨리 눈빛을 교환했다.

"그리고 그 다음에는요?"

레이스가 재촉했다.

"오터번 양이 선미 쪽으로 돌아가기에 나는 침대로 돌아왔어요."

그때 노크 소리가 들리더니 지배인이 들어왔다. 그는 물이 뚝뚝 떨어지는 보따리를 손에 들고 있었다.

"이걸 찾아냈습니다, 대령님."

레이스가 그 보따리를 받았다. 그는 두 겹으로 싸인 젖은 벨벳 매듭을 풀었다. 흐릿한 분홍색 얼룩이 진 올이 거친 손수건에 진주 장식 손잡이가 달린 조그만 권총이 싸여 있었다.

레이스가 약간 의기양양한 표정으로 푸아로에게 짓궂은 눈길을 던졌다.

"보다시피 내 생각이 맞았군그래. 배 밖으로 던져진 게 바로 이거라네."

레이스는 손바닥 위에 그 권총을 올려놓았다.

"어떻게 생각하나, 무슈 푸아로? 이게 그날 밤 카타렉트 호텔에서 본 그 권총인가?"

푸아로는 그것을 주의 깊게 살펴보고는 조용히 말했다.

"그렇군. 바로 그걸세. 장식이 되어 있고, J. B.라는 머리글자가 새겨져 있군. 이건 아르티클르 뒤 뤽스, 그러니까 아주 여성적인 사치품일세. 그렇다고 치명적인 무기가 아니라곤 할 수 없지."

"22구경이군."

레이스가 중얼거리며 탄창을 꺼냈다.

"두 발이 발사되었네. 그래, 의심할 여지가 없는 것 같군."

밴 슈일러가 의미심장하게 헛기침을 하고는 물었다.

"그런데 내 목도리가 어떻게 된 거죠?"

"당신의 목도리라고요, 마드무아젤?"

"그래요, 지금 갖고 계신 건 내 벨벳 목도리예요."

레이스 대령은 물이 뚝뚝 떨어지는 천 뭉치를 집어 들었다.

"이게 당신 거라고요, 밴 슈일러 여사?"

"분명히 내 거예요!"

늙은 여자가 딱딱거리며 말했다.

"어젯밤에 그걸 잃어버렸죠. 그래서 만나는 사람에게마다 그걸 못 보았느냐고 물어보았답니다."

푸아로가 레이스에게 시선으로 질문을 던지자 레이스는 알았다는 뜻으로 가볍게 고개를 끄덕였다.

"마지막으로 이걸 어디서 보셨나요, 밴 슈일러 여사?"

"어제 저녁 전망실에서 가지고 있었어요. 자러 가면서 찾았는데 아무 데도 없더군요."

레이스가 차분하게 물었다.

"이게 무엇에 쓰였는지 아시겠습니까?"

그는 목도리를 펼쳐서는 눌어붙은 자국과 여러 개의 작은 구멍을 손가락으로 가리켰다.

"살인자는 총소리를 죽이기 위해 이걸로 권총을 감싼 겁니다."

"그럴 수가!"

밴 슈일러가 딱딱거리며 말했다. 그녀의 주름진 뺨이 붉게 달아올랐다.

레이스가 말했다.

"밴 슈일러 여사, 도일 부인과 전에 어느 정도로 알고 계셨는지 말해 주시면 고맙겠는데요."

"전에 알고 지낸 바 없어요."

"하지만 당신은 그녀를 알고 계셨지요?"

"물론 그녀가 누구인지는 알고 있었죠."

"집안끼리도 전혀 안면이 없었나요?"

"우리 집안은 독보적인 가문이라는 데 항상 자부심을 느껴 왔답니다, 레이스 대령님. 친애하는 내 어머님은 재산 말고는 볼 것이 없는 하츠 같은 가문과는 교제할 생각이 꿈에도 없으셨지요."

"더 해 주실 얘기는 없습니까, 밴 슈일러 여사?"

"지금까지 한 이야기에 덧붙일 게 없네요. 리넷 리지웨이는 영국에서 자랐기 때문에, 난 이 배에 타기 전까지는 그녀를 본 적이 없어요."

그녀가 자리에서 일어섰다. 푸아로가 문을 열어 주자 그녀는 당당하게 걸어 나갔다.

두 사내의 시선이 마주쳤다.

"이게 저 여자의 이야기로군. 그녀는 자기 이야길 계속 고집할 걸세. 사실일 수도 있겠지. 나도 모르겠어. 하지만 로잘리 오터번이라니? 나로서는 뜻밖인걸."

레이스가 말했다.

푸아로는 혼란스럽다는 듯이 고개를 내젓고는 갑자기 주먹으로 탁자를 내리치며 외쳤다.

"그건 말도 안 된다네. 농 덩 농 덩 농!(천만의 말씀!) 이건 말도 안 된다네."

레이스가 그를 바라보았다

"도대체 무슨 뜻으로 하는 말인가?"

"어떤 지점까지 이 일은 아주 명확하게 흘러왔네. 누군가가 리넷 도일을 죽이고자 했네. 그자는 어젯밤 전망실에서 일어난 소동을 엿듣고는 살그머니 그곳으로 가서 권총을 찾아냈네. 자클린 드 벨포르의 권총 말일세. 그자는 그 권총으로 리넷 도일을 쏜 다음, 벽에다 J라는 글자를 써 놓았네……. 모든 것이 아주 명확하지 않은가? 모든 사실들이 자클린 드 벨포르가 살인자라는 걸 알려 주고 있네. 그런 다음 범인은 무엇을 했을까? 그 빌어먹을 권총, 자클린 드 벨포르의 권총을 모든 사람의 눈에 띄도록 내버려 두었을까? 아닐세, 그 또는 그녀는 그 권총, 그 결정적인 증거물을 배 밖으로 던져 버렸네. 왜 그랬을까, 이보게, 왜 그랬을까?"

레이스가 고개를 저었다.

"그거 이상하군."

"단순히 이상한 것 이상일세. 그럴 순 없는 걸세!"

"그럴 수 없는 건 아닐세. 실제로 일어났으니 말일세!"

"내 말은 그런 뜻이 아닐세. 내 말은 사건들의 맥락이 닿지 않는다는 걸세. 뭔가가 잘못되었어."

제16장

레이스는 호기심 어린 눈길로 동료를 바라보았다. 그는 에르퀼 푸아로의 두뇌를 존경했다. 그럴 만한 이유가 있었기 때문이었다. 하지만 이 순간 그는 푸아로의 생각을 따라갈 수가 없었다. 그러나 그는 아무것도 묻지 않았다. 아무것도 묻지 않고 눈앞에 닥친 일들만 속속 진행시켰다.

"다음에 해야 할 일이 뭔가? 오터번 양을 심문하는 건가?"

"그렇다네. 그러면 좀 진전을 볼 수 있을 거네."

로잘리 오터번이 무뚝뚝한 태도로 들어왔다. 그녀는 불안해 보이지도, 겁을 먹은 것 같지도 않았다. 그저 내키지 않는 듯 부루퉁한 얼굴이었다.

"그런데 무슨 일이시죠?"

"우리는 도일 부인의 죽음에 대해 조사하고 있습니다."

레이스가 설명하자 로잘리가 고개를 끄덕였다.

"어젯밤 무엇을 했는지 이야기해 주시겠습니까?"

그녀는 잠깐 생각에 잠겼다.

"어머니와 저는 일찍 잠자리에 들었어요. 11시 전에요. 베스너 박사님의 방 앞에서 약간 소란스러운 소리가 난 것 외에는 특별히 들은 게 없어요. 그 영감님이 독일어로 외치는 소리가 점점 멀어져 가는 게 들리더군요. 물론 오늘 아침까지는 그 모든 게 무엇 때문이었는지 몰랐고요."

"총소리를 듣지 못했나요?"

"예."

"어젯밤 방에서 나간 적이 있습니까?"

"아뇨."

"분명합니까?"

로잘리는 그를 물끄러미 응시했다.

"무슨 뜻으로 하시는 말씀인가요? 물론 분명한 사실이에요."

"예를 들어, 배의 우현 쪽으로 돌아가 물 속에 뭔가를 던지지 않으셨나요?"

그녀의 얼굴이 붉어졌다.

"물 속에 물건을 던지면 안 된다는 법이라도 있나요?"

"아뇨, 물론 그렇지는 않습니다. 그렇다면 그렇게 하셨다는 건가요, 마드무아젤?"

"아뇨, 전 그러지 않았어요. 단언하는데 저는 방에서 나간 적이 없어요."

"그런데 누군가가 당신을 보았다면……."

그녀가 그의 말허리를 잘랐다.

"누가 저를 보았다고 그러던가요?"

"밴 슈일러 여사입니다."

"밴 슈일러 여사가요?"

그녀의 목소리는 정말 놀란 것처럼 들렸다.

"그래요. 밴 슈일러 여사의 말에 따르면, 자신이 방에서 내다보았더니 당신이 그쪽에서 강에 뭔가를 던지고 있었다더군요."

"그건 거짓말이에요."

로잘리는 분명하게 잘라 말하고는 갑자기 어떤 생각이 떠오른 듯 물었다.

"그때가 언제였다고 하던가요?"

그 말에 대답한 것은 푸아로였다.

"1시 10분이었다더군요, 마드무아젤."

그녀는 생각에 잠긴 채 고개를 끄덕였다.

"그 밖에 또 무엇을 보았다던가요?"

푸아로는 흥미 있게 그녀를 지켜보며 턱을 문질렀다.

"본 것은 아니고 소리를 들었답니다."

"무슨 소리를요?"

"마담 도일의 방에서 누군가가 돌아다니고 있었다더군요."

"알겠어요."

로잘리가 중얼거렸다.

그녀의 얼굴은 이제 몹시 창백해져 있었다.

"그런데도 당신은 물 속에 아무것도 던지지 않았다는 겁니까, 마드무아젤?"

"도대체 제가 왜 한밤중에 방 밖으로 나가 물 속에 뭔가를 던지겠어요?"

"어떤 이유, 그러니까 범죄와는 무관한 어떤 이유가 있었겠지요."

"범죄라니요?"

처녀가 날카롭게 반문했다.

"바로 그렇습니다. 마드무아젤, 어젯밤 누군가가, 무엇인가를 물 속에 던져 넣었습니다. 범죄와 관련된 물건을 말입니다."

레이스는 말없이 얼룩진 벨벳 뭉치를 내밀고는 그 안에 든 것을 꺼내 보여 주었다.

로잘리 오터번은 뒤로 주춤 물러섰다.

"이건, 이건 그 여자를 살해한 물건이군요?"

"그렇습니다, 마드무아젤."

"그러면 선생님 말씀은 제가, 바로 제가 그 짓을 했다는 건가요? 그건 말도 안 돼요! 도대체 제가 왜 리넷 도일을 죽이겠어요? 저는 그 여자를 알지도 못한다고요!"

로잘리는 웃음을 터뜨리고는 경멸하는 듯한 표정을 지으며 일어섰다.

"모든 게 너무 우스꽝스럽군요."

"기억해 두십시오, 오터번 양. 밴 슈일러 여사는 달빛 아래서 당신의 얼굴을 분명히 보았다고 증언할 채비가 되어 있습니다."

레이스의 말에 그녀는 다시 웃음을 터뜨렸다.

"그 늙은 고양이 같은 여자가요? 어쨌거나 그녀는 눈이 반쯤 먼 모양이군요. 그녀가 본 사람은 제가 아니에요."

그녀는 잠시 말을 멈추었다가 물었다.

"이제 가도 되나요?"

레이스가 고개를 끄덕였고, 로잘리 오터번은 방을 나갔다.

두 사내의 시선이 마주쳤다. 레이스가 담배에 불을 붙였다.

"음, 더 이상 이야기해 봤자 소용없을 것 같아. 완전히 말이 다르군. 두 사람 중에서 누구 말을 믿어야 할까?"

푸아로가 고개를 내저었다.

"내 생각에는 두 사람 다 완전히 정직하지는 않은 것 같네."

"그게 우리 일의 가장 어려운 점이지."

레이스가 낙심한 듯 말했다.

"많은 사람들이 쓸데없는 이유로 진실을 밝히지 않으니 말일세. 다음엔 무슨 일을 해야 할까? 승객들을 계속 심문해야 할까?"

"그래야 할 것 같네. 언제나 질서 있고 체계적으로 진행하는 게 좋으니까."

레이스가 고개를 끄덕였다.

바틱 염색이 된 부정형 무늬의 옷을 입은 오터번 부인이 딸의 뒤를 이어 들어왔다. 그녀는 11시 전에 둘 다 잠자리에 들었다는 로잘리의 말을 되풀이했다. 지난 밤 동안 흥미를 끌 만한 소리는 전혀 듣지 못했고, 로잘리가 방에서 나간 적이 있는지 여부도 알 수 없다고 했다. 화제가 문제의 범죄에 이르자, 오터번 부인은 장황하게 떠들어 댔다.

"이건 치정 살인이에요! 살인은 원시적인 본능이죠! 성적 본능과 아주 밀접하게 연관되어 있어요. 그 처녀 자클린은 반은 라틴계로 뜨거운 피를 가졌죠! 자기 존재의 깊숙한 본능이 이끄는 대로 손에 권총을 들고 살그머니 다가가서는……."

"하지만 자클린 드 벨포르는 마담 도일을 쏘지 않았습니다. 그건 확실합니다. 입증된 일입니다."

푸아로가 설명했다.

"그렇다면 그녀의 남편이 범인이에요."

오터번 부인이 조금 전의 타격에서 기운을 회복하며 말했다.

"피의 욕망과 성적 본능, 그러니까 성 범죄예요. 이런 예는 무수히 많답니다."

"도일 씨는 다리에 총을 맞아서 움직일 수 없었습니다. 뼈가 부러졌지요. 그의 곁에는 줄곧 베스너 박사가 있었습니다."

레이스의 설명에 오터번 부인은 더더욱 실망한 것 같았지만 포기하지 않고 또다시 머리를 짜냈다.

"바로 그거예요! 나는 어쩌면 이렇게 멍청할까요! 범인은 바워즈 양이에요!"

"바워즈 양이라고요?"

"예, 틀림없어요. 심리학적으로도 너무나도 명백해요. 억압이지요! 처녀라서 본능이 억압되었다고요! 그들 두 사람…… 열정적으로 서로를 사랑하는 젊은 부부를 보고 이성을 잃은 거예요. 틀림없이 그 여자예요! 바로 그런 타입이죠. 좋은 집안 출신이지만 성적으로는 매력이 없죠. 제 작품『무화과나무 아래서』를 보면……."

레이스가 능숙하게 끼어들었다.

"정말 유용한 추측입니다, 오터번 부인. 이제 우리는 일을 계속해야겠습니다. 무척 고맙습니다."

그는 예의바르게 그녀를 문까지 배웅하고는 이마를 닦으며 자리로 돌아왔다.

"정말 도움이 안 되는 여자로군! 휴, 왜 아무도 저 여자를 죽이지 않는 걸까?"

"그럴 가능성은 여전히 남아 있네."

푸아로가 그를 위로했다.

"정말 그럴 수도 있겠군. 이제 누가 남았나? 페닝턴, 그는 마지막으로 부르는 게 좋겠네. 리체티와 퍼거슨이 있군."

리체티는 몹시 흥분해서는 마구 떠들어 댔다.

"정말 무서운 일입니다. 파렴치한 일이라고요. 그렇게 젊고 아름다운 여자를 죽이다니 정말이지 비인간적인 범죄입니다."

리체티는 감정에 겨워 허공에서 두 손을 흔들어 댔다.

그는 질문에 바로바로 대답했다. 어젯밤에는 아주 일찍 잠자리에 들었다는 것이다. 저녁 식사를 한 다음 그는 한동안 독서를 했다.

최근 발행된 아주 재미있는 독일어 판 논문『프레히스토리셰 포르슝 인 클라이나지엔(소아시아 선사시대 연구)』은 아나톨리아의 산기슭에서 발견된 채색 도자기에 대해 이제까지와는 전혀 다른 새로운 해석을 담고 있다는 것이었다.

그러고는 11시가 채 못 된 시각에 불을 껐다. 그랬다, 그는 아무 소리도 듣지 못했다. 병마개를 따는 소리 같은 것도 듣지 못했다. 그가 들은 소리라고는 자기 방 창 가까이에서 나는 첨벙하는 물소리, 요란한 물소리뿐이었는데, 그나마도 잠자리에 들고도 한참이 지난 한밤중에 들려왔다는 것이다.

"당신의 방은 하갑판 우현 쪽 아닙니까?"

"예, 예, 그렇습니다. 아마도 그래서 첨벙하는 물소리가 크게 들렸겠지요."

그는 다시 한 번 두 팔을 흔들며 그 물소리가 얼마나 컸는지 설명했다.

"그때가 몇 시였는지 말해 주실 수 있습니까?"

리체티는 생각에 잠겼다.

"내가 잠이 들고 난 지 1시간, 2시간, 아니면 3시간 후였을 겁니다. 2시간 후였던 것 같군요."

"예를 들어 1시 10분경인가요?"

"그럴 확률이 높습니다, 그래요. 아! 정말 끔찍한 범죄예요. 너무나 비인간적이에요……. 그렇게 매력적인 여자를……."

리체티는 요란한 몸짓을 하면서 방을 나갔다.

레이스가 푸아로를 바라보았다. 푸아로는 눈썹을 치켜 올리는 것으로 감정을 표하고는 어깨를 으쓱해 보였다.

그들은 퍼거슨과의 면담으로 넘어갔다.

퍼거슨은 다루기 어려웠다. 그는 오만한 자세로 의자에 기대 앉아 빈정거렸다.

"굉장한 소동이군요! 이게 정말이지 무슨 일입니까? 세상에는 불필요한 여자들이 많지 않습니까!"

레이스가 차갑게 말했다.

"어젯밤 뭘 했는지 말해 주실 수 있습니까, 퍼거슨 씨?"

"왜 그래야 하는지 모르겠지만, 뭐 말해도 상관없습니다. 여기저기 돌아다녔습니다. 롭슨 양과 함께 육지로 나갔지요. 그 처녀가 배로 돌아간 뒤에는 나 혼자 이곳저곳 돌아다니다가 배로 돌아와서는 늦게야 잠자리에 들었지요."

"당신 선실은 하갑판 오른쪽에 있지요?"

"그래요. 높으신 분들과 함께 있을 수는 없으니까요."

레이스가 차가운 말투로 다시 물었다.

"어젯밤 혹시 총소리를 듣지 못했습니까? 물론 병마개 따는 소리처럼 들렸을지도 모르지만."

퍼거슨은 잠시 생각을 더듬었다.

"예, 그 비슷한 소리를 들었던 것 같군요……. 하지만 그때가 몇 시경이었는지는 모르겠습니다. 다만 잠들기 전이었다는 사실만 기억하고 있습니다. 그때까지도 밖에 사람들이 많았으니까요. 그러고는 떠들썩한 소리가 나더니 누군가가 상갑판 여기저기를 뛰어다니는 소리가 들려오더군요."

"그건 드 벨포르 양이 쏜 총소리였을 겁니다. 그 밖에 다른 소리는 듣지 못했습니까?"

퍼거슨이 고개를 저었다.

"첨벙하는 물소리도?"

"물소리요? 예, 첨벙하는 소리는 들은 것 같군요. 하지만 소동이 벌어지고 있었기 때문에 확신할 수는 없네요."

"어젯밤 선실을 나간 적이 있습니까?"

퍼거슨은 씩 웃었다.

"아니요, 나가지 않았습니다. 그래서 불행히도 그 멋진 일에 참여하질 못했지요."

"자, 자. 퍼거슨 씨. 유치하게 굴지 맙시다."

청년은 격분해서 반박했다.

"왜 내 생각을 이야기하면 안 되는 겁니까? 나는 폭력의 가치를 믿습니다."

"하지만 당신은 입으로 말하는 것을 행동으로 옮기진 않는 사람일 겁니다."

이렇게 중얼거린 푸아로는 몸을 앞으로 숙이며 말을 이었다.

"리넷 도일이 영국에서 가장 돈 많은 여자라고 당신에게 말해 준 사람이 바로 플릿우드라는 사내 아닌가요?"

"플릿우드가 이 일과 무슨 상관입니까?"

"보세요, 그는 리넷 도일을 죽일 만한 충분한 동기를 가지고 있었습니다. 그는 그 여자에게 특별한 앙심을 품고 있었습니다."

퍼거슨은 자동 인형처럼 의자에서 벌떡 일어나며 노기 띤 음성으로 물었다.

"그러니까 이게 당신들의 더러운 작전입니까? 스스로를 방어할 수 없는 플릿우드 같은 가엾은 사람, 변호사를 고용할 돈도 없는 사람에게 혐의를 뒤집어씌우려 하다니. 하지만 분명히 말해 두지요. 만약 당신들이 플릿우드를 이 일에 연관시키려고 한다면, 내가 당신들을 상대할 겁니다."

"그러는 당신이 도대체 어떤 사람이길래요?"

푸아로가 부드러운 어조로 물었다.

퍼거슨은 얼굴을 약간 붉히더니 퉁명스럽게 대답했다.

"어쨌든 내겐 친구를 지킬 힘은 있습니다."

"자, 퍼거슨 씨. 지금으로서는 우리가 알고 싶은 건 모두 물어본 것 같습니다."

레이스가 말했다.

퍼거슨이 나가고 문이 닫히자 레이스는 뜻밖에도 이렇게 말했다.

"정말이지 정이 가는 젊은이일세."

"저 친구가 자네가 찾고 있는 인물인 것 같진 않나?"

"결코 그렇지 않을 걸세. 저 친구는 솔직하게 말한 것 같네. 그의 진술은 아주 정확했어. 뭐, 그럼 한 번에 한 가지씩 해결해 볼까. 이제 페닝턴에게로 넘어가자고."

제17장

앤드류 페닝턴은 일반적인 애도와 충격을 드러냈다. 그는 여느 때처럼 주의 깊게 옷을 차려입고 있었다. 그는 벌써 검은색 넥타이로 바꿔 맨 상태였다. 말끔하게 면도된 그의 긴 얼굴에는 당혹스러운 표정이 떠올라 있었다.

그는 서글픈 어조로 말을 시작했다.

“난 이 사건으로 충격을 받았습니다! 귀여운 리넷…… 그러니까 난 어릴 때의 그녀를 기억하고 있답니다. 정말 귀여운 아이였지요. 멜휘시 리지웨이 역시 그녀를 무척이나 자랑스러워했는데! 이런, 내가 쓸데없는 이야기를 하고 있군요. 요점은 내가 도울 일이 있다면 말씀만 하시라는 겁니다.”

레이스가 말했다.

“우선 말입니다, 페닝턴 씨, 어젯밤 이상한 소리를 듣지 못하셨습니까?"

"아니요, 대령님. 못 들은 것 같습니다. 내 방은 베스너 박사의 방인 40호실 바로 옆입니다. 41호실이죠.(도표에는 페닝턴의 방이 38, 39호실, 베스너 박사의 방이 36, 37호실로 나와 있는데 저자의 의도 혹은 실수로 보인다——편집주) 그래서 한밤중에 거기서 소란이 벌어지는 소리는 들었지요. 물론 당시에는 그게 무슨 소리인지 몰랐습니다."

"그밖에 다른 소리는 못 들으셨나요? 총소리는 어떻습니까?"

앤드류 페닝턴은 고개를 내저었다.

"그런 종류의 소리는 전혀 듣지 못했습니다."

"그러면 몇 시에 잠자리에 드셨나요?"

"11시 좀 지나서였을 겁니다."

그는 몸을 앞으로 기울였다.

"이 배에 많은 소문이 떠돌고 있다는 걸 두 분도 아실 겁니다. 그 프랑스 계 아가씨, 자클린 드 벨포르라는 여자가 수상하다고 말입니다. 리넷은 내게 아무 말도 하지 않았습니다만, 나에게도 엄연히 눈이 있고 귀가 있지요. 그 아가씨와 사이먼 사이에 한동안 연애 관계가 있었잖습니까? 셰르셰 라 팜.(여자는 사귀고 볼 일이죠.) 이건 듣기에 따라 꽤 괜찮은 전략이지요. 하지만 역시 지나치게 셰르셰(사귐)할 건 아닌 것 같습니다."

"자클린 드 벨포르가 마담 도일을 쏘았다고 보십니까?"

푸아로가 물었다.

"내가 보기에는 그런 것 같습니다. 물론 난 아무것도 모르긴 하지만…….”

“불행히도 우리는 뭔가 알고 있답니다!”

“예?”

페닝턴은 깜짝 놀란 모양이었다.

“우리는 마드무아젤 드 벨포르가 마담 도일을 쏘는 일이 불가능했다는 것을 알고 있습니다.”

그는 상황을 자세히 설명했다. 페닝턴은 마지못해 그 사실을 받아들이는 것 같았다.

“표면적으로는 그 말이 맞는 것 같군요. 하지만 그 간호사 말입니다. 그 여자가 아마 밤새도록 깨어 있지는 않았을 겁니다. 간호사가 잠깐 졸고 있는 동안, 그 아가씨가 살짝 빠져나갔다가 돌아왔을 수도 있지요.”

“거의 가능성이 없는 일입니다, 무슈 페닝턴. 간호사가 강한 마취 주사를 놓았다는 사실을 잊지 마십시오. 그리고 어쨌든 간호사란 환자가 깨어날 경우에 대비해 깊은 잠을 자지 않는 게 습관이 된 사람이니까요.”

“그래도 난 모든 게 수상하게 여겨지는군요.”

페닝턴이 단호하게 말했다.

레이스가 부드럽지만 권위 있는 태도로 말했다.

“내 생각에는, 페닝턴 씨, 우리가 모든 가능성을 아주 면밀히 검토해 보았다는 사실을 인정하셔야 할 것 같습니다. 그 결과는 아주 분명합니다. 자클린 드 벨포르는 도일 부인을 쏘지 않았습니다. 그래서 우리는 다른 가능성을 생각하지 않을 수 없습니다. 바로 그 점에서 당신이 우리를 도와주시리라 기대하고 있습니다."

"내가요?"

페닝턴이 신경이 곤두선 듯 소스라쳤다.

"그렇습니다, 당신은 죽은 부인과 가까운 친구였습니다. 모든 면에서 당신은 부인의 삶에 대해 그 남편 이상으로 많은 걸 알고 있습니다. 왜냐하면 도일 씨가 부인을 만난 건 겨우 몇 달 전이니까요. 예를 들어 누군가가 부인에게 원한을 품고 있었다는 사실을 당신은 아실 수도 있지요. 부인이 죽기를 바랄 만한 동기를 가진 누군가가 있다든가요."

앤드류 페닝턴은 약간 메마른 입술에 침을 발랐다.

"분명히 말씀드리는데 나는 전혀 아는 게 없습니다……. 리넷은 영국에서 성장했습니다. 그녀의 주변이나 알고 지내는 이들에 대해서 거의 알지 못합니다."

"그렇긴 해도, 이 배에는 마담 도일을 없애는 일에 관심이 있는 사람이 타고 있습니다. 기억하시겠지만, 얼마 전 바로 이곳에서 부인은 가까스로 죽음을 면했습니다. 커다란 돌이 떨어져서 말입니다. 아! 그런데 그때 당신은 그곳에 안 계셨지요?"

푸아로가 나직이 물었다.

"그렇습니다, 그때 나는 신전에 있었습니다. 물론 나중에 그 소식을 들었지요. 아주 아슬아슬하게 죽음을 면했다더군요. 하지만 그건 그저 단순한 사고 아닙니까?"

푸아로는 어깨를 으쓱해 보였다.

"당시에는 그렇게 생각했지요. 지금은 좀 의심스럽습니다."

"예, 예, 물론 그렇겠죠."

페닝턴은 섬세한 실크 손수건으로 얼굴을 닦았다.

레이스가 말을 계속했다.

"도일 부인은 이 배에 탄 누군가가 원한을 품고 있다고 말한 적이 있습니다. 부인 자신에 대해서가 아니라 자신의 집안에 대해서요. 그 사람이 누군지 혹시 아십니까?"

페닝턴은 정말로 놀란 것 같았다.

"아니요, 전혀 모르겠는데요."

"부인이 당신에게 그런 얘기를 하지 않던가요?"

"안 했습니다."

"당신은 부인 아버지의 절친한 친구였습니다. 그가 사업을 하다가 경쟁자를 망하게 만든 일이 있었는지 기억하십니까?"

페닝턴은 속절없이 고개를 내저었다.

"특별한 경우는 없습니다. 물론 그런 일은 종종 있었습니다만, 누군가 협박을 한 경우는 생각나지 않습니다. 그런 일은 전혀 없었습니다."

"간단히 말해서 페닝턴 씨, 우리를 도와주실 수 없는 거로군요."

"그런 것 같습니다. 도움을 드리지 못해서 유감이네요, 두 분."

레이스는 푸아로와 눈짓을 교환한 다음 말했다.

"나 역시 몹시 유감입니다. 페닝턴 씨께 무척 기대를 걸고 있었거든요."

그는 면담이 끝났다는 표시로 자리에서 일어섰다.

앤드류 페닝턴이 말했다.

"도일 씨가 누워 있으니 내가 대신 일을 처리해 주기를 바랄 것 같습니다. 죄송하지만 대령님, 이제 정확히 어떻게 되는 겁니까?"

"이곳에서 출발해 아무 데도 들르지 않고 곧장 셸랄로 갈 겁니다. 내일 아침이면 도착하겠지요."

"그러면 시신은요?"

"냉장 시설이 있는 방에 옮겨 놓을 겁니다."

앤드류 페닝턴은 고개를 숙여 인사한 다음 방을 나갔다.

푸아로와 레이스는 다시 한 번 눈짓을 교환했다.

"페닝턴이 안절부절못하고 있는 것 같군."

레이스가 담배에 불을 붙이며 말했다.

푸아로가 고개를 끄덕였다.

"게다가 상당히 흥분해서 어리석은 거짓말을 했네. 그 돌이 떨어졌을 때 그는 아부심벨 신전 안에 있지 않았네. 나, 무아 키 부 파를르(지금 자네에게 이야기하고 있는 바로 내가) 그 사실을 단언할 수 있다네. 당시 내가 바로 거기에서 나왔거든."

"정말 어리석은 거짓말이군. 너무 뻔한 거짓말이야."

레이스가 맞장구쳤다.

푸아로는 다시 고개를 끄덕이고는 미소를 지었다.

"하지만 지금은 그를 조심스럽게 다루기로 하세, 어떤가?"

"그거 좋은 생각일세."

레이스가 동의했다.

"그런데 친구, 자네와 난 정말 잘 통하는군."

희미하게 삐걱거리는 소리와 함께 그들의 발 아래에서 진동이 느껴졌다. 카르나크 호가 셸랄을 향한 귀항에 나선 것이다.

레이스가 말했다.

"문제의 진주 목걸이, 그 문제를 이제 밝혀내야겠군."

"무슨 계획이라도 있나?"

레이스는 흘긋 손목시계를 보았다.

"그렇다네. 30분만 있으면 점심 시간이지. 식사가 끝날 때쯤 발표를 할 생각이야. 진주 목걸이가 도난당했다는 사실을 밝히고 모두를 식당에 잡아 놓은 다음 그동안 조사를 하려고 하네."

푸아로가 찬성한다는 뜻으로 고개를 끄덕였다.

"괜찮은 생각이군. 누구든 그 목걸이를 아직은 가지고 있을 걸세. 미리 예고하지 않고 그렇게 한다면, 겁에 질려 물 속에 던질 생각도 못할 걸세."

레이스가 종이 몇 장을 자기 쪽으로 끌어당기며 변명하듯 중얼거렸다.

"일을 할 때 난 여러 가지 사실들을 간단하고 명료하게 정리하는 게 좋다네. 그러면 머리가 혼란스럽지 않거든."

"잘하는 걸세. 방법과 질서, 그런 게 가장 중요하지."

푸아로가 대답했다.

레이스는 작고 깔끔한 글씨로 한동안 종이에 뭔가 적어 내려가더니 이윽고 그 종이를 푸아로에게 내밀었다.

"자네 생각과 다른 게 있나?"

푸아로는 그 종이를 받았다. 거기엔 이렇게 씌어 있었다.

리넷 도일 살인 사건

도일 부인이 살아 있는 모습을 마지막으로 본 사람은 부인의 하녀인 루이즈 버젯이다. 11시 30분쯤.

11시 30분에서 12시 20분 사이에 알리바이가 있는 이들은 코닐리어 롭슨, 제임스 팬숍, 사이먼 도일, 자클린 드 벨포르뿐으로 그 외 사람들은 알리바이가 없다. 하지만 이 범죄는 이 시각 이후에 저질러진 것이 거의 확실하다. 왜냐하면 실제로 사용된 권총이 자클린 드 벨포르의 권총임이 분명한데, 당시 그것은 그녀의 핸드백에 들어 있었기 때문이다. 탄알에 대한 검시와 전문가의 증언이 있기 전까지는 확신할 수 없다. 하지만 이 가정은 충분히 개연성이 있다고 본다.

사건의 경과를 추정해 보면, X(살인범)는 전망실에서 자클린과 사이먼 도일 사이에 벌어진 소동을 목격하고 권총이 굴러 들어간 소파 밑 위치를 눈여겨보아 두었다. 전망실에서 사람들이 나가자, X는 그 권총을 손에 넣었다……. 그 남자(또는 여자)는 자클린 드 벨포르에게 혐의가 돌아가게 할 생각이었다. 이런 가정에서 보면, 다음과 같은 이들이 자동적으로 혐의를 벗게 된다.

코닐리어 롭슨: 왜냐하면 그녀는 제임스 팬숍이 권총을 찾으러 가기 전까지 그걸 손에 넣을 기회가 없었다.

바워즈 양: 동일.

베스너 박사: 동일.

주목할 점: 팬숍은 혐의를 완전히 벗을 수 없다. 왜냐하면 그가 실제로는 권총을 찾고서도 거기에 없었다고 거짓말을 했을 수도 있기 때문이다.

그 밖에 사람들은 모두 문제의 10분 동안 권총을 가져갈 기회가 있었다.

다음과 같은 살인 동기가 있을 수 있다.

앤드류 페닝턴: 그는 리넷 도일의 재산을 횡령한 혐의가 있다. 이런 가정을 뒷받침할 만한 상당한 증거가 있지만, 이 사건의 범인으로 여겨도 좋을 정도는 아니다. 문제의 돌을 굴러 떨어뜨린 사람이 그였다면, 그는 다가온 기회를 놓치는 사람이 아니다. 이 범죄는 '전체적인' 방식을 제외하면 미리 계획된 것이라고 할 수 없다. 어젯밤의 총격 장면은 그에게 이상적인 기회였을 것이다.

페닝턴의 혐의에 대한 반론도 있다. 그가 범인이라면 그는 왜 자클린 벨포르에게 불리한 결정적인 증거물이 된 권총을 물 속에 던진 것일까?

플릿우드: 동기는 복수. 플릿우드는 리넷 도일 때문에 자신이 커다란 타격을 입었다고 여기고 있었다. 문제의 장면을 엿본 그가 권총이 있는 곳을 눈여겨보아 두었을 수 있다. 그는 자클린에게 죄를 뒤집어

씌우려는 생각에서라기보다 그것이 간편한 무기이기 때문에 손에 넣었을 것이다. 이런 가정에서 보면 그 권총을 왜 물 속에 던졌는지가 설명된다. 하지만 만일 실제로 그랬다면, 어째서 그는 벽에다 피로 J라고 써 놓은 것일까?

주목할 점: 권총과 함께 발견된 싸구려 손수건은 돈이 많은 승객보다는 플릿우드 같은 사내가 갖고 다닐 가능성이 높다.

로잘리 오터번: 밴 슈일러의 증언을 믿어야 하나, 아니면 로잘리의 부인을 믿어야 하나? 당시 뭔가가 물 속에 던져졌고, 그 무엇은 벨벳 목도리에 싸인 문제의 권총인 것 같다.

주목할 점: 로잘리에게 살인 동기가 있는가? 그녀는 리넷 도일을 싫어했고 심지어 그녀를 시샘했을지도 모른다. 하지만 그것은 살인 동기로서는 크게 부적절하다. 적절한 동기를 찾아낼 수 있어야만 그녀에게 불리한 증거가 설득력을 갖게 될 것이다. 우리가 아는 한 로잘리 오터번과 리넷 도일은 이전에 만나거나 연관된 적이 없다.

밴 슈일러: 문제의 벨벳 목도리는 밴 슈일러의 것이다. 그녀 자신의 말에 따르면 그녀가 그것을 마지막으로 본 것은 어젯밤 전망실이었다. 그녀는 어제 저녁 그것이 없어졌다는 것을 알고는 찾게 했지만 소용이 없었다고 했다.

그 목도리가 어떻게 X의 손에 들어갔을까? X는 그날 저녁 일찍 그것을 훔쳤을까? 하지만 그랬다면 그 이유가 무엇일까? 자클린과 사이먼 사이에 소동이 벌어지리라는 것을 미리 알 수 있는 사람은 없었다. X는 소파 아래에 있는 권총을 가지러 전망실로 갔을 때 우연히 그 목도리를 본 것일까? 그랬다면 그 목도리를 찾았을 때는 왜 발견되지 않았을까? 혹시 그 목도리는 밴 슈일러가 줄곧 갖고 있었던 것은 아닐까? 그것은 곧 밴 슈일러가 리넷 도일을 죽였다는 뜻이 아닌가? 로잘리 오터번에 대한 그녀의 진술은 의도적인 거짓말이었을까? 만약 그녀가 리넷 도일을 죽였다면 그 동기는 무엇일까?

다른 가능성들도 있을 수 있다.

강도에 의한 살인: 가능하다. 왜냐하면 리넷 도일이 어젯밤 분명히 걸고 있던 진주 목걸이가 사라졌기 때문이다.

리지웨이 집안에 원한을 가진 누군가에 의한 살인: 가능하지만 역시 증거가 없다.

우리는 위험한 인물, 곧 살인 청부업자가 이 배에 타고 있다는 사실을 알고 있다. 여기 살인 청부업자와 죽은 자가 있다. 이 둘을 연관시킬 수는 없을까? 하지만 그러기 위해서는 리넷 도일이 그자에 대해 위협적인 정보를 알고 있었다는 사실을 증명해야 한다.

결론: 이 배에 타고 있는 이들을 살인 동기가 있거나 의심할 만한 결정적인 증거가 있는 사람들, 그리고 우리가 알고 있는 한 혐의에서 자유로운 사람들의 두 그룹으로 나눌 수 있다.

제1그룹

앤드류 페닝턴

플릿우드

로잘리 오터번

밴 슈일러

루이즈 버젯(강도 살인?)

퍼거슨(정치적인 살인?)

제2그룹

앨러턴 부인

팀 앨러턴

코닐리어 롭슨

바워즈

베스너 박사

리체티

오터번 부인

제임스 팬숍

푸아로는 그 종이를 돌려주었다.

"여기 적힌 내용은 아주 적절하고 정확하군."

"자네 생각도 같은가?"

"그렇다네."

"그럼 이제 자네가 덧붙이고 싶은 말은 뭔가?"

푸아로는 젠체하는 태도로 몸을 바로 세웠다.

"난 사실 스스로에게 한 가지 질문을 하고 있다네. '그 권총이 왜 물 속에 던져졌을까?' 하는 것 말일세."

"그게 전부인가?"

"지금으로서는 그렇다네. 그 문제에 대해 만족스러운 대답을 얻기 전까지는 이 사건에는 이치에 닿는 구석이 없네. 그러니까 그것이 사건 해결의 출발점인 게 분명하네. 자네는 말일세, 친구, 현재까지의 정보를 정리하면서도 그 문제에 대한 대답은 찾으려 하지 않았더군."

레이스는 어깨를 으쓱해 보였다.

"도대체 뭐가 뭔지 모르겠군."

푸아로는 혼란스러운 듯 고개를 내저었다. 그런 다음 물에 젖어 흐느적거리는 벨벳 꾸러미를 집어 들어 탁자 위에 올려놓고 주름을 폈다. 그의 손가락이 그슬린 자국과 불에 탄 구멍 위를 쓸었다. 그가 갑자기 말했다.

"말해 주게, 친구. 자네는 나보다 총기에 대해 잘 알고 있지. 이런 목도리로 권총을 감싸고 쏘면 총소리를 크게 줄일 수 있나?"

"아니, 그렇지 않네. 소음기처럼 소리를 죽일 순 없네."

푸아로는 고개를 끄덕이고는 말을 계속했다.

"남자라면, 총기를 다뤄 본 경험이 많은 남자라면 그 사실을 알고 있겠지. 하지만 여자라면, 여자라면 잘 모를 거야."

레이스가 호기심 서린 눈길로 그를 바라보았다.

"아마 그럴 걸세."

"그럴 걸세. 그 여자는 세부 사항이 정확하게 묘사되어 있지 않은 추리 소설을 읽었을지도 모르지."

레이스는 진주 장식 손잡이가 달린 문제의 권총을 손가락으로 두드린 다음 말했다.

"이 조그만 권총은 어쨌든 그다지 큰 소리가 나지 않는다네. 그저 탕 하는 소리만 날 걸세. 주위에서 다른 소리가 난다면 십중팔구는 아무도 그 소리에 주목하지 않을 걸세."

"그래, 나도 그 점에 대해 생각해 보았다네."

푸아로는 문제의 손수건을 집어 들어 살펴보았다.

"남자용 손수건이군. 하지만 신사용은 아닐세. 스 셰르(이 대단한 물건은) 울워스 슈퍼마켓에서 산 것 같은데. 기껏해야 3펜스밖에 안 될 걸세."

"그런 손수건은 플릿우드 같은 사람이 갖고 다닐 만하지."

"그렇다네. 앤드류 페닝턴은 아주 좋은 실크 손수건을 갖고 다니더군."

"퍼거슨은 어떨까?"

레이스가 물었다.

"퍼거슨의 것일 수도 있네. 일부러 이런 손수건을 고를 사람이지. 하지만 그럴 목적이라면 밴다나*를 택했을 걸세."

"이 손수건은 권총을 잡을 때 지문을 남기지 않기 위해 장갑 대신 사용한 모양이야."

그런 다음 레이스는 농담 삼아 덧붙였다.

* 홀치기 염색한 대형 손수건.

"사건의 단서인 핑크빛 손수건이라."

"아, 그렇지. 젊은 처녀에게 어울리는 색깔 아닌가?"

푸아로는 손수건을 내려놓고는 목도리로 돌아가 다시 한 번 총탄 구멍들을 살펴보았다.

"어쨌든 이상해……."

그가 중얼거렸다.

"뭐가 이상하다는 건가?"

레이스 대령의 질문에 푸아로가 부드러운 어조로 대답했다.

"세트 포브르 마담 도일.(가엾은 마담 도일.) 이렇게 평화로운 모습으로 누워 있다니……. 머리에 작은 구멍이 난 채로 말일세. 그녀가 어떤 모습이었는지 기억나나?"

레이스는 한동안 호기심 어린 표정으로 그를 쳐다보더니 대답했다.

"자네가 내게 뭔가를 말하려 한다는 건 알겠네. 하지만 그게 뭔지는 전혀 모르겠군."

제18장

문을 두드리는 소리가 들려왔다.

"들어오세요."

레이스가 소리쳤다.

승무원 하나가 들어와 푸아로에게 말했다.

"실례합니다만, 선생님. 도일 씨가 뵙고 싶어 하십니다."

"가 보겠네."

푸아로가 자리에서 일어났다. 그는 방을 나와 산책 갑판으로 통하는 층계를 올라가 베스너 박사의 선실로 갔다.

사이먼은 열에 들뜨고 상기된 얼굴로 베개 속에 파묻혀 있었다. 당황한 것 같았다.

"와 주셔서 정말 고맙습니다, 무슈 푸아로. 저 좀 보십시오, 선생께 부탁드리고 싶은 게 있습니다."

"그게 뭡니까?"

사이먼의 얼굴이 더더욱 붉어졌다.

"그건, 그건 재키에 관한 겁니다. 재키를 만나 보고 싶습니다. 선생님께서 재키에게 이쪽으로 가 보라고 하시면 재키가 불쾌하게 생각할까요? 알다시피 전 여기 누워서 이런 생각을 하고 있습니다……. 가엾은 아이 같으니라고. 결국 그녀는 아직 아이일 뿐입니다. 그런데 전 그녀에게 정말이지 몹쓸 짓을 했지요. 그리고……."

그는 말을 더듬다가 입을 다물었다.

푸아로는 흥미로운 눈길로 그를 쳐다보았다.

"마드무아젤 자클린을 만나 보고 싶다고요? 가서 그녀를 데려오지요."

"감사합니다. 정말이지 친절하시군요."

푸아로는 사이먼의 부탁을 전하러 갔다. 자클린은 전망실 한구석에 웅크리고 앉아 있었다. 그녀의 무릎에는 책이 펼쳐져 있었지만 읽고 있는 것은 아니었다.

푸아로가 부드럽게 말했다.

"함께 가시지 않겠습니까, 마드무아젤? 무슈 도일이 당신을 보고 싶어 합니다."

그녀가 움찔 놀랐다. 얼굴이 붉어지더니 이윽고 창백해졌다. 당황한 것 같았다.

"사이먼이요? 사이먼이 저를 보고 싶어 한다고요?"

자클린은 믿기지 않는 듯했다.

"가시겠습니까, 마드무아젤?"

"전, 그래요, 물론 가겠어요."

그녀는 어린아이처럼 온순하게, 하지만 영문을 모르겠다는 듯이 그를 따라나섰다.

푸아로가 선실로 들어갔다.

"마드무아젤이 왔습니다."

자클린은 푸아로의 뒤를 따라 들어와서는 손을 흔들어 보이고는 가만히 서 있었다. 벙어리처럼 말없이 서 있는 그녀의 두 눈은 사이먼의 얼굴에 고정되어 있었다.

"안녕, 재키."

그 역시 당황한 것 같았다. 그가 말을 계속했다.

"이렇게 와 줘서 정말 고마워. 내가 말하고 싶은 것은, 그러니까 내 말은……."

그러자 그녀가 그의 말허리를 잘랐다. 그녀는 헐떡이며 필사적으로 말을 쏟아 냈다.

"사이먼, 난 리넷을 죽이지 않았어. 당신도 내가 그러지 않았다는 걸 알 거야……. 난, 난 어젯밤 정신이 나갔었어. 오, 날 용서할 수 있겠어?"

이제 그는 훨씬 수월하게 말했다.

"물론이지. 괜찮아! 정말 괜찮고말고! 그게 바로 내가 말하고 싶었던 거였어. 네가 조금 걱정을 하고 있을 것 같아서……."

"걱정을 하고 있다고? 조금? 오! 사이먼!"

"그게 바로 내가 말하고 싶었던 거야. 정말 괜찮은 거지, 재키? 어젯밤 넌 좀 흥분했을 뿐이야. 좀 갑갑했던 거지. 너무나도 당연한 일이야."

"오, 사이먼! 내가 당신을 죽였을 수도 있어!"

"아니야, 그렇지 않아. 그렇게 시원찮은 장난감 권총으로는 그럴 수 없어……."

"그리고 사이먼, 자기 다리 말이야! 어쩌면 다시는 걸을 수 없을지도 몰라."

"자, 여길 봐, 재키, 울지 마. 배가 아스완에 도착하자마자 엑스선 촬영을 하고 총알을 꺼낼 거야. 그러면 모든 게 예전으로 돌아가는 거야."

자클린은 침을 두 차례 삼키고는 앞으로 달려 나가 사이먼의 침대 옆에 꿇어앉아서는 얼굴을 묻고 흐느꼈다. 사이먼은 어색하게 그녀의 머리를 토닥였다. 그 순간 그와 푸아로의 두 눈이 마주쳤다. 푸아로는 한숨을 내쉬고는 마지못해 선실을 나왔다. 방을 나오는 그의 귀에 토막토막 중얼거리는 소리가 들려왔다.

"내가 어떻게 그렇게 지독해질 수 있었을까? 오, 사이먼! 정말이지 너무나 미안해……."

밖에서는 코닐리어 롭슨이 난간에 기대어 서 있다가 푸아로의 쪽으로 고개를 돌렸다.

"오, 선생님이시군요. 무슈 푸아로. 이렇게 날씨가 좋다니 너무나도 잔인하게 느껴져요."

푸아로가 하늘을 올려다보고 말했다.

"태양이 빛날 때는 달이 보이지 않지요. 하지만 태양이 사라지고 나면, 아, 태양이 사라지고 나면 말입니다."

코닐리어의 입이 벌어졌다.

"뭐라고요?"

"마드무아젤, 난 해가 지고 나면 달을 보게 된다고 말하던 중이었습니다. 그렇지 않습니까?"

"음, 음, 그래요, 물론 그렇죠."

그녀는 의아해하는 눈길로 그를 바라보았다.

푸아로가 부드럽게 웃었다.

"쓸데없는 소리랍니다. 신경 쓸 것 없어요."

그는 선미를 향해 천천히 걸어갔다. 옆 선실을 지날 때 그는 잠시 걸음을 멈추었다. 안에서 토막토막 말소리가 들려왔던 것이다.

"지독히도 배은망덕하구나. 어쨌든 난 너를 위해 모든 것을 희생했다. 가엾은 어미를 이렇게 모질게 대하다니……. 내가 겪고 있는 고통을 전혀 생각해 주지 않다니……."

푸아로는 입술을 꼭 붙여 다물고는 한 손을 올려 선실 문을 두드렸다.

소스라친 듯한 침묵에 이어 오터번 부인의 목소리가 들려왔다.

"누구세요?"

"마드무아젤 로잘리 있습니까?"

로잘리가 문간에 모습을 나타냈다. 푸아로는 그녀의 모습에 충격을 받았다. 눈밑에는 검게 그늘이 져 있었고, 입 주위에는 주름이 잡혀 있었다.

"무슨 일이죠? 제게 무슨 볼 일이신가요?"

그녀가 퉁명스럽게 물었다.

"잠시 이야기를 나누고 싶은데요, 마드무아젤. 잠깐 같이 가시겠습니까?"

그녀의 입이 즉각 부루퉁하게 일그러졌다. 그녀는 미심쩍어하는 눈길로 그를 쏘아보았다.

"왜 제가 가야 하죠?"

"부탁입니다. 마드무아젤."

"오, 제 말은……."

그녀가 갑판으로 나선 다음 선실 문을 닫았다.

"무슨 일이신데요?"

푸아로는 그녀의 팔을 가볍게 붙잡고서 선미를 향해 그녀를 계속 이끌었다. 그들은 욕실을 지나 모퉁이를 돌아섰다. 나일 강이 그들 뒤에서 흐르고 있었다.

푸아로는 난간에 팔꿈치를 올려놓았다. 로잘리는 몸을 바로 세운 채 빳빳하게 서 있었다.

"무슨 일이신데요?"

그녀가 다시 물었다. 로잘리의 목소리는 아까와 똑같이 퉁명스러웠다.

푸아로는 단어 하나하나를 골라 가며 천천히 말했다.

"몇 가지 질문을 할 생각이었지요, 마드무아젤. 하지만 지금으로서는 아가씨가 그 질문들에 대답하지 않을 것 같군요."

"여기로 저를 데려오신 건 시간 낭비 같아요."

푸아로는 손가락 하나로 천천히 나무 난간을 쓸었다.

"당신은 익숙해져 있습니다, 마드무아젤, 스스로의 짐을 지고 다니는 데 말입니다……. 하지만 너무 오랫동안 그렇게 할 수는 없습니다. 긴장이 너무 커지고 있으니까요, 당신이 감당하기엔, 마드무아젤, 그 긴장이 너무 큽니다."

"무슨 말씀을 하시는지 모르겠군요."

"나는 지금 현실에 대해 말하고 있습니다, 마드무아젤. 진부하고 추한 현실에 대해서 말입니다. 사실을 있는 그대로 이야기합시다. 간단하게 한 문장으로 말하자는 겁니다. 당신 어머니는 알코올 중독입니다, 마드무아젤."

로잘리는 대답하지 않았다. 그녀의 입이 벌어졌다가 다시 다물어졌다. 처음으로 그녀가 당황한 모습을 보인 것이다.

"당신이 꼭 이야기를 할 필요는 없습니다, 마드무아젤. 내가 모든 걸 이야기하지요. 나는 아스완에서 당신과 어머니의 관계에 흥미를 느꼈습니다. 주의 깊게 계산된 당신의 자식답지 않은 언사에도 불구하고, 사실은 당신이 무엇인가로부터 어머니를 필사적으로 보호하고 있음을 즉각 알 수 있었지요. 나는 얼마 지나지 않아 그게 무엇인지 알았습니다. 어느 날 아침 중독 상태에 빠진 게 분명한 당신 어머니를 만났던 겁니다. 게다가 술을 몰래 마시고 있다는 것을 알 수 있었습니다. 가장 다루기 힘들다고 알려진 경우지요. 당신은 씩씩하게 그 문제와 맞서고 있었습니다. 그럼에도 당신 어머니는 은밀하게 온갖 술수를 동원했을 겁니다. 기지를 동원해 은밀하게 술을 구하고 그 사실을 줄곧 당신에게 숨기는 데 성공했겠지요. 그러다 어젯밤에야 당신이 술병을 숨겨 둔 곳을 찾아냈다고 해도 놀랄 일이 아니지요. 그래서 어젯밤 당신은 어머니가 깊이 잠들자마자 그 카슈(숨겨 둔 곳)의 내용물을 꺼내서는 배의 반대편으로 돌아가 나일강에 던져 버린 겁니다. 당신 방은 제방 쪽에 면해 있었으니까요."

그는 말을 잠시 멈추었다.

"내 말이 맞지 않습니까?"

로잘리가 갑자기 열을 내며 대답했다.

"맞아요, 선생님 말씀대로예요. 사실대로 말하지 않다니 제가 바보였던 것 같아요! 하지만 모든 사람들이 그 사실을 알게 하고 싶진 않았어요. 이 배에 탄 모든 이들이 알게 될 거잖아요. 그런데 이건 너무나, 너무나 어처구니없는 일이에요. 제 말은, 제가……."

푸아로가 그녀를 대신해 말을 맺었다.

"당신이 살인 혐의를 받는다는 게 어처구니없다는 거죠?"

로잘리는 고개를 끄덕이고는 다시금 말을 쏟아 놓았다.

"저는 열심히 애써 왔어요, 다른 사람들이 눈치 채지 못하게 하려고요……. 사실 그건 어머니의 잘못이 아니에요. 어머니는 무척 낙심했거든요. 책이 더 이상 팔리지 않았어요. 사람들은 그런 싸구려 성애 소설에 싫증을 냈지요……. 어머니는 상처를 입었어요. 치명적인 상처였어요. 그래서 술을 마시기 시작한 거예요. 꽤 오랫동안 저는 어머니가 왜 그렇게 이상하게 행동하는지 이유를 몰랐어요. 그러다가 그 사실을 알고는 술을 그만 드시게 하려고 애썼어요. 어머니는 조금 좋아진 듯하다가는, 갑자기 다시 술을 마시기 시작했고, 그러면 사람들과 끔찍한 말다툼을 벌이거나 소동을 일으키곤 했어요. 정말 끔찍했어요."

그녀는 부르르 몸을 떨었다.

"저는 줄곧 어머니에게서 눈을 뗄 수 없었어요. 제 시선에서 벗어나지 못하게 하려고요……. 그러자 어머니는 그것 때문에 저를 미워하기 시작했어요. 어머니는 제게서 완전히 등을 돌리셨어요. 때로는 저를 증오하고 있는 것 같았어요……."

"포브르 프티트.(가엾어라.)"

그녀는 격한 태도로 그에게 몸을 돌렸다.

"저를 안됐다고 여기지 마세요. 친절하게 대하시지도 말고요. 그러지 않으시는 편이 더 견디기 편해요."

그녀는 한숨을 내쉬었다. 길고도 가슴 아픈 한숨이었다.

"저는 지쳤어요……. 정말이지 완전히 지쳐 버렸어요."

"알아요."

"사람들은 제가 끔찍하다고 여기지요. 건방지고 찌무룩하고 언제나 화가 나 있으니까요. 그래도 전 어쩔 수가 없어요. 이제 저는 어떻게 해야 상냥해질 수 있는지조차 잊어버렸어요."

"내가 말한 게 바로 그겁니다. 당신은 무거운 짐을 혼자서 너무 오랫동안 짊어지고 있었어요."

로잘리가 천천히 말했다.

"마음이 좀 편하네요, 이 이야기를 하고 나니까 말이에요. 선생님은, 선생님은 언제나 제게 잘해 주셨어요, 무슈 푸아로. 제가 종종 너무 무례하지 않았나 싶어요."

"라 폴리테스(예의)란 건 말입니다. 친구 사이에서는 필요치 않답니다."

그녀의 얼굴에 갑자기 의구심에 찬 표정이 돌아왔다.

"이 사실을 모두에게 말하실 거죠? 그러셔야 할 것 같아요. 제가 강에 던진 게 그 빌어먹을 술병이라는 걸 밝혀야 하니까요."

"아니, 아닙니다. 꼭 그러지 않아도 된답니다. 마드무아젤께서는 그저 제가 알고자 하는 것만 말해 주면 됩니다. 그때가 언제였죠? 1시 10분이었나요?"

"그쯤 됐을 거예요. 정확한 시각은 기억할 수 없지만요."

"이제 말해 주십시오, 마드무아젤. 마드무아젤 밴 슈일러는 당신을 보았다고 했는데, 당신도 그녀를 보았나요?"

로잘리는 고개를 내저었다.

"아니요, 전 보지 못했어요."

"그녀 말이 자신의 선실 문틈으로 내다보았다더군요."

"저는 그녀를 보지 못했어요. 갑판만 둘러보고는 술병을 강물에 내던졌거든요."

푸아로가 고개를 끄덕였다.

"그러면 누군가 다른 사람을 보지는 못했나요? 갑판을 둘러보았을 때 말입니다."

잠시 침묵이 흘렀다. 꽤 긴 침묵이었다. 로잘리는 눈살을 찌푸리고 있었다. 곰곰이 생각하고 있는 것 같았다.

마침내 그녀는 아주 단호하게 고개를 내저으며 말했다.

"아니요, 전 아무도 보지 못했어요."

에르퀼 푸아로는 그 말에 천천히 고개를 끄덕였다. 하지만 그의 눈에 떠오른 표정은 심각했다.

제19장

사람들은 아주 차분한 태도로 하나둘 식당으로 들어왔다. 식사를 하려고 허겁지겁 식탁에 앉는 건 무정하고 몰인정하다고 여기는 분위기였다. 승객들은 거의 미안해하는 태도로 차례로 식탁에 와서 앉았다.

그의 어머니가 식탁에 앉고 나서 얼마 되지 않아 팀 앨러턴은 모습을 나타냈다.

그는 몹시 기분이 나쁜 듯 투덜거렸다.

"이런 형편없는 여행인 줄 알았다면 오지 않았을 텐데."

앨러턴 부인은 서글픈 표정으로 고개를 내저었다.

"오, 얘야, 나도 그렇단다. 그렇게 아름다운 여자가! 정말 아까운 일인 것 같다. 누군가 냉정하게 그 여자를 쏘아 죽였다고 생각해 보렴. 누군가 그런 짓을 할 수 있었다는 게 내겐 끔찍하구나. 그리고 가엾은 처녀가 또 하나 있지."

"자클린 말인가요?"

"그래, 그 처녀를 생각하면 마음이 아프구나. 그 처녀는 정말이지 불행해 보이더구나."

"장난감 권총을 쏘아 대며 돌아다녀선 안 된다고 배웠어야 해요."

버터를 바르면서 팀이 냉담하게 말했다.

"그 처녀가 힘들게 자랐기 때문일 거야."

"오, 제발 어머니, 그걸 그렇게 모성애를 갖고 보지 마세요."

"지금 기분이 몹시 나쁜 모양이구나, 팀."

"예, 그래요. 그렇지 않을 사람이 어디 있겠어요?"

"그렇게 불유쾌해할 이유가 있는지 난 모르겠다. 그저 몹시 슬픈 일일 뿐이지."

팀이 심술궂게 말했다.

"어머니는 사태를 낭만적인 관점에서 보고 계세요! 살인 사건에 말려드는 게 장난이 아니라는 걸 깨닫지 못하고 계시다고요."

앨러턴 부인은 조금 소스라친 듯했다.

"하지만 분명히……."

"바로 그거예요. '하지만 분명히' 같은 건 없어요. 이 빌어먹을 배에 타고 있는 사람들은 모두 다 혐의를 받고 있어요. 다른 사람들과 마찬가지로 어머니와 저도 그렇고요."

앨러턴 부인이 반박했다.

"이론적으로는 우리도 혐의를 받고 있겠지. 하지만 실제로는 말도 안 되잖니!"

"살인 사건에 관한 한 말도 안 되는 거란 없어요! 어머니는 거기 앉아서 미덕과 정직의 분위기를 내뿜고 계시지만, 셸랄이나 아스완의 많은 불쾌한 경찰들은 어머니의 얼굴만 보고 믿어 주진 않는다고요."

"어쩌면 그 전에 진실이 밝혀질 수도 있단다."

"어떻게 그럴 수 있다는 거죠?"

"무슈 푸아로가 밝혀낼 수도 있어."

"그 돌팔이 영감이요? 그 사람은 아무것도 알아내지 못할 거예요. 수다쟁이에다 콧수염이나 기르고 다닐 뿐이에요."

"그런데 팀, 네 말이 모두 사실이라고 치자. 그렇다 해도 우리는 그걸 헤쳐 나가야 해. 그러니까 그런 일에 대해 마음의 준비를 하고 가능한 한 유쾌하게 헤쳐 나가야 한단다."

하지만 그녀의 아들은 우울한 표정을 풀지 않았다.

"이 지긋지긋한 사건에는 진주 목걸이 도난 사건까지 연관되어 있는걸요."

"리넷의 진주 목걸이 말이냐?"

"예, 누군가 그걸 훔쳐간 것 같아요."

"그게 이 범죄의 동기인가 보구나."

앨러턴 부인이 말했다.

"꼭 그럴 이유가 어디 있겠어요? 어머니는 완전히 다른 두 가지 사건을 뒤섞고 계세요."

"진주 목걸이가 없어졌다고 누가 그러던?"

"퍼거슨이요. 퍼거슨은 기관실에서 일하는 험상궂게 생긴 친구에게서 들었고, 그 친구라는 사람은 리넷의 하녀에게서 들었대요."

"정말 멋진 목걸이였지."

그때 푸아로가 식당에 들어왔다. 그는 앨러턴 부인에게 고개를 숙여 보이고는 식탁에 앉으며 말했다.

"좀 늦었습니다."

"바쁘실 줄 알았어요."

앨러턴 부인이 말했다.

"예, 꽤 바빴답니다."

푸아로는 웨이터에게 포도주 한 병을 주문했다.

"모두들 취향이 각각이지요. 선생님은 언제나 포도주를 드시고, 팀은 위스키소다를 마시고, 저는 온갖 상표의 생수를 돌아 가며 마셔 본답니다."

"티엥!(그렇군요!)"

그렇게 말하고 푸아로는 잠시 앨러턴 부인을 응시한 다음 혼잣말을 했다.

"한 가지 생각이 떠오르는군……."

그런 다음 그는 조급하게 어깨를 으쓱해 보임으로써 갑자기 주의가 끌렸던 그 문제를 털어 버리고는 화제를 바꾸어 가벼운 어조로 말을 시작했다.

"도일 씨는 많이 다쳤나요?"

앨러턴 부인이 물었다.

"예, 상당히 심각한 부상입니다. 베스너 박사는 배가 아스완에 도착하기를 초조하게 기다리고 있습니다. 도일 씨의 다리를 엑스선으로 촬영하고 총알을 빼내기 위해서죠. 하지만 영영 절름발이가 되지는 않을 거라더군요."

"가엾은 사이먼, 어제까지만 해도 그 사람은 세상에서 원하는 것을 모두 가진 행복한 청년 같았지요. 그런데 이제 아름다운 아내는 죽고 자신은 꼼짝 못하고 누워 있는 신세가 되었군요. 하지만 바라건대……."

"뭘 바라시나요, 마담?"

앨러턴 부인이 말끝을 흐리자 푸아로가 물었다.

"그가 그 가엾은 처녀에게 너무 화가 나 있지 않기를 바랍니다."

"자클린 양에게 말인가요? 그 반대랍니다. 그는 그녀를 몹시 걱정하고 있어요."

푸아로는 팀에게 몸을 돌렸다.

"그건 어느 정도 심리학적인 문제라고 할 수 있지요. 마드무아젤 자클린이 이곳저곳으로 자기네 부부를 쫓아다니고 있는 동안, 그는 몹시 화가 나 있었지요. 하지만 이제 실제로 그녀에게 총을 맞고 심각한 상처, 어쩌면 영영 절름발이가 될 수도 있는 상처를 입고 나자, 그의 모든 분노가 사라져 버린 것 같습니다. 그런 걸 이해하실 수 있으신가요?"

"예, 이해할 수 있을 것 같습니다. 그동안은 그 아가씨가 자신을 바보로 만들었다는 느낌이 들어서…….”

팀이 생각에 잠긴 표정으로 대답했다.

푸아로가 고개를 끄덕였다.

“당신 말이 맞습니다. 그건 그의 사나이로서의 체면에 상처를 주었지요.”

“하지만 지금은…… 어떤 면에서 보자면 그 아가씨 자신이 스스로를 바보로 만들고 만 겁니다. 모두들 그 아가씨를 우습게 보고 있으니까…….”

“그 자신은 오히려 너그럽게 용서할 수 있는 거죠. 남자들이란 정말 어린아이들 같아요!”

앨러턴 부인이 끼어들어 말을 마쳤다.

“여자들이 늘 그렇게 말하지만 정말이지 그건 사실과는 거리가 멀다고요.”

팀이 중얼거렸다.

푸아로는 미소를 짓고는 팀에게 말했다.

“그런데 말입니다. 마담 도일의 친척인 조애너 사우스우드 양은 마담 도일과 닮았나요?”

“좀 잘못 아신 것 같군요, 무슈 푸아로. 그 애는 우리 친척이고 리넷과는 친구 사이랍니다.”

“아, 죄송합니다. 제가 혼동했군요. 뉴스에 자주 등장하는 젊은 숙녀라서 한동안 관심이 끌렸답니다.”

“이유가 뭐죠?”

팀이 날카롭게 물었다.

자클린 드 벨포르가 탁자를 지나 걸어가는 것을 보고 푸아로는 인사를 하기 위해 자리에서 반쯤 몸을 일으켰다. 자클린의 두 뺨은 상기되고 두 눈은 빛났으며 호흡은 약간 거칠어져 있었다. 다시 자리에 앉은 푸아로는 팀의 질문을 잊어버린 모양이었다. 그가 애매한 어조로 나지막하게 물었다.

"비싼 보석을 하고 다니는 젊은 숙녀들은 모두 마담 도일처럼 부주의한가요?"

"그렇다면 그 목걸이를 도둑맞았다는 소문이 사실이군요?"

앨러턴 부인이 물었다.

"누가 그러던가요, 마담?"

"퍼거슨이 그러더군요."

자신에게 물은 것도 아닌데 팀이 대답했다.

푸아로가 심각하게 고개를 끄덕였다.

"분명한 사실입니다."

"내 생각에는 이 사건으로 우리 모두가 상당히 불쾌해질 것 같아요. 그럴 거라고 팀이 말하더군요."

앨러턴 부인이 신경이 곤두선 듯 말했다.

그녀의 아들이 얼굴을 찌푸렸지만, 이미 푸아로는 그를 향해 몸을 돌리고 있었다.

"아! 전에도 이런 경험이 있었나 보군요? 집에 도둑이 든 적이 있나요?"

"전혀 없습니다."

"오, 있잖니, 얘야. 넌 그때 포털링턴에 있는 그 저택에 있었잖아. 그 끔찍한 여자가 다이아몬드를 도둑맞았을 때 말이다."

"이렇게 언제나 대책 없이 착각을 하신다니까요, 어머니, 제가 거기 도착한 건 그 여자가 그 살찐 목에 걸고 있던 다이아몬드 목걸이가 모조품이라는 사실이 드러나고 난 다음이었어요! 실제로 그걸 바꿔치기한 건 그보다 몇 달 전일 거예요. 사실 많은 이들이 그 여자가 벌인 자작극일 거라고 했지요!"

"조애너가 그렇게 말한 모양이구나."

"조애너는 거기에 없었어요."

"하지만 그 애는 그 사람들을 잘 알고 있었잖니. 그리고 그런 식의 추측은 조애너가 할 만한 것이고."

"언제나 조애너를 깎아내리시네요, 어머니."

푸아로는 서둘러 화제를 바꾸었다. 그는 아스완의 한 가게에서 좋은 거래를 했노라고 말했다. 한 인도 상인에게서 자줏빛과 금빛이 어우러진 아주 멋진 옷감을 샀던 것이다. 물론 돈은 좀 써야 했지만…….

"그들 말로는 나를 위해 그걸, 그러니까 발송해 줄 수 있다더군요. 그리고 그 비용도 그다지 비싸지 않을 거라면서요. 그 물건들이 정말 잘 도착할까요?"

앨러턴 부인은 자신이 듣기로는 많은 사람들이 물건을 구입한 상점에서 직접 영국으로 물품을 보내고는 했는데, 모두 무사히 도착했다고 말했다.

"비엥.(잘됐군요.) 그럼 저도 그렇게 해야겠군요. 하지만 해외에 있을 때 영국에서 소포가 오면 확실히 문제가 생긴답니다! 그런 경험이 있으신지요? 그러니까 여행 중에 소포를 받아 보신 적이 있으신가요?"

"우린 그런 적이 없었던 것 같지, 팀? 넌 이따금 책을 받곤 했지만 문제가 있었던 적이 없잖니."

"아, 그럼요. 책은 다르지요."

디저트가 나왔다. 그때 아무런 예고도 없이 레이스 대령이 자리에서 일어나 이야기를 시작했다.

그는 살인 사건의 정황에 대해서 간단하게 말한 다음 진주 목걸이가 도난당했다는 사실을 알렸다. 곧 배 전체를 수색할 것이므로, 수색이 끝날 때까지 모든 승객을 식당에 머무르게 하지 않을 수 없다는 것이었다. 그리고 승객들이 자발적으로 수색에 응해 주기를 바란다는 말도 덧붙였다.

푸아로는 재빨리 레이스의 곁으로 다가갔다. 그들 주위에서 자그마한 소동이 벌어졌다. 의혹과 분노와 흥분이 뒤섞인 목소리들이 들려왔다…….

레이스 바로 곁까지 간 푸아로는, 막 식당을 나가려는 그의 귀에 대고 나지막하게 뭐라 말했다.

레이스는 귀를 기울이고는 그러겠다고 고개를 끄덕이더니 승무원 하나를 손짓으로 불러 한두 마디 지시했다. 그런 다음 푸아로와 함께 식당을 나와 문을 닫고 갑판으로 나섰다.

그들은 잠시 난간 옆에 서 있었다. 레이스가 담배에 불을 붙이고는 말했다.

"괜찮은 생각일세. 저 안에서 뭔가 나온다면 곧 알게 될 걸세. 그들에게 3분의 시간을 주었다네."

식당 문이 열리더니 조금 전 그들이 불렀던 승무원이 밖으로 나왔다. 그는 레이스에게 경례를 부친 다음 말했다.

"말씀하신 대롭니다, 대령님. 어떤 숙녀 분이 지체 없이 당장 대령님과 이야기해야 할 급한 일이 있다고 하십니다."

레이스의 얼굴에 만족스러운 표정이 떠올랐다.

"그분이 누군가?"

"바워즈 양입니다, 대령님. 그 간호사 분 말입니다……."

레이스는 살짝 놀라는 표정을 짓더니 이렇게 말했다.

"그분을 흡연실로 모셔 오게. 그 밖에 다른 누구도 식당을 떠나게 해선 안 되네."

"그러지요, 대령님. 다른 승무원이 지키고 있도록 하겠습니다."

그는 식당으로 돌아갔고, 푸아로와 레이스는 흡연실로 갔다.

"바워즈라, 이런?"

레이스가 중얼거렸다.

그들이 흡연실 안으로 들어가자마자 아까의 승무원이 바워즈와 함께 나타났다. 승무원은 바워즈를 들여보낸 다음 방을 나가 문을 닫았다.

"무슨 일인가요, 바워즈 양? 왜 그러시죠?"

레이스가 묻는 표정으로 그녀를 바라보았다.

바워즈는 평소처럼 침착하고 차분해 보였다. 그녀는 특별히 감정의 동요를 내보이지 않았다.

"죄송합니다, 레이스 대령님. 하지만 지금 상황에서 제가 할 수 있는 최선의 행동은 즉시 대령님께 사실을 말씀드리는 거라고 생각했어요."

그녀는 깔끔해 보이는 자신의 검은 핸드백을 열었다.

"이걸 돌려드리려고요."

그러고는 진주 목걸이를 꺼내 탁자 위에 올려놓았다.

제20장

만약 바워즈가 소동을 일으키는 것을 즐기는 유형이었다면 그 행동으로 충분한 보상을 누릴 수 있었으리라.

커다란 놀라움에 찬 표정으로 레이스는 탁자에서 진주 목걸이를 집어 들었다.

"정말 놀라운 일이군요. 어떻게 된 일인지 설명해 주시겠습니까, 바워즈 양?"

"물론이죠. 제가 여기 온 건 바로 그래서니까요."

바워즈는 의자에 앉은 채 편안한 자세를 취했다.

"저로서는 어떻게 행동하는 것이 최선인지 판단하는 게 조금 힘들었어요. 그 집안 분들은 당연히 어떤 종류든 간에 추문에 말려드는 것을 싫어할 테고, 또 저의 분별력을 믿고 계시니까요. 하지만 상황이 너무나 예외적이라 선택의 여지가 없군요. 선실에서 아무것도 나오지 않는다면, 두 분은 당연히 승객의 몸 수색을 하실 거고, 그때 이 진주 목걸이가 제게서 발견되면, 어색한 상황이 될 테니까요. 어느 쪽이든 진실은 밝혀질 테지만요."

"그런데 진실이란 게 어떤 겁니까? 당신이 이 진주 목걸이를 도일 부인의 선실에서 가져왔나요?"

"오, 아니에요, 레이스 대령님. 물론 아니에요. 밴 슈일러 여사가 그랬답니다."

"밴 슈일러 여사가요?"

"그래요, 그분도 어쩔 수 없이 그러는 거랍니다. 그러니까 물건을 훔치는 거죠. 특히 보석류를 훔치지요. 제가 언제나 그분 옆에 있는 건 사실은 그래서예요. 그분의 건강 때문이 아니라 말이죠. 이상 성격이지요. 전 줄곧 경계를 늦추지 않았고, 다행히 제가 그분 곁에 있은 다음에는 문제가 생긴 적이 없어요. 그저 줄곧 지켜보기만 한 거죠. 그런데 그분은 훔친 물건을 언제나 똑같은 장소에 숨긴답니다. 스타킹에 둘둘 말아서 말이에요. 그래서 사태는 아주 간단하지요. 매일 아침 살펴보면 되니까요. 물론 저는 잠을 깊이 자는 편도 아니고 언제나 그분 옆방에서 자지요. 호텔에 묵을 경우에는 사잇문을 열어 두고요. 그래서 대개는 그분이 내는 소리를 들을 수 있답니다. 소리가 들리면 저는 그분을 쫓아가 설득해 침대로 돌려보내지요. 물론 배에서는 이런 일이 좀 어렵지요. 하지만 그분은 밤에는 물건을 훔치지 않는 편입니다. 그저 눈에 띄는 물건을 슬쩍 집어넣는 경우가 더 많거든요. 물론 진주는 그분에게 언제나 굉장히 매력적인 물건이었지요."

바워즈가 말을 마치자 레이스가 물었다.

"당신은 이 목걸이가 도난당한 것이라는 걸 어떻게 아셨나요?"

"오늘 아침 이 목걸이가 스타킹 속에 들어 있더군요. 전 물론 이 목걸이가 누구의 것인지 알고 있었어요. 종종 이걸 보았으니까요. 전 도일 부인이 아직 잠에서 깨지 않아서 목걸이가 없어졌다는 걸 깨닫지 못했기를 바라며 제자리에 돌려놓으러 갔어요. 하지만 거기에는 승무원 하나가 서 있었고, 살인 사건이 일어났으니 아무도 안으로 들어갈 수 없다고 하더군요. 그래서 저는 정말 곤경에 빠졌답니다. 하지만 전 그것이 없어졌다는 사실이 알려지기 전에 나중에라도 살짝 그 방에 도로 가져다 놓을 수 있으리라는 희망을 갖고 있었지요. 단언하는데, 저는 어떻게 하는 게 최선일까를 궁리하며 정말이지 불편한 오전 나절을 보냈답니다. 아시다시피 밴 슈일러 집안은 아주 특별하고 독보적이죠. 이 사건이 신문에 난다면, 그 명성에 먹칠을 할 거예요. 꼭 그래야 하는 건 아니겠죠?"

바워즈는 정말 걱정을 하는 것 같았다.

레이스가 신중하게 대답했다.

"상황에 따라 다릅니다. 하지만 우리는 물론 당신을 위해 최선을 다하겠습니다. 밴 슈일러 여사는 이 일에 대해 뭐라고 하던가요?"

"오, 그분은 물론 이 일을 부인할 거예요. 언제나 그런답니다. 어떤 심술궂은 사람이 그걸 거기에다 넣어 둔 것이라고 하면서요. 그분은 그 어떤 사실도 인정한 적이 없어요. 혹시 현장에서 잡혔다 하더라도 어린 양처럼 순진 무구한 표정으로 침대로 돌아갔을 거예요. 달 구경을 하려고 나왔을 뿐이라고 하면서요. 언제나 그런 식이랍니다."

"롭슨 양은 이 일, 그러니까 이런 약점에 대해 알고 있습니까?"

"아니요. 그 아가씨는 몰라요. 그녀의 어머니는 알고 있습니다만, 자기 딸이 너무 순진한 유형이라 이런 일은 모르는 게 최선이라고 생각했지요. 제가 밴 슈일러 여사를 잘 다룰 수 있었으니까요."

바워즈가 유능한 간호사답게 덧붙였다.

"감사를 드려야겠네요, 마드무아젤. 이렇게 신속하게 우리에게 와 주신 데 대해서요."

푸아로가 말했다.

바워즈가 자리에서 일어섰다.

"제 행동이 최선이었으면 좋겠네요."

"분명히 그렇습니다."

"알다시피 살인 사건도 연관되어 있어서……."

레이스가 그녀의 말허리를 잘랐다. 그의 어조는 심각했다.

"바워즈 양, 한 가지 묻고 싶은 게 있는데, 부디 사실대로 대답해 주시기 바랍니다. 밴 슈일러 여사는 병적 도벽을 할 정도로 정신적으로 혼란스러운 상태입니다. 그녀에게 살인광적인 경향도 있는 거 아닙니까?"

즉각 대답이 나왔다.

"오, 맙소사. 아니에요! 그런 종류의 일 같은 건 없어요. 제 말을 절대적으로 믿으셔도 좋아요. 그 나이 든 숙녀는 파리 한 마리 죽이지 못한답니다."

그 대답이 너무나도 확실했으므로 더 이상 할 말이 없는 것 같았다. 그럼에도 푸아로는 부드럽게 한 가지 더 물었다.

"밴 슈일러 여사는 귀가 잘 들리지 않아서 고생하고 계시지 않습니까?"

"사실 그렇답니다, 무슈 푸아로. 다른 사람이 눈치 챌 만큼은 아니지만요. 그러니까 제 말은 그분과 이야기를 하고 있을 때는 잘 모른다는 겁니다. 하지만 누군가 방에 들어와도 종종 그 소리를 듣지 못한답니다. 그런 식이죠."

"그녀가 옆방인 도일 부인의 방에서 누군가 움직이는 소리를 들을 수 있었을까요?"

"오, 그렇지 않을 거예요. 전혀 듣지 못할 거예요. 침대는 그 방과는 반대쪽에 있답니다. 칸막이 벽에 귀를 대고 들었다 해도 아무 소리도 못 들었을 거예요."

"고맙습니다, 바워즈 양. 이제 식당으로 돌아가셔서 다른 사람들과 함께 기다려 주시겠습니까?"

레이스가 말했다.

그는 바워즈 양에게 문을 열어 준 다음 계단을 내려가 식당으로 들어가는 그녀의 모습을 지켜보았다. 이윽고 그가 우울한 어조로 말했다.

"음, 반응이 꽤 빨리 나타났군. 바워즈 양은 아주 냉정한 머리에

빈틈없는 여자일세. 자신의 목적에 부합한다면 우리에게 더 이상의 정보를 주지 않을 걸세. 그런데 메리 밴 슈일러는 어떻게 된 걸까? 그녀를 용의선상에서 제외할 수는 없을 것 같네. 그 여자가 진주 목걸이를 손에 넣기 위해 살인을 했을 수도 있네. 우리는 저 간호사의 말을 액면 그대로 믿을 수는 없네. 저 여자는 그 집안을 위해 최선을 다하고 있을 테니까."

푸아로는 동의의 뜻으로 고개를 끄덕였다. 그는 진주 목걸이를 살펴보느라 바빴다. 손가락으로 쓸어 보고 눈에 대고 들여다보기도 했다.

이윽고 그가 말했다.

"내 생각에 그 나이 든 숙녀가 우리에게 들려준 이야기는 사실인 것 같네. 그녀는 자신의 선실 문틈으로 밖을 내다보았고, 로잘리 오터번을 보았을 걸세. 하지만 리넷 도일의 방에서 무슨 소리를 들었다는 건 사실이 아닌 것 같네. 내 생각에 그녀는 살그머니 들어가 진주 목걸이를 훔쳐 오려고 자기 선실에서 밖을 내다보고 있었던 것 같네."

"그러면 오터번 양이 실제로 거기 있었단 건가?"

"그렇다네. 자기 어머니의 은밀한 카슈에서 찾아낸 술병을 물에 던지고 있었지."

레이스가 가엾다는 듯이 고개를 내저었다.

"그렇게 된 거였군! 젊은 처녀가 감당하기엔 너무 힘든 일이군."

"그렇다네. 그녀의 삶은 그리 즐겁지 않았다네. 세트 포브르 프티트 로잘리.(그 가엾은 어린 처녀 로잘리 말일세.)"

"음, 그 사실이 밝혀져서 기쁘군. 그녀가 뭔가 보거나 듣지 못했을까?"

"나도 그녀에게 물어보았다네. 그녀는 아무도 보지 못했다고 대답하더군. 족히 20초는 뜸을 들인 다음 말일세."

"그래?"

레이스가 경계의 표정을 지었다.

"그렇다네. 그건 좀 암시적이지."

레이스가 천천히 말했다.

"만약 리넷 도일이 총을 맞은 시각이 1시 10분경이거나 배가 조용해진 후 어느 시점이라면, 아무도 그 총소리를 듣지 못했다는 게 나로서는 이상하다네. 그처럼 작은 권총에서는 큰 소리가 나지 않는다는 건 인정하지만 그렇다 쳐도 배 전체가 쥐 죽은 듯이 조용했으므로, 어떤 소리라도, 심지어 부드럽게 병마개를 따는 소리라도 누군가의 귀에 들렸을 걸세. 하지만 이제 좀 이해가 되기 시작하는군. 리넷의 옆방은 비어 있었네. 그녀의 남편이 베스너 박사의 방에 있었으니 말일세. 한쪽 선미에는 밴 슈일러의 방이 있는데, 그녀는 귀가 어둡다네. 그러면 남는 건 하나……."

그는 말을 멈추고는 기대에 찬 눈길로 푸아로를 바라보았다. 푸아로가 고개를 끄덕였다.

"반대쪽으로 옆방이 있네. 다시 말해서 페닝턴의 방이지. 언제나 페닝턴에게 돌아가는 것 같군."

"이제 그에게 가되 점잖게 대하는 건 그만두세! 아, 그렇다네, 나 자신에게 그런 즐거움을 허락해야겠네."

"그동안 계속 배 안을 수색하는 게 좋을 걸세. 되찾기는 했지만 아직은 진주 목걸이가 편리한 구실이 될 걸세. 바워즈 양이 그 사실을 광고하고 다닐 리는 없을 테니까."

"아, 이 진주들!"

푸아로는 목걸이를 집어 들어 다시 한 번 불빛에 비춰 보았다. 그는 혀를 살짝 내밀어서는 진주를 핥았다. 심지어는 그중 한 알을 조심스럽게 잇새에 넣고 깨물어 보기까지 했다. 이윽고 한숨을 내쉬면서 그는 탁자에 목걸이를 내려놓고는 말했다.

"여기 좀 더 복잡한 문제가 있네, 친구. 나는 보석 전문가는 아니지만 전성기 때 보석들을 많이 다뤄 보아서, 상당히 정확하게 볼 줄 안다네. 이 진주들은 정교하게 만들어진 모조품이라네."

제21장

레이스가 흥분해서 소리쳤다.

"이 빌어먹을 사건은 점점 더 복잡해지는군!"

그가 진주 목걸이를 집어 들었다.

"자네가 잘못 안 건 아닌가? 내가 보기에는 진짜 같은데."

"이건 아주 정교하게 만들어진 모조품이라네. 그렇다네."

"그러면 이제 어떻게 되는 건가? 리넷 도일이 안전을 고려해 일부러 모조품을 만들게 해서 해외에 나올 때 갖고 나올 리는 없을 것 같은데. 많은 여자들이 그렇게 하지만."

"그랬다면 그녀의 남편이 알고 있었을 걸세."

"남편에게 말하지 않았을 수도 있지."

푸아로는 불만스러운 태도로 고개를 내저었다.

"아닐세, 난 그렇게 생각하지 않네. 이 배에 오른 첫날밤 나는 마담 도일의 진주 목걸이를 보고 감탄을 금할 수 없었네. 그 놀라운 광택과 윤기에 말일세. 그때 그녀가 걸고 있던 건 분명히 진짜였을 걸세."

"그렇다면 두 가지 가능성이 나오는군. 첫 번째는 밴 슈일러가 훔친 진주 목걸이가 다른 누군가에 의해 진짜와 바꿔쳐진 가짜였다는 걸세. 두 번째는 밴 슈일러의 병적 도벽에 대한 모든 이야기가 날조되었다는 걸세. 바워즈 양이 그 목걸이를 훔치고는 재빨리 이야기를 꾸며내 가짜 목걸이와 함께 제시함으로써 혐의를 피하려 했든가, 아니면 하나의 팀이 개입된 일이라는 걸세. 다시 말해서 그들은 미국의 독보적인 가문의 일원으로 위장한 교활한 보석 도둑들이라는 걸세."

푸아로가 중얼거렸다.

"그렇군, 단언하기 어려운 일이지. 하지만 자네에게 한 가지 지적하겠네. 마담 도일을 속여 넘길 정도로 진주와 잠금 장식 등이 훌륭한 완벽하고 정밀한 모조품을 만드는 데는 고도로 숙련된 기술이 필요하다네. 그건 급하게 만들어질 수 없네. 이 모조품을 만든 사람이 누구든 간에 진짜를 관찰할 기회가 있었을 걸세."

레이스가 자리에서 일어섰다.

"이제 그 문제에 대해 더 이상 이러쿵저러쿵 말하는 건 소용 없는 것 같군. 일을 진행시키세. 우리는 진짜 진주 목걸이를 찾아내야 하네. 그러는 동시에 경계를 늦추지 말아야 한다네."

그들은 하갑판에 있는 선실부터 수색하기 시작했다.

리체티의 선실에는 여러 나라 말로 씌어진 각종 고고학 서적들과 다양한 의복, 향이 짙은 헤어로션, 그리고 사적인 편지 두 통이 있었다. 하나는 시리아에 있는 고고학 탐사반으로부터, 다른 한 통은 로마의 누이동생이 보낸 것으로 되어 있었다. 손수건은 모두 색깔 있는 실크였다.

그들은 퍼거슨의 선실로 넘어갔다.

몇 권의 공산주의 문학서, 여러 장의 멋진 스냅 사진들, 영국 시인 새뮤얼 버틀러가 빅토리아니즘의 위선을 폭로한 작품 『에레혼』과 새뮤얼 핍스의 『일기』 염가판이 있었다. 개인 소지품은 그리 많지 않았다. 겉옷은 대부분 찢겨 있거나 더러웠지만, 속옷은 최고품이었다. 손수건은 값비싼 리넨으로 된 것들이었다.

"흥미로운 모순점이로군."

푸아로가 중얼거렸다.

레이스가 고개를 끄덕였다.

"사적인 문서나 편지 같은 것이 전혀 없다는 게 조금 이상하군."

"그렇군. 생각해 볼 만해. 이상한 젊은이군, 무슈 퍼거슨 말일세."

그는 문장이 새겨진 반지 하나를 손에 들고 살펴보며 생각에 잠겼다가는, 원래 있었던 서랍 속에 다시 넣었다.

그들은 루이즈 버젯의 선실로 갔다. 그 하녀는 다른 승객들이 식사를 마친 뒤에 식사를 하곤 했지만, 레이스가 그녀 역시 다른 승객들과 같이 식사하게 하라고 지시해 두었던 것이다. 선실 승무원이 그들을 맞이했다.

"죄송합니다, 대령님. 그 여자분을 어디서도 찾을 수가 없습니다. 어디로 갔는지 모르겠습니다."

레이스는 선실 안을 흘긋 들여다보았다. 방은 비어 있었다.

그들은 산책 갑판으로 올라와 우현 쪽 선실부터 수색을 시작했다. 첫 번째 선실은 제임스 팬숍의 방이었다. 그곳은 모든 것이 질서 정연했다. 짐은 많지 않았지만 모두 고급품이었다.

"편지가 전혀 없군. 편지를 없애 버리다니 용의주도해, 이 팬숍이란 친구 말일세."

푸아로가 생각에 잠긴 채 말했다.

그들은 옆방인 팀 앨러턴의 선실로 넘어갔다.

그곳에는 영국 성공회 신자임을 보여 주는 증거가 있었다. 작고 정묘한 세 폭짜리 그림과 나무를 정교하게 조각해 만든 커다란 묵주가 그것이었다. 개인적인 의류 외에 주석이 잔뜩 달리고 글씨가 갈겨 써 있는 반쯤 완성된 듯한 원고, 대부분 최근에 출판된 것들로 고상하게 선별된 책들이 있었다. 서랍 속에는 여러 통의 편지들이 아무렇게나 던져져 있었다. 다른 사람의 편지를 읽는 데 관심을 갖는 형이 전혀 아닌 푸아로는 편지들을 힐끗 훑어보았다. 그중에 조애너 사우스우드로부터 온 편지는 없었다. 그는 세코틴 접착제 튜브를 집어 들고 잠시 방심한 듯 만지작거렸다.

"다음 방으로 넘어가세."

"울워스 슈퍼마켓에서 산 손수건 같은 건 없군."

그렇게 말하며 레이스는 서랍의 내용물을 재빨리 제자리에 내려놓았다.

앨러턴 부인의 선실은 바로 옆이었다. 그곳은 말끔하게 정돈되어 있었고, 예스러운 라벤더 향기가 희미하게 풍기고 있었다.

두 사람의 수색은 이내 끝났다. 방을 나서며 레이스가 말했다.

"훌륭한 부인이군."

다음 선실은 사이먼 도일이 옷방으로 쓰던 곳이었다. 기본적인 물건들, 그러니까 파자마, 세면도구 등은 베스너의 선실로 옮겨졌지만 나머지 물건은 아직 그곳에 남아 있었다. 가죽으로 된 꽤 큰 여행 가방 두 개와 배낭이 하나 있었다. 또한 옷장에는 옷이 몇 벌 걸려 있었다.

"여기는 주의 깊게 살펴보세, 친구. 도둑이 진주 목걸이를 여기에 감춰 두었을 가능성이 높으니 말일세."

"자네 생각엔 그럴 것 같나?"

"당연히 그렇다네. 생각해 보게! 누구든 간에 도둑은 조만간 수색이 이루어지리라는 것, 그러므로 자신의 선실에 훔친 물건을 숨겨 두는 것이 분별없는 일이라는 걸 알고 있었을 걸세. 그렇다고 공동 휴게실에 둘 수도 없네. 하지만 이 방은 주인이 직접 올 수 없는 곳일세. 그러므로 진주 목걸이가 여기서 발견된다 해도 아무 문제가 없는 걸세."

하지만 치밀하기 짝이 없는 수색으로도 잃어버린 목걸이의 흔적을 찾을 수는 없었다.

"쯧!"

푸아로는 혼자 혀를 찼다. 그들은 다시 갑판으로 나왔다.

리넷 도일의 선실은 시신이 치워지고 난 후 줄곧 잠겨 있었지만 레이스는 열쇠를 가지고 있었다. 그가 문을 열었고, 두 사람은 안으로 들어갔다. 리넷의 시신이 치워진 것 외에 선실은 오늘 아침 이후 손을 탄 흔적이 없었다.

레이스가 말했다.

"푸아로, 여기서 뭔가 찾아낼 게 있다면 부디 그걸 찾아 주게. 그 일을 해낼 수 있는 사람은 자네뿐이란 걸 나는 알고 있네."

"지금 진주 목걸이를 두고 하는 말인가, 몬 아미(친구)?"

"아닐세. 살인 사건이 더 중요하다네. 오늘 아침에 내가 간과한 무엇인가가 있을지도 모른다네."

푸아로는 조용하고 민첩하게 수색을 시작했다. 그는 무릎을 꿇고 바닥을 샅샅이 살펴보았다. 그런 다음 침대를 조사했다. 옷장과 서랍장을 재빨리 살펴보았고, 옷이 든 트렁크와 고급 여행용 가방 두 개를 검사했다. 이윽고 그는 세면대로 관심을 돌렸다. 거기에는 여러 가지 크림과 파우더, 얼굴용 로션이 놓여 있었다. 하지만 푸아로가 관심을 보인 것은 나일렉스라는 상표가 붙은 작은 매니큐어 병 두 개뿐이었다. 이윽고 그는 그 병들을 집어 들고 화장대로 왔다. 장미색이라고 씌어진 매니큐어 병에는 바닥에 검붉은 액체 한두 방울만이 남아 있었다. 심홍색이라고 씌인 또 다른 병은 크기는 같았지만 내용물이 거의 가득 차 있었다. 푸아로는 먼저 빈 병을, 다음에는 내용물이 가득 차 있는 병을 열어 두 개 모두 조심스럽게 냄새를 맡았다.

복숭아 즙 냄새 같은 것이 방 안에 퍼졌다. 미간을 약간 찌푸리며 그는 마개를 닫았다.

"뭔가 알아냈나?"

레이스의 물음에 푸아로는 프랑스 속담으로 대답을 대신했다.

"옹 느 프랑 파 레 무슈 아베크 르 비네그르.(식초로는 파리를 잡을 수 없는 법이라네.)*"

그런 다음 그는 한숨을 쉬면서 말했다.

"친구, 우리에겐 운이 따르지 않는군. 이 살인범은 정말 인정이란 게 없군. 우리를 위해 커프스나 담배꽁초, 담뱃재 같은 것, 여자라면 손수건이나 립스틱, 머리집게 같은 것 하나 떨어뜨려 주지 않았으니 말일세."

"매니큐어 병밖에 없단 말인가?"

푸아로는 어깨를 으쓱해 보였다.

"하녀에게 물어봐야겠네. 뭔가 있어. 그래, 확실히 좀 이상해."

"그런데 도대체 그 여자는 어디로 간 거지?"

레이스가 말했다.

그들은 방을 나가 문을 잠그고는 밴 슈일러의 선실로 갔다.

거기에는 또다시 부유함을 대변하는 온갖 물건들과 값비싼 화장도구, 질 좋은 여행 가방, 상당수의 사적인 편지들과 서류들이 말끔

---

* 달콤한 꿀이나 설탕이 아닌 식초로는 파리를 잡을 수 없다는 말로, '강제로는 사람에게 아무것도 얻지 못한다' 혹은 '다정하게 행동하는 쪽이 다른 사람에게서 원하는 걸 얻기 쉽다'는 뜻이다.

하게 정리되어 있었다.

다음 선실은 푸아로가 쓰고 있는 더블 룸이었고, 그 다음은 레이스의 방이었다.

"우리 방들 중 하나에 숨겨 두진 않았겠지."

레이스의 말에 푸아로가 반박했다.

"아니, 그럴 수도 있네. 언젠가 오리엔트 특급 열차에서 살인 사건을 수사한 적이 있었네. 주홍색 실내복이라는 사소한 문제가 있었지. 그 옷이 사라졌는데, 열차 안에 있는 건 분명했네. 난 그걸 찾아냈네. 어디서 찾아냈을 것 같나? 바로 잠가 놓은 내 여행용 가방 속에 있더군! 아! 그건 정말 대담했지!"

"그렇다면 이번에도 누군가가 자네나 내게 그런 대담한 도전을 했는지 보세."

하지만 진주 목걸이를 훔친 도둑은 에르퀼 푸아로나 레이스 대령에게 대담한 도전을 하지는 않은 것 같았다.

선미를 돌아간 그들은 바워즈의 선실을 아주 주의 깊게 수색했지만, 수상한 점을 전혀 찾을 수 없었다. 그녀의 손수건들은 대개 리넨으로 머리글자가 수놓여져 있었다.

오터번 모녀의 선실이 그 다음이었다. 푸아로는 또다시 아주 꼼꼼하게 그곳을 수색했지만 아무런 성과도 얻지 못했다.

다음은 베스너의 선실이었다. 사이먼 도일은 손도 대지 않은 음식 쟁반을 옆에 놓은 채 누워 있었다.

"식욕이 없네요."

그가 사과라도 하듯이 말했다.

그는 몇 시간 전보다 더 열에 들뜨고 상태가 악화된 것 같았다. 가능한 한 빨리 그를 병원으로 데려가 숙련된 치료를 받게 하고 싶어 조바심치는 베스너를 푸아로는 이해할 수 있었다.

그 자그마한 벨기에 인은 자신과 레이스가 무슨 일을 하고 있는지 설명했고, 사이먼은 알겠다는 듯이 고개를 끄덕였다. 바워즈가 찾아낸 진주 목걸이가 모조품으로 밝혀졌다는 말을 듣자, 그는 무척 놀라는 표정이었다.

"그러니까 무슈 도일, 부인이 배에 가지고 탄 것이 모조품이 아니라 분명 진품이라는 거죠?"

사이먼은 단호하게 고개를 끄덕였다.

"오, 그럼요. 그 점은 확실합니다. 리넷은 그 진주 목걸이를 무척 좋아해서 어디나 하고 다녔지요. 그 목걸이는 있을 수 있는 모든 위험에 대비해 보험에 들어 있었기 때문에 아내는 그다지 신경을 쓰지 않았던 것 같습니다."

"그럼 우리는 수색을 계속해야겠네요."

푸아로는 서랍을 여는 것으로 수색을 시작했다. 레이스는 여행용 가방을 열어 보았다.

사이먼은 그런 그들을 물끄러미 바라보았다.

"이것 보십시오. 두 분 혹시 베스너 영감님이 그걸 훔쳤다고 의심하시는 건 아니죠?"

푸아로는 어깨를 으쓱해 보였다.

"있을 수 있는 일입니다. 어쨌든 우리가 베스너 박사에 대해 뭘 압니까? 그 자신이 이야기한 것뿐입니다."

"하지만 박사님이 내 눈에 띄지 않게 이곳에 목걸이를 숨길 순 없었을 겁니다."

"오늘은 당신 모르게 아무것도 숨길 수 없었겠지요. 하지만 우리는 목걸이가 언제 바뀌었는지 모릅니다. 며칠 전에 바꿔치기를 끝냈을 수도 있습니다."

"그 점은 전혀 생각하지 못했군요."

하지만 그 수색은 아무 성과 없이 끝났다.

다음은 페닝턴의 방이었다. 푸아로와 레이스는 수색에 상당한 시간을 할애했다. 특히 법률 및 사업 서류로 가득 찬 상자를 꼼꼼히 조사했다. 대부분의 서류들이 리넷 도일의 서명을 필요로 하는 것이었다.

푸아로는 우울한 얼굴로 고개를 내저었다.

"이것들은 모두 완전무결하게 작성된 것 같군그래. 자네 생각도 그런가?"

"그렇고말고. 어쨌든 이 사내는 바보가 아닐세. 여기 만약 수상한 서류들, 그러니까 위임장 같은 것이 있었다면 제일 먼저 없애 버렸을 걸세."

"그렇겠군, 맞아."

푸아로는 서랍장 맨 윗서랍에서 묵직한 콜트 권총을 꺼내 살펴본 다음 다시 제자리에 놓았다.

"아직도 권총을 가지고 여행하는 사람들이 있군."

푸아로가 중얼거렸다.

"그렇군. 좀 시사적일 수도 있는걸. 하지만 리넷 도일은 그런 구경의 총에 맞은 것이 아닐세."

레이스는 잠시 말을 멈추었다가 다시 이었다.

"그 권총이 왜 물 속에 던져졌을까 하는 자네의 지적에 대한 대답을 한 가지 생각해 보았네. 실제로 그 범죄를 저지른 살인자는 리넷 도일의 선실에 그 권총을 내버려 두었는데, 누군가 다른 사람, 그러니까 제2의 인물이 그것을 가지고 나가 강물 속에 던져 버린 건 아닐까?"

"그렇지, 있을 수 있네. 나도 그런 가정을 생각해 보았네. 하지만 그렇다 해도 의문점들은 고스란히 남게 되네. 제2의 인물이란 누구일까? 무엇 때문에 그 권총을 없애 자클린 드 벨포르를 감싸 주려 한 것일까? 제2의 인물은 거기서 무엇을 하고 있었을까? 우리가 알기로 범인 이외에 그 선실에 들어간 사람은 마드무아젤 밴 슈일러뿐일세. 권총을 없앤 사람이 마드무아젤 밴 슈일러라는 가정이 타당성이 있을까? 그녀는 어째서 자클린 드 벨포르를 감싸 주려 한 것일까? 또한 그 권총을 없애야 할 다른 이유로는 어떤 게 있을까?"

레이스가 견해를 말했다.

"그 여자는 목도리가 자신의 것이라는 걸 알고 놀라서 이 일에 대한 모든 계획을 포기했을 수도 있네."

"목도리라면 그럴 수도 있지만, 그녀는 권총까지 없애 버리지 않았나? 그래도 자네 가정이 하나의 해결책이 될 수 있다는 데는 나도 동의하네. 하지만 딱 떨어지질 않아. 봉 디외(맙소사), 딱 떨어지질 않는다고. 그리고 그 목도리에 대해 자네가 아직 이해하지 못한 게 한 가지 있는 것 같네……."

페닝턴의 선실에서 나오며 푸아로는 나머지 선실들, 곧 자클린과 코닐리어의 방 그리고 끝에 있는 두 개의 빈 방들은 레이스 혼자 수색하는 것이 어떠냐고 제안했다. 그동안 자신은 사이먼 도일과 잠시 이야기를 나누겠다는 것이었다.

푸아로는 갑판을 따라 온 길을 되짚어 가서 다시 베스너 박사의 선실로 들어갔다.

사이먼이 말했다.

"이것 보십시오, 줄곧 생각 중인데요. 그 진주 목걸이는 어제까지도 아무 이상이 없었던 게 확실합니다."

"왜 그렇게 생각하십니까, 무슈 도일?"

"왜냐하면 리넷이……."

그는 아내의 이름을 말하면서 멈칫했다.

"저녁 식사 직전 두 손으로 목걸이를 쓸면서 그것에 대한 이야기를 했거든요. 그녀는 진주에 문외한이 아니었습니다. 목걸이가 가짜였다면 그때 그녀가 알아챘을 게 분명합니다."

"하지만 그건 아주 정교한 모조품이었습니다. 말씀해 주십시오, 마담 도일은 그 목걸이를 빌려 주는 버릇이 있었습니까? 예를 들어 친구에게 빌려 준 적이 있습니까?"

사이먼은 약간 당황스러운 듯 얼굴을 붉혔다.

"무슈 푸아로, 저로서는 대답하기 어렵군요……. 전…… 전…… 알다시피 리넷을 안 지 얼마 되지 않아서요."

"아, 그랬지요. 정말 전광석화 같은 로맨스였지요, 두 분의 만남 말입니다."

"그래서 정말이지 저는 그런 일은 잘 모릅니다. 하지만 리넷은 자신의 물건에 대해 몹시 관대했습니다. 아마 빌려 준 적이 있었을 겁니다."

"예를 들어서 말인데요."

푸아로의 목소리는 아주 부드러웠다.

"부인께서 그걸 마드무아젤 드 벨포르에게 빌려 준 적은 없었습니까?"

"무슨 뜻으로 하시는 말씀이죠?"

사이먼은 얼굴이 시뻘게져서 일어나 앉으려 하다가 인상을 쓰며 도로 누웠다.

"대체 무슨 말을 하고 싶으신 겁니까? 재키가 그 진주 목걸이를 훔쳤다는 겁니까? 재키는 그러지 않았습니다. 맹세하는데, 재키는 그러지 않았습니다. 재키는 아주 올곧은 성격을 가졌어요. 재키가 도둑질을 했다는 건 생각만으로도 웃기는 이야기예요. 정말이지 말도 안 된다고요."

부드럽게 눈을 반짝이며 그를 바라보던 푸아로가 불쑥 말했다.

"오, 이런! 이런! 이런! 제가 추측해서 한 말이 벌집을 쑤셔 놓은

격이 되었군요."

푸아로가 일껏 가벼운 투로 말했음에도 사이먼은 기분을 풀지 않고 고집스럽게 같은 말을 되풀이했다.

"재키는 올곧은 여자라고요!"

푸아로는 아스완의 나일 강변에서 이렇게 말하던 한 처녀의 목소리를 떠올렸다.

"저는 사이먼을 사랑해요. 그도 저를 사랑하고요……."

그날 밤 그는 자신이 들은 세 가지 이야기 중에서 어느 것이 진실인지 궁금했다. 이제 보니 자클린의 말이 가장 진실에 가까운 것 같았다.

그때 문이 열리더니 레이스가 들어와 퉁명스럽게 말했다.

"아무것도 없어. 음, 우리의 예상이 빗나갔군. 승무원들이 승객들을 수색한 결과를 가지고 올 걸세."

남자 승무원과 여자 승무원이 문간에 모습을 나타냈다. 남자 승무원이 먼저 말했다.

"아무것도 없습니다, 대령님."

"신사들 중 소동을 피운 사람은 없나?"

"그 이탈리아 신사 한 분만 그러셨습니다. 그분은 몹시 화를 내셨지요. 이건 모욕이라는 식의 말씀을 하셨지요. 그분 역시 총을 갖고 계셨습니다."

"어떤 종류의 총인가?"

"25구경 모제르 자동 권총이었습니다, 대령님."

"이탈리아 사람들은 다혈질이지요. 리체티는 와디 할파에서 전보를 두고 벌어진 실수 때문에 법석을 떨었답니다. 그 일로 그 사람은 리넷에게도 너무 심하게 대하더군요."

사이먼이 말했다.

레이스가 여승무원에게 몸을 돌렸다. 그녀는 몸집이 크고 미인이었다.

"숙녀들에게서는 아무것도 찾아내지 못했어요, 대령님. 모두들 몹시 소란을 피우시더군요. 앨러턴 부인만 빼고요. 그분은 정말 훌륭하세요. 진주 목걸이 같은 것은 전혀 없었습니다. 그런데 그 젊은 숙녀, 그러니까 로잘리 오터번 양의 핸드백 속에 작은 권총이 들어 있더군요."

"어떤 종류의 권총인가?"

"굉장히 작은 것이었어요, 대령님, 그리고 손잡이에 진주가 박혀 있더군요. 장난감 같았어요."

레이스는 물끄러미 앞을 응시하며 투덜거렸다.

"이 사건은 정말 골치 아프군. 그 처녀의 혐의는 벗겨졌다고 생각했는데 이제 보니…… 이 빌어먹을 배에 탄 여자들은 모두 진주 장식 손잡이가 달린 장난감 같은 권총을 가지고 다닌단 말인가?"

그가 여승무원에게 날카롭게 물었다.

"자네가 그걸 찾아냈을 때 그 여자는 어떤 표정을 짓던가?"

여승무원은 고개를 내저었다.

"그분은 눈치 채지 못하셨을 거예요. 제가 등을 돌린 채 그 핸드백을 조사했거든요."

"하지만 그녀는 자네가 그 권총을 발견하리라는 것을 알고 있었을 걸세. 오, 머리가 아프군. 그 하녀는 어떻게 됐나?"

"배 안을 샅샅이 찾아보았습니다, 대령님. 그 여자는 어디에도 없습니다."

"그게 무슨 말입니까?"

사이먼이 물었다.

"도일 부인의 하녀인 루이즈 버젯 말입니다. 그 여자가 자취를 감췄습니다."

"자취를 감췄다고요?"

레이스가 생각에 잠긴 채 말했다.

"그 여자가 진주 목걸이를 훔쳤을 수도 있습니다. 그녀야말로 복제품을 만들 만한 충분한 기회가 있었던 인물이지요."

"그렇다면 수색이 시작된 것을 알고 물에 뛰어든 걸까요?"

사이먼의 질문에 레이스가 짜증을 내며 대답했다.

"말도 안 되는 일입니다. 이런 대낮에, 이런 배에서 여자가 물에 뛰어들었다면 누군가 그 사실을 몰랐을 리가 없습니다. 그 여자는 배 어딘가에 있을 겁니다."

레이스는 다시 한 번 여승무원에게 물었다.

"그 여자를 마지막으로 본 게 언제였나?"

"점심 식사를 알리는 벨 소리가 나기 30분전쯤이었을 거예요, 대령님."

"어쨌든 그 여자의 선실을 살펴보세. 뭔가 단서가 발견될 수도 있으니까."

레이스가 말했다.

그는 앞장서서 하갑판으로 내려갔다. 푸아로가 그의 뒤를 따랐다. 그들은 루이즈 버젯의 선실 문을 열고 안으로 들어갔다.

다른 사람의 물건을 정리해 주는 직업을 가진 루이즈 버젯은 정작 자신의 물건을 정리하는 데에는 소홀했다. 서랍장 위에는 잡동사니들이 어지럽게 흐트러져 있었고, 여행용 가방은 열린 채로 한쪽으로 옷이 비어져 나와 제대로 닫히질 않았으며, 속옷들은 의자들 위에 늘어진 채 걸려 있었다.

푸아로는 재빠르고 기민한 손놀림으로 옷장 서랍을 열었고, 레이스는 여행용 가방을 조사했다.

구두들은 침대 옆에 가지런히 놓여 있었다. 그런데 그중에서 검은 칠피 구두 한 짝이 거의 나동그라질 듯이 불안정한 각도로 놓여 있었다. 레이스는 몹시 기묘한 그 각도에 눈길이 갔다.

그는 여행용 가방을 닫고는 나란히 놓여 있는 구두들 위로 몸을 기울였다. 다음 순간 그의 입에서 날카로운 비명이 터져 나왔다.

푸아로가 몸을 돌렸다.

"케 스 킬 리 아?(무슨 일인가?)"

레이스가 침통하게 말했다.

"그녀는 사라진 게 아니었네. 여기 있네, 침대 밑에 말일세……."

제22장

살아 있을 때 루이즈 버젯이었던 한 여자의 시신이 선실 바닥에 널브러져 있었다. 푸아로와 레이스는 그 위로 몸을 기울였다.

레이스가 먼저 몸을 일으켰다.

"죽은 지 한 시간쯤 된 것 같군. 베스너를 데려와서 살펴보게 하세. 심장을 찔렸네. 즉사했을 걸세. 보기 좋은 모습은 아니군, 그렇지 않나?"

"그렇군."

푸아로는 살짝 몸을 떨면서 고개를 내저었다.

루이즈의 교활한 고양이 같은 검은 얼굴은 놀라움과 분노로 뒤틀려 있었고, 입은 헤벌어져 있었다.

푸아로는 부드럽게 다시 몸을 기울여서는 시신의 오른손을 들어 올렸다. 손 안에 뭔가 들어 있는 것이 보였다. 그는 그것을 빼내 레이스에게 내밀었다. 얇은 담자색 종잇조각이었다.

"이게 뭔지 보이나?"

"돈이군."

"1000프랑짜리 지폐 귀퉁이 같네."

"그렇다면 무슨 일이 일어난 건지 분명하군. 이 여자는 뭔가 알고 있었네. 그리고 자신이 알고 있는 정보로 살인범을 협박했네. 그러고 보니 오늘 아침 이 여자의 태도가 명쾌하지 않았던 것 같군."

레이스의 말을 잠자코 듣고 있던 푸아로가 버럭 소리쳤다.

"우리가 어리석었네. 바보였단 말일세! 그때 알았어야 했네. 이 여자가 뭐라고 했나? '제가 어떻게 뭔가 보거나 들을 수 있었겠어요? 제 선실은 하갑판에 있어요. 물론 제가 잠이 오지 않아서 층계를 올라갔었다면, 그 살인범, 그 괴물이 마담의 방으로 들어가거나 나오는 것을 볼 수 있었겠지만 실제로는…….' 말할 것도 없이 그런 일이 일어난 걸세! 이 여자는 누군가가 리넷 도일의 선실로 살그머니 들어가거나 나오는 것을 본 걸세. 그런데 탐욕 때문에, 어리석은 탐욕 때문에 여기 이렇게 누워 있군……."

"그리고 수사는 여전히 아무 진전이 없고 말일세."

레이스가 질렸다는 듯이 거들었다.

푸아로가 고개를 저었다.

"아니, 그렇지 않네. 이제 우리는 좀 더 많은 걸 알게 되었네. 우리는 알고 있네, 거의 모든 걸 말일세. 다만 그 사실이 믿어지지 않을 뿐인데……. 하지만 틀림없을 걸세. 다만 깨닫지 못하고 있을 뿐이지. 쳇! 오늘 아침 난 얼마나 바보 같았는지! 우리는, 우리는 둘 다 이 여자가 뭔가를 감추고 있다는 느낌을 받았지만, 그것이 협박이라는 당연한 추론을 하지 못했던 걸세."

"이 여자는 입을 다무는 대가로 돈을 요구한 게 분명하네. 협박을 하면서 요구했겠지. 살인범은 그 요구를 받아들여 이 여자에게 프랑스 지폐로 돈을 지불했을 걸세. 그 밖에 다른 가능성이 있을까?"

푸아로는 생각에 잠긴 채 고개를 내저었다.

"그럴 것 같지는 않네. 많은 사람들이 여행을 할 때는 여윳돈을 갖고 다닌다네. 때로는 5파운드짜리 지폐나 달러겠지만 프랑스 지폐인 경우도 종종 있네. 살인범은 이 여자에게 자신이 가진 여러 화폐를 섞어서 지불했을 수도 있네. 그 가정을 계속해 보세."

"살인범은 이 여자의 선실로 와서 돈을 건넨 다음……."

푸아로가 레이스의 말을 받았다.

"그런 다음…… 이 여자는 돈을 셌을 걸세. 오, 그렇다네, 난 이런 부류를 좀 알지. 이 여자는 돈을 셌을 테고, 돈을 세는 동안엔 완전히 방심했을 걸세. 살인범은 그녀를 찔렀네. 일을 아주 성공적으로 마친 그자는 돈을 다시 챙겨서는 도망쳤네. 지폐 한 귀퉁이가 찢어졌다는 것을 눈치 채지 못한 채 말일세."

"이런 식으로 그자를 잡을 수도 있지 않겠나."

레이스가 미심쩍은 어조로 말했다.

"그럴 것 같진 않네. 그자는 문제의 지폐들을 확인해 본 다음 그 중 찢어진 것이 있다는 것을 알아챌 걸세. 물론 그자가 인색한 편이라면 1000프랑짜리 지폐를 찢어 버리지 못할 수도 있네. 하지만 그자의 기질은 인색한 것과는 거리가 멀 것 같군."

"그걸 어떻게 아나?"

"이번 범죄와 마담 도일의 사건은 둘 다 어떤 자질을 요구하고 있네. 용기와 담력과 대담한 실행력과 신속한 행동력 말일세. 그런 자질들은 알뜰하고 신중한 성향과는 부합하지 않는다네."

레이스가 서글프게 고개를 내저으며 말했다.

"베스너를 내려오게 하는 게 좋겠군."

그 기운 찬 박사의 검시는 오래 걸리지 않았다. '아하(아)'와 '조(그렇지)'라는 감탄사를 여러 차례 발하며 그는 작업을 진행했다.

"이 여자는 죽은 지 한 시간이 넘지 않았습니다. 그 자리에서 죽었군요. 즉사입니다."

그가 검시 결과를 발표했다.

"그러면 어떤 무기를 사용했다고 보십니까?"

"아하, 그 점이 흥미롭습니다. 이건 아주 예리하고 얇고 정교한 어떤 겁니다. 비슷한 종류를 보여 드릴 수 있습니다."

베스너는 자신의 선실에 돌아와서는 상자를 열고 길고 정교한 수술용 메스를 꺼냈다.

"바로 이런 거죠, 레이스 대령님. 평범한 식탁용 나이프가 아니라 말입니다."

"혹시 당신의 메스 중에서 없어진 건 없습니까, 박사님?"

레이스가 부드럽게 물었다.

베스너는 그를 물끄러미 응시했다. 이윽고 그의 얼굴이 분노로 붉어졌다.

"도대체 무슨 말을 하는 겁니까? 당신은 그러니까 내가, 오스트리아 전체에서 명성이 높고, 내 병원을 갖고 있으며 상류층을 상대하는 이 칼 베스너가 이 하찮은 팜 드 샹브르(하녀)를 죽였다는 겁니까? 아, 정말 우스꽝스럽기 짝이 없는 말이군요, 말도 안 된다고요! 내 메스는 하나도 없어지지 않았습니다. 단언하는데 단 하나도 말입니다. 모두 여기 제자리에 가지런히 놓여 있습니다. 당신이 직접 확인할 수 있습니다. 그리고 내 직업에 대한 이런 모욕을 난 결코 잊지 않을 겁니다."

베스너는 탁 소리가 나게 상자를 닫아 내동댕이치고는 쿵쿵거리며 갑판으로 나갔다.

"휴! 저 영감님을 돌게 만드셨군요."

사이먼이 말했다.

푸아로가 어깨를 으쓱해 보였다.

"안타까운 일이군요."

"대령님께서 잘못 짚으신 겁니다. 베스너 영감님은 독일인이긴 하지만 썩 괜찮은 사람인데……."

그때 갑자기 베스너가 다시 선실로 돌아왔다.

"당장 내 선실에서 나가 주시겠습니까? 내 환자의 다리를 소독해야겠습니다."

그와 함께 들어온 바워즈가 기운차고 전문가다운 태도로 사람들이 방에서 나가기를 기다리며 서 있었다.

레이스와 푸아로는 순순히 밖으로 나왔다. 레이스는 뭐라 투덜거리고는 걸음을 옮겼다. 푸아로는 왼쪽으로 몸을 돌렸다. 여자들의 말소리와 나직한 웃음소리가 들려왔던 것이다. 자클린과 로잘리가 로잘리의 선실에 함께 있었다.

선실 문은 열려 있었고, 두 처녀는 문 옆에 서 있었다. 푸아로의 그림자가 자신들 앞에 드리워지자, 그들이 고개를 들었다. 로잘리 오터번이 처음으로 그에게 미소를 지어 보였다. 수줍어하면서도 마음을 여는, 익숙지 않고 낯선 일을 하는 사람처럼 조금 불확실한 미소였다.

"이 사건 이야기를 하고 계시는군요, 메드무아젤(아가씨들)?"

푸아로가 비난하는 어조로 두 여자에게 말했다.

"전혀 그렇지 않아요. 사실 우리는 그저 립스틱을 비교하고 있던 중이에요."

로잘리가 말했다.

푸아로는 미소를 지어 보이며 말했다.

"레 시퐁 도주르디(오늘의 시폰)라!"

하지만 그의 미소에는 약간 기계적인 무엇인가가 있었고, 로잘리보다 눈치가 빠르고 관찰력이 있는 자클린은 그 낌새를 알아차렸다. 그녀는 들고 있던 립스틱을 내려놓고 갑판으로 나왔다.

"무슨 일이 있죠. 지금 무슨 일이 생긴 거죠?"

"당신이 추측한 대로입니다, 마드무아젤. 무슨 일인가 일어났습니다."

"무슨 일이죠?"

로잘리도 갑판으로 나왔다.

"또 다른 살인 사건입니다."

푸아로의 말에 로잘리가 헉 하고 숨을 멈추었다. 푸아로는 그녀를 주의 깊게 지켜보고 있었다. 그녀의 눈에는 잠시 동안 경계와 그 이상의 감정, 굳이 말하자면 경악의 표정 같은 것이 떠올랐다.

"마담 도일의 하녀가 살해되었습니다."

그가 불쑥 말했다.

"살해되었다고요? 살해되었다고 하셨나요?"

자클린이 외쳤다.

"예. 그렇게 말했습니다."

그의 대답은 명목상으로는 자클린을 향한 것이지만, 그가 지켜보고 있는 사람은 로잘리였다. 그가 다시 입을 연 것도 로잘리를 향해서였다.

"그 하녀는 뜻하지 않게 무엇인가를 보았습니다. 그래서 영원히 침묵을 지키게 된 겁니다. 혹시 그녀가 입을 다물고 있지 못할 경우를 대비해 말입니다."

"그 여자가 무엇을 보았을까요?"

또다시 질문한 사람은 자클린이었고, 이번에도 푸아로의 대답은 로잘리를 향했다. 기묘한 삼파전의 한 장면이었다.

"내 생각에 그녀가 무엇을 보았는지는 거의 의심의 여지가 없습니다. 운명의 그날 밤 그녀는 누군가가 리넷 도일의 선실로 들어갔다가 나가는 것을 보았던 겁니다."

그의 귀는 기민했다. 그는 거칠게 숨을 들이쉬는 소리를 들었고, 눈꺼풀이 떨리는 것을 보았다. 로잘리 오터번은 그가 기대한 바로 그런 반응을 보이고 있었다.

"그 여자가 자신이 누구를 보았는지 말했나요?"

로잘리가 물었다.

안타깝다는 듯이 푸아로는 부드럽게 고개를 내저었다.

발소리가 갑판을 울리고 있었다. 코닐리어 롭슨이었다. 그녀의 두 눈은 휘둥그레진 채 깜짝 놀란 표정을 담고 있었다.

그녀가 소리쳤다.

"오, 자클린, 끔찍한 일이 생겼어요! 또다시 무서운 일이 일어났다고요!"

자클린은 코닐리어 쪽으로 몸을 돌렸다. 그런 다음 그 두 사람은 몇 걸음 앞으로 나섰고, 푸아로와 로잘리는 거의 무의식적으로 반대쪽으로 걸음을 옮겼다.

로잘리가 날카롭게 물었다.

"어째서 저를 쳐다보시는 거죠? 속으로 무슨 생각을 하고 계시는 건가요?"

"당신은 내게 두 가지 질문을 하시는군요. 난 그 대답으로 한 가지만 묻겠습니다. 어째서 내게 모든 걸 이야기하지 않는 겁니까, 마드무아젤?"

"무슨 말씀을 하시는 건지 모르겠군요. 오늘 아침에 말씀 드렸는데요, 모든 걸 말이에요."

"아니요, 당신이 말하지 않은 것들이 있습니다. 우선 당신은 핸드백 속에 진주 장식 손잡이가 달린 작은 권총을 갖고 다닌다는 말을 하지 않았습니다. 어젯밤 당신이 본 것을 모두 이야기하지도 않았고요."

그녀는 얼굴을 붉히고 날카롭게 대답했다.

"방금 하신 말씀은 사실과 전혀 달라요. 전 회전식 연발 권총을 갖고 다니지 않아요."

"나는 연발 권총이라고 하지는 않았습니다. 당신의 핸드백 속에 작은 권총이 있다고 했을 뿐입니다."

그녀는 빙글 몸을 돌려서는 자신의 선실로 들어갔다가 다시 나와서는 잿빛 가죽 핸드백을 그의 손에 건넸다.

"선생님은 말도 안 되는 소리를 하고 계세요. 원하신다면 직접 확인해 보세요."

푸아로는 핸드백을 열었다. 그 안에 권총은 없었다.

그것 보라는 듯 의기양양해하는 그녀의 눈길을 받으며 그는 그녀에게 핸드백을 돌려주었다.

"그래요, 여기 없군요."

푸아로가 유쾌한 어조로 말했다.

"이제 아셨지요. 선생님이 언제나 옳은 건 아니에요, 무슈 푸아로. 나머지 것도 선생님이 틀리신 거예요."

"아니요. 그런 것 같지 않은데요."

그녀는 화를 내며 발을 동동 굴렀다.

"정말 약을 올리시는군요! 선생님은 일단 어떤 생각을 했다 하면, 그걸 줄곧 밀고 나가시지요."

"그건 당신이 내게 사실을 말해 주길 바라기 때문입니다."

"뭐가 사실이죠? 선생님은 저보다도 사실을 더 잘 알고 계신 것 같은데요."

"당신이 본 것이 무엇인지 날 보고 말하라는 겁니까? 만약 내 말이 맞는다면, 그렇다고 인정할 겁니까? 내 사소한 생각을 말하지요. 선미를 돌아갈 때, 당신은 자신도 모르게 걸음을 멈추었을 겁니다. 왜냐하면 갑판 중간쯤에 있는 어떤 선실에서 한 남자가 나오는 것을 보았기 때문입니다. 그것이 리넷 도일의 선실이라는 것을 당신은 다음 날 알았을 겁니다. 당신은 그 남자가 선실에서 나와 문을 닫은 다음 갑판을 걸어가서는 아마도 끝에 있는 두 방 중의 하나로 들어가는 것을 보았을 겁니다. 자, 내 말이 맞습니까, 마드무아젤?"

그녀는 대답하지 않았다.

"아마도 당신은 말하지 않는 편이 현명하다고 여길 겁니다. 만약 말을 한다면 당신 역시 살해될까 두렵기 때문인지도 모르죠."

한순간 그는 그녀가 자신의 수에 넘어갈 것이라고 여겼다. 그녀의 용기 부족을 비난함으로써 미묘한 논쟁으로 얻지 못했던 대답을 얻어낼 수 있지 않을까 기대했던 것이다.

로잘리 오터번의 입술이 벌어지고 파르르 떨렸다. 그리고 이윽고 한마디가 흘러나왔다.

"저는 아무도 보지 못했어요."

제23장

바워즈가 걷어 올렸던 소맷부리를 손목으로 내리면서 베스너의 선실에서 나왔다.

자클린은 코닐리어 곁을 떠나 갑자기 간호사에게 달려가 물었다.

"그 사람은 어떤가요?"

푸아로는 적시에 대답을 들을 수 있었다. 바워즈는 좀 걱정스러운 표정으로 대답했다.

"크게 나빠지는 건 아니에요."

자클린이 외쳤다.

"그 말은 조금은 악화되었다는 건가요?"

"음, 우리가 항구에 도착해 제대로 엑스선 촬영을 받은 다음 마취 상태에서 모든 걸 말끔히 제거한다면 마음을 놓아도 될 거예요. 우리가 언제 셸랄에 도착하게 될까요, 무슈 푸아로?"

"내일 아침에요."

바워즈는 입을 오므리더니 고개를 내저었다.

"정말 안타까운 일이군요. 우리는 최선을 다하고 있지만, 패혈증의 위험은 언제나 있으니까요."

자클린이 바워즈의 팔을 붙잡고 흔들었다.

"그는 죽게 되나요? 그가 죽게 되냐고요?"

"이런, 그렇지 않아요, 드 벨포르 양. 그러니까 이건 희망 사항이 아니라 분명한 사실이에요. 상처 자체는 위험하지 않아요. 하지만 가능한 한 빨리 엑스선 촬영을 해야 한다는 데는 의심의 여지가 없어요. 물론 오늘 가엾은 도일 씨는 절대적으로 안정을 유지했어야 해요. 그런데 몹시 걱정하고 흥분했으니, 열이 오르는 것도 놀라운 일이 아니죠. 부인의 죽음으로 인한 충격에다 이 일 저 일……."

자클린은 간호사의 팔을 놓고 돌아섰다. 그녀는 다른 두 사람에게 등을 돌리고 뱃전에 기대어 섰다.

"내 말은 우리가 항상 희망을 가져야 한다는 거예요. 물론 도일 씨는 아주 건강한 체질이에요. 누구든 알 수 있을 거예요. 아마 이제까지 하루도 아픈 적이 없었을 거예요. 그러니까 그게 도움이 됐어요. 하지만 이렇게 열이 오르는 건 좋지 않은 증세가 분명해요……."

바워즈는 고개를 내저으며 다시 한 번 소맷부리를 바로잡고는 활기 있게 걸음을 옮겼다.

자클린은 몸을 돌리고는 눈물로 앞이 보이지 않는 듯 자신의 선실을 향해 더듬더듬 걸음을 옮겼다. 누군가의 손이 그녀의 팔꿈치 아래를 부축해 그녀를 이끌어 주었다. 눈물이 글썽한 눈으로 올려다본 그녀는 푸아로가 곁에 와 있는 것을 보았다. 그녀가 살짝 몸을 기대자, 그는 선실 문 안까지 그녀를 바래다주었다.

그녀는 침대에 털썩 주저앉았다. 눈물이 펑펑 솟아났고, 이따금 격한 흐느낌이 터져 나왔다.

"그 사람은 죽을 거예요! 그 사람은 죽을 거라고요! 그가 죽을 거라는 걸 전 알아요……. 그리고 제가 그를 죽인 거예요. 그래요, 제가 그를 죽인 거예요……."

푸아로는 어깨를 으쓱해 보이고는 서글프다는 듯이 고개를 살짝 내저었다.

"마드무아젤, 이미 엎질러진 물입니다. 지나간 일을 돌이킬 수는 없습니다. 후회하기에는 너무 늦었어요."

그녀는 더욱 격하게 울음을 터뜨렸다.

"제가 그 사람을 죽인 거예요! 그런데 저는 너무나도 그 사람을 사랑해요……. 너무나도 그 사람을 사랑한다고요."

푸아로가 한숨을 내쉬었다.

"지나친 사랑은……."

그것은 오래전 그가 블롱댕의 레스토랑에서 했던 생각이었다. 지금 그는 다시 똑같은 생각을 하고 있었다.

그가 조금 망설이며 말했다.

"어쨌든 바워즈 양이 하는 말에 너무 마음 쓰지 마세요. 내가 보기에 간호사들은 언제나 비관적이랍니다! 야간 근무 간호사는 저녁마다 자신의 환자가 아직 살아 있는 걸 보고 놀라고, 주간 근무 간호사는 아침마다 자기 환자가 살아 있는 걸 보고 놀라지요! 그들은 일어날 수 있는 일에 대해 너무 많은 걸 알고 있기 때문이지요. 자동차를 운전할 때 흔히 이렇게 생각할 수 있죠. '만약 저 교차로에서 차가 튀어나온다면, 저 트럭이 갑자기 후진한다면, 지금 다가오고 있는 자동차의 바퀴가 빠진다면, 저 개가 담장을 넘어 운전하고 있는 내 팔을 물어 버린다면, 에 비엥(그렇게 되면) 나는 죽을 거야!' 이런 가정은 대개 정당한 것이지만 이런 일들 중 어느 것도 일어나지 않고 목적지에 도착하게 되지요. 물론 직접 사고를 당하거나 사고 장면을 한 번 이상 목격하게 되면 반대 입장을 취하겠지만요."

자클린이 눈물이 그렁그렁한 채 반쯤 미소를 지으며 물었다.

"저를 위로해 주려고 하시는 말씀이지요, 무슈 푸아로?"

"봉 디외(선한 신)만이 내가 하려는 일을 아시지요! 당신은 이 여행을 시작하지 말았어야 했어요."

"예, 그랬으면 좋았을 텐데요. 이건 정말…… 너무 끔찍해요. 하지만 이제 곧 끝나겠지요."

"메 위, 메 위.(그렇고말고요.)"

"그리고 사이먼은 병원에 가서 적절한 치료를 받을 거고, 모든 게 다 잘될 거예요."

"당신은 어린아이처럼 이야기하는군요! '그리고 그들은 오래오래 행복하게 살았습니다.' 이런 거 아닙니까?"

그녀의 얼굴이 갑자기 빨개졌다.

"무슈 푸아로, 저는 결코, 결코 그런 뜻이……."

"그런 걸 생각하기에는 너무 이르다는 거겠지요! 하지만 그건 겉만 번드레한 위선 아닙니까? 당신은 반은 라틴 사람입니다, 마드무아젤 자클린. 좀 점잖지 않은 듯한 표현도 받아들일 수 있을 겁니다. 르 루아 에 모르, 비브 르 루아!(황제가 돌아가셨다, 새로운 황제 만세!) 태양이 지고 달이 뜬다. 이런 거 아닙니까?"

"선생님은 이해하지 못하세요. 사이먼은 그저 저를 측은해하고 있을 뿐이에요. 몹시 가엾어하고 있지요. 왜냐하면 자기를 그렇게 심하게 상처 입혔다는 사실에 저 스스로 얼마나 고통스러워하고 있는지 알고 있거든요."

"아, 순수한 동정심이라, 그거 참 고상한 감정이군요."

그렇게 말하고 푸아로는 반쯤은 놀리듯이 반쯤은 다른 감정을 담아 그녀를 바라보며 프랑스 어로 된 시구를 나지막하게 읊조렸다.

라 비 에 벤(인생은 헛된 것)
앵 푀 다무르(약간의 사랑),
앵 푀 드 엔(약간의 증오),
에 퓌 봉주르(그러고는 안녕이라네)

라 비 에 브레브(인생은 짧은 것)
앵 푀 데스푸아(약간의 희망),

앵 푀 드 레브(약간의 꿈),

에 퓌 봉주르(그러고는 안녕이라네)

푸아로는 다시 갑판으로 나왔다. 레이스가 갑판을 따라 걷고 있다가 그를 보자마자 불렀다.

"푸아로, 이 똑똑한 친구야! 내 말 좀 들어 보게. 한 가지 생각이 떠올랐다네."

그는 푸아로의 팔에 자신의 팔을 끼고는 그를 갑판 위쪽으로 데리고 갔다.

"도일이 무심코 한 말 말일세, 당시에는 그냥 넘겨 버렸지. 그 전보에 대한 이야기 말일세."

"티엥, 세 브레.(이런, 정말 그렇군.)"

"별거 아닐 수도 있지만, 모든 사항을 다 조사해 봐야 하지 않겠나. 빌어먹을, 세상에 살인 사건이 두 건이나 일어났는데 우리는 아직 단서를 잡지 못하고 있으니."

푸아로가 고개를 내저었다.

"아니, 단서를 못 잡은 건 아닐세. 뭔가 보이기 시작했네."

레이스가 호기심 어린 눈길로 그를 보았다.

"무슨 생각이라도 있나?"

"이제는 단순한 생각 이상이라네. 확신을 갖고 있다네."

"도대체…… 언제부턴가?"

"하녀 루이즈 버젯이 살해된 뒤부터라네."

"도대체 무슨 소린지 알 수가 없군!"

"이 친구야, 이건 아주 분명하다네, 정말 분명하지. 다만 여러 가지 어려운 점들, 골칫거리들, 장애물들이 있는 것뿐일세! 리넷 도일 같은 사람 주위에는 수많은 상반되는 증오와 시기와 질투와 비열함이 있기 마련일세. 그건 마치 윙윙거리는 파리 떼 같지……."

"하지만 자넨 알고 있는 것 같군?"

레이스는 궁금해하는 표정으로 그를 보았다.

"자네가 확신이 서지 않았다면 이야기를 꺼내지도 않았겠지. 하지만 나는 어떻게 된 건지 알 수가 없네. 물론 어느 정도 추측은 하고 있지만……."

푸아로는 걸음을 멈추고는 감정을 담아 자신의 손을 레이스의 팔에 올려놓았다.

"자네는 대단한 사람일세, 대령……. 자네는 내게, '말해 주게. 자네 무슨 생각을 하고 있는 건가?'라고 채근하지 않네. 만약 말을 할 수 있다면 내가 벌써 말했을 거라는 걸 자네는 알고 있는 걸세. 그 전에 먼저 분명히 해야 할 것들이 있네. 하지만 생각해 보게. 내가 가리키는 선들을 따라가며 잠시 생각해 보게. 몇 가지 사항들을……. 아스완의 정원에서 그날 밤 누군가 우리의 대화를 엿들었다고 한 마드무아젤 드 벨포르의 말이 있네. 범죄가 일어나던 날 밤 자신이 무슨 소리를 듣고 무엇을 했는지에 대한 팀 앨러턴의 진술이 있네. 오늘 아침 우리의 질문에 대한 루이즈 버젯의 의미심장한 대답이 있네. 마담 앨러턴은 물을, 그녀의 아들은 위스키소다를, 나는 포도주를 마셨다는 사실이 있네. 거기에 두 개의 매니큐어 병과 내가 인용한 속담을 더해 보게. 그리고 마지막으로 사건 전체의 핵심, 그러니까 그 권총이 싸구려 손수건과 벨벳 목도리에 둘둘 말려 강에 던져졌다는 사실을 생각해 보면……."

레이스는 잠시 침묵했다가는 고개를 내저었다.

"아니, 난 모르겠네. 자네가 뭘 겨냥하고 있는지 어렴풋하게 감이 잡히긴 하지만, 내가 보기에는 그게 통하지 않을 것 같네."

"아니, 그렇지 않을 걸세. 통할 거야. 자네는 진실을 제대로 못 보고 있네. 이걸 기억해 두게. 우리는 처음부터 다시 시작해야 한다는 걸 말일세. 왜냐하면 첫 번째 단추가 완전히 잘못 끼워졌다네."

레이스는 살짝 미간을 찌푸렸다.

"그런 일엔 습관이 되어 있네. 내가 보기에 사건을 수사할 때는 잘못된 출발점을 지워 버리고 다시 시작하는 경우가 많은 것 같네."

"그렇다네, 그 말이 사실일세. 그저 사람들이 그렇게 하려 들지 않을 뿐이지. 그들은 특정 가설을 세워 두고는 모든 것을 그것에 맞추려 든다네. 만약 사소한 사실 하나가 그것에 맞지 않으면, 그들은 그걸 무시해 버리지. 하지만 언제나 중요한 것은 가설에 맞지 않는 그런 사실들일세. 지금까지 나는 그 권총이 범죄 현장에서 사라졌다는 사실을 중요하게 생각해 왔네. 그것에 어떤 의미가 있다는 건 알았지만, 그 의미를 깨달은 건 겨우 30분 전이라네."

"나는 아직도 그게 뭔지 알 수가 없다네!"

"하지만 자네도 알게 될 걸세! 내가 가리킨 선들을 따라 잘 생각해 보기만 하면. 그럼 이제 이 전보 문제를 정리하세. 박사가 우리 얘기를 들어준다면 말일세."

베스너는 여전히 기분이 몹시 나쁜 듯했다. 그들이 노크를 하자 그는 찌푸린 얼굴로 나타났다.

"무슨 일입니까? 또다시 환자를 만나고 싶은 겁니까? 하지만 단언컨대 그건 현명한 일이 아닙니다. 그는 열이 있습니다. 오늘 지나치게 흥분했기 때문입니다."

"한 가지만 물어보겠습니다. 더 이상은 아닙니다. 약속합니다."

레이스의 말에 박사는 내키지 않는 듯 끙 소리를 내며 한쪽으로 비켜섰고, 두 사람은 선실 안으로 들어갔다. 혼잣말로 뭐라 투덜거리던 박사가 그들 앞을 지나가며 말했다.

"3분 뒤에 돌아오겠습니다. 그리고 그때는 반드시 나가 주셔야겠습니다!"

쿵쿵거리며 갑판을 걸어가는 그의 발소리가 들려왔다.

사이먼 도일은 묻는 듯한 눈길로 그들 두 사람을 번갈아 보았다.

"그런데 무슨 일이죠?"

"아주 사소한 일입니다. 조금 전 승무원들이 내게 상황을 보고하면서 시뇨르 리체티가 특히 불만스러워했다고 말했습니다. 그러자 당신은 놀라운 일이 아니라면서 그의 성격이 나쁘다는 걸 익히 알고 있다고 했지요. 그가 전보 문제를 두고 당신 부인에게 심하게 대했다고 말입니다. 그 사건을 자세히 이야기해 주실 수 있습니까?"

"이야기할 수 있고말고요. 우리가 와디 할파의 제2폭포에서 막 돌아왔을 때였죠. 리넷은 게시판에 붙은 전보가 자신에게 온 것이라고 착각했습니다. 자신의 성이 이제 더 이상 리지웨이가 아니라는 사실을 깜박 잊은 데다가 '리체티'와 '리지웨이'가 악필로 씌어 있으면 좀 비슷해 보이니까요. 그래서 그 전보를 뜯어 본 그녀가 내용을 도통 알 수가 없어서 어리둥절해하고 있는데, 그 리체티라는 사람이 다가와서는 아내의 손에서 그 전보를 잡아챈 다음 몹시 화를 내며 요란하게 지껄이더군요. 리넷이 그를 따라가 사과했지만, 그는 놀랄 정도로 심하게 그녀를 몰아붙였어요."

레이스가 깊이 숨을 들이쉬었다.

"그런데 혹시 말입니다, 도일 씨, 그 전보의 내용에 대해 좀 아십니까?"

"예, 조금 들었습니다. 리넷이 내용의 일부를 소리 내어 읽었거든요. 그러니까……."

그는 말을 멈추었다. 밖에서 요란한 소리가 들려왔던 것이다. 높은 톤의 목소리가 시시각각 가까이 다가오고 있었다.

"무슈 푸아로와 레이스 대령님 어디 계시죠? 지금 당장 두 분을 만나야겠어요! 이건 정말 중요한 일이에요. 제게 중대한 정보가 있다고요. 두 분이 도일 씨와 함께 계시다고요?"

베스너는 나가면서 문을 닫지 않았다. 문이 열린 채 커튼이 드리워져 있을 뿐이었다. 오터번 부인이 그 커튼을 한쪽으로 밀치고 폭풍처럼 안으로 들이닥쳤다. 그녀의 얼굴은 붉게 상기되어 있었고, 걸음걸이는 약간 불안정했으며, 발음은 불분명했다.

"도일 씨, 저는 누가 당신 부인을 죽였는지 알아요!"

오터번 부인이 연극적으로 과장되게 말했다.

"뭐라고요?"

사이먼은 그녀를 응시했다. 다른 두 사람도 그녀를 바라보았다.

오터번 부인은 의기양양한 눈길로 그들 세 사람을 훑어보았다. 그 여자는 무척 행복해 보였다.

"그래요. 제 이론이 완벽하게 입증된 거예요. 마음속 깊은 곳에 숨겨진 원시적이고 근원적인 욕구들 말이에요. 있을 수 없는 일처럼 보일 수도 있어요. 환상에 지나지 않는 것으로 말이에요. 하지만 그건 사실이라고요!"

레이스가 날카롭게 물었다.

"도일 부인을 죽인 사람이 누구인지 알려 줄 증거를 갖고 계시다는 겁니까?"

오터번 부인은 의자에 털썩 주저앉아 몸을 앞으로 기울이며 힘차게 고개를 끄덕였다.

"물론 갖고 있어요. 두 분은 루이즈 버젯을 죽인 사람이 누구든 간에 그가 리넷 도일 역시 죽였다고 보시지요? 두 가지 범죄가 동일 인물에 의해 저질러졌다고 보시지요?"

"예, 그렇습니다. 물론이지요. 그게 이치에 맞으니까요. 말씀 계속하세요."

사이먼이 조바심을 내며 말했다.

"그렇다면 제 주장이 맞을 거예요. 저는 누가 루이즈 버젯을 죽였는지 알아요. 그러니까 누가 리넷 도일을 죽였는지도 알고 있는 셈이죠."

"부인 말씀은 루이즈 버젯을 죽인 사람이 누구인지 추측하고 계시다는 거죠?"

레이스가 회의적으로 물었다.

"아니요, 전 분명히 알고 있어요. 제 두 눈으로 그 사람을 봤으니까요."

오터번 부인은 호랑이처럼 거칠게 그에게 몸을 돌렸다.

사이먼이 흥분해서 소리쳤다.

"제발, 처음부터 말해 주세요. 부인 말씀은 루이즈 버젯을 죽인 사람을 알고 계시다는 겁니까?"

오터번 부인이 고개를 끄덕였다.

"어떻게 된 건지 정확하게 말씀드리겠어요."

그랬다, 오터번 부인은 몹시 행복해 보였다. 거기에는 의심의 여지가 없었다! 이 순간은 그녀의 순간, 그녀의 승리가 아닌가! 그녀의 책들이 판매에 실패하고 있다 한들, 한때 그녀의 책을 사서 탐독했던 대중이 이제 어리석게도 새로운 것에 관심을 돌렸다 한들 무슨 상관인가? 샬롬 오터번은 다시 한 번 명성을 떨치리라. 그녀의 이름이 모든 신문에 나게 되리라. 중요한 검찰 측 증인으로 법정에 서게 되리라.

그녀는 깊게 숨을 들이마신 다음 입을 열었다.

"점심 식사를 하러 갈 때였죠. 사실 전 거의 먹고 싶은 생각이 없었어요. 최근의 끔찍한 비극 때문에 말이에요. 그 이야긴 자세히 할 필요가 없겠죠. 어쨌거나 계단을 내려가는데 뭔가 선실에 두고 온 것이 생각나더라고요. 로잘리에게 먼저 가라고 했고, 그 애는 그렇게 했어요."

오터번 부인은 한순간 말을 멈추었다.

문에 드리워진 커튼이 마치 바람에 날리기라도 한 것처럼 살짝 흔들렸지만, 세 남자 중 누구도 그 사실을 알아채지 못했다.

"저는, 그러니까……."

오터번 부인은 다시 말을 멈추었다. 살얼음 위를 걷듯 조심스러운 대목이었지만 어쨌든 해내야 했다.

"전, 그러니까, 이 배의 선원 하나와, 그러니까 약속이 있었어요. 그는, 그러니까 제가 필요로 하는 무엇인가를 가져다주기로 했는데, 딸에게는 그 사실을 알리고 싶지 않았어요. 그 애는 어떤 면에서 아주 피곤하게 굴거든요……."

별로 좋은 핑계는 아니었지만 법정에 서기 전까지 분명 그녀는 좀 더 그럴듯하게 들릴 만한 걸 생각해 낼 수 있으리라.

레이스가 눈썹을 치켜 올리며 푸아로에게 묻는 듯한 눈길을 던졌다. 푸아로는 아주 살짝 고개를 끄덕이고는 "술일세."라고 입술만 움직여 말했다.

문에 드리워진 커튼이 또다시 살랑거렸다. 커튼과 문 사이로 희미한 금속성의 푸른빛이 번쩍였다.

오터번 부인이 말을 계속했다.

"제가 하갑판의 선미 근처로 가면, 그 선원이 기다리고 있기로 약속이 되어 있었어요. 제가 갑판을 따라 걷고 있는데, 어떤 선실의 문이 열리더니 누군가 밖을 내다보더군요. 바로 그 여자, 루이즈 버젯인가 하는 여자였어요. 그녀는 누군가를 기다리는 눈치였어요. 저를 보더니 실망한 표정으로 황급히 다시 안으로 들어가 버리더군요. 물론 저는 무슨 영문인지 전혀 몰랐지요. 전 조금 전 말했던 대로 그 남자에게서 물건을 받았어요. 그에게 돈을 치르고, 그러니까 그와 짤막하게 대화를 나누고는 돌아서서 걷기 시작했어요. 모퉁이를 돌아서는 순간 전 누군가 그 하녀의 방문을 두드리고 안으로 들어가는 것을 보았어요."

레이스가 말했다.

"그러니까 그 사람이……."

탕!

총소리가 선실을 울렸다. 맵고 신 화약 냄새가 났다. 오터번 부인의 몸이 최종 심리라도 하듯 천천히 옆으로 돌아가더니, 이윽고 앞으로 고꾸라지면서 쾅 하고 바닥에 나동그라졌다. 귀 바로 뒤에 난 작은 구멍에서 피가 흘러나왔다.

한순간 얼떨떨한 침묵이 흘렀다. 다음 순간 숙련된 두 사람은 튕겨지듯 몸을 일으켰다. 부인의 시신이 그들의 움직임에 약간 방해가 되었다. 레이스가 몸을 기울여 시신을 살펴보는 동안, 푸아로는 재빨리 문을 박차고 나와 갑판으로 달려갔다.

갑판에는 아무도 없었다. 문턱에는 대형 콜트 연발 권총이 놓여 있었다.

푸아로는 양쪽을 둘러보았다. 아무도 보이지 않았다. 다음 순간 그는 선미 쪽으로 달려갔다. 모퉁이를 돌자마자 그는 반대쪽에서 전속력으로 달려오던 팀 앨러턴과 부딪쳤다.

“도대체 무슨 일입니까?”

숨을 헐떡이며 팀이 물었다.

푸아로가 날카롭게 물었다.

“이리로 오는 도중에 누군가 보지 못했습니까?”

“누군가를 보았냐고요? 아니요.”

“그럼 나와 함께 갑시다.”

그는 청년의 팔을 잡고 오던 길을 되짚어 걸었다. 이미 사람들이 모여 있었다. 로잘리와 자클린과 코닐리어가 각자의 선실에서 달려 나왔고, 전망실 쪽에서 갑판을 따라 또 다른 사람들이 오고 있었다. 퍼거슨과 짐 팬숍과 앨러턴 부인이었다.

레이스가 연발 권총 옆에 서 있었다. 푸아로는 팀 앨러턴에게 고개를 돌리고 날카롭게 물었다.

“주머니에 혹시 장갑 있습니까?”

팀은 호주머니를 뒤졌다.

“예, 있습니다.”

푸아로는 그로부터 장갑을 받아 손에 낀 다음 권총을 조사하기 위해서 몸을 앞으로 기울였다. 레이스 역시 그렇게 했다. 나머지 사람들은 숨을 죽인 채 지켜보고 있었다.

레이스가 말했다.

"그자는 저쪽으로 가지 않았을 거야. 팬숍과 퍼거슨이 이쪽 갑판 라운지에 앉아 있었으니까. 그쪽으로 갔다면 두 사람 눈에 띄었을 걸세."

푸아로가 응수했다.

"그리고 선미 쪽으로 갔다면 앨러턴 씨와 마주쳤을 테고."

레이스가 연발 권총을 가리키며 말했다.

"우리가 얼마 전에 본 권총 같군. 어쨌든 확인해 봐야겠네."

그는 페닝턴의 선실을 두드렸다. 대답이 없었다. 선실은 비어 있었다. 레이스는 서랍장으로 다가가 오른쪽 서랍을 당겨 열었다. 권총은 사라지고 없었다.

"이것으로 분명해졌군. 자, 그렇다면 페닝턴은 어디로 갔을까?"

레이스가 말했다.

그들은 다시 갑판으로 나왔다. 앨러턴 부인이 웅성대는 사람들 속에 있었다. 푸아로가 재빨리 그녀에게 다가갔다.

"마담, 오터번 양을 좀 돌봐 주십시오. 그녀의 어머니가……."

푸아로는 눈짓으로 레이스의 의견을 물었고, 레이스는 고개를 끄덕였다. 푸아로가 말을 마쳤다.

"살해되었습니다."

그때 베스너가 달려왔다.

"고트 임 힘멜!(하느님 맙소사!) 이번엔 또 무슨 일입니까?"

사람들이 그에게 길을 터 주었다. 레이스가 선실을 가리켰고, 베스너는 안으로 들어갔다.

"페닝턴을 찾아야 하네. 권총에 지문 같은 것은 없나?"

"없네."

레이스의 질문에 푸아로가 대답했다.

페닝턴은 하갑판에 있었다. 그는 작은 응접실에 앉아 편지를 쓰고 있었다. 말끔하게 면도한 잘생긴 얼굴을 들며 그가 물었다.

"무슨 새로운 일이라도 일어났습니까?"

"총소리 못 들었나요?"

"이런…… 그 말을 듣고 보니, 내가 들은 게 총소리였던 것 같군요. 하지만 꿈에도 생각지 못한 일인데……. 누가 총에 맞았나요?"

"오터번 부인입니다."

"오터번 부인이?"

페닝턴의 어조는 정말 놀란 듯했다.

"이런, 정말 놀라운 일이군요. 오터번 부인이라니."

그러면서 고개를 내저었다.

"도대체 무슨 일인지 알 수가 없군요."

그가 목소리를 낮추었다.

"한 가지 생각이 떠올랐는데요, 여러분. 살인광이 이 배에 탄 것 같습니다. 방어 체계를 세워야 합니다."

"페닝턴 씨, 이 방에 계신 지 얼마나 되었나요?"

레이스가 물었다.

"글쎄요. 봅시다."

페닝턴이 부드럽게 턱을 문질렀다.

"20분 쯤 되었을 겁니다."

"그동안 이 방에서 나가지 않았나요?"

"예…… 물론이죠."

그는 묻는 듯한 눈길로 두 사람을 바라보았다.

"페닝턴 씨, 오터번 부인은 바로 당신 총에 맞았습니다."

레이스가 말했다.

제24장

페닝턴은 충격을 받은 모양이었다. 도저히 그 말이 믿어지지 않는 듯했다.

"이런, 이건 무척 심각한 문제군요. 아주 심각합니다."

"당신에게는 더할 수 없이 심각하겠죠, 페닝턴 씨."

"내게요?"

페닝턴은 소스라쳐 놀라며 눈썹을 치켜 올렸다.

"하지만 선생, 총소리가 났을 때 나는 여기 조용히 앉아서 편지를 쓰고 있었는데요."

"혹시 그 사실을 증명해 줄 목격자가 있습니까?"

페닝턴이 고개를 내저었다.

"이런, 아니요. 없는 것 같습니다. 하지만 아무의 눈에도 띄지 않은 채 상갑판으로 가서 그 가엾은 여자를 쏜 다음, (그런데 어쨌거나 내가 왜 그 여자를 쏜단 말입니까?) 다시 이곳으로 내려온다는 것은 불가능합니다. 이맘때에는 언제나 갑판 라운지에 사람들이 많으니까요."

"당신의 권총이 범죄에 쓰인 건 어떻게 설명하시겠습니까?"

"음, 그 문제에 대해서는 비난을 받아야 할 것 같군요. 배에 탄 지 얼마 지나지 않은 어느 날 저녁 전망실에서 이야기판이 벌어졌지요. 총기에 대한 이야기였던 것 같습니다. 그때 나는 여행할 때 항상 연발 권총을 가지고 다닌다는 말을 했습니다."

"그곳에 누가 있었나요?"

"글쎄, 정확히는 기억나지 않습니다. 승객 대부분이 있었던 것 같습니다. 어쨌든 꽤 많았지요."

그는 가만히 고개를 내저었다.

"음, 그렇군요. 그 점은 내가 분명 잘못했군요. 처음에는 리넷, 그 다음에는 리넷의 하녀, 이제는 오터번 부인이라니. 이들 간에는 아무런 연관이 없는 것 같은데요!"

"연관이 있습니다."

레이스가 말했다.

"연관이 있다고요?"

"그렇습니다, 오터번 부인은 우리에게 어떤 사람이 루이즈의 선실로 들어가는 것을 목격했다고 이야기하던 중이었습니다. 그 사람의 이름을 말하기 직전 총에 맞은 겁니다."

앤드류 페닝턴은 고급 실크 손수건으로 이마를 문지르며 중얼거렸다.

“이 모든 게 정말 끔찍하군요.”

푸아로가 말했다.

“무슈 페닝턴, 이 사건의 특정 사항에 대해 당신과 이야기를 했으면 합니다. 30분 뒤 내 선실로 와 주시겠습니까?”

“기꺼이 그러지요.”

페닝턴은 말은 그렇게 했지만 기꺼운 말투는 아니었다. 표정 역시 마찬가지였다. 레이스와 푸아로는 눈짓을 교환한 다음 갑자기 방을 나왔다.

“교활한 늙은이, 하지만 두려워하고 있군, 그렇지 않나?”

푸아로는 레이스의 말에 고개를 끄덕였다.

“그래, 우리의 무슈 페닝턴이 편안한 기색은 아니군.”

그들이 다시 산책 갑판에 이르자, 앨러턴 부인이 선실에서 나오다가 푸아로를 보고는 절박하게 손짓했다.

“왜 그러시죠, 마담?”

“그 가엾은 처녀 일이에요! 혹시 말이에요, 무슈 푸아로, 나와 그 처녀와 함께 쓸 2인용 선실이 없을까요? 그녀를 자기 어머니와 쓰던 선실로 보낼 수는 없고, 내 방은 1인용이라서요.”

“어떻게든 마련될 겁니다, 마담. 정말 친절하시군요.”

“작은 친절일 뿐인걸요. 게다가 난 그 처녀가 좋답니다. 그동안 줄곧 좋게 생각하고 있었지요.”

“그 처녀는 지금 몹시 동요되어 있지요?”

"극도로요. 그녀는 그 밉살스러운 어머니에게 무척 헌신적이었던 것 같아요. 정말이지 이 모든 게 너무나도 애처로워요. 팀 말로는 그 어머니가 알코올 중독자였다더군요. 사실인가요?"

푸아로가 고개를 끄덕였다.

"오, 이런, 가엾은 아이, 아무도 그 아이를 비난해선 안 될 것 같아요. 그 아이는 정말 고통스러운 삶을 살았으니까요."

"그랬답니다, 마담. 그녀는 자존심이 강하고 무척 성실하답니다."

"예, 난 그 점이 좋아요. 성실성 말이에요. 요즘은 성실한 사람이 구식으로 여겨지지요. 그 처녀의 성격은 특이해요. 자존심 강하고 고집스러우면서도 그 이면에 아주 따뜻한 마음을 갖고 있는 것 같아요."

"제가 아주 좋은 분에게 그 처녀를 부탁한 것 같군요, 마담."

"그래요, 걱정 마세요. 내가 그 애를 보살필게요. 애처롭게도 그 애 역시 내게 마음 붙이고 싶어 하는 것 같아요."

앨러턴 부인은 선실로 들어갔고, 푸아로는 비극의 현장으로 돌아왔다.

코닐리어가 눈을 휘둥그렇게 뜬 채 갑판에 서 있다가 말했다.

"저는 이해할 수가 없어요, 무슈 푸아로. 부인을 쏜 사람이 어떻게 아무에게도 들키지 않고 도망쳤을까요?"

"그래요, 어떻게 그렇게 했을까요?"

자클린 역시 같은 질문을 했다.

"아, 그건 두 분이 생각하듯이 종적 감추기 묘기 같은 게 아니랍니다. 살인범이 도망칠 수 있는 분명한 도주로가 세 개나 있었으니까요."

자클린은 어리둥절한 표정을 지었다.

"세 군데요?"

"오른쪽이나 왼쪽으로 도망갈 수 있었겠지만, 나머지 하나는 모르겠는데요."

코닐리어도 어리둥절해하며 말했다.

자클린 역시 미간을 찌푸렸다. 이윽고 그녀가 미간의 주름을 풀고 말했다.

"그렇군요. 그 사람은 수평면에서 두 방향으로 가는 것 외에 그 면에서 직각 방향으로도 갈 수 있겠군요. 그러니까 위로 갈 순 없었겠지만 아래로 내려갈 수는 있었겠네요."

푸아로가 미소를 지어 보였다.

"머리가 좋군요, 마드무아젤."

"제가 좀 바보라는 건 알지만 아직도 무슨 말인지 모르겠는데요."

코닐리어가 어리둥절해하자 자클린이 일러 주었다.

"무슈 푸아로의 말은 그자가 난간을 뛰어넘어 하갑판으로 내려갔으리라는 거예요."

코닐리어가 헉 하고 숨을 멈추었다.

"어머나! 그 생각은 전혀 못했네요. 하지만 그러려면 상당히 민첩해야겠네요. 그렇게 하기는 어렵지 않았을까요?"

"그자는 쉽사리 그 일을 해낼 수 있었을 겁니다. 잊지 마세요, 이런 사건 후에는 언제나 한순간 충격이 있게 마련이죠. 사람들은 총소리를 들으면 몸이 마비되어 일이 분간 움직일 수 없게 되지요."

"그건 당신 자신의 경험에서 나온 이야긴가요, 무슈 앨러턴?"

"예, 그렇습니다. 나도 5초 동안 멍청이처럼 서 있었으니까요. 그런 다음 상당히 빠르게 갑판 위를 달려왔지요."

레이스가 베스너의 선실에서 나오더니 권위 있는 어조로 말했다.

"모두들 비켜 주시겠습니까? 시신을 옮기고 싶습니다."

모두 순순히 걸음을 옮겼다. 푸아로도 그들과 함께 걸었다. 코닐리어가 서글프지만 열띤 어조로 말했다.

"이 여행은 평생 동안 잊지 못할 거예요. 세 사람이나 죽다니…… 마치 악몽을 꾸고 있는 것 같아요."

퍼거슨이 어깨 너머로 그녀의 말을 들은 모양이었다. 그가 싸울 듯이 말했다.

"그건 당신이 지나치게 문명화되어 있기 때문입니다. 죽음을 동양인들처럼 받아들여야 해요. 그건 단순한 사고입니다. 그다지 특별할 게 없어요."

"그건 너무나도 당연하잖아요. 동양인들은 가엾게도 교육의 혜택을 입지 못했지요."

코닐리어가 대답했다.

"그래요. 하지만 그것 역시 좋은 겁니다. 교육은 백인에게서 활력을 앗아가 버렸어요. 미국을 봐요, 타락한 문화에 빠져 있지. 역겨울 뿐이야."

"그건 말도 안 되는 소리 같은데요. 저는 겨울마다 그리스 예술과 르네상스에 관한 강좌를 듣고 있고, 여성 위인들에 대한 강의도 들으러 간답니다."

퍼거슨은 미치겠다는 듯이 투덜거렸다.

"그리스 예술이라니! 르네상스라니! 여성 위인들이라니! 당신 말을 들으니 정말이지 속이 느글거리는군. 중요한 건 미래예요, 아가씨, 과거가 아니라 말입니다. 이 배에서 세 명의 여자가 죽었습니다. 하지만 그게 어쨌다는 거죠? 그들은 아까울 게 없는 사람들입니다! 리넷 도일은 돈만 많았고, 그 프랑스 인 하녀는 길들여진 기생충 같은 여자고, 오터번 부인은 쓸모 없는 바보였어요. 그들이 죽든 살든 진정으로 신경 쓸 사람이 있다고 봅니까? 그렇지 않을 걸요. 정말이지 지독히도 잘된 일이란 말입니다!"

코닐리어가 그에게 분통을 터뜨렸다.

"그렇다면 당신이 틀렸어요! 그리고 당신이 자기 자신 이외에는 아무도 중요하지 않다는 듯이 말하는 소리를 듣고 있자니 제 속이 느글거리는군요. 저 역시 오터번 부인을 별로 좋아하지 않았지만 그분의 딸은 자기 어머니를 몹시 사랑했을 것이고, 어머니의 죽음에 가슴이 찢어지는 슬픔을 느끼고 있을 거예요. 그 프랑스 인 하녀에 대해서는 잘 모르지만 어딘가에 그녀를 아끼는 누군가가 있을 거예요. 그리고 리넷 도일은, 음, 다른 모든 걸 차치하고라도 그녀는 너무나도 사랑스러웠어요! 너무나 아름다워서 방으로 들어오는 것만 보아도 가슴이 뿌듯해졌죠. 제 자신이 못생겼기 때문에, 저로서는 그녀의 아름다움이 더 멋지게 여겨졌어요. 그녀는 한 여자로서 그리스 조각품만큼이나 아름다웠어요. 뭐든 아름다운 것이 사라진다면, 그건 모든 이들의 손실이에요. 그렇고말고요!"

퍼거슨은 주춤하고 뒤로 물러서더니 두 손으로 자신의 머리카락을 붙잡아서는 세차게 잡아당겼다.

"두 손 다 들었습니다. 당신은 믿어지지 않을 정도로 특이한 여자예요. 당신 마음속에는 여자라면 당연히 갖고 있어야 할 심술 같은 게 전혀 없군."

퍼거슨은 푸아로에게 몸을 돌렸다.

"혹시 아십니까, 선생님? 코닐리어의 아버지가 리넷 리지웨이의 아버지 때문에 파산했다는 사실을 말입니다. 그런데 그 상속녀가 진주 목걸이와 파리의 모델 같은 옷차림으로 치장하고 오만하게 걸어 다니는 걸 보고 이 처녀가 이를 갈았을까요? 아닙니다, 이 처녀는 그저 축복받은 새끼 양처럼 '정말 아름답지 않아요?' 하고 재잘거릴 뿐이었습니다. 그녀에게 화조차 내지 않았다고요."

코닐리어가 얼굴을 붉혔다.

"화가 났어요, 아주 잠깐 동안요. 아빠는 일종의 화병으로 돌아가셨어요. 사업이 잘되지 않았으니까요."

"잠깐 화가 났다고요! 기가 막히는군요."

코닐리어가 갑자기 그를 향해 몸을 돌렸다.

"음, 당신은 조금 전에 중요한 것은 미래이지 과거가 아니라고 말하지 않았나요? 그 모든 건 과거의 일이 아닌가요? 이제 끝난 일이라고요."

"내가 졌습니다. 코닐리어 롭슨, 당신은 내가 이제까지 만난 여자 중에서 유일하게 멋진 여자예요. 나와 결혼해 주겠습니까?"

"말도 안 되는 소리 하지 마세요."

"이건 순수한 결혼 신청입니다. 비록 나이 드신 탐정님 앞이긴 하지만 말이에요. 어쨌든 당신이 증인입니다, 무슈 푸아로. 난 심사숙고 끝에 이 여자에게 결혼을 신청하는 겁니다. 이건 남녀간의 법적인 계약 관계를 믿지 않는다는 내 원칙에 부합하지 않습니다. 하지만 이 여자는 다른 걸로는 설득되지 않을 것 같군요. 그러니 결혼을 해야지요. 자, 코닐리어, 그러겠다고 대답해요."

"당신은 정말 우스꽝스러운 분 같군요."

코닐리어가 얼굴을 붉히며 말했다.

"어째서 나와 결혼하지 않으려는 겁니까?"

"당신은 진지하지 않아요."

"내 결혼 신청이 진지하지 않다는 겁니까, 아니면 내 성격이 그렇다는 겁니까?"

"둘 다요. 하지만 진짜 제 말뜻은 당신의 성격이 그렇다는 거예요. 당신은 진지한 모든 것들을 비웃고 있어요. 교육과 문화 그리고 죽음까지도요. 당신은 믿을 만한 사람이 아니에요."

그렇게 말을 쏟아 놓은 그녀는 다시 얼굴을 붉히면서 서둘러 자신의 방으로 걸음을 옮겼다.

퍼거슨은 그녀의 뒷모습을 물끄러미 응시했다.

"골치 아픈 아가씨 같으니라고! 저 여자는 정말로 그렇게 생각하고 있을 거예요. 저 여자는 남자가 믿음직하기를 바라는 겁니다. 믿음직해야 하다니, 이거 야단났군!"

그는 말을 멈췄다가 이윽고 호기심 서린 어조로 물었다.

"무슨 일이십니까, 무슈 푸아로? 아주 깊은 생각에 빠져 계신 것 같군요."

푸아로는 소스라치게 놀라며 정신을 차렸다.

"생각을 좀 했을 뿐이지요. 생각을 좀 했답니다."

"에르퀼 푸아로의 죽음에 대한 명상이군요. 『죽음, 그 순환 소수』, 선생님의 유명한 연구 중의 하나겠군요."

"무슈 퍼거슨, 당신은 무척 무례한 젊은이군요."

"이해해 주셔야 합니다. 나는 기성 인습을 공격하는 걸 좋아하거든요."

"그럼 나도 기성 인습이란 말입니까?"

"바로 그렇지요. 저 처녀에 대해 어떻게 생각하십니까?"

"롭슨 양 말입니까?"

"예."

"아주 훌륭한 성격의 소유자인 것 같군요."

"당신 말이 맞습니다. 저 여자에겐 기백이 있습니다. 겉으로는 온순해 보이지만 실제로는 그렇지 않죠. 저 여자에겐 결단력이 있어요. 저 여자는…… 오, 빌어먹을. 난 저 여자를 원해요. 그 늙은 숙녀를 걸고 넘어가는 게 좋겠군요. 일단 그 노파가 나에게 철저히 등을 돌리도록 만들기만 하면, 코닐리어와 나 사이에는 서먹한 기운이 없어질 겁니다."

퍼거슨은 발길을 돌려 전망실로 들어갔다. 밴 슈일러는 늘 앉는 구석 자리에 앉아 있었다. 그녀는 평소보다 더 오만해 보이는 모습으로 뜨개질을 하고 있었다. 퍼거슨이 그녀에게 다가갔다. 에르퀼 푸아로는 조용히 전망실로 들어가서는 적당히 떨어져 앉아 잡지를 읽는 데 몰두하는 척했다.

"안녕하십니까, 밴 슈일러 여사님?"

밴 슈일러는 아주 잠깐 눈을 들었다가 다시 떨구고 냉담하게 중얼거렸다.

"어, 안녕하세요."

"이것 보십시오, 밴 슈일러 여사님. 상당히 중요한 문제에 대해 당신과 이야기를 나누고 싶습니다. 바로 이런 얘깁니다. 난 당신 조카와 결혼하고 싶습니다."

밴 슈일러의 털실 뭉치가 바닥에 떨어져 전망실을 가로질러 사정없이 굴러갔다.

그녀가 독기 서린 어조로 대답했다.

"제정신이 아닌 게 분명하군요, 젊은이."

"천만에요. 난 그녀와 결혼하기로 결심했습니다. 이미 그녀에게 결혼 신청을 했답니다!"

밴 슈일러는 괴상한 종류의 딱정벌레라도 만난 것 같은 호기심을 보이며 차갑게 그를 훑어보았다.

"정말인가요? 그렇다면 그 애는 당신에게 자기 일이나 잘하라고 했겠군요."

"그녀는 내 청혼을 거절했습니다."

"당연하지요."

"전혀 당연하지 않습니다. 난 그녀가 동의할 때까지 계속 청혼할 겁니다."

"분명히 말해 두는데요, 젊은이, 난 어린 내 조카가 그런 시달림을 받지 않도록 조치를 취하겠어요."

밴 슈일러가 신랄한 어조로 말했다.

"도대체 왜 내가 싫으신 건가요?"

밴 슈일러는 눈썹을 치켜 올렸을 뿐이었다. 그녀는 그것으로 대화를 끝내고 뜨개질을 다시 시작하려는 듯 털실 뭉치를 세차게 끌어당겼다.

"자, 도대체 내가 왜 싫으신 겁니까?"

퍼거슨이 집요하게 물었다.

"그건 너무나 분명한 것 같은데요. 음, 그러니까, 당신 이름을 모르겠군요."

"퍼거슨입니다."

밴 슈일러는 정말 싫다는 듯이 그 이름을 내뱉었다.

"퍼거슨 씨, 그건 말도 안 되는 생각이에요."

"당신 말은 내가 그녀에게 부족하다는 겁니까?"

"당신 자신도 너무 잘 알 것 같은데요."

"어떤 면에서 부족합니까?"

밴 슈일러는 또다시 대답하지 않았다.

"내겐 두 팔과 두 다리, 건강한 몸과 합리적인 정신이 있습니다. 뭐가 잘못되었다는 겁니까?"

"사회적 지위 같은 것도 있답니다, 퍼거슨 씨."

"사회적 지위는 하찮은 겁니다!"

문이 빙글 돌아가며 코닐리어가 들어왔다. 그녀는 엄하기 짝이 없는 메리 아주머니가 퍼거슨과 대화를 나누고 있는 것을 보고 못 박힌 듯 걸음을 멈추었다.

그 무엇에도 개의치 않는 퍼거슨이 고개를 돌렸다. 그는 이를 드러내고 활짝 웃으며 소리쳤다.

"이리 와요, 코닐리어. 난 지금 가장 전통적인 방법으로 당신과 결혼하겠다고 청하는 중입니다."

"코닐리어, 네가 이 청년을 부추겼니?"

밴 슈일러가 물었다. 그녀의 목소리는 정말이지 고약하게 들렸다.

"제가요…… 물론 아니에요. 적어도 저는 꼭 그런 것은…… 그러니까 제 말은……."

"네 말은 어떻다는 거냐?"

퍼거슨이 나서서 그녀를 도와주었다.

"그녀가 나를 부추긴 게 아닙니다. 나 혼자서 이러는 겁니다. 사실 그녀는 너무나도 착해서 면전에서 나를 내치지 못했지요. 코닐리어, 당신 아주머니 말씀이 내가 당신에게 부족하다더군요. 그건 물론 사실이지만 당신 아주머니가 생각하는 그런 의미에서는 아닙니다. 나의 도덕적 자질은 분명 당신만 못하니까. 하지만 당신 아주머니는 사회적 지위에서 내가 당신보다 가망 없이 낮다고만 말씀하시는군요."

"그 문제라면 코닐리어도 잘 알 거예요."

밴 슈일러가 말했다.

"그런가요? 그게 당신이 나와 결혼하지 않는 이유입니까?"

퍼거슨이 살피는 듯한 눈길로 그녀를 보았다.

"아니요, 그렇지 않아요."

코닐리어의 얼굴이 붉어졌다.

"만일, 만일 제가 당신을 좋아한다면 당신이 어떤 신분이든 당신과 결혼할 거예요."

"당신은 나를 좋아하지 않는군요?"

"제가 보기에, 그러니까 당신은 그냥 난폭해요. 당신이 말하는 방식…… 이야기의 내용…… 전, 전 당신 같은 사람은 이제까지 만난 적이 없어요. 전……."

눈물이 쏟아지려 하고 있었다. 그녀는 전망실에서 뛰쳐나갔다.

"처음치고는 전체적으로 그다지 나쁘지 않군."

퍼거슨은 의자에 앉았다. 그는 몸을 뒤로 젖혀 천장을 쳐다본 다음 휘파람을 불며 보기 흉한 두 다리를 꼬더니 다시 말했다.

"하지만 앞으로 난 당신을 아주머니라고 부르게 될 겁니다."

밴 슈일러는 분노로 몸을 떨었다.

"당장 이곳에서 나가요, 젊은이, 그렇지 않으면 승무원을 부르겠어요."

"나는 내 돈 내고 이 배에 탔습니다. 이 공공 라운지에서 날 쫓아내지는 못할걸요. 하지만 당신 말대로 해 드리지요."

그는 나지막하게 노래를 불렀다.

"오호호, 럼주 한 병."

자리에서 일어난 그는 문을 향해 어슬렁거리며 걸어가더니 마지못한 듯 밖으로 나갔다.

분노로 숨이 막힌 듯 밴 슈일러는 비틀거리며 몸을 일으켰다. 그때 푸아로가 잡지 뒤에서 얼굴을 내밀고 일어나 털실 뭉치를 주워 주었다.

"고마워요, 무슈 푸아로. 바워즈 양을 좀 불러 주셨으면 좋겠네요. 신경이 완전히 곤두섰답니다. 건방진 청년 같으니라고."

"좀 괴상한 것 같긴 하네요. 그 집안사람들이 대개 그렇답니다. 물론 버릇없이 자라서 그렇겠죠. 항상 무모한 일을 시도하는 경향이 있고요."

푸아로는 아무렇지 않은 척 덧붙였다.

"그가 누군지 알아보셨겠지요?"

"알아보다니요?"

"진보주의적 사고 때문에 자기의 칭호를 쓰지 않고 퍼거슨이라는 이름만 쓰고 있더군요."

"칭호라니요?"

밴 슈일러의 어조가 날카로웠다.

"그렇습니다. 그 청년이 바로 달리시 경이랍니다. 당연히 돈이 엄청나게 많은데, 옥스퍼드 재학 중에 공산주의자가 되었다더군요."

상반되는 감정을 얼굴에 떠올리며 밴 슈일러가 물었다.

"그 사실을 언제부터 알고 계셨나요, 무슈 푸아로?"

푸아로는 어깨를 으쓱해 보였다.

"신문에서 그의 사진을 본 적이 있거든요. 비슷하다고 생각했지요. 그리고 문장이 새겨진 반지를 발견했답니다. 오, 제가 단언하는데 틀림없습니다."

그는 밴 슈일러의 얼굴에 번갈아 떠오르는 상반되는 표정을 상당히 유쾌한 기분으로 지켜보았다. 마침내 우아하게 고개를 숙여 보이며 그녀가 말했다.

"큰 은혜를 입었네요, 무슈 푸아로."

푸아로는 전망실을 나가는 그녀의 뒷모습을 지켜보면서 미소를 지었다. 다시 자리에 앉은 그의 얼굴이 다시 한 번 심각해졌다. 그는 마음속에서 떠오르는 생각의 꼬리를 좇고 있었다. 이따금 그는 고개를 끄덕였다.

"메 위.(그렇고말고.) 모든 게 들어맞는군."

제25장

레이스가 전망실에 앉아 있는 푸아로를 보았다.

"음, 푸아로, 이러면 어떨까? 10분 내로 페닝턴이 올 걸세. 그 일을 자네가 맡아 주게."

푸아로가 재빨리 자리에서 일어났다.

"먼저 팬숍 청년을 만나 보세."

"팬숍을?"

레이스는 의외라고 여기는 것 같았다.

"그렇다네, 그를 내 선실로 불러 주게."

레이스는 고개를 끄덕이고는 걸음을 옮겼다. 푸아로는 자신의 선실로 갔다. 잠시 후 레이스가 팬숍 청년을 데려왔다.

푸아로는 두 사람에게 의자를 가리키고 담배를 권한 다음 말했다.

"무슈 팬숍, 우리 얘기를 시작합시다! 당신은 내 친구 헤이스팅스와 똑같은 넥타이를 매고 있군요."

짐 팬숍은 약간 당황해하며 자신의 넥타이를 내려다보았다.

"이건 올드 스쿨 타이*인데요."

"바로 그렇지요. 외국인이긴 하지만 난 영국적인 사고방식에 대해 좀 안답니다. 예를 들자면 세상에는 '끝나는 일'과 '끝나지 않는 일'이 있지요."

짐 팬숍이 씩 웃으며 말했다.

"요즘은 그런 이야기를 하지 않는답니다, 선생님."

"그럴지도 모르지만 관습이라는 건 줄곧 남아 있는 법이지요. 올드 스쿨 타이는 올드 스쿨 타이니까, 그것을 맨 사람이라면 삼가야 할 일이 몇 가지 있다는 걸 경험으로 알고 있습니다. 그런 일 중의 하나가 말입니다, 팬숍 씨, 잘 알지도 못하는 사람들의 사적인 대화에 요청받지도 않았는데 끼어드는 것이지요."

팬숍은 그를 물끄러미 응시했다.

푸아로가 말을 계속했다.

"그런데 팬숍 씨, 언젠가 당신은 바로 그런 일을 했습니다. 몇몇 사람들이 전망실에서 조용히 사적인 이야기를 하고 있었습니다. 당신은 무슨 이야기를 하고 있는지를 엿듣기 위해 그들 가까이로 다가간 다음 실제로 그들 쪽으로 몸을 돌리고는 어떤 숙녀에게, 그러

* 영국의 공립 학교를 색깔 별로 표시하는 넥타이.

니까 마담 사이먼 도일에게 그녀의 일처리 방식이 훌륭하다고 칭찬했지요."

짐 팬숍의 얼굴이 새빨개졌다. 푸아로는 짐의 논평을 기다리지 않고 말을 계속했다.

"그런데 팬숍 씨, 그건 내 친구 헤이스팅스와 똑같은 넥타이를 매고 있는 사람이라면 결코 해서는 안 될 행동이었습니다! 언제나 세심하게 신경을 쓰는 헤이스팅스는 그런 행동을 했다면 수치심 때문에 죽고 싶어 할 겁니다! 또한 당신이 이런 비싼 휴가 비용을 조달하기에는 너무 젊고, 지방의 사무 법률회사의 직원인 만큼 그다지 유복하지 않을 것이며, 장기 해외 여행이 필요할 만큼 최근에 아팠던 징후도 보이지 않는다는 사실을 고려하면, 도대체 왜 이 배를 탄 것일까 하는 의문을 갖지 않을 수 없군요."

짐 팬숍이 고개를 뒤로 젖혔다.

"전 당신에게 그 어떤 말도 하지 않겠습니다, 무슈 푸아로. 정말 머리가 좀 이상해지신 것 같군요."

"내 머리는 이상해지지 않았습니다. 난 지금 지극히 멀쩡합니다. 당신 회사가 어디에 있지요? 워드 홀에서 그리 멀지 않은 노샘프턴에 있지 않습니까? 당신이 엿들으려 했던 것은 무슨 대화였을까요? 법률 서류에 관한 대화였습니다. 당신의 칭찬, 그러니까 당신이 당혹감과 말레즈(거북함)를 드러내며 했던 그 칭찬의 목적이 무엇이었을까요? 당신의 목적은 마담 도일로 하여금 모든 서류를 읽어 보고 나서 서명하게 하려는 것이었습니다."

푸아로는 잠시 말을 멈추었다.

"이 배에서 살인 사건이 일어났습니다. 그리고 그 살인에 이어 두 건의 다른 살인이 순식간에 일어났습니다. 마담 오터번을 살해한 무기가 무슈 앤드류 페닝턴 소유의 연발 권총이었다는 소식까지 듣는다면, 당신도 최대한 우리에게 협력해야 한다는 걸 알 겁니다."

짐 팬숍은 잠시 아무 말도 하지 않았다. 이윽고 그가 입을 열었다.

"당신은 괴상한 방식으로 사태를 끌고 가시는군요, 무슈 푸아로. 하지만 지적하신 사항에 대해 감사드립니다. 문제는 제가 두 분께 제시할 만한 정확한 정보를 갖고 있지 못하다는 겁니다."

"당신 말은 단지 심증만 있다는 거겠지요."

"그렇습니다."

"그러니까 그런 이야기를 하는 것이 지각 없는 일이라는 거죠? 법률적으로 말하면 그럴 수도 있습니다. 하지만 여기는 법정이 아닙니다. 레이스 대령과 나는 살인자를 추적하고 있습니다. 우리에게 도움이 되는 거라면 뭐든 가치가 있습니다."

짐 팬숍은 다시 한 번 생각에 잠겼다. 이윽고 그가 말했다.

"좋습니다. 뭘 알고 싶으십니까?"

"당신은 왜 이 여행을 오셨나요?"

"도일 부인의 영국 측 변호사인 제 삼촌 카마이클이 저를 보내셨지요. 삼촌은 그녀의 많은 사업을 처리했습니다. 그 과정에서 삼촌은 도일 부인의 미국인 재산 관리자인 앤드류 페닝턴 씨와 자주 서신 왕래를 하셨습니다. 몇 가지 사소한 사건들(다 열거할 수는 없습니다만) 때문에 삼촌은 모든 것이 정석대로 진행되지 않는 것 같다는 의혹을 가지신 모양입니다.

"쉽게 말하자면, 당신 삼촌은 페닝턴이 사기를 치고 있지 않은가 의심하신 거군요?"

짐 팬숍은 희미한 미소를 띠며 고개를 끄덕였다.

"대령님이 저보다 더 솔직하게 표현하셨지만, 요점은 그렇습니다. 공채 처분에 대한 그럴듯한 설명과 여러 가지 구실들이 삼촌의 불신을 불러일으켰지요.

삼촌의 이러한 의혹들이 줄곧 밝혀지지 않고 있는 가운데, 리지 웨이 양은 뜻하지 않게 결혼을 하고 이집트로 신혼여행을 떠났지요. 그녀의 결혼으로 삼촌은 마음을 놓으셨습니다. 그녀가 영국으로 돌아오면 그 재산이 공식적으로 정리되어 넘겨지게 될 테니까요.

그런데 그녀가 카이로에서 삼촌에게 쓴 편지에는 우연히 앤드류 페닝턴을 만났다는 사실이 언급되어 있었습니다. 삼촌의 의심은 더욱 짙어졌습니다. 삼촌은 이제 절박한 상황에 몰린 페닝턴이 자신의 횡령 사실을 감추기 위해 그녀의 서명을 받아내려 들 것이라고 확신하셨지요. 삼촌에게는 그녀 앞에 내놓을 결정적인 증거가 없었으므로 몹시 곤란한 지경이었지요. 삼촌이 생각해 낼 수 있는 방법은 저를 이곳으로 보내는 것뿐이었습니다. 일이 어떻게 돌아가고 있는지 알아보라는 지시와 함께 저를 비행기에 태우셨지요. 저는 경계를 게을리 하지 않고 있다가, 필요할 경우 재빨리 행동을 개시해야 했습니다. 단언하는데 고약한 임무였지요. 실제로 당신이 말씀하신 그때 저는 그런 상스러운 행동을 하지 않을 수 없었습니다! 어색하긴 했지만, 그 결과는 전체적으로 만족스러웠지요."

"당신 말은 마담 도일에게 경계심을 불러일으켰다는 겁니까?"

레이스가 물었다.

"그 정도는 아닙니다만, 페닝턴을 불안하게 만들기는 한 것 같습니다. 그가 한동안은 더 이상 엉뚱한 시도를 하지 않으리라는 걸 알 수 있었으니까요. 그리고 그가 다시 행동을 개시할 때까지 전 도일 부부와 가까워져서 일종의 경고를 할 수 있게 되기를 바랐지요. 사실 저는 도일 씨를 통해 그 일을 하고자 했습니다. 도일 부인은 페닝턴 씨와 너무나도 밀착되어 있었으므로 그에 관해 그녀에게 뭔가 이야기한다는 것이 어색하게 여겨질 것 같았습니다. 저로서는 그 남편에게 접근하는 편이 더 쉬워 보였지요."

레이스가 고개를 끄덕였다.

푸아로가 물었다.

"한 가지 사항에 대해 솔직한 의견을 말해 주시겠습니까, 무슈 팬숍? 당신이 사기를 쳐야 한다면, 마담 도일과 무슈 도일 중 누구를 택하시겠습니까?"

팬숍은 희미하게 미소를 지었다.

"언제나 도일 씨를 택할 겁니다. 리넷 도일은 일 문제에 관해선 빈틈이 없었습니다. 제 생각에 그녀의 남편은, 사업에 대해서는 아무것도 모르고 자신의 말대로 언제나 '점선이 있는 곳이면 어디든 서명'할 채비가 되어 있었으니까요."

"내 생각도 그렇습니다."

이렇게 말하고 푸아로는 레이스를 바라보았다.

"그리고 자네의 추정도 있지."

짐 팬숍이 말했다.

"하지만 이 모든 것이 그저 추측일 뿐입니다. 확실한 증거가 없으니까요."

푸아로가 쉽사리 대답했다.

"아, 그거요! 우리가 증거를 찾을 겁니다!"

"어떻게요?"

"페닝턴 씨에게서 얻어낼 수 있을 겁니다."

팬숍은 믿어지지 않는 표정이었다.

"글쎄요. 정말 그럴 수 있을지 모르겠군요."

레이스가 자신의 시계를 흘긋 쳐다보았다.

"이제 오겠군요."

짐 팬숍은 이내 그 암시를 알아채고 방을 나갔다.

2분 뒤 앤드류 페닝턴이 모습을 나타냈다. 페닝턴은 미소를 지으며 세련된 태도를 취하고 있었다. 경직된 턱 선과 경계심 어린 눈빛만이 이 노련한 백전노장이 경계 태세를 취하고 있음을 말해 주고 있었다.

"자, 여러분, 제가 왔습니다."

이렇게 말하고 그는 의자에 앉아 묻는 듯한 표정으로 그들을 쳐다보았다. 푸아로가 입을 열었다.

"이리로 오시라고 한 건 당신이 이 사건에 아주 특별하고 직접적인 이해 관계가 있는 게 분명해졌기 때문입니다."

페닝턴이 살짝 눈썹을 치켜 올렸다.

"그런가요?"

푸아로가 부드럽게 말했다.

"물론입니다. 당신은 리넷 리지웨이가 아주 어렸을 때부터 알고 지낸 걸로 아는데요."

"오! 그거요……."

그의 표정이 달라지며 긴장이 조금 풀어졌다.

"죄송합니다, 당신 말을 제대로 알아듣지 못했군요. 그렇습니다, 오늘 아침 말씀드린 대로 난 리넷이 가슴받이가 달린 옷을 입은 귀여운 꼬마였을 때부터 알아 왔지요."

"당신은 그녀의 아버지와 아주 가까운 사이셨죠?"

"그렇습니다. 멜휘시 리지웨이와 나는 무척, 무척 가까웠습니다."

"두 분이 그렇게 친밀하게 결속되어 있었기에 그분은 돌아가시면서 당신을 자기 딸과 그녀가 물려받는 막대한 재산의 관리인으로 지정한 거군요."

"이런, 대강 그렇습니다."

그의 얼굴에 경계의 빛이 돌아왔다. 어조도 더욱 신중해졌다.

"당연한 일이지만 내가 유일한 재산 관리인은 아닙니다. 다른 사람들도 함께 일하고 있습니다."

"그중에서 죽은 사람이 있습니까?"

"두 사람이 죽었지요. 스턴데일 록포드 씨는 여전히 살아 있고요."

"당신의 동업자 말씀인가요?"

"그렇습니다."

"내가 알기로, 마드무아젤 리지웨이는 결혼했을 때 채 성년이 되지 않았지요?"

"그녀는 내년 7월에 스물한 살이 됩니다."

"그러면 그때는 정상적인 절차에 따라 그녀가 직접 재산을 관리하게 되나요?"

"그렇습니다."

"그런데 그녀의 결혼이 사태를 앞당겼겠군요?"

페닝턴의 턱이 굳어졌다. 그는 그들을 향해 공격적으로 턱을 내밀었다.

"죄송합니다만, 두 분. 이 모든 질문의 요점이 도대체 뭡니까?"

"그 질문에 대답하기 싫으시다면……."

"싫을 건 없습니다. 당신이 내게 질문을 하는 건 괜찮습니다. 하지만 이 모든 게 무슨 관련이 있는지 모르겠군요."

"오, 하지만 페닝턴 씨."

푸아로는 몸을 앞으로 기울였다. 그의 눈동자가 고양이 눈처럼 녹색으로 변했다.

"동기라는 문제가 있답니다. 거기에는 언제나 재정적인 면이 고려되어야 하지요."

페닝턴이 퉁명스러운 어조로 말했다.

"리지웨이의 유언에 의하면, 리넷은 스물한 살이 되거나 결혼을 하게 되면 자신의 돈을 직접 관리하게 됩니다."

"무조건 말입니까?"

"무조건 그렇습니다."

"재산이 엄청나겠군요."

"엄청납니다."

푸아로가 부드럽게 말했다.

"페닝턴 씨, 당신과 동업자의 책임이 아주 무겁겠네요."

페닝턴이 간략하게 대답했다.

"우리는 책임에 익숙해 있습니다. 우리 걱정은 전혀 하실 것 없습니다."

"글쎄요."

푸아로의 어조에 깃든 무엇인가가 상대방의 아픈 곳을 찌른 것 같았다. 페닝턴은 화를 내며 물었다.

"도대체 무슨 말을 하고 싶은 겁니까?"

푸아로가 애교 섞인 솔직한 태도로 대답했다.

"혹시 페닝턴 씨. 리넷 리지웨이의 갑작스러운 결혼 때문에 당신 사무실에서 당황해한 건 아닙니까?"

"당황했다고요?"

"바로 그렇습니다."

"도대체 무슨 말을 하고 싶은 겁니까?"

"아주 간단합니다. 리넷 도일에 관한 서류들은 질서정연하게 정리되어 있었나요?"

페닝턴이 자리에서 일어섰다.

"그만합시다. 난 할 말을 다 했습니다."

그는 문을 향해 걸음을 옮겼다.

"하지만 나가시기 전에 제 질문에 대답은 해 주시겠지요?"

페닝턴이 딱딱거리며 대답했다.

"서류들은 모두 잘 정돈되어 있습니다."

"리넷 리지웨이가 결혼했다는 소식을 듣자마자 가장 빠른 유럽행 배를 타고 이집트로 와서는 우연히 만난 것처럼 꾸밀 만큼 놀라지는 않았다는 거군요."

앤드류 페닝턴이 다시 그들에게 돌아왔다. 그새 그는 냉정을 찾은 듯했다.

"그건 정말이지 말도 안 되는 소리입니다! 카이로에서 우연히 만날 때까지만 해도 난 리넷이 결혼을 했다는 사실조차 몰랐습니다. 정말이지 깜짝 놀랐지요. 그녀의 편지는 내가 떠난 다음 날에야 뉴욕에 도착한 게 분명합니다. 그 편지는 전송되었다가 일주일 후에야 나한테 왔단 말입니다."

"당신은 카르마닉 호를 타고 왔다고 하셨던 것 같은데요."

"맞습니다."

"그러면 리넷 리지웨이의 편지는 카르마닉 호가 떠난 다음 뉴욕에 도착했나요?"

"같은 말을 몇 번이나 되풀이해야 합니까?"

"참 이상하군요."

푸아로가 말했다.

"뭐가 이상하다는 겁니까?"

"당신의 짐에는 카르마닉 호의 꼬리표가 한 개도 달려 있지 않더군요. 유일하게 최근 것인 대서양 횡단 여객선의 꼬리표는 노르망디 호의 것이었고요. 제 기억으로 노르망디 호는 카르마닉 호보다 이틀 후에 출발했습니다."

한순간 상대는 당황한 것 같았다. 그의 눈빛이 흔들렸다.

이 의미 있는 반응에 주목한 레이스가 말했다.

"자, 페닝턴 씨, 당신 자신의 말처럼 당신이 카르마닉 호가 아니라 노르망디 호를 타고 왔다고 여길 만한 근거가 여럿 있습니다. 결국 당신은 뉴욕을 떠나기 전 도일 부인의 편지를 받은 겁니다. 부인해도 소용없습니다. 그 증기선 회사의 승객 명단을 확인하는 일만큼 쉬운 일도 없으니까요."

앤드류 페닝턴은 멍한 상태에서 더듬더듬 의자를 찾아 앉았다. 그의 얼굴에는 아무 감정도 나타나 있지 않았다. 그러나 가면 뒤에 숨은 그의 기민한 두뇌는 다음 행동을 계획하고 있었다.

"두 분께는 정말 두 손 다 들어야겠군요. 두 분이 저보다 한 수 위네요. 하지만 그럴 수밖에 없었던 이유가 있습니다."

"물론 그렇겠지요."

레이스의 어조는 퉁명스러웠다.

"이제 그 이유를 말씀드릴 텐데, 이게 비밀리에 진행해야 하는 일이라는 걸 이해해 주셔야 합니다."

"우리가 적절하게 행동하리라는 건 믿으셔도 좋습니다. 물론 무턱대고 보증할 순 없지만요."

페닝턴은 한숨을 내쉬었다.

"음, 솔직하게 말씀드리지요. 영국에서 뭔가 수상한 일이 있었습니다. 걱정이 되더군요. 편지로는 그것에 관해 제대로 말할 수가 없었습니다. 유일한 방법은 내가 직접 와서 확인하는 것이었지요."

"수상한 일이라니 무슨 뜻입니까?"

"리넷이 사기를 당하고 있다고 여길 만한 이유가 있습니다."

"누구에게 말입니까?"

"그녀의 영국 쪽 변호사에게 말입니다. 그런데 이건 어떻게든 공공연하게 할 수 있는 종류의 비난은 아니지요. 나는 즉각 가서 직접 사태를 확인하기로 마음먹었습니다."

"당신의 경계심은 칭찬할 만하군요. 그렇겠지요. 하지만 리넷의 편지를 못 받았다는 사소한 거짓말은 왜 하셨나요?"

"음, 두 분께 묻고 싶군요."

페닝턴은 두 손을 벌렸다.

"사실을 어느 정도 밝히고 이유를 말하지 않고는 신혼여행 중인 남녀를 방해할 수 없는 법이죠. 우연한 만남을 가장하는 게 최선이라고 생각했습니다. 게다가 그 남편에 대해 아무것도 알지 못한 상태였습니다. 그 역시 문제의 부정에 연루되어 있을 수도 있었지요."

"당신의 모든 행동은 이해관계를 초월한 순수한 동기에서 비롯되었다는 거군요."

레이스가 건조하게 말했다.

"말씀대로입니다, 대령님."

잠시 대화가 끊겼다. 레이스가 푸아로를 쳐다보았다. 그 자그마한 사내는 몸을 앞으로 기울였다.

"무슈 페닝턴, 우리는 당신의 말을 단 한마디도 믿을 수가 없습니다."

"믿을 수가 없다니요! 그렇다면 도대체 두 분은 어떤 생각을 하고 있는 겁니까?"

"우리가 생각하기로는, 리넷 리지웨이가 뜻하지 않게 결혼하자 당신은 재정적인 곤경에 빠졌습니다. 당신은 그 곤경에서 벗어나기 위한 어떤 방법, 다시 말해서 시간을 벌 수 있는 방법을 찾아내기 위해 서둘러 이곳에 온 겁니다. 그 목적을 위해 당신은 특정 서류에 마담 도일의 서명을 받아내려 했지만 실패했습니다. 그리고 나일강을 거슬러 올라가던 중 아부심벨에서 절벽 위를 걷던 당신은 커다란 돌 하나를 밀어 떨어뜨렸습니다. 그 돌은 목표물을 아슬아슬하게 빗나가 떨어졌지요……."

"제정신이 아닌 것 같군요."

"돌아오는 길에 똑같은 상황이 일어난 것 같습니다. 다시 말해서 그녀의 죽음에 대한 혐의가 다른 사람에게 돌아갈 것이 거의 분명한 정황에서 마담 도일을 제거할 기회가 온 겁니다. 우리는 추측만 하고 있는 것이 아니라 사실을 알고 있습니다. 리넷 도일과 하녀 루이즈 둘 다를 죽였다고 생각되는 사람의 이름을 우리에게 말하려는 한 여자를 죽인 무기가 당신의 권총이라는 사실을 말입니다…….”

“하!”

거센 외마디 소리가 터져 나와 푸아로의 유창한 이야기를 중단시켰다.

“도대체 무슨 말을 하고 싶은 겁니까? 미쳤어요? 내가 무슨 동기로 리넷을 죽인단 말입니까? 난 그녀의 돈을 받을 수 없습니다. 그 돈은 그녀의 남편이 받게 될 겁니다. 어째서 그를 조사하지 않는 겁니까? 이득을 얻는 건 내가 아니라 그 사람이란 말입니다.”

레이스가 차갑게 말했다.

“도일은 그 비극이 일어난 날 밤 총에 맞기 전까지 라운지를 떠난 적이 없습니다. 그 후 그가 걸을 수 없었다는 건 의사와 간호사가 증언하고 있습니다. 둘 다 다른 사람의 영향을 받지 않는 믿음직한 사람들이죠. 사이먼 도일은 자기 아내를 죽일 수 없었습니다. 루이즈 버젯 역시 죽일 수 없었고요. 결정적으로, 그는 오터번 부인을 죽일 수 없었습니다! 우리와 마찬가지로 당신도 그 사실을 잘 알 겁니다.”

“그가 오터번 부인을 죽이지 않았다는 건 압니다.”

페닝턴은 좀 더 침착해진 목소리로 말했다.

“내 말은, 그녀의 죽음으로 얻는 이익이 없는데 어째서 나를 걸고 넘어지느냐는 겁니다.”

“하지만 친애하는 페닝턴 씨.”

푸아로의 목소리가 고양이의 가르랑대는 소리처럼 부드럽게 흘러나왔다.

"그건 보기 나름이지요. 마담 도일은 사업적으로 날카로운 여자로 자신의 일을 충분히 숙지하고 있으므로 조금이라도 이상한 점이 있다면 즉각 탐지해 낼 겁니다. 그녀가 영국으로 돌아가 직접 재산관리를 하게 되면 즉각 의혹을 갖게 될 겁니다. 하지만 이제 그녀가 죽고 당신이 지적한 대로 그 남편이 재산을 물려받게 되면 모든게 달라집니다. 사이먼 도일은 자기 아내가 부자였다는 사실 외에는 그녀의 사업에 대해 아무것도 모릅니다. 그는 단순하고 사람을 쉽게 믿는 경향이 있습니다. 그 사람 앞에 복잡한 서류를 펼쳐 놓고 진짜 중요한 것을 일련의 숫자들 속에 숨겨 놓고 법적 형식이나 최근의 불경기를 핑계로 결산을 유보하기는 쉬울 겁니다. 남편을 상대하느냐, 아내를 상대하느냐에 따라 당신에겐 커다란 차이가 생기겠지요."

페닝턴이 어깨를 으쓱해 보였다.

"당신 생각은…… 순 엉터리입니다."

"시간이 말해 주겠지요."

"뭐라고 했습니까?"

"'시간이 말해 줄 것!'이라고 했지요. 이건 세 사람이 죽은 사건입니다, 세 건의 살인이 일어난 겁니다. 법정은 마담 도일의 재산 상태에 대해 철저히 조사할 겁니다."

푸아로는 상대의 어깨에서 갑자기 기운이 빠지는 것을 보고, 자신이 이겼음을 알았다. 짐 팬숍의 의심에는 근거가 있었던 것이다.

푸아로는 말을 계속했다.

"게임은 끝났습니다. 당신이 진 거지요. 계속 허세를 부려도 소용없습니다."

"당신은 이해할 수 없을 겁니다."

페닝턴이 중얼거렸다.

"모든 게 사실입니다. 그 빌어먹을 불경기 때문이지요. 월스트리트는 줄곧 엉망진창이었습니다. 하지만 회복 계획을 세워 두었습니다. 운이 따른다면 6월 중순까지는 모든 게 회복될 겁니다."

페닝턴은 떨리는 손으로 담배에 불을 붙이려 했지만 실패하고 말았다.

푸아로가 읊조리듯 말했다.

"커다란 돌을 떨어뜨릴 생각을 한 건 갑작스러운 유혹이었을 겁니다. 아무도 당신을 보지 못할 줄 알았겠지요."

"그건 사고였습니다. 맹세컨대 그건 사고였단 말입니다!"

그 사내는 실룩거리는 얼굴과 겁에 질린 눈빛을 하고 몸을 앞으로 기울였다.

"그 돌에 발이 걸려 넘어졌던 것뿐입니다. 맹세컨대 그건 사고였습니다……."

레이스와 푸아로는 아무 말도 하지 않았다.

페닝턴은 문득 자신을 수습했다. 여전히 궁지에 몰려 있긴 했지만 어느 정도 투지를 되찾은 모양이었다. 그는 문을 향해 걸음을 옮졌다.

"그 일로 날 체포할 수는 없을 겁니다, 신사 분들. 그건 사고였어요. 그리고 그 여자를 쏜 사람은 내가 아닙니다. 알겠습니까? 그 일로도 날 체포할 순 없을 겁니다. 결코 그럴 수 없을 겁니다."

그는 밖으로 나갔다.

제26장

페닝턴이 나가고 문이 닫히자, 레이스는 깊게 한숨을 내쉬었다.

"내가 생각했던 것보다 더 많은 사실을 알아냈군. 횡령 사실을 자백했어. 살인 시도도 인정했고 말일세. 그 이상은 알아내기 불가능할 것 같군. 살인 시도를 했다는 걸 어느 정도 인정한다고 해서, 진짜 중요한 걸 고백시킬 수는 없네."

"때로는 그럴 수도 있다네."

푸아로가 말했다. 그의 눈은 꿈을 꾸는 듯 고양이처럼 반짝였다.

레이스가 호기심 어린 눈길로 그를 바라보았다.

"무슨 계획이라도 있나?"

푸아로는 고개를 끄덕였다. 그런 다음 손가락을 꼽으면서 한마디 한마디 끊어 말했다.

"아스완의 정원, 앨러턴의 진술, 매니큐어 병 두 개, 내가 마신 포도주 병, 벨벳 목도리, 얼룩이 있는 손수건, 범행 현장에 남은 권총, 루이즈의 죽음, 오터번 부인의 죽음……. 그래, 이제 다 됐군. 이건 페닝턴이 한 짓이 아닐세, 레이스!"

"뭐라고?"

"페닝턴이 이 일을 저지른 게 아니란 말일세. 그는 동기를 갖고 있네, 그렇다네. 또한 그 일을 할 의지도 있네, 그렇다네. 그는 그 일을 시도했네. 메 세 투.(하지만 그뿐일세.) 이런 범죄에는 대담성, 날래고 실수 없는 실행력, 담대함, 위험을 겁내지 않는 성격, 전략적이고 계산적인 두뇌가 필요하네. 페닝턴은 이런 자질들을 갖고 있지 않네. 그는 안전하다는 확신이 서지 않는 한 범죄를 저지를 수 없었을 걸세. 이 범죄는 안전하지 않았네. 이건 아주 아슬아슬한 범죄라네. 여기에는 대담성이 필요해. 페닝턴은 대담하지 않아. 그는 그저 빈틈 없는 사람일 뿐이네."

유능한 사람이 자신처럼 유능한 상대에게 존경을 보내는 눈길로 레이스가 그를 바라보며 말했다.

"자넨 모든 걸 완전히 파악하고 있군."

"그런 것 같아, 그래. 한두 가지 문제가 있다네. 예를 들어 리넷 도일이 읽었다던 그 전보 같은 것 말이지. 그걸 명쾌하게 해명하고 싶군그래."

"그렇지, 도일에게 물어보는 걸 잊었군. 그가 우리에게 그 이야기를 하고 있을 때 가엾은 오터번 부인이 들어왔었지. 그에게 다시 물어보세."

"잠시 후에 그렇게 하지. 그 전에 누군가를 만나 이야기를 나눠 봐야겠네."

"그 사람이 누군가?"

"팀 앨러턴일세."

레이스가 눈썹을 치켜 올렸다.

"앨러턴이라고? 음, 그를 이리로 부르세."

그는 벨을 눌러 승무원에게 지시를 내렸다.

얼마 후 팀 앨러턴이 묻는 듯한 표정으로 안으로 들어왔다.

"승무원 말이 두 분이 나를 보자고 하셨다고요?"

"맞아요, 무슈 앨러턴, 앉으세요."

팀이 의자에 앉았다. 관심을 기울이는 듯한 표정이었지만 지루한 기색이 살짝 엿보였다.

"제가 할 수 있는 일이라도 있습니까?"

그의 어조는 예의 발랐지만 열의가 엿보이지는 않았다.

푸아로가 대답했다.

"어떤 점에서는 그럴 수도 있지요. 제가 정말 바라는 건 당신이 내 말을 잘 들어주었으면 하는 겁니다."

팀 앨러턴의 눈썹이 예의바르게도 놀라움을 드러내며 위로 치켜 올라갔다.

"그러고말고요. 전 남의 말을 아주 잘 듣는 편이니까요. 적절한 때에 '오오!' 하고 맞장구도 칠 수 있고요."

"그거 아주 만족스럽군요. '오오!'라는 말은 아주 의미심장한 표현이죠. 에 비엥(그러면), 시작합시다. 아스완에서 당신과 당신의 어머니를 만났을 때 말입니다. 무슈 앨러턴, 난 두 분에게 깊은 인상을 받았습니다. 우선 당신 어머니는 내가 이제까지 만난 중 가장 매력적인 분으로……."

팀의 따분해하는 얼굴이 한순간 흔들리더니 감정의 그림자가 떠올랐다.

"제 어머니는…… 독특한 분입니다."

"두 번째로 내 관심을 끈 것은 어떤 숙녀에 대한 당신의 말이었습니다."

"정말입니까?"

"예, 마드무아젤 조애너 사우스우드라고 했지요. 최근에 그 이름을 자주 들었답니다."

그는 잠시 말을 멈추었다가 다시 이었다.

"최근 3년 동안 런던 경시청을 몹시 괴롭혀 온 보석 절도 사건들이 있었습니다. 그것들은 상류 사회의 절도 사건이라고 할 수 있습니다. 그 수법은 대개 똑같았지요. 똑같이 만든 모조품으로 진짜 보석을 바꿔치기하는 것이었습니다. 내 친구인 제프 주임 경감은 그 절도 사건들은 한 사람의 짓이 아니라 두 사람이 아주 영리하게 협력해서 저지른 짓이라는 결론을 내렸습니다. 밝혀진 내부 정보에 의거해 그는 그 절도 사건들이 사회적으로 지위가 높은 사람의 소행이라는 확신을 갖고 있었습니다. 그리고 결국 그의 관심은 마드무아젤 조애너 사우스우드에게 집중되었지요.

피해자들 모두가 그녀와 친구거나 아는 사이였고, 각 경우마다 그녀가 문제의 보석을 만졌거나 빌린 적이 있었지요. 또한 그녀의 생활 수준은 그녀의 수입을 훌쩍 넘는 것이었습니다. 한편 실제 절도, 다시 말해서 바꿔치기가 그녀에 의해 이루어진 것은 아닌 것이 분명했습니다. 몇몇 경우 보석이 바뀐 기간 동안 그녀는 해외에 나가 있었던 적도 있었습니다.

제프 주임 경감의 머릿속에서는 그림이 점차 분명해졌지요. 마드무아젤 사우스우드는 한때 현대 보석 조합에 관계한 적이 있습니다. 그녀가 문제의 보석을 손에 넣어 정교하게 그린 다음 가난하고 정직하지 않은 보석상으로 하여금 그것들을 복제하게 하지 않았나 하는 의심을 할 수 있습니다. 이 작전의 세 번째 부분은 또 다른 사람을 시켜 성공적으로 보석을 바꿔 치기하는 것이었습니다. 보석의 모조나 복제와는 전혀 관계가 없고 보석을 다뤄 본 적도 없는 것으로 판명될 누군가를 시켜서 말입니다. 제프는 그 사람의 신원에 대해서는 알지 못했습니다.

대화 중에 당신이 흘린 이야기에 난 관심이 끌렸습니다. 당신이 마요르카에 있었을 때 사라졌다는 반지, 앞서 말한 보석 바꿔치기 사건이 벌어진 어떤 저택의 파티에 당신이 참석했다는 사실, 당신과 마드무아젤 사우스우드의 절친한 관계 같은 것들 말입니다. 또한 당신이 내 존재를 명백히 껄끄러워하면서 당신 어머니가 나와 친해지는 것을 막으려 한다는 사실도 있습니다. 물론 단순히 개인적인 반감 때문에 그랬을 수도 있지만 내 생각에 그런 것 같지는 않았습니다. 당신은 다정한 태도 아래 그런 불쾌감을 감추기 위해 전전긍긍하고 있었지요.

에 비엥(그런데) 리넷 도일이 살해된 후 그녀의 진주 목걸이가 도난당했다는 사실이 드러났습니다. 이해하시겠지만 즉각 나는 당신을 생각했지요! 하지만 꼭 맞아 떨어지지는 않았습니다. 왜냐하면 내가 의심하고 있는 대로 당신이 (마담 도일의 절친한 친구인) 마드무아젤 사우스우드와 함께 일하고 있었다면, 바꿔치기 수법이 사용되었을 겁니다. 노골적인 절도가 아니라 말입니다. 하지만 그때 그 진주 목걸이가 뜻하지 않게 되돌아왔습니다. 그런데 내가 무엇을 발견했을까요? 그건 진짜가 아니라 모조품이었던 겁니다.

그러니까 나는 진짜 도둑이 누군지 알고 있습니다. 도난당했다가 되돌아온 것은 모조품이었습니다. 당신이 진짜 목걸이와 바꿔치기해 놓은 모조품 말입니다."

그는 앞에 앉은 청년을 바라보았다. 햇볕에 그을린 팀의 얼굴이 창백해졌다. 그는 페닝턴처럼 불굴의 투혼을 갖고 있지 않았다. 그에게는 강한 정력이 없었다.

특유의 빈정거리는 태도를 잃지 않으려 애쓰며 그가 말했다.

"과연 그럴까요? 그렇다면 제가 그것을 어떻게 했단 말입니까?"

"난 그것도 알고 있습니다."

청년의 표정이 바뀌었다. 완전히 일그러졌던 것이다.

푸아로는 천천히 말을 계속했다.

"그것이 있을 수 있는 곳이 꼭 한 군데 있습니다. 난 깊이 생각했고, 내 이성은 그것이 맞다고 말해 주더군요. 그 진주 목걸이는 말입니다, 무슈 앨러턴. 당신 선실에 매달려 있는 묵주 속에 감추어져 있습니다. 그 묵주 알은 아주 정교하게 조각되었더군요. 당신은 그것을 특별 주문해서 만들게 했겠지요. 겉으로는 전혀 그렇게 보이지 않지만 그 묵주 알들은 돌리면 열리게 되어 있습니다. 각각의 묵주 알 속에 진주알이 접착제로 붙어 있을 겁니다. 경찰 수색팀은 명백히 수상한 점이 없으면 종교적인 상징들은 함부로 다루지 않습니다. 당신은 그 점을 이용했습니다. 나는 어떻게 마드무아젤 사우스우드가 당신에게 그 모조품 목걸이를 보냈는지 알아내고자 했지요. 마담 도일이 이곳으로 신혼여행을 온다는 소식을 듣고 당신이 마요르카에서 이곳으로 온 만큼 그녀가 그것을 이쪽으로 보냈을 테니까요. 나는 그것이 책 속에 넣어져서 보내졌으리라고 가정했습니다. 책 중간의 속을 도려내 네모난 구멍을 파서 말입니다. 책은 귀퉁이가 잘린 봉투에 넣어져 보내지므로, 실제로 우체국에서 열어 보는 일이 없지요."

말이 끊겼다. 긴 침묵이었다. 이윽고 팀이 조용히 말했다.

"당신이 이겼습니다! 이건 좋은 게임이었지만 결국 끝났군요. 이제는 아무것도 남지 않은 것 같군요, 제 몫의 대가를 치르는 일밖에는 말입니다."

푸아로가 부드럽게 고개를 끄덕였다.

"그날 밤 누군가가 당신을 보았다는 걸 압니까?"

"절 보았다고요?"

팀이 깜짝 놀라 몸을 떨었다.

"그렇습니다, 리넷 도일이 죽던 날 밤, 새벽 1시 직후 당신이 그녀의 선실에서 나오는 것을 누군가가 보았습니다."

"이것 보십시오, 당신은 설마…… 저는 그 여자를 죽이지 않았습니다! 맹세할 수 있습니다! 그동안 지독히 불안했습니다. 하필이면 바로 그날 밤에…… 맙소사, 정말 끔찍했지요!"

"그랬을 겁니다. 아주 불편한 시간을 보냈겠지요. 하지만 이제 사실이 밝혀졌으니 우리를 도와줄 수 있습니다. 당신이 그 진주 목걸이를 훔칠 때 마담 도일은 살아 있었습니까, 아니면 이미 숨을 거둔 다음이었습니까?"

팀이 쉰 목소리로 대답했다.

"모르겠습니다. 맹세코, 무슈 푸아로, 전 모르겠습니다! 전 그녀가 밤에 그 목걸이를 어디에 두는지 알아 두었지요. 침대 곁의 작은 탁자 위였습니다. 저는 살그머니 안으로 들어가서는 탁자 위를 가만히 더듬어 그것을 집어 들고 가짜를 내려놓은 다음 살그머니 밖으로 나왔습니다. 물론 저는 그녀가 자고 있는 줄 알았습니다."

"그녀의 숨소리를 들었습니까? 분명히 귀를 기울였을 텐데요."

팀은 열심히 생각했다.

"아주 조용했습니다. 정말이지 너무나도 조용했습니다. 아니요, 그녀의 숨소리를 들은 기억은 없습니다."

"마치 총기가 발사된 지 얼마 되지 않은 것처럼 공기에서 화약 냄새 같은 것이 나지 않았습니까?"

"그런 것 같지는 않은데요. 그런 기억은 없습니다."

푸아로가 한숨을 내쉬었다.

"그렇다면 더 이상 이야기를 진전시킬 수가 없군요."

팀이 궁금해하며 물었다.

"저를 본 사람이 누굽니까?"

"로잘리 오터번입니다. 그녀가 배의 반대쪽에서 모퉁이를 돌면서 당신이 리넷 도일의 선실을 나와 당신의 방으로 들어가는 것을 보았습니다."

"그러니까 그녀가 당신에게 그런 말을 했군요."

푸아로가 부드럽게 말했다.

"죄송하지만 그 처녀는 내게 그런 말을 하지 않았답니다."

"그렇다면 당신이 그걸 어떻게 아셨나요?"

"그건 내가 에르퀼 푸아로이기 때문이지요! 난 그런 얘기를 누군가에게 들을 필요가 없습니다. 내가 그 문제로 그녀를 닦아세우자, 그녀가 뭐라고 했는지 아십니까? '저는 아무도 보지 못했어요.'라고 말하더군요. 거짓말을 한 거죠."

"하지만 왜 그랬을까요?"

푸아로는 초연한 목소리로 말했다.

"아마도 자신이 본 사람이 살인범이라고 생각했기 때문일 겁니다. 그런 것 같습니다."

"그렇다면 더더욱 당신에게 말했어야 할 것 같은데요."

푸아로는 어깨를 으쓱해 보였다.

"그녀는 그렇게 생각하지 않았던 것 같군요."

팀은 기묘한 느낌이 담긴 어조로 말했다.

"정말이지 특이한 아가씨군요. 어머니와 함께 상당히 힘들게 지내 온 것 같던데요."

"그렇지요, 그 처녀에게는 삶이 쉽지 않았지요."

"가여운 사람 같으니라고."

그렇게 중얼거린 다음 팀은 레이스 쪽을 바라보았다.

"그런데 대령님. 이제 어떻게 되는 거죠? 저는 리넷의 선실에서 진주 목걸이를 훔쳤다는 사실을 시인했고, 두 분은 말씀하신 바로 그 장소에서 그 목걸이를 찾으실 수 있습니다. 제가 죄를 지은 건 사실입니다. 하지만 사우스우드 양에 관한 한 저로서는 아무것도 인정할 수 없습니다. 두 분은 그녀에게 불리한 증거를 전혀 갖고 있지 않습니다. 어떻게 모조품 목걸이를 손에 넣었는가 하는 것은 순전히 제 문제니까요."

푸아로가 중얼거렸다.

"아주 반듯한 태도로군요."

팀이 유머 감각을 과시하며 대꾸했다.

"저는 언제나 신사거든요!"

그러고는 이렇게 덧붙였다.

"제 어머니가 당신에게 호감을 가지신 것을 보고 제가 얼마나 불안했는지 상상이 가실 겁니다! 저는 위험한 범행을 저지르기 직전에 유능한 탐정과 얼굴을 맞대고 앉아 있는 걸 즐길 만큼 냉정한 범인은 아니거든요! 그걸 즐기는 사람도 있겠지요. 저는 그렇지 않았습니다. 솔직히 말해서 겁이 나더군요."

"하지만 그렇다고 해서 당신의 계획을 포기하지는 않았지요?"

팀은 어깨를 으쓱해 보였다.

"그 정도로 겁을 낼 순 없었지요. 언제든 바꿔치기는 해야 했고, 저로서는 이 배에서 해치우지 않으면 달리 기회가 없었습니다. 그녀의 방이 겨우 두 방 건너에 있었고, 리넷은 자기 문제에 정신이 팔려 목걸이가 바뀌었다는 것을 알아채지 못할 것 같았으니까요."

"그렇다면 혹시……."

팀이 날카롭게 시선을 들었다.

"무슨 뜻으로 하시는 말씀인가요?"

푸아로가 벨을 눌렀다.

"오터번 양에게 잠깐 여기로 와 달라고 해 주게."

잠시 후 로잘리가 들어왔다. 울어서 붉어진 그녀의 두 눈이 팀을 보고 휘둥그레졌다. 하지만 의혹과 도전에 찬 그녀의 해묵은 태도는 완전히 사라진 것 같았다. 자리에 앉은 그녀는 평소와는 다른 온순한 태도로 레이스에게서 푸아로에게 눈길을 옮겼다.

"번거롭게 오라고 해서 정말 죄송합니다, 오터번 양."

레이스가 부드럽게 말했다. 그는 푸아로의 행동에 조금 짜증이 나는 듯했다.

"괜찮아요."

처녀가 나지막한 목소리로 대답했다.

푸아로가 말했다.

"한두 가지 사항을 분명히 할 필요가 있어서요. 오늘 새벽 1시 10분 우현 갑판에서 누군가를 보았느냐고 내가 물었을 때, 당신은 아무도 못 보았다고 대답했지요. 다행히 나는 당신의 도움 없이도 진상을 알아낼 수 있었습니다. 무슈 앨러턴은 어젯밤 자신이 리넷 도일의 선실에 들어갔다는 사실을 인정했답니다."

그녀는 재빨리 팀에게 눈길을 던졌다. 팀은 엄격하고 단호한 얼굴로 딱딱하게 고개를 끄덕였다.

"시간도 맞습니까, 무슈 앨러턴?"

"아주 정확합니다."

로잘리가 물끄러미 팀을 응시했다. 그녀의 입술이 부들부들 떨리며 벌어졌다.

"하지만 당신이 그럴 리가…… 당신이 그럴 리가……."

팀이 재빨리 말했다.

"아니요, 난 그녀를 죽이지 않았습니다. 난 도둑이긴 하지만 살인자는 아닙니다. 모든 것이 밝혀질 것이고, 당신도 알고 있을 겁니다. 나는 그녀를, 그 진주 목걸이를 엿보고 있었습니다."

푸아로가 말했다.

"앨러턴 씨의 말은, 자신이 어젯밤 그녀의 방에 들어가 진짜 진주 목걸이를 모조품과 바꿔치기했다는 겁니다."

"당신이요?"

로잘리가 물었다. 진지하고 서글프고 아이 같은 그녀의 두 눈이 그의 눈을 향해 묻고 있었다.

"그렇습니다."

팀이 대답했다.

잠시 대화가 끊겼다. 레이스가 초조한 듯 몸을 움찔거렸다.

푸아로는 호기심을 불러일으키는 어조로 말했다.

"내가 보기에 무슈 앨러턴의 이야기는 당신의 증언에 의해 부분적으로 확인됩니다. 다시 말해서, 그가 어젯밤 리넷 도일의 방에 들어간 것을 보았다는 증언은 있지만 그가 왜 그렇게 했는지를 보여주는 증거는 없다는 겁니다."

팀이 그를 응시했다.

"하지만 당신은 알고 있잖습니까!"

"내가 뭘 안다는 겁니까?"

"음, 내가 진주 목걸이를 훔쳤다는 사실 말입니다."

"메 위, 메 위!(그렇지요, 알고말고요!) 나는 당신이 진주 목걸이를 갖고 있다는 사실을 알고 있습니다. 하지만 당신이 언제 그것을 갖게 되었는지는 모르지요. 그 시기가 어젯밤 '이전'일 수도 있습니다……. 당신은 조금 전 리넷 도일이 목걸이가 바꿔치기 된 사실을 눈치 채지 못했을 거라고 했는데, 나로서는 그걸 확신할 수 없습니다. 만일 그녀가 그것을 눈치 챘다면…… 나아가 누가 그랬는지도 알고 있었다면…… 어젯밤 그녀가 모든 것을 폭로하겠다고 위협했고, 그녀가 정말 그럴 작정임을 당신이 알았다면…… 그리고 전망실에서 벌어진 자클린 드 벨포르와 사이먼 도일의 소동을 목격하고, 전망실이 비자마자 살그머니 들어가 권총을 손에 넣은 다음, 한 시간 후 배가 조용해졌을 때 리넷 도일의 선실로 몰래 들어가 도난 사건이 폭로될 위험을 잠재운 거라면……."

"맙소사!"

팀이 말했다. 창백한 그의 얼굴에서 고통과 번민에 찬 두 눈이 말없이 에르퀼 푸아로를 응시하고 있었다.

푸아로가 말을 계속했다.

"그런데 당신을 본 사람이 또 있었습니다. 그 여자 루이즈죠. 다음 날 그 여자는 당신에게 와서 협박을 했습니다. 당신은 그녀에게 상당한 액수의 돈을 주어야 했습니다. 그렇지 않으면 그녀는 자신이 알고 있는 바를 공표할 테니까요. 당신은 그 협박에 응하는 것이 종말의 첫 걸음임을 깨달았습니다. 당신은 동의하는 척하고 점심 식사 직전에 돈을 가지고 그녀의 선실로 가겠다고 약속했습니다. 그런 다음 그 여자가 지폐를 세고 있는 동안 그녀를 찌른 겁니다.

하지만 이번에도 행운은 당신 편이 아니었습니다. 누군가가 당신이 그 여자의 선실로 들어가는 것을 본 겁니다."

그는 로잘리를 향해 반쯤 몸을 돌렸다.

"아가씨 어머니 말입니다. 당신은 또다시 행동하지 않을 수 없었습니다. 위험하고 무모한 행동이었지만 그것만이 유일한 선택이었습니다. 언젠가 당신은 페닝턴이 자신의 연발 권총에 대해 말하는 것을 들었습니다. 당신은 그의 선실로 달려 들어가 권총을 손에 넣은 다음 베스너 박사의 방 문 앞에서 엿듣고 있다가 오터번 부인이 당신의 이름을 말하려는 순간 방아쇠를 당긴 겁니다."

"아니에요! 그가 한 일이 아니에요! 그가 한 일이 아니라고요!"

로잘리가 소리쳤다.

"그런 다음 당신은 할 수 있는 유일한 행동을 했습니다. 선미를 한 바퀴 돌아 달려온 겁니다. 그래서 내가 당신 뒤를 쫓아 달려가자, 당신은 몸을 돌려 반대 방향에서 달려오고 있었던 것처럼 행동했지요. 당신은 장갑을 끼고 권총을 쥐었겠지요. 내가 달라고 하자 당신이 호주머니에서 꺼내 준 그 장갑 말입니다……."

"신 앞에서 맹세코 그건 사실이 아닙니다. 단 한마디도 사실이 아닙니다."

하지만 팀의 목소리는 불안정하게 떨리고 있어서 설득력이 없었다. 로잘리 오터번이 그들을 놀라게 한 건 바로 그 순간이었다.

"물론 그건 사실이 아니에요! 그리고 무슈 푸아로도 그것이 사실이 아니라는 걸 알고 계세요. 저분이 이런 말씀을 하시는 건 나름대로 이유가 있어서일 거예요."

푸아로가 그녀를 바라보았다. 그의 입가에 희미한 미소가 떠올랐다. 이윽고 그는 항복의 표시로 두 손을 펼쳐 보였다.

"마드무아젤은 무척 영리하군요……. 하지만 당신도 동의하지요? 그럴듯한 추리라고 말입니다."

"어떻게 그렇게 지독할 수가……."

팀이 화를 내며 말을 시작했지만 푸아로가 한 손을 들어 올렸다.

"이 사건은 당신에게 아주 불리할 수도 있습니다, 무슈 앨러턴.

당신이 그 사실을 깨닫기를 바랐습니다. 이제 당신에게 좀 더 유쾌한 이야기를 들려드리지요. 나는 아직 당신 선실에 있는 그 묵주를 조사하지 않았습니다. 내가 조사에 착수한다 해도 거기에는 아무것도 없을 겁니다. 그리고 마드무아젤 로잘리는 어젯밤 갑판에서 아무도 보지 못했다는 주장을 굽히지 않고 있습니다. 에 비엥(그러니까) 당신에게 불리한 혐의는 전혀 없는 셈입니다. 진주 목걸이는 병적 도벽이 있는 사람에 의해 도난당했다가 돌아왔습니다. 당신이 그걸 마드무아젤과 함께 확인해 보고 싶다면, 문 옆 탁자 위에 놓인 조그만 상자를 열면 됩니다."

팀이 자리에서 일어섰다. 하지만 한순간 말을 하지 못했다. 이윽고 그가 입을 열었을 때 나온 말은 부적절해 보이기는 했지만 듣는 이들을 만족시키는 것이었다.

"고맙습니다! 제게 이런 기회를 앞으로 또다시 주실 필요는 없을 겁니다."

그는 로잘리를 위해 문을 열어 주었다. 그녀가 나간 다음 그는 작은 판지 상자를 집어 들고 그녀의 뒤를 따랐다.

그들은 나란히 걸음을 옮겼다. 팀은 상자에서 가짜 진주 목걸이를 꺼내 나일 강에 힘껏 던졌다.

"자! 이제 없어졌네요. 이 상자를 무슈 푸아로에게 돌려주면, 이 안에 진짜 목걸이가 담기겠죠. 난 정말 어리석었어요!"

로잘리가 나지막한 어조로 물었다.

"처음에 왜 이 일을 시작했나요?"

"내가 어떻게 해서 이런 일을 하게 되었느냐는 건가요? 아, 나도 모르겠습니다. 권태, 게으름, 이런 일이 주는 재미 같은 것 때문이었겠지요. 이런 식으로 생활비를 버는 게 직업을 갖는 것보다 훨씬 더 매력적으로 보였고요. 당신에게는 야비하게 들리겠지만, 이 짓에도 매력이 있답니다. 주로 위험이 주는 매력이지요."

"이해할 수 있을 것 같아요."

"그렇겠죠. 하지만 당신이라면 절대로 그런 짓을 하지는 않을 겁니다."

로잘리는 진지해 보이는 얼굴을 기울이며 잠시 생각에 잠겼다.

"예, 저는 안 할 거예요."

그녀가 짤막하게 대답했다.

"아아, 로잘리, 당신은 너무나 사랑스러워요……. 정말 어찌나 사랑스러운지. 어젯밤 나를 보았다고 왜 말하지 않았나요?"

"그 사람들이 당신을 의심할 것 같았어요."

"당신은 나를 의심했나요?"

"아니요. 당신이 사람을 죽였다고는 생각할 수 없었어요."

"그래요. 나는 살인을 할 정도로 독한 사람은 못 됩니다. 그저 딱한 좀도둑일 뿐이지요."

그녀는 수줍게 한 손을 뻗어 그의 팔을 건드렸다.

"그렇게 말하지 마세요……."

그가 그녀의 손을 잡았다.

"로잘리, 내가 무슨 말을 하는지 알죠? 당신은 나를 이해해 줄 건가요? 아니면 면전에서 계속 나를 경멸하고 책망할 건가요?"

그녀는 희미하게 미소를 지었다.

"나 역시 책망받을 일 투성이인걸요……."

"로잘리, 내 사랑……."

하지만 그녀는 여전히 주저하는 듯 보였다.

"그…… 조애너라는 여자는요?"

팀이 갑자기 소리쳤다.

"조애너? 당신도 우리 어머니만큼 둔하군요. 나는 조애너에게 전혀 관심이 없어요. 그녀는 말상에다가 탐욕스러운 눈을 하고 있어요. 정말이지 매력 없는 여자라고요."

이윽고 로잘리가 입을 열었다.

"이번 사건을 어머니께 말씀드릴 필요는 없을 것 같아요."

팀은 생각에 잠긴 채 말했다.

"확신할 순 없지만, 그래도 어머니께 말씀을 드려야 할 것 같아요. 어머니는 알다시피 강인한 분이지요. 사태를 잘 극복하실 겁니다. 그래요, 나에 대한 어머니의 모성적인 착각을 깨부숴야 할 것 같아요. 그리고 나와 조애너의 관계가 순수하게 사무적인 것이라는 걸 알게 되시면 어머니는 안심하신 나머지 다른 일은 모두 용서하실 거예요."

두 사람은 앨러턴 부인의 선실로 갔다. 팀이 단호하게 문을 두드렸다. 문이 열리고 앨러턴 부인이 문간에 모습을 나타냈다.

"로잘리와 저는……."

팀이 입을 떼었다가 멈추었다.

"오, 내 사랑스러운 아이들."

앨러턴 부인이 로잘리를 품에 안으며 말했다.

"아, 로잘리…… 난 줄곧 이렇게 되기를 바랐단다. 하지만 팀이 너무나도 피곤하게 굴었지. 저 애는 널 좋아하지 않는 척했어. 하지만 나는 물론 속마음을 꿰뚫어보고 있었지!"

로잘리가 토막토막 끊기는 목소리로 말했다.

"부인은 제게 무척 잘해 주셨어요……. 언제나요. 저도 이따금 그런 소망을…… 품긴 했지만……."

그녀는 앨러턴 부인의 어깨에 기대어 행복한 눈물을 흘렸다.

제27장

팀과 로잘리가 나가고 문이 닫히고 나자, 푸아로는 좀 미안해하는 표정으로 레이스를 바라보았다. 레이스의 얼굴이 딱딱하게 굳어 있었다.

푸아로가 간곡하게 청했다.

"자네도 내 사소한 일처리에 동의하는 거지? 이건 상식에서 벗어나는 일처리일세. 나도 이게 비정상적이라는 건 알고 있네, 맞아. 하지만 난 사람의 행복에 더 비중을 둔다네."

"자네는 내 행복에는 전혀 비중을 두지 않는군."

레이스가 말했다.

"그 쥔 피유(처녀)에게 난 애정을 갖고 있네, 그리고 그녀는 그 청년을 사랑하고 있다네. 두 사람은 멋진 커플이 될 걸세. 그녀는 그 청년에게 부족한 올곧은 성품을 갖고 있네. 게다가 청년의 어머니까지 그녀를 좋아하니 모든 게 안성맞춤이 아닌가."

"실제로 이 결혼은 하늘과 에르퀼 푸아로가 성사시킨 셈이군. 내가 해야 할 일은 중대한 범죄를 못 본 체하는 거고 말일세."

"하지만 몬 아미(친구), 그 이야기는 모두 나의 추측일 뿐일세."

레이스가 갑자기 씩 웃으며 말했다.

"나는 괜찮다네. 내가 경찰이 아닌 게 얼마나 고마운지! 그 멍청한 젊은이는 이제 바른 길을 갈 걸세. 그 처녀는 올곧은 성격이지. 아니, 내 불만은 자네가 나를 이렇게 취급하는 거라네! 난 참을성이 강한 사람이지만, 내 인내심에도 한계가 있단 말일세! 말해 보게. 자네는 이 배에서 일어난 세 건의 살인을 저지른 자를 아는 건가, 모르는 건가?"

"알고 있네."

"그렇다면 왜 이렇게 변죽만 울리는 건가?"

"자네는 내가 지엽적인 일을 즐기고 있는 줄 아나? 그래서 그게 짜증스럽다는 건가? 하지만 이건 그런 게 아니라네. 나는 전문적인 고고학 탐사를 떠난 적이 있네. 거기서 배운 게 하나 있지. 발굴하는 동안 무엇인가가 땅에서 나오면, 그 주위에 달라붙어 있는 것을 아주 조심스럽게 제거해야 한다네. 푸석푸석한 흙을 제거하고 칼로 여기저기를 긁어내면 마침내 물건의 모습이 온전하게 드러난다네. 혼동을 일으키는 관련 없는 것들이 깡그리 제거되어 스케치나 사진 촬영을 할 수 있게 되는 걸세. 지금 내가 하고자 하는 게 그런 걸세. 진실, 완전히 드러나 빛나는 진실을 알아내기 위해 관련 없는 것들을 제거하고 있는 거지."

"좋아. 그 벌거벗은 진실을 찾아보세. 페닝턴은 범인이 아닐세. 앨러턴 청년도 아닐세. 내 생각에 플릿우드도 아닌 것 같네. 그러면 누구란 말인가?"

"친구, 그걸 자네에게 말하려는 참일세."

그때 문 두드리는 소리가 들려왔다. 레이스는 나직하게 불만의 소리를 중얼거렸다.

베스너 박사와 코닐리어 롭슨이었다. 코닐리어가 몹시 불안해하며 말했다.

"오, 레이스 대령님, 바워즈 양에게서 지금 막 메리 아주머니 이야기를 들었어요. 정말 충격적인 일이에요. 바워즈 양의 말에 따르면, 더 이상 자기 혼자서만 책임을 감당할 수 없고 저도 우리 집안의 일원이니까 알고 있는 편이 나을 거라더군요. 처음에는 믿을 수가 없었어요. 그나저나 여기 베스너 박사님은 정말 대단하세요."

"아니, 그렇지 않습니다."

박사가 겸손하게 말했다.

"박사님께서 너무나도 친절하게도 그 병이 어떤 것인지, 그리고 사람들이 왜 그런 일에 속수무책일 수밖에 없는지 설명해 주셨지요. 박사님은 병원에서 도벽증 환자를 다루어 보셨다는군요. 그건 뿌리 깊은 신경증 때문에 생기는 경우가 종종 있다고 설명해 주셨어요."

코닐리어는 놀라움을 가라앉히지 못한 채 그 말을 되풀이했다.

"그런 습관은 잠재의식 속에 깊이 뿌리박혀 있다네요. 때로는 어린 시절 일어난 사소한 일이 원인이 되기도 하고요. 박사님은 그런 환자들로 하여금 과거를 돌아보게 해서 그 사소한 일이 어떤 것인지 알아내게 함으로써 그들을 치료하신다는군요."

코닐리어는 잠시 말을 멈추고 숨을 깊이 들이마신 다음 다시 말을 이었다.

"하지만 가장 걱정되는 건 혹시 이 사실이 외부에 새어나갈 수도 있다는 거예요. 그렇게 되면 뉴욕에서는 그야말로 끔찍한 소동이 벌어질 거예요. 가십 기사를 싣는 신문들이 앞다투어 이 기사를 실을 거라고요. 메리 아주머니와 어머니, 그리고 우리 집안사람들은 다시는 얼굴을 들고 다닐 수 없을 거예요."

레이스가 한숨을 내쉬고는 말했다.

"그건 걱정 마세요. 여긴 비밀의 집이니까요."

"뭐라고 하셨지요, 레이스 대령님?"

"살인 외의 모든 일은 비밀에 부쳐질 거라고 했습니다."

코닐리어가 두 손을 마주 쥐었다.

"오! 정말 한시름 놓았네요. 저는 줄곧 그 걱정에서 헤어날 수가 없었거든요."

"당신은 너무 착한 마음을 갖고 있군요."

베스너는 친절한 손길로 그녀의 어깨를 토닥인 다음 이번에는 다른 사람들을 향해 말했다.

"롭슨 양은 무척 섬세하고 아름다운 마음의 소유자입니다."

"오, 사실은 그렇지 않아요. 박사님이 너무 잘 봐 주신 거예요."
푸아로가 나직하게 물었다.
"퍼거슨 씨와는 그 후에 또 만나지 않았나요?"
코닐리어의 얼굴이 붉어졌다.
"아니요, 하지만 메리 아주머니께서 그 사람에 대해 이런저런 말씀을 하세요."
"그 청년은 좋은 집안 출신인 모양입니다. 절대 그렇게 보이진 않지만 말이지요. 그의 옷차림은 형편없어요. 결코 좋은 집안의 청년 같지 않습니다."
"당신 생각은 어떤가요, 마드무아젤?"
"그 사람은 머리가 좀 이상해진 게 분명해요."
코닐리어가 말했다.
푸아로가 의사에게 몸을 돌렸다.
"환자는 어떤가요?"
"아하, 크게 차도를 보이고 있어요. 조금 전 그 자그마한 프롤라인 드 벨포르를 안심시켰습니다. 그 아가씨는 완전히 절망했더군요. 그 친구가 오늘 오후 열이 좀 올랐다는 이유로 말입니다! 하지만 그것보다 자연스러운 게 어디 있겠습니까? 그가 지금 고열에 시달리고 있지 않다는 것이 놀라워요. 그래요, 그는 우리나라 농부 같아요. 아주 건강한 체격에 황소 같은 체질의 소유자이지요. 그런 사람들은 깊은 상처를 입고서도 알아채지 못하기도 한답니다. 도일 씨가 바로 그렇습니다. 그는 맥박도 일정하고 체온도 정상보다 조금 높을 뿐이에요. 나는 그 자그마한 숙녀의 두려움을 단숨에 날려 보내 주었어요. 어쨌든 우스운 일입니다, 니히트 바(그렇지 않습니까)? 총을 쏘고 나서는 그 사람이 회복되지 않을까 봐 히스테리 증상을 보인다니 말이지요."

코닐리어가 말했다.

"그건 그녀가 그 사람을 너무나도 사랑하기 때문이에요."

"아하! 하지만 그건 말이 안 돼요. 어떤 남자를 사랑했다면 그를 총으로 쏘려고 하겠습니까? 아니요, 당신 말은 이치에 맞지를 않아요."

"어쨌거나 저는 탕 하고 총을 쏘는 일 같은 건 좋아하지 않아요."

"당연히 그럴 거요. 당신은 무척 여성적이니 말입니다."

레이스가 이 뜻 깊은 찬탄의 장면에 끼어들었다.

"도일의 상태가 괜찮다면, 가서 오늘 오후 하던 이야기를 끝내지 못할 이유가 없군요. 그는 내게 전보에 관한 이야기를 하던 중이었답니다."

베스너가 재미있다는 듯 육중한 몸을 위아래로 흔들었다.

"핫핫핫! 그게 참 재미있습니다! 도일이 이야기해 주더군요. 그 전보는 온통 채소에 관한 것이었어요. 감자, 아티초크, 부추 같은 것 말입니다. 아이쿠! 뭐라고 하셨죠?"

숨이 막힌 듯한 외마디 소리와 함께 레이스가 의자에서 벌떡 일어서며 외쳤다.

"세상에! 그러니까 그자였군! 리체티였어!"

그는 이해할 수 없다는 표정을 짓고 있는 세 사람을 둘러보았다.

"새로운 암호랍니다. 남아프리카 폭동에서 사용되었지요. 감자는 기관총, 아티초크는 고성능 폭탄, 이런 식입니다. 리체티는 결코 고고학자가 아닙니다! 그는 아주 위험한 선동가로서 한 번 이상 살인을 저지른 자입니다. 그가 또다시 살인을 했다고 나는 맹세할 수 있습니다. 도일 부인은 실수로 그 전보를 펼쳐 보았습니다. 만약 그녀가 내 앞에서 전보의 내용을 읽었다면, 자신의 정체가 발각되리라는 것을 그는 알았던 겁니다!"

그는 푸아로에게 몸을 돌리고 물었다.

"내 생각이 맞지? 리체티가 그자지?"

"그가 자네가 찾고 있던 사람일세. 그에게 뭔가 이상한 점이 있다고 줄곧 생각했지! 그는 자기 역할을 거의 완벽하게 해냈네. 고고학자 그 자체였단 말일세."

푸아로는 잠깐 말을 끊었다가 다시 이었다.

"하지만 리넷 도일을 죽인 사람은 리체티가 아닐세. 나는 이른바 이 살인의 '전반부'만을 알고 있었네. 지금은 '후반부'도 알고 있네. 그림이 완성된 셈이지. 하지만 자네는 이해할 걸세. 무슨 일이 벌어졌는지는 알지만 그 증거가 없다는 걸 말일세. 이 사건은 논리적으로는 만족스럽게 설명되는데, 실제로는 너무나도 불만족스럽다네. 유일한 희망이 있다면, 살인범의 고백일세."

베스너는 회의적이라는 듯 어깨를 으쓱해 보였다.

"아하! 하지만 그건 기적을 기대하는 거나 다름없지요."

"내 생각은 그렇지 않습니다. 상황에 따라 가능할 수도 있지요."

코닐리어가 소리쳤다.

"그런데 그게 누구죠? 우리에게 말해 주시지 않겠어요?"

푸아로의 두 눈은 조용히 세 사람을 훑어보았다. 레이스는 냉소를 띠고 있었고, 베스너는 줄곧 회의적인 표정을 짓고 있었으며 코닐리어는 입을 약간 벌린 채 진지하기 그지없는 눈으로 그를 응시하고 있었다.

"메 위.(말해 주고말고요.) 들어주는 사람이 있는 편이 좋다는 걸 고백하지 않을 수 없군요. 아시는지 몰라도 내겐 허영심이 있지요. 자부심이 좀 강하답니다. '에르퀼 푸아로가 얼마나 대단한지 보라!' 라고 소리치고 싶은 거죠."

레이스 대령이 의자에 앉은 채 약간 몸을 움직거리며 부드럽게 말했다.

"자, 그럼 에르퀼 푸아로가 얼마나 대단한지 좀 볼까?"

푸아로는 서글프게 고개를 좌우로 흔들며 말했다.

"난 처음에는 멍청했습니다. 믿을 수 없을 정도로 바보 같았지요. 당시 내게 장애물은 문제의 권총이었습니다. 자클린 드 벨포르의 권총 말입니다. 어째서 그 권총이 범행 현장에 남아 있지 않을까? 살인범의 의도는 그녀에게 혐의를 뒤집어씌우려는 것이 명백한데, 그런데 살인범은 왜 그 권총을 없애 버렸을까? 나는 너무나도 멍청하게 온갖 어이없는 이유를 생각해 냈답니다. 하지만 진짜 이유는 아주 간단했습니다. 살인범이 그걸 없애 버린 이유는 그래야만 했기 때문이었습니다. 다른 방법이 없었던 겁니다."

제28장

푸아로는 레이스 쪽으로 몸을 기울이며 말했다.

"자네와 나는 말일세, 친구. 선입견을 가진 상태에서 조사를 시작했네. 그 범죄가 어떤 사전 계획 없이 순간적인 충동으로 저질러진 거라는 생각 말일세. 리넷 도일을 제거하려 했던 누군가가, 그 범죄를 자클린 드 벨포르에게 거의 확실하게 뒤집어씌울 수 있는 기회를 포착한 거라고 믿었지. 문제의 인물이 자클린과 사이먼 도일 사이의 소동을 엿보고는 사람들이 전망실에서 나간 다음 그 권총을 손에 넣었다고 생각했지.

하지만 친구 여러분, 그 선입견이 잘못된 것이었다면, 이 사건의 전모가 달라집니다. 그리고 그 선입견은 실제로 잘못된 것이었습니다! 이 사건은 순간적인 충동에 의해 저질러진 우발적인 범죄가 아닙니다. 반대로 모든 세부 사항을 신중하게 미리 감안하여 치밀하게 계획하고 정확하게 시간을 계산해 저지른 사건이었습니다. 심지어 범인은 그날 밤 에르퀼 푸아로의 포도주 병에 수면제를 넣기까지 했지요!

예, 바로 그렇습니다! 그날 밤 내가 사건에 개입할 수 없도록 하려면 나를 잠재워야 했습니다. 내게 그 계획이 먹힐 것인가 하는 건 확률의 문제였습니다. 나는 포도주를 마시고, 나와 같은 식탁에서 식사를 하는 다른 두 사람은 위스키와 생수를 마시지요. 포도주 병에 먹어도 해가 없는 마취제를 일정량 넣는 것보다 쉬운 일도 없습니다. 그 병들은 종일 탁자 위에 놓여 있으니까요. 하지만 나는 그 생각을 머리에서 털어내 버렸습니다. 그날은 몹시 더웠습니다. 나는 유난히 피곤했지요. 내가 평소처럼 얕은 잠을 자는 대신 즉각 깊은 잠에 빠진 것도 그리 이상한 일이 아니었습니다.

알다시피 나는 줄곧 앞서 말한 선입견에 사로잡혀 있었습니다. 만약 나에게 수면제를 먹였다면, 그것은 그 사건이 사전에 계획되었다는 뜻입니다. 곧 저녁 식사 시간인 7시 30분 이전에 그 범죄가 이미 계획되어 있었다는 뜻이므로 (역시 그 선입견의 관점에서 보면) 말이 되지 않지요.

그 선입견에 대해 내가 처음으로 의혹을 품은 것은, 문제의 권총이 나일 강에서 건져 올려졌을 때였습니다. 우선 만약 우리의 추측이 옳다면, 그 권총은 강에 던져지지 말아야 했습니다……. 그리고 뒤이어 많은 일들이 일어났지요."

푸아로는 베스너를 향해 몸을 돌렸다.

"베스너 박사님, 당신은 리넷 도일의 시신을 조사했습니다. 그녀의 상처에 그슬린 흔적이 있었던 걸 기억하십니까? 다시 말해서 그 권총은 머리에 바짝 대고 발사된 겁니다."

베스너가 고개를 끄덕였다.

"그렇습니다. 맞아요."

"하지만 권총이 발견되었을 때, 그것은 벨벳 목도리에 싸여 있었고, 그 벨벳 목도리에는 아마도 총성을 죽이기 위해 권총을 둘둘 감아 발사했음을 알려 주는 분명한 흔적이 있었습니다. 하지만 그 권총이 벨벳에 감싸인 채 발사되었다면, 피해자의 살갗에는 탄 흔적이 남지 않았을 겁니다. 그러므로 그 목도리에 나 있는 총구멍은 리넷 도일을 죽인 총알로 난 것일 리가 없습니다. 그렇다면 다른 총알, 곧 자클린 드 벨포르가 사이먼 도일에게 쏜 총알로 난 것일까요? 이번에도 그렇지 않습니다. 그 총격을 목격한 사람이 둘 있었으므로, 우리는 그 일이 어떻게 이루어졌는지 잘 알고 있습니다. 하지만 그 권총에서 발사된 총탄은 두 발뿐으로, 그 밖의 총격에 대한 힌트나 암시 같은 것은 전혀 찾을 수 없었습니다.

여기서 우리는 흥미롭게도 설명되지 않는 상황에 맞닥뜨렸습니다. 다음으로 흥미로운 점은 리넷 도일의 선실에서 발견된 두 개의 매니큐어 병이었습니다. 숙녀들은 종종 다양한 색깔의 매니큐어를 바르지만, 리넷 도일의 손톱에는 언제나 심홍색, 곧 진한 붉은색이 칠해져 있었습니다. 또 다른 매니큐어 병에는 연분홍색인 장밋빛이라는 라벨이 붙어 있었지만, 병에 남아 있는 몇 방울의 용액은 연분홍색이 아니라 밝은 빨강색이었습니다. 나는 호기심이 생겨 뚜껑을 열고 냄새를 맡아 보았습니다. 매니큐어에서 보통 나는 강한 배 향기 대신 식초 냄새가 나더군요! 그러니까 병 안에 든 한두 방울의 용액은 붉은 잉크였습니다. 마담 도일이 붉은 잉크병을 갖고 있지 말아야 할 이유는 없지만, 그 붉은 잉크는 잉크병에 들어 있는 편이 자연스러웠을 겁니다. 매니큐어 병에 담겨진 게 아니라 말입니다. 그것은 문제의 권총을 감쌌던 손수건에 묻은 희미한 얼룩과의 연관을 암시하고 있었습니다. 붉은 잉크는 이내 씻겨 나가지만, 언제나 희미한 분홍 얼룩이 남는 법이죠.

이런 사소한 정보들을 통해 나는 마땅히 진실에 이르렀어야 했습니다. 하지만 또 하나의 사건이 일어나 모든 의혹을 불필요한 것으로 만들었습니다. 루이즈 버젯이 살해된 겁니다. 그녀가 살인범을 협박하고 있었다는 것이 분명한 상황에서 말입니다. 그녀의 손에 쥐어져 있던 밀(천) 프랑짜리 지폐 조각에 이어, 그날 아침 그녀가 했던 몇 마디 의미심장한 말이 기억나더군요.

주의 깊게 들어주십시오. 왜냐하면 이 대목이야말로 사건 전체의 핵심이니까요. 그녀가 오늘 아침 한 말은 대단히 의미심장한 것이었습니다. 그 전날 밤 무엇인가를 보지 않았느냐고 내가 물었을 때, 그녀는 다음과 같은 아주 기묘한 대답을 했습니다. '물론 제가 잠이 오지 않아서 층계를 올라갔었다면, 그 살인범이 마담의 선실로 들어가거나 나오는 것을 볼 수 있었을지도 모르지만…….' 이 말이 정확히 무슨 뜻이겠습니까?"

지적 흥미로 코에 주름을 잡으며 베스너가 재빨리 대답했다.

"그 여자가 실제로 층계를 올라갔다는 뜻일 겁니다."

"아니, 아닙니다. 당신은 요점을 놓치고 있습니다. 어째서 그 여자는 그렇게 말해야 했을까요? '우리'에게 말입니다."

"어떤 암시를 하기 위해서겠죠."

"하지만 왜 우리에게 암시를 한단 말입니까? 만약 살인범을 알고 있었다면, 그녀는 두 가지 방법을 취할 수 있었습니다. 우리에게 진실을 말하든가, 자신의 침묵을 담보로 문제의 인물에게 돈을 요구하든가. 그녀는 즉각 '저는 아무도 보지 못했어요. 자고 있었거든요.'라고 대답하지도 않았고, '예, 저는 누군가를 보았어요. 그는 이러이러한 사람이었어요.'라고도 하지 않았습니다. 어째서 그런 의미심장한 동시에 애매한 말을 한 걸까요? 파르블뢰(아마도) 그것은 단 한 가지 이유 때문일 겁니다. 그 여자는 살인범에게 암시하고 있었습니다. 그러므로 살인범은 당시 그 자리에 있었던 게 분명합니다. 그런데 그 자리에 있었던 것은 나와 레이스 대령 외에는 단둘뿐이었습니다. 사이먼 도일과 베스너 박사님 말입니다."

베스너가 벽력같이 소리를 지르며 벌떡 일어섰다.

"아이쿠! 지금 무슨 말을 하는 겁니까? 당신은 지금 나를 범인으로 몰고 있는 겁니까? 또다시? 하지만 이건 말도 안 됩니다. 흥분할 가치조차 없어요."

푸아로가 날카롭게 말했다.

"조용히 하십시오. 나는 당시 내 생각을 말하고 있는 것뿐입니다.

우리, 감정적이 되지 맙시다."

"박사님이 범인이라는 말씀이 아니에요."

코닐리어가 달래듯이 말했다.

푸아로가 재빨리 말을 이었다.

"그러니까 범인은 거기 있었습니다. 사이먼 도일과 베스너 박사님 둘 중 하나란 말입니다. 하지만 베스너 박사님이 리넷 도일을 죽일 이유가 있을까요? 내가 아는 한 없습니다. 그렇다면 사이먼 도일은요? 하지만 그것은 불가능했습니다! 그날 밤 소동이 터질 때까지 도일이 전망실에서 나간 적이 없다는 사실을 증명할 사람이 있습니다. 그 다음에는 상처를 입어서 그로서는 그 일이 물리적으로 불가능했습니다. 이 두 가지 사항 모두에 대해 분명한 증거가 있을까요? 그렇습니다, 첫 번째 사항에 대해서는 마드무아젤 롭슨과 짐 팬숍과 자클린 드 벨포르의 증언이 있고, 나머지에 대해서는 베스너 박사님과 바워즈 양의 전문가다운 증언이 있습니다. 의심의 여지가 없지요.

그러므로 베스너 박사님이 범인이어야 합니다. 이 이론을 뒷받침하듯 마담 도일의 하녀는 외과 수술용 메스에 찔려 죽었습니다. 그런데 베스너 박사님은 공공연히 사람들로 하여금 그 사실에 주의를 집중하도록 했지요.

그런 다음에, 친구 여러분, 이론의 여지 없는 또 다른 사실이 있었습니다. 루이즈 버젯의 암시는 베스너 박사님을 염두에 둔 것일 수 없다는 사실입니다. 왜냐하면 그녀는 언제든 원하는 때에 박사님과 이야기할 기회가 충분히 있었으니까요. 그녀가 그렇게 해야 했던 이유가 있는 사람이 하나 있었습니다. 단 한 사람, 곧 사이먼 도일입니다! 사이먼 도일은 부상을 입고 박사님이 줄곧 지켜보는 가운데 박사님의 선실에 있었습니다. 그러므로 그녀는 그와 이야기할 기회를 잡기 어려우리라고 보고 위험을 무릅쓰고 그런 애매한 말을 한 겁니다. 그녀가 그에게 몸을 돌리고 어떤 식으로 이야기했는지 떠오르는군요. '무슈, 부탁입니다. 나리는 어떻게 된 건지 아시잖아요? 제가 무슨 말을 할 수 있겠어요?' 그리고 그의 대답은 이러했지요. '이런, 루이즈, 어리석게 굴지 마. 네가 무엇인가 보거나 들었다고 생각하는 사람은 아무도 없어. 넌 괜찮을 거야. 내가 돌봐줄 테니까. 아무도 너를 비난하거나 하지 않아.' 그건 그녀가 원하던 보장이었고, 그녀는 그걸 얻어낸 겁니다!"

베스너가 커다란 소리를 내며 씩씩거렸다.

"어이쿠! 이건 말도 안 되는 소립니다! 뼈가 부러져서 다리에 부목을 댄 사람이 배 안을 돌아다니면서 사람을 칼로 찌를 수 있습니까? 단언하건대, 사이먼 도일이 자신의 방에서 나간다는 건 불가능했습니다."

푸아로가 부드럽게 말했다.

"압니다. 틀림없는 사실입니다. 그런 일은 불가능합니다. 불가능한 동시에 사실입니다! 루이즈 버젯의 말뜻을 논리적으로 설명할 수 있는 건 그것뿐이니까요.

그래서 나는 처음으로 돌아가 이 새로운 지식에 비추어 이 사건을 다시 살펴보았습니다. 그 소동이 벌어지기 전 사이먼 도일이 전망실을 나간 적이 있는데, 다른 사람들이 그 사실을 몰랐거나 잊어버린 것은 아닐까? 그럴 수는 없을 것 같았습니다. 베스너 박사님과 바워즈 양의 전문가다운 증언을 무시해도 될까? 또다시 나는 그럴 수 없다고 생각했습니다. 하지만 기억을 돌이켜보건대, 두 사건 사이에는 시간적인 간격이 있었습니다. 사이먼 도일은 약 5분 동안 혼자 전망실에 있었고, 베스너 박사님의 전문가적 증언은 그 다음에야 이루어졌습니다. 그 시간에 대해 우리는 표면적인 모습만을 증거로 갖고 있을 뿐이므로, 그것이 극히 완벽해 보인다 하더라도 확실한 거라고는 할 수 없습니다. 이 문제에서 가정을 논외로 한다면 실제로 보인 모습…… 어떻게 될까요?

마드무아젤 롭슨은 마드무아젤 드 벨포르가 권총을 쏘고, 사이먼 도일이 의자 위로 쓰러지고, 그가 손수건을 다리에 대고, 그 손수건이 점차 빨갛게 물드는 것을 보았습니다. 무슈 팬숍이 보고 들은 것은 무엇일까요? 그는 총소리를 들었고, 도일이 붉은 얼룩이 있는 손수건으로 다리를 누르고 있는 것을 보았습니다. 그리고 무슨 일이 일어났을까요? 도일은 마드무아젤 드 벨포르를 데리고 가라고, 그녀를 혼자 두어서는 안 된다고 집요하게 부탁했습니다. 그런 다음 도일은 팬숍에게 의사를 데려다 달라고 했습니다.

그래서 마드무아젤 롭슨과 무슈 팬숍은 마드무아젤 드 벨포르와 함께 나갔고, 이후 5분 동안 그들은 항구 쪽 갑판에서 분주하게 움직였습니다. 마드무아젤 바워즈, 베스너 박사님, 마드무아젤 드 벨포르의 선실은 모두 항구 쪽에 있습니다. 사이먼 도일로서는 2분의 시간으로 충분했습니다. 그는 소파 밑에서 권총을 집어 들어 신발을 벗은 다음 산토끼처럼 소리 없이 우현 쪽 갑판을 따라가 자기 아내의 방으로 들어가서는 자고 있는 그녀에게 살그머니 다가가 머리에 총을 발사한 다음, 붉은 잉크가 들어 있던 매니큐어 병을 아내 방의 세면대 위에 올려놓고(그것을 갖고 있다가 발견되어서는 안 되니까요.) 달려 돌아와서는 의자 옆에 미리 쑤셔 넣어 두었던 마드무아젤 밴 슈일러의 벨벳 목도리로 권총을 둘둘 말아서는 자기 다리를 쏘았습니다. 그가 쓰러진(이번에야말로 정말 고통스러워하면서) 의자는 창가에 있었습니다. 그는 창문을 올려 열고 그 권총(증거로 남을 손수건과 벨벳 목도리에 둘둘 말린 권총)을 나일 강에 던져 버린 겁니다."

"그건 불가능하네!"

레이스가 말했다.

"아닐세, 친구, 불가능하지 않네. 팀 앨러턴의 증언을 떠올려 보게. 그는 펑 하는 소리에 이어 첨벙하는 물소리를 들었다고 했네. 그리고 또 다른 소리도 들려왔네. 누군가 그의 방 앞을 달려가는 소리 말일세. 하지만 그때 우현 쪽 갑판을 따라 달려간 사람은 도일 말고는 없네. 그가 들은 건 사이먼 도일이 신발을 벗은 채 자기 방 앞을 달려가던 소리였네."

레이스가 말했다.

"그래도 난 불가능하다고 말할 수밖에 없네. 누구라도 그 모든 것을 그렇게 번개처럼 해치울 수는 없었을 걸세. 특히 머리가 그렇게 빨리 돌아가는 형이 아닌 도일 같은 친구라면 말일세."

"하지만 신체적인 움직임은 아주 날래고 민첩하지."

"그건 그렇다네. 하지만 그에게는 그 모든 것을 생각해 낼 능력이 없을 걸세."

"하지만 이건 그 혼자서 생각해 낸 것이 아닐세. 그 점이 바로 우리가 완전히 잘못 생각했던 점일세. 이건 겉으로는 순간의 충동에 의해 저질러진 범죄처럼 보이지만, 실제로는 그렇지 않다네. 다시 말하지만, 아주 영리하게 계획되고 충분히 숙고된 작품 같은 걸세. 사이먼 도일이 주머니에 붉은 잉크를 갖고 있었던 건 우연일 수가 없네. 그렇다네, 이건 계획된 것임에 틀림없네. 그가 아무 표시도 없는 흔한 손수건을 갖고 있었던 것도 우연일 수가 없네. 자클린 드 벨포르가 문제의 권총을 걷어차 소파 밑으로 들어가게 해서 일단 시야에서 사라지게 했다가 나중에서야 기억나게 한 것도 우연이 아닐세."

"자클린이?"

"틀림없네. 그 두 사람이 이 범죄를 저지른 걸세. 사이먼에게 알리바이를 만들어 준 게 뭔가? 자클린이 총을 쏘았다는 사실일세. 그리고 자클린에게 알리바이를 만들어 준 게 뭔가? 간호사로 하여금 밤새도록 그녀 곁에 있도록 한 사이먼의 집요한 부탁일세. 이들 두 사람에게는 이 범죄에 필요한 모든 자질, 곧 냉정하고 창의적이고 계획적인 자클린 드 벨포르의 두뇌와 그것을 믿을 수 없을 정도로 민첩하고 시의 적절하게 실행해 내는 사내의 행동력이 있는 걸세.

그것을 제대로 보게, 그러면 모든 의문이 풀린다네. 사이먼 도일과 자클린은 연인 사이였네. 그들이 여전히 연인 사이라는 것을 잊지 말게. 그러면 모든 게 명백하다네. 사이먼은 부유한 자기 아내를 제거해 그녀의 재산을 상속받은 다음, 옛 애인과 결혼하는 거야. 이 모든 게 아주 천재적일세. 자클린이 마담 도일을 괴롭힌 것은 그 계획의 일부였네. 사이먼은 짐짓 화를 내는 체했지……. 그런데 여기서 몇 가지 착오가 있었네. 언젠가 그는 소유욕이 강한 여자에 대해 내게 장황하게 말한 적이 있었네. 진짜 신랄한 어조로 말하더군. 그가 그렇게 생각하고 있는 여자가 자클린이 아니라 자신의 아내였다는 걸 내가 알아차렸어야 했는데. 그리고 사람들 앞에서 그가 자기 아내를 대하던 태도를 보세. 사이먼 도일처럼 감정 표현에 서투른 영국 남자는 대개 어떤 식이든 애정을 드러내는 걸 무척 당혹스러워 한다네. 사이먼은 그리 훌륭한 배우는 아니었네. 또 마드무아젤 자클린은 자신과 내가 나눈 대화를 누군가 엿들었다고 주장했네. 난 아무도 보지 못했네. 그리고 실제로 아무도 없었던 걸세! 그건 나중에 유용한 핑곗거리로 삼기 위한 포석이었네. 그리고 어느 날 밤 나는 내 방 앞에서 이런 대화 내용을 들었네. '이제 우리는 일을 해결해야 해.' 나는 그 말이 사이먼과 리넷 사이의 대화라고 생각했네. 그런데 그 말을 한 사람은 도일이었지만, 그가 이야기하던 상대는 자클린이었던 걸세.

자, 이제 최종 드라마가 완벽하게 계획되고 시간까지 맞추어졌습니다. 내가 번거롭게 개입할 경우에 대비해 내게 수면제가 투여되었죠. 마드무아젤 롭슨을 목격자로 해서 곧 소동이 시작되었습니다. 마드무아젤 드 벨포르가 과장된 원한과 히스테리를 표출한 겁니다. 그녀는 총소리가 들릴 경우에 대비해 요란하게 소란을 피웠습니다. 엉 베리테(실제로) 그건 정말 탁월한 아이디어였지요. 자클린은 도일을 쏘았다고 말했습니다. 마드무아젤 롭슨과 팬솝도 그렇게 말했습니다. 그리고 사이먼의 다리는 총을 맞았다는 것이 확인되었습니다. 반박의 여지가 없어 보이지 않습니까! 그들 둘 다 완벽한 알리바이를 갖게 되는 거였죠. 사이먼 도일로서는 어느 정도 고통과 위험을 감수한 것이 사실이지만, 그런 부상으로 결정적으로 움직일 수 없었음을 확인해야 했던 겁니다.

그런데 그 후 계획에 차질이 생겼습니다. 루이즈 버젯이 깨어 있었던 겁니다. 그날 밤 층계를 올라온 그녀는 사이먼 도일이 자기 아내의 방에 들어갔다가 나오는 것을 보았습니다. 그 장면을 다음 날 일어난 일과 이어 맞추는 건 어렵지 않았을 테죠. 그녀는 탐욕스럽게도 입막음용 돈을 요구했고, 그럼으로써 자신의 사망 증명서에 서명을 한 셈이 되었던 겁니다."

"하지만 도일 씨는 루이즈를 죽일 수 없었는데요?"

코닐리어가 반박했다.

"그렇지요, 그 살인을 저지른 건 공범입니다. 사이먼 도일은 될 수 있는 한 빨리 자클린을 만나게 해 달라고 요청했습니다. 심지어 나에게 둘만 있게 해 달라고 부탁까지 했지요. 그때 그는 그녀에게 새로 나타난 위험에 대해 이야기했습니다. 그들은 즉각 행동해야 했습니다. 그는 베스너 박사의 외과 수술용 메스가 어디 있는지 알고 있었습니다. 범죄를 저지른 후 자클린 드 벨포르는 문제의 메스를 깨끗이 닦아 제자리에 갖다 둔 다음 늦게야 숨을 헐떡이며 점심 식사를 하기 위해 서둘러 식당으로 들어왔습니다.

그런데 모든 게 잘된 것은 아니었습니다. 왜냐하면 자클린이 루이즈 버젯의 방으로 들어가는 것을 마담 오터번이 목격했으니까요. 그리고 부인은 그 사실을 사이먼에게 알려 주려고 급히 달려왔습니다. 그 가엾은 부인에게 사이먼이 어떤 식으로 고함을 쳤는지 기억하시지요? 신경이 날카로워져서 그런 것이라고 우리는 생각했지요. 하지만 방문이 열려 있었고, 그는 자신의 공범에게 그 위험을 알리려고 그랬던 겁니다. 그녀는 그 소리를 들었고 행동했습니다. 번개처럼 말입니다. 그녀는 페닝턴이 연발 권총에 대해 이야기했던 것을 기억해 냈습니다. 그녀는 그것을 손에 넣고 문을 향해 살그머니 다가와 귀를 기울이고 있다가, 위험한 순간이 오자 총을 쏘았습니다. 그녀는 자신이 훌륭한 사격수라고 자랑한 적이 있었는데, 그녀의 자랑은 허풍이 아니었습니다.

그 세 번째 범죄를 저지른 후 살인자가 취할 수 있는 방법은 세 가지라고 나는 보았습니다. 그러니까 그자는 선미 쪽으로 갈 수도 있고(이 경우는 팀 앨러턴이 범인이 됩니다.) 측면으로 갈 수도 있고(이건 거의 가능성이 없습니다.) 선실로 들어갈 수도 있었습니다.

자클린의 방은 베스나 박사의 선실로부터 고작 두 칸 떨어져 있습니다. 그녀는 연발 권총을 내려놓고는 방문을 걸어 잠그고 머리카락을 헝클어뜨린 다음 침대에 몸을 던졌습니다. 위험하긴 했지만 그녀가 취할 수 있는 유일한 방법이었지요."

침묵이 흘렀다. 이윽고 레이스가 말했다.

"그 여자가 도일에게 쏜 첫 번째 총알은 어떻게 된 건가?"

"내 생각엔 탁자에 박힌 것 같네. 거기 최근 생긴 구멍이 있더군. 도일이 주머니칼로 그것을 파내어 창 밖으로 던져 버렸을 걸세. 그는 여분의 탄약을 갖고 있었으므로 두 발만 발사된 것처럼 보였던 걸세."

코닐리어가 한숨을 내쉬었다.

"두 사람은 정말 모든 걸 치밀하게 생각해 두었군요. 정말…… 무서워요."

푸아로는 침묵을 지켰다. 하지만 그것은 겸손에서 나온 침묵은 아니었다. 그의 두 눈은 이렇게 말하고 있는 듯했다.

'그렇지 않지요. 그들은 이 에르퀼 푸아로를 고려하지 않았으니까요.'

이윽고 푸아로가 소리 내어 말했다.

"자, 박사님, 가서 당신의 환자와 이야기를 좀 해 봅시다."

제29장

에르퀼 푸아로가 한 선실로 다가가 문을 두드린 것은 그로부터 한참이 지난 그날 밤 늦은 시각이었다.

안에서 대답하는 소리가 들려왔다.

"들어오세요."

푸아로는 안으로 들어갔다.

자클린 드 벨포르가 의자에 앉아 있었다. 벽 쪽에 놓인 또 다른 의자에는 키 큰 여승무원이 앉아 있었다.

자클린의 생각에 잠긴 두 눈이 푸아로를 훑어보았다. 그녀는 여승무원을 향해 손짓을 했다.

"저 여잘 내보낼 수 있을까요?"

푸아로가 고개를 까딱해 보이자, 승무원은 밖으로 나갔다. 푸아로는 그녀가 앉았던 의자를 끌어당겨 자클린 곁에 놓고 앉았다. 그들

둘 다 입을 열지 않았다. 푸아로의 표정은 침통했다.

얼마 후 먼저 입을 연 것은 그 처녀였다.

"그러니까 이제 모든 게 끝이군요! 선생님은 참으로 머리가 좋은 분이세요, 무슈 푸아로."

푸아로가 한숨을 내쉬고는 두 손을 펼쳐 보였다. 기묘하게도 그는 벙어리가 된 것 같았다.

자클린이 생각에 잠긴 어조로 말했다.

"하지만 선생님에겐 별다른 증거가 없을 거예요. 선생님 말씀이 물론 옳지만, 우리가 허세를 부리고 버틴다면……."

"다른 방식으로는 말입니다, 마드무아젤, 이 일이 설명될 수가 없지요."

"논리적인 사람에게는 그것이 충분한 증거가 되겠지만, 배심원들을 설득할 수 있을 것 같진 않네요. 오, 그건 어쩔 수 없었어요. 선생님께서 사이먼에게 그 모든 사실을 쏟아 놓자, 그이는 와르르 무너져 내렸지요. 그이는 완전히 이성을 잃었어요, 가엾은 사람 같으니라고. 그래서 모든 걸 인정해 버린 거예요."

자클린은 고개를 내저었다.

"사이먼은 지고도 태연한 척할 사람은 못 돼요."

"하지만 당신은요, 마드무아젤, 지고도 태연하군요."

그녀는 갑자기 소리 내어 웃었다. 기묘하고도 유쾌한 듯한 도전적인 웃음 소리였다.

"오, 그래요, 전 졌지만 눈 하나 깜짝하지 않아요."

그녀가 그를 바라보았다.

"너무 마음 쓰지 마세요, 무슈 푸아로! 그러니까 저에 대해 말이에요. 제게 마음을 쓰고 계시죠, 그렇지 않나요?"

"그렇습니다, 마드무아젤."

"하지만 그렇다고 해서 저를 용서할 생각은 없으시죠?"

에르퀼 푸아로가 조용히 대답했다.

"그렇습니다."

그녀는 동의한다는 듯 가만히 고개를 끄덕였다.

"그래요, 감상적이 되어 봤자 소용없지요. 전 또다시 그런 일을 저지를 수도 있어요……. 이제 전 위험한 사람이에요. 제 자신이 그렇다는 걸 느낄 수 있어요……."

그녀는 생각에 잠긴 채 말을 이었다.

"그건 정말 무서울 정도로 쉬워요, 사람을 죽이는 것 말이에요. 그리고 그게 중요하지 않게 느껴지기 시작해요……. 중요한 건 오직 자신뿐이죠! 그건 위험해요."

그녀는 잠시 말을 멈추었다가 살짝 미소를 띠고 말했다.

"선생님은 저를 위해 최선을 다하셨어요. 그날 밤 아스완에서 선생님은 제게 제 마음을 악마에게 열어 주지 말라고 하셨지요……. 그때 제가 속으로 무슨 생각을 했는지 아세요?"

그는 고개를 내저으며 말했다.

"난 다만 내가 말한 게 진실이었다는 걸 알 뿐입니다."

"그것은 사실이었어요. 알다시피 전 그때 멈출 수도 있었어요. 거의 그럴 뻔했지요……. 그 일을 하지 않겠다고 사이먼에게 말할 수도 있었어요……. 그때 어쩌면……."

그녀가 말허리를 끊었다가 다시 이었다.

"그 이야기를 듣고 싶으세요? 처음부터요."

"당신이 들려주고 싶다면요, 마드무아젤."

"선생님께는 말씀드리고 싶어요. 이건 정말이지 아주 단순하기 짝이 없어요. 사이먼과 저는 서로 사랑했어요……."

건조한 한마디였지만 그녀의 가벼운 어조 이면에는 어떤 울림이 있었다…….

푸아로가 간단히 말했다.

"그리고 당신에게는 사랑으로 충분했지만, 그에게는 그렇지 않았지요."

"그런 식으로 말할 수도 있겠지요. 하지만 선생님은 사이먼을 제대로 이해하지 못하고 계세요. 그이는 언제나 열렬하게 돈을 원했어요. 사이먼은 승마와 요트와 운동 같은 돈이 있어야 할 수 있는 모든 것을 좋아했어요. 남자라면 마땅히 할 줄 알아야 하는 그 멋진 일들을 말이에요. 그런데 그이는 그 가운데 어떤 것도 할 수가 없었어요. 놀랍도록 단순하지요, 사이먼은. 그이는 마치 어린아이처럼 그런 것들을 원했어요. 무서울 정도로 말이에요.

그럼에도 돈 많고 지겨운 여자와 결혼하려는 노력 같은 건 한 적이 없어요. 그런 종류의 남자는 아니에요. 그러다가 저를 만났고, 그것이 어느 정도 상황을 안정시켰어요. 다만 언제 결혼을 할 수 있을

지는 알 수 없었어요. 사이먼에게는 그런대로 괜찮은 직장이 있었지만, 잃고 말았지요. 어떤 점에서 그건 사이먼의 잘못이었어요. 그이는 돈 문제에 대해 교활한 시도를 했고, 즉각 들통이 났지요. 그이가 정말 흑심이 있었던 것 같지는 않아요. 그저 그런 일은 업계에서 흔한 일이라고 생각했을 뿐이지요."

그녀의 이야기를 듣고 있던 푸아로의 얼굴에 번쩍하는 빛이 지나갔지만, 그는 입을 다물고 있었다.

"그 무렵 저희는 곤경에 처했어요. 그래서 전 리넷과 그 애의 새로운 시골 저택을 떠올리고는 서둘러 그 애를 찾아갔어요. 무슈 푸아로, 전 리넷을 좋아했어요. 정말로 좋아했답니다. 그 애는 저의 가장 친한 친구였고, 저희 사이에 무슨 일이 벌어지리라고는 꿈에도 생각지 못했어요. 저는 다만 그 애가 부자라서 정말 다행이라고 생각했지요. 그 애가 그이에게 일자리를 준다면 저와 사이먼의 상황이 완전히 달라질 것이라고요. 그런데 그 애는 너무나도 친절했고, 사이먼을 데려와 보라고 했어요. 선생님이 셰 마 탕트에서 어느 날 저녁 저희를 보신 게 바로 그 무렵이었어요. 저희는 파티를 벌이고 있었답니다. 실제로는 그럴 형편이 되지 않았지만 말이에요."

그녀는 말을 멈추고 한숨을 내쉰 다음 다시 말을 이었다.

"지금 제가 하려는 말은 사실이에요, 무슈 푸아로. 리넷이 죽었다고 해도 그 진실이 바뀌지는 않아요. 지금도 제가 그 애에게 진정으로 미안해하지 않는 건 바로 그래서예요. 그 애는 제게서 사이먼을 빼앗기 위해 전력을 다했어요. 이건 조금도 틀림없는 사실이에요!

그 애는 한순간도 망설이지 않았어요. 저는 그 애의 친구였지만, 그 애는 개의치 않았어요. 리넷은 사이먼에게 돌진했지요…….

그런데 사이먼은 그 애를 거들떠보지도 않았어요! 제가 선생님께 마술적인 매력에 대해 많은 이야기를 했지만, 그것은 사실이 아니었어요. 그이는 리넷을 원하지 않았어요. 그이는 그 애가 예쁘지만 지독하게 으스댄다고 여겼고, 그이는 으스대는 여자를 몹시 싫어했지요! 하지만 그 애의 돈에 대해 생각하는 건 좋아했어요.

물론 저는 그것을 알고 있었어요……. 그래서 결국 저는 사이먼에게 저를 잊고 리넷과 결혼하는 것이 좋지 않겠느냐고 말했어요. 하지만 그이는 코웃음을 치더군요. 그리고 이렇게 말했어요. 돈이 있든 없든 그 애와 결혼하는 건 지옥이라고요. 돈을 갖는다면 자신이 가져야 한다는 거였어요. 돈 자루를 쥔 부자 아내를 얻는 게 아니라 말이에요. '그렇게 되면 난 여왕의 초라한 남편 꼴이 될 거야.' 라고 하더군요. 또 저 외에는 아무도 원하지 않는다고 했어요…….

그 생각이 그 사람 머리에 언제 떠올랐는지 알 것 같아요. 어느 날 사이먼이 이렇게 말했거든요. '내게 운이 따른다면, 그 여자랑 결혼을 하고 1년쯤 지난 다음 그녀가 죽어서 내게 모든 재산을 남겨주겠지.' 그때 사이먼의 두 눈에 사람을 깜짝 놀라게 하는 기묘한 빛이 번득이더군요. 그이가 처음으로 그런 생각을 한 건 바로 그때였어요…….

그이는 그 이야기를 이런저런 식으로 여러 차례 했어요. 리넷이 죽는다면 얼마나 좋을까 하는 이야기 말이에요. 제가 끔찍한 생각이라고 말하자, 그이는 더 이상 그 이야기를 꺼내지 않았어요. 그러던 어느 날, 저는 그이가 비소에 대해 공부하고 있다는 걸 알았어요. 제가 그 일로 사이먼을 닦아세우자, 그 사람은 소리 내어 웃으면서 이렇게 말하더군요. '위험을 무릅쓰지 않으면 아무것도 얻을 수 없어! 이건 내 인생에서 엄청난 돈을 만져 볼 수 있는 유일한 기회야.'

그로부터 얼마 지나지 않아 저는 사이먼이 마음을 정했다는 것을 알았어요. 저는 겁이 났어요. 정말이지 새파랗게 질렸답니다. 왜냐하면 그 사람이 그 생각을 결코 떨쳐 버리지 못하리라는 것을 알았기 때문이지요. 그이는 정말 아이처럼 단순해요. 그런 일에 필요한 치밀함 같은 것도 갖고 있지 못하죠. 그리고 상상력은 전혀 없어요. 사이먼은 리넷에게 비소를 먹이면 그 애가 위염으로 죽었다는 진단이 나올 거라고 생각했을 거예요. 그이는 언제나 모든 게 잘될 거라고 여겼답니다.

그래서 저는 이 일에 뛰어들지 않을 수 없었어요. 그이를 내버려 둘 수 없어서요……."

그녀의 이야기는 아주 대략적이었지만, 충분히 믿을 만했다. 푸아로는 그녀의 동기가 그 말 그대로임을 의심하지 않았다. 그녀 자신은 리넷 리지웨이의 돈을 탐내서가 아니라 사이먼 도일을 사랑했기 때문에, 이성과 양심과 연민을 넘어설 정도로 그를 사랑했기 때문에 그런 일을 저지른 것이었다.

"저는 생각하고 또 생각했어요. 계획을 짜내려고 말이에요. 제가 보기에 그 아이디어의 기본은 두 사람의 알리바이가 확실해야 한다는 것이었어요. 사이먼과 제가 서로에게 불리한 증언을 한다면, 실제로는 그 증언이 저희의 혐의를 없애 줄 수 있었어요. 사이먼을 증오하는 척하는 것은 제게 아주 쉬운 일이었어요. 그런 상황에서 충분히 일어날 수 있는 일이었으니까요. 그런 다음 리넷이 살해된다면 제가 의심을 받게 될 텐데, 그렇다면 처음부터 의심받는 편이 나을 것 같았어요. 저희는 사소한 것 하나하나 세부를 계획했어요. 뭔가 잘못된다면 저는 사이먼이 아니라 제가 체포되게 하고 싶었어요. 하지만 사이먼은 저를 걱정했지요.

제가 유일하게 다행이라고 생각했던 건 그 일을 제가 하지 않아도 된다는 사실이었어요. 저는 그럴 수가 없었어요! 잠들어 있는 그 애를 냉정하게 죽일 수는 없었다고요! 저는 그 애를 용서할 수 없었어요. 만약 얼굴을 마주 보고 있다면 그 애를 죽일 수 있을 것 같았지만, 그런 식으로는…….

저희는 모든 것을 주의 깊게 해냈어요. 심지어 사이먼은 벽에다 피로 J라는 글씨를 써 놓기까지 했어요. 멜로드라마에서나 나오는 어리석은 행동이었어요. 그건 그이에게 딱 어울리는 종류의 생각이었지요! 하지만 그것도 별 문제가 되지 않았어요."

푸아로가 고개를 끄덕였다.

"그래요. 그날 밤 루이즈 버젯이 잠을 이루지 못했던 건 당신의 잘못이 아니지요……. 그래서 그 후 어떻게 되었나요, 마드무아젤?"

그녀가 그의 눈을 똑바로 쳐다보았다.

"맞아요, 좀 무시무시하지요. 그렇지 않으세요? 저도 믿어지지 않아요, 제가 그런 짓을 했다니. 이제 악마에게 마음을 열어 주지 말라는 선생님의 말뜻을 알 것 같아요……. 일이 어떻게 되었는지 선생님도 잘 알고 계실 거예요. 루이즈는 사이먼에게 자신이 알고 있다는 것을 분명히 전달했어요. 사이먼은 선생님께 저를 불러 달라고 했지요. 저희 둘만 남게 되자마자, 그는 무슨 일이 일어났는지 말하더군요. 그리고 저에게 해야 할 일을 알려 주었어요. 저는 무섭지 않았어요. 너무나도 불안했지요. 정말이지 불안했어요……. 살인이 사람을 그렇게 만든 거죠. 사이먼과 저는 안전했어요. 정말 안전했지요. 저희를 협박하는 그 하찮은 프랑스 여자만 없다면요. 저는 우리가 동원할 수 있는 돈이란 돈은 전부 모아서 루이즈를 찾아갔어요. 그런 다음 굴복하는 척했지요. 그리고 루이즈가 돈을 세고 있을 때, 해치웠어요! 정말 쉬웠어요. 정말 무서운 건, 정말 무시무시한 건 바로 그 점이에요……. 끔찍할 정도로 쉽다는 것 말이에요…….

그런데 그 후에도 저희는 안전하지 않았어요. 오터번 부인이 저를 보았던 거예요. 그녀는 선생님과 레이스 대령을 만나러 의기양양하게 갑판을 걸어가더군요. 생각할 시간이 없었어요. 그저 번개처럼 행동했지요. 거의 짜릿할 정도였어요. 그건 아슬아슬한 고비였어요. 그래서 그 일을 더 잘할 수 있었던 것 같아요……."

그녀는 다시 말을 멈추었다.

"그 후 선생님이 제 선실에 오신 것 기억나세요? 선생님은 왜 왔는지 잘 모르겠다고 말씀하셨어요. 그때 저는 정말 비참했어요. 몹시 겁에 질리기도 했고요. 저는 사이먼이 죽어 가고 있다고 생각했거든요…….”

“그리고 난…… 그걸 바라고 있었지요.”

푸아로가 말했다.

자클린이 고개를 끄덕였다.

“그래요, 그 사람한테는 그 편이 더 나았을 거예요.”

“내 생각은 그렇지 않습니다.”

자클린은 푸아로의 엄격한 얼굴을 바라보고는 차분히 말했다.

“제게 그렇게 마음 쓰지 마세요, 무슈 푸아로. 어쨌든 저는 줄곧 힘들게 살아왔어요. 만약 저희가 성공했다면, 저는 무척 행복하게 많은 것을 즐겼을 거예요. 아마 후회도 하지 않았을 거예요. 하지만 실제로는 이렇게 됐어요. 사람은 운명을 받아들여야 하는 법이죠.

여승무원이 이 방에 와 있는 건 제가 목을 매거나 책에서 나오듯이 청산가리 캡슐 같은 걸 삼키지 않도록 하기 위해서겠죠. 걱정하실 필요 없어요! 그런 짓은 안 할 테니까요. 제가 곁에 있으면 사이먼도 좀 더 견디기가 쉬울 거예요.”

푸아로가 자리에서 일어서자 자클린도 따라 일어섰다. 그녀가 갑자기 미소를 지으며 말했다.

“제가 제 별을 따라가야 한다고 한 것 기억나세요? 선생님은 그게 가짜 별일 수도 있다고 하셨죠. 그리고 저는 이렇게 말했고요. ‘아주 나쁜 별이죠. 저 별은 아래로 떨어져 내린답니다.’”

귓전에 울리는 그녀의 웃음소리를 들으며 푸아로는 갑판으로 나왔다.

제30장

배가 셸랄에 도착한 것은 이른 새벽이었다. 물가 쪽으로 바위들이 험상궂게 모습을 드러내고 있었다.

푸아로가 중얼거렸다.

"켈 페이 소바주!(정말 야생적인 곳이군!)"

곁에 서 있던 레이스가 말했다.

"음, 우리는 할 일을 다했네. 리체티를 먼저 육지에 내리게 하도록 조치를 취해 놓았네. 우리가 그자를 잡게 되어서 기쁘네. 그동안 그자는 줄곧 빠져나갔지. 여러 차례 우리를 물먹였다네. 도일을 옮길 들것을 준비해야겠네. 눈에 띄게 쇠약해졌더군."

"설마 그렇겠나. 그런 어린애 같은 범죄자는 대개 허영심이 강하다네. 일단 자부심의 거품이 꺼지고 나면 끝장이지! 어린애처럼 엉망이 되고 만다네."

푸아로가 말했다.

"교수형을 받아 마땅하네. 냉혹한 악당이야. 난 그 처녀는 가엾다네. 하지만 할 수 있는 일이 없군."

푸아로가 고개를 내저었다.

"사람들은 사랑이 모든 것을 정당화시킨다고 하지만 그건 사실이 아닐세……. 자클린이 사이먼 도일을 아끼듯 남자를 사랑하는 여자는 아주 위험하다네. 내가 그녀를 처음 보았을 때 한 말이 바로 그거라네. '저 자그마한 처녀는 지나치게 열렬한 사랑을 하고 있군!' 그건 사실이었지."

코닐리어 롭슨이 푸아로의 곁으로 다가왔다.

그가 말했다.

"오, 이제 거의 도착했군요."

그녀는 잠깐 머뭇거리다가 말했다.

"전 그 여자와 줄곧 함께 있었어요."

"드 벨포르 양과 말입니까?"

"예. 여승무원의 감시를 받으며 갇혀 있는 게 그녀로서는 끔찍할 것 같아서요. 하지만 메리 아주머니가 몹시 화가 나신 것 같아 걱정이에요."

밴 슈일러가 그들을 향해 천천히 갑판을 걸어오고 있었다. 그녀의 두 눈은 악의에 차 있었다.

"코닐리어, 넌 줄곧 제멋대로 행동해 왔다. 난 널 곧장 집으로 보내야겠다."

그녀가 딱딱거리며 말했다.

코닐리어는 깊이 숨을 들이마셨다.

"죄송하지만 메리 아주머니, 저는 집으로 돌아가지 않아요. 전 결혼할 거예요."

"결국 정신을 차린 모양이구나."

늙은 숙녀가 쏘아붙였다.

갑판 모퉁이를 돌아서던 퍼거슨이 다가와 물었다.

"코닐리어, 그게 무슨 말입니까? 사실이 아니겠지!"

"이건 분명한 사실이에요. 저는 베스너 박사님과 결혼할 거예요. 어젯밤 그분이 제게 청혼하셨어요."

"그런데 당신은 왜 그 사람과 결혼하려는 겁니까? 단지 그가 부자라는 이유 때문에?"

퍼거슨이 격분해서 물었다.

코닐리어가 분개하며 대답했다.

"아니요. 그렇지 않아요. 저는 그분이 좋아요. 그분은 친절하고 아는 것도 많아요. 그리고 저는 언제나 아픈 사람들과 병원에 관심이 끌렸어요. 그분과 함께 멋진 인생을 살 거예요."

퍼거슨은 믿어지지 않는다는 듯이 물었다.

"그러니까 당신 말은 내가 아니라 그 역겨운 노인네와 결혼하겠다는 겁니까?"

"그래요, 나는 그분과 결혼할 거예요. 당신은 믿음직하지 않아요! 함께 살기에 편안한 그런 사람이 결코 아니라고요! 그리고 그분은 늙지 않았어요. 아직 쉰도 되지 않았다고요."

"그는 배불뚝이예요."

퍼거슨이 심술궂게 말했다.

"음, 전 어깨가 넓은걸요. 외모는 중요하지 않아요. 그분 말씀이 제가 그분 일에 정말 도움이 될 거래요. 그리고 신경증에 대한 것도 모두 가르쳐 주실 거랬어요."

그녀는 몸을 돌려 가 버렸다. 퍼거슨이 푸아로에게 말했다.

"저 여자의 말이 진심일까요?"

"물론이지요."

"나보다 그 거만한 노인을 더 좋아한단 말입니까?"

"틀림없습니다."

"저 아가씬 제정신이 아니군."

퍼거슨이 단호하게 말했다.

푸아로의 두 눈이 번뜩였다.

"저 처녀는 독특한 심성의 소유자지요. 당신은 아마도 저런 여자를 처음 보았을 겁니다."

배가 선착장으로 들어섰다. 승객들 주위에 차단선이 처졌다. 배에서 내리지 말고 잠시 기다려 달라는 안내 방송이 나왔다.

어둡고 뚱한 얼굴의 리체티가 기관사 둘에게 둘러싸여 배에서 내렸다.

이어 잠시 지체한 다음 들것이 도착했다. 사이먼 도일이 갑판을 따라 트랩을 향해 운반되었다.

그는 다른 사람 같았다. 위축되고 겁에 질린 그에게서는 평소의 소년 같은 태평한 모습은 찾아볼 수 없었다.

자클린 드 벨포르가 그 뒤를 따랐다. 여승무원 하나가 그녀 곁에서 걷고 있었다. 자클린은 조금 창백해진 것 외에는 여느 때와 크게 달라 보이지 않았다. 그녀가 들것으로 다가갔다.

"안녕, 사이먼."

그는 그녀를 재빨리 올려다보았다. 예전의 소년 같은 표정이 한순간 그의 얼굴에 돌아왔다.

"내가 망쳐 버렸어. 이성을 잃고 모든 걸 인정해 버렸어! 미안해. 재키. 널 실망시켜서."

그러자 그녀는 그에게 미소를 지어 보였다.

"괜찮아, 사이먼. 어리석은 게임이었고 우리는 졌어. 그뿐이야."

그녀가 옆으로 비켜섰다. 인부가 들것의 손잡이를 잡았다. 자클린은 몸을 굽히고는 구두끈을 맸다. 그런 다음 손을 스타킹 쪽으로 가져가더니 무엇인가 움켜쥐고 몸을 일으켰다.

날카로운 폭발음이 울렸다.

탕.

사이먼 도일의 몸이 경련하듯이 부르르 떨리더니 이내 늘어져 움직이지 않았다.

자클린 드 벨포르는 고개를 끄덕였다. 그녀는 권총을 손에 든 채 한순간 서 있었다. 그러고는 푸아로에게 살짝 미소를 지어 보였다.

레이스가 앞으로 달려 나가는 순간, 그녀는 그 반짝이는 작은 장난감 같은 권총을 자기 가슴에 대고 방아쇠를 당겼다.

그녀의 몸이 천천히 바닥으로 쓰러졌다.

레이스가 소리쳤다.

"저 여자는 도대체 어디에서 저 권총을 구했을까?"

푸아로는 누군가의 손이 자신의 팔을 잡는 것을 느꼈다. 앨러턴 부인이 부드럽게 물었다.

"당신은…… 알고 계셨지요?"

그가 고개를 끄덕였다.

"저 처녀는 저 권총을 한 쌍 가지고 있었습니다. 수색이 있던 날, 로잘리 오터번의 핸드백에서 하나가 발견되었다는 것을 듣고 알았지요. 그때 자클린은 로잘리와 같은 식탁에 앉아 있었습니다. 수색이 있으리라는 것을 깨닫고 그녀는 그것을 로잘리의 핸드백 속에 슬쩍 집어넣었지요. 그러고는 나중에 로잘리의 선실에 가 립스틱 색깔을 비교하면서 그녀의 신경을 분산시킨 다음 다시 찾아왔지요. 그 전날 자신과 자신의 선실을 수색했으니 다시 수색하지 않을 거라고 생각했던 겁니다."

앨러턴 부인이 물었다.

"당신은 그녀가 저런 방법을 택하기를 바라신 건가요?"

"예. 하지만 그녀는 혼자 그 길을 가지 않았군요. 그래서 사이먼 도일은 응당 받아야 할 것보다 훨씬 편안한 죽음을 맞은 셈입니다."

앨러턴 부인이 부르르 몸을 떨었다.

"사랑이 이렇게 무시무시한 것일 수도 있군요."

"대부분의 위대한 러브 스토리가 비극인 것은 그런 이유에서죠."

앨러턴 부인의 눈길이 햇빛을 받으며 나란히 서 있는 팀과 로잘리에게 머물렀다. 이윽고 그녀는 갑자기 열정적인 어조로 말했다.

"하지만 고맙게도 이 세상에는 행복이라는 것도 있어요."

"말씀대로입니다, 마담, 신께 감사할 일이죠."

이제 승객들이 배에서 내렸다.

이어서 루이즈 버젯과 오터번 부인의 시신이 카르나크 호에서 운반되었다.

마지막으로 리넷 도일의 시신이 육지로 운반되었다. 그리고 리넷 도일, 곧 유명하고 아름답고 부유한 리넷 리지웨이가 죽었다는 소식이 전 세계에 퍼져 나갔다.

조지 워드 경은 자신의 런던 클럽에서, 스털데일 록포드는 뉴욕에서, 조애너 사우스우드는 스위스에서 그 기사를 읽었다. 멜턴언더워드에 있는 술집 스리 크라운스에서도 그 기사가 화제가 되었다.

버나비의 야윈 친구가 말했다.

"글쎄, 그 여자가 모든 것을 다 가지고 있는 게 불공평해 보이더라고."

그러자 버나비가 날카롭게 대답했다.

"음, 그 모든 게 그 여자에게는 그다지 도움이 되지 않았던 것 같군. 가엾은 여자 같으니라고."

하지만 잠시 후 그들은 그녀에 대한 이야기를 그만두고 그랜드 내셔널 장애물 경마 대회에서 누가 우승할지에 대해 이야기하기 시작했다. 왜냐하면 언젠가 룩소르에서 퍼거슨이 말했듯이 중요한 것은 과거가 아니라 미래이므로.

〈끝〉

옮긴이 | 김남주

김남주는 서울에서 태어나 이대 불문과를 졸업하고 주로 프랑스 문학과 인문학 책들을 우리말로 옮겨왔다. 옮긴 책으로 프랑수아즈 사강의 『브람스를 좋아하세요』, 로맹 가리의 『새들은 페루에 가서 죽다』와 『가면의 생』, 엑토르 비앙시오티의 『밤이 낮에게 하는 이야기』와 『아주 느린 사랑의 발걸음』, 아멜르 노통브의 『사랑의 파괴』와 『오후 네 시』와 『로베르』, 필립 솔레르스의 『모차르트 평전』, 레몽 장의 『세잔 졸라를 만나다』, 로버트 래드포드의 『달리』, 도미니크 보나의 『세 예술가의 연인』, 그리고 황금가지판 크리스티 전집 1, 2, 5, 12, 13, 15, 20, 44권 등이 있다.

애거서 크리스티 에디터스 초이스

나일 강의 죽음

1판 1쇄 펴냄 2013년 12월 31일
1판 18쇄 펴냄 2024년 1월 24일

지은이 | 애거서 크리스티
옮긴이 | 김남주
발행인 | 박근섭
편집인 | 김준혁
펴낸곳 | 황금가지

출판등록 | 2009. 10. 8 (제2009-000273호)
주소 | 06027 서울 강남구 도산대로 1길 62 강남출판문화센터 5층
전화 | **영업부** 515-2000 **편집부** 3446-8774 **팩시밀리** 515-2007
홈페이지 | www.goldenbough.co.kr

도서 파본 등의 이유로 반송이 필요할 경우에는 구매처에서 교환하시고
출판사 교환이 필요할 경우에는 아래 주소로 반송 사유를 적어 도서와 함께 보내주세요.
06027 서울 강남구 도산대로 1길 62 강남출판문화센터 6층 민음인 마케팅부

ISBN 978-89-6017-781-9 04840
ISBN 978-89-8273-108-2 04840 (set)

㈜민음인은 민음사 출판 그룹의 자회사입니다.
황금가지는 ㈜민음인의 픽션 전문 출간 브랜드입니다.